SABINE LAY ist das Pseudonym einer erfolgreichen deutschen Autorin. Seit fast zwanzig Jahren ist sie als Regisseurin tätig, u. a. für *Verliebt in Berlin, Schloss Einstein* und *Sturm der Liebe*. Zum Schreiben fand sie durch ihre Leidenschaft für das Reisen – besonders Hawaii ist dabei zu ihrem Herzensort geworden. *Hibiskustage* ist ihr erster Roman im Penguin Verlag.

Besuchen Sie uns auf www.penguin-verlag.de
und Facebook.

SABINE LAY

Hibiskus-tage

ROMAN

PENGUIN VERLAG

MIX
Papier aus verantwortungsvollen Quellen
FSC® C014496
FSC
www.fsc.org

Verlagsgruppe Random House FSC® N001967

PENGUIN VERLAG

1. Auflage 2020

Dieses Werk wurde vermittelt durch die
Literarische Agentur Michael Gaeb

Umschlag: bürosüd
Umschlagmotiv: Getty images/M. Sweet und www.buerosued.de
Redaktion: Anne Nordmann
Satz: Uhl + Massopust, Aalen
Druck und Bindung: GGP Media GmbH, Pößneck
Printed in Germany
ISBN 978-3-328-10391-3
www.penguin-verlag.de

Dieses Buch ist auch als E-Book erhältlich.

1

Mel

Der Anfang war gemacht. Zufrieden blickte Melanie sich um. Die Möbel waren mit weißen Leinentüchern verhüllt, alle Lampen und elektrischen Geräte waren ausgesteckt und der Kühlschrank einen Spalt geöffnet. Im ganzen Raum roch es nach Putzmitteln und frischer Wäsche. Der Duft des Weichspülers kam von den Laken, Bettzeug und Handtücher hatte sie schon im Haupthaus verstaut.

Melanie drehte die Sicherungen heraus, schnappte sich den Eimer und öffnete die Tür. Fröstelnd stieg sie in die Gummistiefel, die sie davor ausgezogen hatte. Sie fühlten sich klamm und unbehaglich an, trotz ihrer dicken Strümpfe.

Das rote Holzhaus stand auf Pfählen, sodass man von der umlaufenden Veranda einen wundervollen Blick bis hin zur Ostsee hatte. Zugegeben, zurzeit war er nicht ganz so berauschend. Graue Wolken schwebten so tief über dem Meer, dass man das Gefühl hatte, sie wollten einen erdrücken.

Schnell ging Mel um das Haus herum und schloss die weißen Fensterläden. Haus Seestern war nun bereit für den Winterschlaf. Seufzend sah sie zu den anderen

Häusern. Wie Muscheln lagen sie verstreut am Rand der Düne. Die Stelzenhäuser waren alle etwas unterschiedlich in ihrer Größe und Bauweise, aber alle zierte eine rote Holzfassade und weiße Fensterläden.

Sven und Melanie hatten beschlossen, nur drei der fünf Ferienwohnungen in den Winterschlaf zu versetzen. In den letzten Jahren waren sie immer wieder überrascht gewesen, dass Menschen auch im tiefsten Winter Urlaub an der Ostsee machen wollten. Melanie selbst konnte diesen grauen und düsteren Tagen durchaus etwas abgewinnen, aber damit stand sie in ihrer Familie allein da.

Auf dem Weg zum Gutshaus konzentrierte sie sich auf den Anbau daneben. Ellas kleiner Fiat stand noch davor, aber Mel konnte nicht erkennen, ob die junge Frau sich in ihrer Wohnung aufhielt. Sie war immer noch wie vor den Kopf geschlagen. Ella arbeitete jetzt seit einem Jahr bei ihnen. Sie war damals die Einzige gewesen, die auf ihre Stellenanzeige reagiert hatte. Und sie hatte sich vom ersten Tag an als Glücksgriff erwiesen, zupackend und immer gut gelaunt. Ella hatte ehrgeizige Pläne gehabt – drei Jahre arbeiten und sparen und dann studieren. Umso verblüffter war Melanie gewesen, heute Morgen ein Kündigungsschreiben von ihr in die Hand gedrückt zu bekommen.

»Ich will nicht darüber sprechen, ich muss nach Hause.« Mehr hatte sie ihr nicht entlocken können.

Kurz verharrte Melanie an der massiven Holztür, die in ihr Heim führte. Vielleicht sollte sie noch einmal mit ihr reden? Nein. Entschlossen drückte sie die schwere Tür auf und ging ins Haus. Ella hatte ihr eindeutig zu verstehen gegeben, dass sie keine weitere Einmischung wünschte. Daran würde Mel sich halten.

In der Küche blubberte die Bolognese vor sich hin. Der Duft von Rosmarin und Thymian lag in der Luft. Kim und Arne, ihre Kinder, liebten dieses Gericht. Sven hingegen fand es zu gewöhnlich. Seitdem er sein eigenes Maklerbüro eröffnet hatte, war er ziemlich anspruchsvoll geworden. Melanie rührte die Soße um und sah auf die Uhr. Mit den Nudeln konnte sie sich noch etwas Zeit lassen. Sie war versucht, auf den Stundenplan ihrer Tochter am Kühlschrank zu sehen, aber sie wusste, dass sie sich das schenken konnte. Kim war jetzt im letzten Jahr und steuerte auf ihr Abi zu, da gab es immer zusätzliche Kurse, oder sie traf sich mit ihren Freundinnen. So wie wir früher, ging es Mel durch den Kopf. Sie waren ein unschlagbares Quartett gewesen. Gerade als sie an die Mädels dachte, kündigte ihr Handy eine neue Nachricht an.

44ever

Sarah
Hilfe, ist es bei euch auch so scheußlich? Hier in London hat man das Gefühl, dass die Apokalypse begonnen hat.

Mel
Ich weiß, ich bin die Einzige, aber ich finde selbst dieses Wetter hat was. Heute sah die Ostsee aus, als ob jemand das Meer in einer düsteren Schwarz-Weiß-Foto-

grafie eingefangen hätte. Bleigraue Wolken, wie eingefroren, und das Wasser hat mich an schillerndes Quecksilber erinnert.

Sie schickte die Nachricht ab. Plötzlich wurde die Haustür aufgerissen und Kim stürmte in den Raum. Ihre Tochter kam ihr immer wie ein Fohlen vor, schon groß, aber noch ziemlich ungelenk.

»Heute keine Extrastunden?«, begrüßte sie ihre Älteste.

»Nein, ich muss unbedingt fernsehen.«

»Jetzt?«, fragte Mel erstaunt. Normalerweise interessierte sich Kim nicht für so altmodische Sachen wie fernsehen. Ihr Leben fand komplett im Internet statt. Okay, als Achtzehnjährige würde sie selbst sich heutzutage sicher auch so verhalten. Ihr fünfzehnjähriger Sohn war genauso mit seinem Smartphone verwachsen wie Kim. Nicht, dass Mel die digitale Welt gänzlich fremd gewesen wäre, schließlich war der Chat mit ihren Freundinnen ihr Zufluchtsort und ihre fast einzige Verbindung zu ihnen – wenn man von den wenigen Telefonaten und den noch selteneren Treffen absah –, aber abgesehen davon bewegte sie sich lieber in der realen Welt.

»Warum willst du fernsehen?«, fragte sie.

»Heute zeigen sie einen Beitrag über die Drehtage von *Lieber spät als nie*, die hier stattgefunden haben. Du weißt schon, der Film, bei dessen Dreh ich dabei war.«

Izzy hatte es möglich gemacht, dass Mels Tochter eine Woche ein Praktikum bei einem Spielfilm machen durfte. Manchmal hatte es doch sein Gutes, wenn man mit einer der bekanntesten Schauspielerinnen des Landes zur Schule gegangen und noch immer befreundet war. Das Team hatte für einige Tage ganz in der Nähe gedreht. Es war ein großes Abenteuer für Kim gewesen, seitdem sprach sie nur noch davon, auch irgendwann mal zum Film zu gehen. Melanie hatte es leider nie ans Set geschafft, denn der Spätsommer war eine der geschäftigsten Zeiten auf dem ehemaligen Gutshof. Dabei hätte sie Izzy so gerne auch mal wiedergesehen.

Kim schmiss sich aufs Sofa und suchte nach der Fernbedienung.

»Kannst du gleich den Tisch decken?«, fragte Melanie und ging in die Küche. Sie rührte erneut die Soße um und schmeckte sie ab. Ihr Magen knurrte und ihr fiel auf, dass sie heute nicht gefrühstückt hatte. Die Kündigung von Ella hatte sie vollkommen aus dem Konzept gebracht. Würde sie heute mit ihnen essen, so wie sonst?

Anscheinend hatte Kim die Fernbedienung gefunden, denn es ertönte die bekannte Einführungsmelodie einer Klatschsendung. Melanie trat in den Wohnraum. Manchmal bedauerte sie ja die Promis, die hier durch den Kakao gezogen wurden. Es gab ein paar Berichte über amerikanische Stars und Sternchen, und dann kam Izzy. Natürlich wurde sie mit ihrem vollen Namen angekündigt, die Kurzform benutzten nur ihre Freundinnen. Wow, anscheinend befand sie sich gerade auf Hawaii. Tolle Bilder der atemberaubenden Landschaft waren dem Bericht vorangestellt. Schroff abfallende Klippen, Surfer, die auf glitzernden Wellen ritten, und hohe Vulkane mit unfassbar grünen Hängen. So muss es im Paradies aussehen, ging es Mel durch den Kopf. Angelehnt an einen gut aussehenden jungen Mann, der auch ihr Sohn hätte sein können, strahlte Izzy fröhlich in die Kameras. Die tropischen Palmen, das türkis leuchtende Meer mit den sagenhaften Wellen – Mel seufzte. Angesichts dieser Bilder kam ihr die Ostsee gleich doppelt so grau vor. Was hatte Izzy doch für ein herrliches Leben, während sie selbst in dieser Eintönigkeit hier festsaß. Sogar in diesem Fernsehbeitrag war Izzys Präsenz beeindruckend, Mel verstand sofort, warum sie es so weit nach oben geschafft hatte. Aber wie bekam Izzy es nur hin, so unglaublich dünn zu bleiben? Aß sie überhaupt noch etwas? Unwillkürlich fasste Mel sich an ihren eigenen Bauch.

Kim hatte anscheinend ganz andere Sorgen. Sie saß kerzengerade auf dem Sofa und starrte den Bildschirm an. »Das kann nicht sein, nein«, murmelte sie. »Diese blöde Kuh ist viel zu alt für ihn.«

»Moment«, stoppte Mel ihre Tochter.

Kim sah sie zornig an, aber Mel ließ sich nicht beirren.

»Sie spielen doch nur.« Sie wusste aus den Erzählungen ihrer Tochter, dass es eine Liebesgeschichte zwischen einem sehr jungen Mann und einer Vierzigjährigen war.

»Sieh dir doch an, wie sie sich an ihn schmiegt. Die haben gerade gesagt, dass da wahrscheinlich das neueste Traumpaar zu sehen ist. Dabei hat er mir geschworen, dass er mich liebt«, sprudelte es aus Kim heraus.

»Wie bitte? Er liebt dich? Wann hat er das denn gesagt?« Mel besah sich den Burschen auf dem Bildschirm genauer. Ein typischer Sonnyboy, gut gebaut, jung, mit einem offenen Lächeln.

»Na, als wir miteinander im Bett waren. Da hat er mir

gesagt, dass er noch nie zuvor so viel für eine Frau empfunden hätte.«

»Als ihr was …?« Mel verschlug es die Sprache.

Kim platzte immer mit allem einfach heraus. Manchmal wünschte sich Mel, dass sie ihr nicht alles auf diese unverblümte Weise erzählen würde. Ihr Verhältnis war harmonisch, aber Kim war so ganz anders, als sie es in dem Alter gewesen war. Obwohl? Sie ließ sich neben ihre Tochter aufs Sofa sinken. Plötzlich kam ihr ein entsetzlicher Gedanke. »Aber du bist nicht schwanger?«

»Ich bin doch nicht so blöd wie Ella«, antwortete Kim ihr trocken, doch ihr Kinn zitterte unmerklich.

Die unglaubliche Erleichterung, die Mel bei dieser Antwort durchflutete, wurde schnell von einem neuen Gedanken abgelöst.

»Wieso schläfst du mit einem Typ, den du gar nicht kennst?«, fragte sie entrüstet, während es in ihrem Kopf arbeitete.

»Ich liebe ihn und er mich auch«, sagte Kim trotzig. »Schau dir das an, wie Isabella sich an ihn ranschmeißt. Ich fasse es nicht! Sie ist doch viel zu alt für ihn.« Wütend stand Kim auf und verließ türenknallend das Zimmer.

Mel kochte. Wieso hatte Izzy zugelassen, dass ihre Tochter sich von diesem Junghengst bespringen ließ?

Aber die andere Information, die ihr gerade offenbart worden war, war fast genauso schlimm. Wieso hatte sich Ella ihr nicht anvertraut? Sie konnten doch sicher eine Lösung finden. Sie selbst war damals auch ungeplant schwanger geworden. Sven hatte in ihrer Schule als Referendar gearbeitet. Es war Liebe auf den ersten Blick gewesen, zumindest von ihrer Seite. Im Frühling, während des Abiturs, hatten sie ein Verhältnis angefangen. Sven war immer sehr darauf bedacht gewesen, dass nichts davon nach außen drang.

Erst als Mel ihren Abschluss in der Tasche hatte, hatten sie sich öffentlich zu ihrer Beziehung bekannt. Und dann war es auch ganz schnell gegangen. Sie war schwanger geworden und Sven hatte ihr einen Antrag gemacht. Sie musste mit Ella reden. Und Izzy würde sie eine gesalzene Mail schreiben.

Als sie aus dem Haus ging, kam Arne ihr entgegen. »Schatz, setz bitte schon mal das Wasser für die Nudeln auf, ich bin gleich wieder da.«

Ihr Jüngster nickte nur und trottete in den Flur. Arne war gerade in der Mitte der Pubertät. Auch wenn Mel es sich nicht eingestehen wollte, manchmal war sie kurz davor, ihn anzubrüllen, er solle sich mit dem Erwachsenwerden gefälligst etwas beeilen. Diese Phase war wirklich schwierig und Mel befürchtete, dass sie noch ein paar Jahre andauern würde. Zum Glück hatte Arne aber auch andere Momente, in denen sie sehr stolz auf ihn war. Seufzend lief sie über den kalten Hof.

Ohne anzuklopfen riss sie die Tür der Einliegerwohnung auf und stieg die Treppe empor.

»Warum hast du mir nichts gesagt?«, fragte sie noch auf den letzten Stufen. »Ich bin doch für dich da. Wir kriegen das schon …« Mel blickte in den gemütlichen Wohnraum. Die Möbel darin hatte sie selbst zusammengestellt. Den alten Bauernschrank hatte sie abgebeizt und danach neu bemalt, der rote Teppich war ihr auf dem Dachboden in die Hände gefallen. Jetzt bildete er einen schönen Farbklecks auf dem Dielenboden. Aber das Bild, das sich ihr jetzt bot war … falsch.

Nicht Ella, sondern ihr Ehemann Sven saß auf dem kleinen geblümten Sofa, das sie auf dem Flohmarkt gefunden hatte. Mit offenem Mund und einem Blick, den sie nicht deuten konnte, sah er sie an.

Entsetzt schnappte sie nach Luft. Nein, das konnte, das durfte nicht wahr sein! Aber die Situation war ziemlich eindeutig. Sven war noch nie in Ellas Wohnung gewesen. Oder doch? In Mels Kopf rauschte es. Die vielen Gedanken nahmen ihr die Luft zum Atmen. Wie versteinert blieb sie stehen.

Nach einer sehr langen Weile bemerkte sie Ella. Die junge Frau stand am Fenster, anscheinend hatte sie nach draußen geschaut. Auch auf ihrem Gesicht zeigten sich Empfindungen, die Mel jetzt nicht sehen wollte. Niemand bewegte sich. Es war, als hätte man einen spannenden Film angehalten, ging es Mel durch den Kopf.

»Nein, sagt mir, dass das nicht wahr ist, was ich gerade denke!«

Die beiden ihr so vertrauten Menschen schwiegen. Zumindest hatte sie geglaubt, dass sie ihr vertraut wären.

Für Mel drehte sich mit einem Mal alles. Nein, nein, nein, schrie es in ihrem Kopf, das kann einfach nicht wahr sein! Aber es sprang niemand hinter dem Sofa hervor, der lachend »April, April«, rief. Mit zitternden Knien wandte sie sich ab und stieg die Treppe hinunter.

Nein. Mehr konnte sie nicht mehr denken.

2

Sarah

»Miss Bergmann, hätten Sie eine Minute?«

Überrascht sah Sarah auf. Langsam materialisierte sich die Silhouette ihres Chefs vor ihr, zumindest der Teil, den man über die Trennwand hinweg sehen konnte.

Sarah blickte auf ihr Smartphone, wo noch immer der 44ever-Chat geöffnet war. Mels Beschreibung der düsteren Ostseestimmung hatte sie derart gefangen genommen, dass sie das Herannahen von Mr. Willings nicht bemerkt hatte. Vor etlichen Jahren hatte sie Mel mal dort oben besucht. Damals hatten sie und Sven noch nicht den Gutshof besessen, sondern nur in ihrem kleinen Haus die Einliegerwohnung an Urlauber vermietet. Sarah erinnerte sich, wie schön die Spaziergänge am Strand gewesen waren, obwohl ihr Besuch auch in den Winter gefallen war.

»Kommen Sie«, sagte er brüsk und ging, ohne eine Antwort abzuwarten, davon. Natürlich wusste er, dass sie ihm folgen würde. Seine Worte waren keine Bitte, sondern ein Befehl gewesen.

Das Büro von Mr. Willings befand sich in einer der Ecken der Hochhausetage. Die drei anderen Teilhaber der

Kanzlei hatten die übrigen Eckbüros. Sarah arbeitete im sogenannten Stall, einem Raum mit winzigen Schachteln, in denen jeweils ein Schreibtisch und ein Computer standen und wo man die Kollegen nur dann sehen konnte, wenn man sich in seinem Stuhl sehr reckte oder aufstand.

Was sie jetzt eilig tat. Einige der Männer und Frauen in den Nachbarschachteln sahen neugierig zu ihr hinüber. Sobald sich ihre Blicke trafen, wendeten sich die Kollegen aber schnell wieder ihrer Arbeit zu. Ein unangenehmes Gefühl beschlich Sarah, während sie durch das riesige Großraumbüro schritt. Sie war noch nie von Mr. Willings persönlich in sein Büro zitiert worden. Das konnte eigentlich nur heißen, dass man sie mal wieder entlassen würde.

Sarah war froh, dass niemand um ihre prekäre Situation wusste. Izzy war die Einzige von ihren Freundinnen, die mitbekommen hatte, wie ihre Arbeitsbedingungen in Wirklichkeit aussahen. Zu Sarahs Entsetzen hatte sie vor ein paar Jahren vollkommen überraschend vor ihrer Schuhschachtel gestanden und sie warm angelächelt. Den Kollegen war anzusehen gewesen, wie sprachlos sie waren, dass Sarah mit der berühmten Schauspielerin Isabella Lamour befreundet war. Izzy hatte damals in einer historischen Serie für die BBC mitgespielt und war für einige Zeit in London gewesen, um die Studioaufnahmen zu drehen. Sarah hatte Izzy angefleht, Mel und Kerstin nichts von ihrer Situation zu erzählen. Ihre Freundin hatte das zwar nicht gut gefunden, hatte sich aber trotzdem daran gehalten und nie ein Wort darüber verloren, dass Sarah gar nicht als Anwältin für Wirtschaftsrecht, sondern als einfache Schreibkraft in der Kanzlei arbeitete.

Sarah nickte der Vorzimmerdame kurz zu und betrat dann das imposante Büro von Mr. Willings. Er wartete bereits mit unbewegter Miene hinter seinem Schreibtisch. Zwei der Wände des Raumes waren komplett verglast, sodass man normalerweise einen beeindruckenden Blick über London genießen konnte. Heute waren außer dunklen Nebelschwaden allerdings nur ein paar schemenhafte Lichter zu erkennen. Nachdem sie die Tür geschlossen hatte, wurde es still. Jetzt war nichts mehr von dem Klappern der vielen Tastaturen, vom Stimmengewirr und dem Klingeln der Telefone zu hören.

Mr. Willings bot ihr keinen Stuhl an. Er lehnte sich in seinem Ledersessel zurück und musterte sie ausführlich von oben bis unten. Sein anzüglicher Blick jagte ihr einen Schauer über den Rücken. Wieso fanden manche Männer nichts dabei, eine Frau mit Blicken auszuziehen?

»Sarah, ich will ehrlich zu Ihnen sein«, begann er. »Wir werden in der nächsten Zeit ein paar Umstrukturierungen vornehmen. Daher werden wir uns von einigen Mitarbeitern trennen müssen.« Hier machte Mr. Willings eine Kunstpause und sah sie durchdringend an. »Ich konnte meine Partner davon überzeugen, dass wir Ihnen noch eine Chance geben. Schließlich ist Ihre Muttersprache ein großer Vorteil. Heute Abend habe ich ein Geschäftsessen mit zwei deutschen Anwälten. Ich möchte, dass Sie mich begleiten und zeigen, was Sie können. Mrs. Thorn hat bereits alles für Sie notiert.« Er nickte ihr zu und widmete sich seinen Unterlagen, als ob sie schon gar nicht mehr da wäre.

Nachdem die Sekretärin ihr Ort und Zeit des Essens

auf einem Zettel ausgehändigt hatte, lief Sarah zurück zu ihrem Schreibtisch – abermals unter den neugierigen Blicken ihrer Kollegen. Der Ausdruck auf ihren Gesichtern reichte von hämisch grinsend über mitleidig bis zu erleichtert, dass es jemand anderen getroffen hatte.

Zurück in ihrer Schuhschachtel, ließ sich Sarah in ihren Stuhl fallen und seufzte. Was für ein Mist! Das war eindeutig gewesen. Sie arbeitete jetzt seit fast neun Jahren bei Marks, Willings, Masters und Masters. Bisher schien sie keiner der Chefs je richtig wahrgenommen zu haben, und sie hatte ihre simple Arbeit ohne Probleme erledigen können. Über die Zeit hinweg hatte sie sich mehr oder weniger in Sicherheit gewähnt. Davor hatte sie mehrfach die Firma wechseln müssen, weil sich einer der Chefs an sie rangemacht hatte. Sah ganz so aus, als würde das jetzt wieder losgehen.

Kurz war Sarah versucht, noch etwas in den Chat zu schreiben, aber dann ließ sie es bleiben. Was sollte sie ihren Freundinnen schon erzählen? Die Wahrheit kam jedenfalls nicht infrage, die war ihr viel zu unangenehm.

3

Mel

In den nächsten Tagen herrschte Eiszeit im Haus Sonthusen. Mel funktionierte wie ein Roboter. Die Kinder spürten die angespannte Atmosphäre, hatten aber nicht mitbekommen, was tatsächlich Sache war. Zumindest hoffte Mel das. Sie wusste weder, in welchem Ferienhaus Sven schlief, noch ob er schlief, und sie war auch zu betäubt, um aufzustehen und es herauszufinden.

Ella war abgereist.

Jeden Morgen, wenn Mel aufwachte, war ihr schlecht, und sie fragte sich, wie sie den nächsten Tag überstehen sollte.

44ever

Kerstin

Hallo Mädels, ich brauche eure Hilfe. Das Arschloch hat mich heute schon wieder hingehalten. Ich kann einfach nicht mehr. Was ratet ihr mir?

Mel las die Zeilen. Was sollte sie antworten? »Ich habe hier einen beschissenen Mistkerl, der mit unserer Angestellten schläft und ihr ein Kind gemacht hat? Er war nicht nur der erste, sondern auch der einzige Mann in meinem Leben. Und nun hat er mich betrogen!« Nein, das konnte sie nicht schreiben. Warum eigentlich nicht, fragte sie sich selbst. Es ging einfach nicht. Sie hatte sich noch nie über ihr Eheleben beschwert. Das war eine Sache, die sie immer mit sich allein ausgemacht hatte, und sie würde das jetzt auch nicht ändern. Nein, sie wollte sich vor den anderen nicht so entblößen, das war ihr einfach zu peinlich. Schließlich war sie immer die Vorzeigefreundin gewesen, die mit dem gelungenen Leben, einer glücklichen Ehe, einem wunderbaren Mann und zwei großartigen Kindern. Jetzt war das alles zerbrochen.

Kerstin tat ihr leid. Sie alle litten schon seit Jahren mit ihrer Freundin mit, die sich einfach in den falschen Mann verliebt hatte. Er war verheiratet und versprach ihr immer wieder, sich von seiner Frau zu trennen, aber bis auf Kerstin wussten alle, dass er das nie tun würde.

Mels Gedanken kehrten wieder zu ihren eigenen Problemen zurück. Sven hatte sie betrogen. Immer noch kam sie über diese Ungeheuerlichkeit nicht hinweg. Wie konnte er ihr so etwas antun? Schließlich hatten sie zwei Kinder zusammen. Ella war zwar deutlich jünger als sie und sah besser aus, aber mein Gott, dafür setzte man doch nicht all das aufs Spiel, was sie miteinander aufgebaut hatten. Ihr ganzes Leben lag in Scherben vor ihr. Und nun rückte auch noch das Weihnachtsfest näher, und sie hatte keine Ahnung, was sie tun sollte.

44ever

Mel

Schick ihn endlich zum Teufel. Männer sind Arschlöcher! Ich bin mir sicher, dass es dir ohne ihn besser geht.

Nachdem Mel die Nachricht abgeschickt hatte, fragte sie sich, ob ihre Worte nicht viel mehr an sie selbst als an Kerstin gerichtet waren.

44ever

Sarah

Hoho! Was sind denn das für Töne aus dem hohen Norden? Aber Kerstin, Mel hat recht. Er wird sie nie verlassen, und du bleibst die unglückliche zweite Geige, die nur ausgenutzt wird.

Kerstin antwortete nicht auf ihren Ausbruch. Mel klappte den Computer zu und zog sich die Decke über den Kopf, so wie sie es in den letzten Tagen immer gemacht hatte.

Morgens spielten Sven und sie den Kindern heile Welt vor, aber sobald alle aus dem Haus waren, schlüpfte Mel wieder ins Bett. Heute hatte sie sich nicht zu der Scharade aufraffen können und war einfach liegen geblieben. Sie verbrachte Stunden damit, zu weinen und zu grübeln, seit wann ihr ihre Beziehung entglitten war.

War es passiert, als sie den Hof gekauft und die Ferienwohnungen gebaut hatten? Die finanziellen Belastungen zerrten immer noch an ihnen. Aber trotz der vielen Arbeit waren sie immer glücklich gewesen. Oder war es ihr nur so vorgekommen? Ja, es hatte auch Streit gegeben, und manchmal, nur für einen winzigen Augenblick, hatte Mel sich gefragt, wie ihr Leben wohl verlaufen wäre, wenn sie Sven nicht geheiratet hätte. Izzy und Kerstin hatten vor ihrer Hochzeit immer wieder auf sie eingeredet, es sich gut zu überlegen, gleich den ersten Mann zu nehmen. Basierte ihre Ehe womöglich nicht auf Liebe, sondern auf Bequemlichkeit und Gewohnheit?

Wenn sie gerade mal keine schwermütigen Gedanken wälzte, surfte Mel im Internet, trieb sich auf Facebook herum und schaute sich an, was ihre Freundinnen so trieben. Sarah postete jeden Tag ein stylisches Bild aus London und Kerstin teilte neue Kreationen aus ihrer Küche. Nur Izzy machte sich rar. Aber das hatte sie schon öfter getan, sie nannte es kreative Auszeit.

Am liebsten las Mel ihre alten 44ever-Chats. Früher hatten sie sich noch viel mehr und viel ehrlicher miteinander ausgetauscht. Es gab ellenlange Unterhaltungen über all die großen und kleinen Dinge, die man Leben nennt. Sie hatten ihre heimlichen Wünsche, ihre Nöte, ihren Herzschmerz und auch die heiteren Momente miteinander geteilt. Wann und warum war das alles eingeschlafen? Okay, es war nicht komplett vorbei, aber man konnte gut erkennen, wie es über die Monate und Jahre immer weniger geworden war.

Gerade als Mel sich ein Herz gefasst hatte und einen Hilferuf an ihre Freundinnen verfassen wollte, klopfte es an der Tür.

»Ja«, brummte sie unwirsch unter ihrer Bettdecke hervor und sah dann doch zur Tür.

Sven betrat das Schlafzimmer. Sein Blick huschte unstet durch den Raum, er schaute Mel nicht in die Augen.

»Was willst du?«

Einen Augenblick sah es so aus, als ob er sich auf der Stelle übergeben würde. »Das Kind ist nicht von mir«, stieß er dann durch zusammengepresste Zähne hervor.

Ungläubig blickte Mel ihn an. Was wollte er ihr damit sagen? Sie versuchte das hysterische Kichern zu unterdrücken, das in ihr aufstieg.

»Bitte, Mel. Ich möchte dir das alles erklären.«

»Da bin ich ja mal gespannt.«

»Ich … Ella und ich hatten zwar auch was miteinander, aber nur ein einziges Mal.« Sven schluckte. »Weißt du noch, der Abend, als wir mit diesen zwei Familien gefeiert haben?«

Mel wusste sofort, von welchem Abend er sprach. Sie hatten mit zwei Gastfamilien an deren letztem Abend ein kleines Grillfest veranstaltet. Die Familien hatten ihre beiden schönsten Häuser gemietet und waren einen ganzen Monat geblieben. Sie erinnerte sich, dass sie den Abend vorzeitig verlassen hatte, da sie müde und erschöpft gewesen war.

»Es tut mir so leid.« Sven sah ihr immer noch nicht in die Augen. »Das Kind ist angeblich von Norbert, dem Sohn von den Paulsens.«

Mel schwankte zwischen Erleichterung und Wut, doch die Wut überwog. Was bildete er sich ein? Dass sie jetzt einfach wieder zur Tagesordnung überging, weil er »nur«

mit Ella geschlafen hatte und nicht auch noch der Vater ihres Kindes war? Er hatte sie betrogen. Mit ihrer Angestellten. Glaubte er wirklich, dass sie ihm das so leicht verzeihen würde?

Sie sah Sven an. Vor ihr stand ein Mann, den sie einmal gut gekannt hatte. So gut wie niemanden sonst auf der Welt. Jetzt war er ihr fremd.

»Soll ich dich nun bemitleiden, oder warum erzählst du mir das?« Sie sprang aus dem Bett und schnappte sich ihren Morgenmantel. Das Haus war zwar vor einigen Jahren saniert worden, aber im oberen Stockwerk kam die Heizung im Winter trotzdem nicht hinterher. Es zog durch die Ritzen und wurde nie richtig warm.

Sven starrte weiter stumm auf den Boden.

»Ich will jetzt allein sein, ich komme später herunter«, sagte sie und kuschelte sich fröstelnd in den Morgenmantel.

Er nickte wie ein braves Kind und verließ schweigend das Schlafzimmer.

Melanie war selbst ganz überrascht über die Energie, die sie plötzlich durchströmte. Es war an der Zeit zu handeln. Sven wurde nicht noch einmal Vater. Die Erleichterung darüber gab ihr die nötige Kraft.

Sie duschte lange, cremte sich sorgfältig ein, föhnte ihre Haare und zog endlich mal wieder etwas anderes als Jogginghose und Sweatshirt an.

Auf dem Küchentisch standen zwei dampfende Tassen Kaffee, als sie herunterkam. Mel sah sich um. Es ging auch ohne sie, stellte sie fest. Die Küche war sauber und aufgeräumt.

»Also gut, lass uns reden.« Sie setzte sich auf ihren Platz.

Sven nickte, machte aber keinerlei Anstalten anzufangen.

»Mir geht es erst mal um die nächsten Wochen. Die Kinder sollten unter der Situation nicht leiden müssen. Wenn ich es richtig im Kopf habe, kommt deine Mutter am 23. und bleibt bis zum zweiten Weihnachtsfeiertag.«

Mel grauste schon vor ihrer Schwiegermutter, einer durch und durch unangenehmen Person, die es ihr immer noch nicht verzeihen konnte, dass sie sich ihren heiß geliebten Sohn geschnappt hatte. Den durfte sie jetzt gerne zurückhaben, schoss es Mel durch den Kopf. Maria lebte schon seit Jahren in einem Altersheim in der Nähe von Hamburg. Mindestens einmal in der Woche besuchte Sven sie dort.

»Ich werde für Arne, Kim und mich gleich nach Weihnachten einen Flug nach Mallorca buchen. Meine Eltern nehmen uns sicher gerne auf. Die paar Buchungen, die wir angenommen haben, werde ich absagen.«

»Aber das können wir doch nicht machen«, wagte Sven einzuwenden.

»Du bist wohl der Letzte, der das Recht hat, mir zu sagen, was ich tun kann und was nicht! Das hättest du dir eher überlegen sollen!«

Sie schwiegen. Nur der tropfende Wasserhahn war zu hören. Mel wusste genau, dass eine halbe Umdrehung gereicht hätte, um ihn zum Schweigen zu bringen, aber das vertraute Geräusch hatte etwas Beruhigendes.

»Und was ist mit uns?«, fragte Sven nach einer Weile.

»Ich habe keine Ahnung.« Auf einmal ließ die Kraft nach, die sie gerade noch gespürt hatte. Sie fühlte sich wie ein Luftballon, aus dem die Luft herausgelassen wurde. Mit Mühe riss sie sich zusammen und erhob sich von ihrem Stuhl.

»Aber …«, Sven sprang auf und stellte sich ihr in den Weg. »Wir wollten doch reden.«

»Das habe ich doch. Ich habe alles gesagt, was es zu sagen gibt.« Kerzengerade lief Mel zur Treppe und drehte sich nicht mehr um. Erst im Schlafzimmer fiel sie in sich zusammen. Bevor sie wieder zu weinen anfangen würde, wollte sie kurz ihre Eltern benachrichtigen.

»Zusammenreißen«, befahl sie sich selbst und klappte den Computer auf, der immer noch unter der Bettdecke lag. Die Mail an ihre Eltern war schnell geschrieben. Danach nahm sie sich die beiden Buchungen vor, die für die Zeit zwischen den Jahren vorlagen. Mit zusammengebissenen Zähnen sagte sie ab. Mel hatte bisher noch nie eine bestätigte Buchung storniert. Als Grund gab sie einen familiären Verlust an, was in gewisser Weise ja auch der Wahrheit entsprach.

Gerade als sie den Rechner wieder zuklappen wollte, tauchte eine neue Mail in ihrem Postfach auf.

#Hawaii stand im Betreff.

Mel konnte sich ein Grinsen nicht verkneifen. Izzy war die Einzige von ihnen, die alles und jedes mit einem Hashtag verzierte. Mel hatte eine Zeit lang gar nicht verstanden, wozu das gut war. Die Freundinnen hatten ihr erklärt, dass man das für Twitter und Instagram benötigte, etwas, das in Mels Welt nicht vorkam. Sie war schon stolz, dass sie die Homepage für ihre Ferienhäuser pflegen konnte. Ansonsten reichte es ihr, bei Facebook zu sein und in ihrer Gruppe 44ever zu schreiben.

Neugierig öffnete sie die Mail und begann zu lesen.

4

Kerstin

Kerstin hatte nicht erwartet, dass die Nachricht sie so hart treffen würde. Sie schaute ihre Kollegin an, ohne sie richtig zu erkennen. Was hatte sie gerade gesagt? Ihre Finger krallten sich Halt suchend an der Arbeitsplatte fest. Niemand in der Küche ahnte etwas von ihrem Geheimnis. Die Luft war wie immer schneidend, weil Friedrich es immer noch nicht geschafft hatte, für den heißen Dampf, der stets aus den riesigen Töpfen quoll, ein vernünftiges Belüftungssystem einzubauen.

»Lass uns weitermachen. Die Vorspeise muss noch vorbereitet werden«, sagte Kerstin und versuchte, sich dabei so normal wie möglich zu benehmen. Sie strich sich mit der Hand über die Stirn. Merkwürdigerweise konnte sie sich nicht daran erinnern, was heute als Vorspeise geplant war. Sie wusste es einfach nicht mehr.

Friedrichs Frau war wieder schwanger. Kerstin fühlte sich, als ob ihr jemand in den Bauch getreten hätte. Was für ein Scheißkerl! Er hatte ihr geschworen, dass er nicht mehr mit seiner Frau schlief, ja, dass ihre Ehe völlig kaputt sei. Schon seit Jahren wollte er sie verlassen.

Sie biss sich auf die Lippen, um nicht in Tränen auszubrechen. Kurz dachte sie an ihre Abtreibung. Vielleicht sollte sie Zwiebeln schneiden, dann könnte sie so richtig losheulen. Plötzlich fiel ihr wieder ein, was sie zubereiten musste. Mechanisch griff sie zu den Avocados. Die Hochzeitsgesellschaft hatte einen Avocado-Shrimps-Salat als Vorspeise gewählt.

Er war so ein Arschloch! Sie konnte es einfach nicht fassen. Was hatte Mel vor Kurzem in ihrer Gruppe geschrieben? Schick ihn zum Teufel.

Wie ein Roboter schnitt sie die Avocados auf, löste die Kerne heraus und würfelte das Fruchtfleisch.

Genau in diesem Augenblick betrat Friedrich die Küche. »Und, meine Damen, sind wir bereit?«, fragte er in die Runde, ohne Kerstin besonders anzusehen.

»Natürlich, Chef!«, riefen die Köchinnen und Küchenhilfen. Friedrich war ungeheuer beliebt, weil er für jede ein offenes Ohr hatte. Sein ausnahmslos weibliches Personal fühlte sich wohl bei ihm. Als er an Kerstin vorbeiging, konnte sie ihn förmlich spüren. Sein Duft drang ihr in die Nase, und sie hätte fast laut aufgestöhnt. Die grau melierten Haare, seine durchtrainierte Figur, das markante Gesicht – all das hatte sie damals schwach werden lassen, obwohl sie sich nie mit einem verheirateten Mann hatte einlassen wollen. Aber es war passiert.

Ich muss einen Schlussstrich ziehen, schoss es ihr durch den Kopf. Mel hatte recht.

»Sehen wir uns heute Abend?«, flüsterte er ihr ins Ohr, während er von den Avocados probierte.

Kerstin zeigte keine Reaktion, aber sie wusste, das war keine Frage, sondern eine Ansage gewesen. Sie blickte erst wieder auf, als Friedrich in seinem Büro verschwunden war. Jetzt liefen die Tränen doch, trotz all ihrer Bemühungen, sie zurückzuhalten. Eine Avocado rutschte ihr aus der Hand, rollte über die Arbeitsfläche und hüpfte dann über den Fliesenboden.

Marita, die Kollegin, die ihr die frohe Nachricht überbracht hatte, hob die zermatschte Frucht auf und musterte Kerstin neugierig. »Ist was?«

Kerstin gab keine Antwort. Mit zitternder Hand legte sie das Messer beiseite und drehte ihrer Kollegin den Rücken zu. Wie eine Aufziehpuppe ging sie quer durch die ganze Küche und hielt erst vor Friedrichs Büro an. Sie klopfte an die Tür, wartete aber nicht ab, sondern trat sofort ein.

Friedrich hob überrascht den Kopf. Kerstin hatte noch nie während der Arbeitszeit sein Büro betreten. Seine Augenbrauen zogen sich zusammen, Kerstin kannte diesen Anblick nur zu gut.

»Was ist los?« Er sah sie an wie ein äußerst lästiges Subjekt.

»Ich kündige.«

»Aha«, er lachte und lehnte sich in seinem Schreibtischstuhl zurück. »Ist das ein Spiel?«

»Nein. Ich kündige«, wiederholte sie und verließ den Raum.

»Warte«, hörte sie noch, bevor sie die Tür hinter sich schloss. Kerstin wusste, dass er ihr nicht hinterherkommen würde. Dazu war er sich seiner Sache zu sicher.

Sie ging durch die Küche in dem Bewusstsein, dass es das letzte Mal war. Im Umkleideraum öffnete sie ihren

Spind. Viel war es nicht, was sie hier gebunkert hatte. Eine Tasche würde reichen. Sie zog sich um, stopfte ihre Sachen in eine Plastiktüte, die sie oben auf den Schränken fand und verließ dann das flache, gesichtslose Gebäude, in dem die Küche untergebracht war.

Als sie die Tür zu ihrer Wohnung öffnete, hatte Kerstin keine Ahnung, wie sie nach Hause gekommen war. Nichts war in ihrem Bewusstsein hängen geblieben, weder die Straßenbahnfahrt noch der kurze Weg zu dem Mietshaus, in dem sie wohnte. Sie hatte nur an ihre elende Situation denken können. Auf dem gesamten Weg hatte sie zu begreifen versucht, was Marita ihr gesagt hatte. Friedrich bekam ein weiteres Kind mit seiner Frau.

»Scheiße«, schrie sie lauthals und ließ sich aufs Sofa fallen. Wie hatte sie nur so viele Jahre ihres Lebens an so ein Arschloch verschwenden können?

Ihr ging auf, dass sie eben nicht nur ihren Job, sondern ihr ganzes bisheriges Leben gekündigt hatte.

»Hallo, Mel, ich bin's, Kerstin. Schade, dass du nicht rangehst. Mir fällt gerade die Decke auf den Kopf. Könnte ich mich über Weihnachten bei euch einmieten? Ich hoffe, dass du das bald abhörst, alles Liebe.« Kerstin atmete durch. Das war die Lösung! Mel, ihre Freundin. Die einzige Person in erreichbarer Entfernung, bei der sie sich vorstellen konnte, etwas zur Ruhe zu kommen. Sarah und Izzy lebten zu weit weg, bei Izzy war sie sich noch nicht mal sicher, ob nicht inzwischen die Hotels dieser Welt zu ihrem Zuhause geworden waren.

Aber Mel, bei ihr konnte sie unterschlüpfen. Sie würde

diese schreckliche Stadt so schnell wie möglich verlassen. Alles war besser, als über Weihnachten in München zu bleiben. Ob Mel das auch so gut finden würde? Aber sie wollte ja nur eines ihrer Ferienhäuser mieten, nach Familienanschluss stand ihr gar nicht der Sinn. Allein am langen Ostseestrand spazieren gehen, das war genau das, was ihr jetzt guttun würde. Mit niemandem reden und sich vom eiskalten Wind so richtig durchpusten lassen.

Kurz entschlossen packte sie ihre Tasche und zwei Stunden später stand sie am Hauptbahnhof und arbeitete sich durch den Fahrkartenautomaten der Bahn. Die Fahrt sollte tatsächlich über acht Stunden dauern. Frustriert wählte Kerstin die nächstmögliche Verbindung. München – Hamburg – Kiel – Eckernförde. Von dort aus würde sie sich einen Mietwagen nehmen.

Der Intercity war überfüllt. Sie flüchtete sich in den Speisewagen. Die anderen Plätze des Vierertischs blieben nicht lange frei. In Ingolstadt setzten sich zwei Männer zu ihr, die stumm ihr Bier tranken und schon in Nürnberg wieder ausstiegen. Ab Würzburg hatte sie eine kleine Familie neben sich.

Kerstin saß die meiste Zeit wie versteinert da. Der dicke Kloß der Wut drückte ihr auf den Hals. In ihrem Kopf schwirrten wirre Gedanken umher. Wieso hatte sie diesen Zustand so lange ertragen?

Plötzlich traf sie die Ladung eines kalten Getränks. Der kleine Junge hatte seine Apfelsaftschorle umgekippt, die sich jetzt in ihren Schoß ergoss.

»Verdammt!«, entfuhr es ihr.

Die Eltern blickten sie aus weit geöffneten Augen an.

Kerstin erhob sich entnervt und ging auf die Toilette. Das Klo quoll über von Tüchern, die auf dem Boden lagen. Leider gab es keine mehr, um ihre Hose und die Bluse zu trocknen.

Sie versuchte es mit dem Rest des Toilettenpapiers, das noch da war, aber das Ergebnis war wenig zufriedenstellend.

Ihr Telefon hatte kaum Netz und der Akku gab auch langsam seinen Geist auf. Sie checkte, ob Mel sich inzwischen gemeldet hatte, aber das war nicht der Fall. Enttäuscht stellte sie fest, dass Friedrich es anscheinend auch nicht für nötig hielt, mit ihr in Kontakt zu treten. Sie stellte das Telefon aus und kehrte zu ihrem Platz zurück. Die Familie war verschwunden, endlich hatte sie wieder Ruhe. Ob es Mel überhaupt recht war, dass sie sie besuchte? Sie hatten sich seit einer Ewigkeit nicht gesehen, trotzdem war sie diejenige gewesen, die Kerstin sofort in den Sinn gekommen war. Sie spürte immer noch eine tiefe Verbindung zu Mel, genauso wie zu den anderen Frauen des Kleeblatts.

Mein Gott, wie unzertrennlich waren sie damals gewesen. Sie dachte an die Zeit kurz vor dem Abitur zurück, als ihnen gefühlt noch die ganze Welt offengestanden hatte. Wie viele Träume hatten sie gehabt … Die anderen drei hatten sie sich tatsächlich auch erfüllt. Mel hatte eine Familie und einen Ferienhof und war offenbar sehr glücklich. Izzy war eine erfolgreiche Schauspielerin. Kerstin sah sich immer voller Neid ihre Bilder in der Presse an. Sie wirkte wie ein wirklicher Star. Und Sarah war so mutig gewesen, zum Studium ganz allein nach London zu gehen, wo sie jetzt als Anwältin in einer Kanzlei für Wirtschaftsrecht arbeitete. Nur Kerstin selbst war auf der Strecke geblieben. Sie hatte sich an einen Mann gehängt, der anderweitig vergeben war, und auch ihre Arbeit war nur interessant, weil sie dort Zeit mit ihm verbringen konnte. Ihre Leidenschaft, das Kochen, war vollständig in den Hintergrund getreten, nicht zuletzt, weil sie keine Vorschläge und eigenen Ideen mehr einbringen durfte; sie kochten streng nach Friedrichs Vorgaben. Keine waghalsigen Ideen, lautete seine Devise, gekocht wird, was sich bewährt hat. All die Träume von der Sterneköchin waren verpufft, dabei hatte es eine Zeit gegeben, als sie diesem Ziel schon sehr nah gewesen war.

Kerstin schluckte. Irgendwie war sie mit ihrem Leben in eine Sackgasse geraten. Sie spürte Tränen in den Augen brennen.

»Möchten Sie noch etwas trinken?«, fragte der Kellner.

Erst schüttelte sie den Kopf, doch dann überlegte sie es sich anders. »Ich nehme einen Rotwein.«

Der Mann benahm sich wie in einem Sterne-Restaurant. Er reichte ihr die Speisekarte und wollte wissen, welchen der drei Rotweine, die zur Auswahl standen, sie haben wolle.

Kerstin deutete mit tränenblindem Blick auf einen der Namen und der Kellner verzog sich.

Kurz vor Hamburg hatte sie das kleine Fläschchen ausgetrunken. Sie bezahlte und überlegte, ob sie nicht einfach in Hamburg bleiben sollte. Sie könnte sich in einem hübschen Hotel einmieten und sich endlich mal die Stadt anschauen. Sicher war es hier viel schöner als in München. Außerdem hatte Mel sich immer noch nicht gemeldet. Was, wenn sie nicht da war? Vielleicht sollte sie über ihren 44ever-Chat mit ihr Kontakt aufnehmen? Aber sie wollte ihre anderen Freundinnen nicht wissen lassen, wie beschissen es ihr ging, das hatte sie schon viel zu oft gemacht. Ihre Jammerei über Friedrich hing den anderen sicher zum Hals heraus.

Sie setzte sich in eines der typischen Bahnhofsrestaurants und startete ihr iPad. Sie liebte dieses Ding. Es war in der Küche immer an ihrer Seite. Eingepackt in ein Unterwassergehäuse, begleitete es sie jeden Tag; all ihre Rezepte und neuen Kreationen waren darin gespeichert. Wenn sie einen neuen Geschmack fand, eine Gewürzkombination, die sie ansprach, dann notierte sie es sofort.

44ever

Kerstin

Hallo Mel, ich habe dir auf deinen AB gesprochen, hat dich meine Nachricht erreicht?

Zwei Minuten später klingelte ihr Handy.

»Hast du auch die Mail von Izzy bekommen?«, fragte Mel ohne Einleitung und Begrüßung.

»Ich weiß nicht, wovon du sprichst.« Es war komisch, die vertraute Stimme der Freundin zu hören. Kerstin wurde schlagartig bewusst, wie lange sie schon nicht mehr persönlich miteinander gesprochen hatten.

»Aha. Und warum sprichst du mir dann auf den Anrufbeantworter?«

»Du hast meine Nachricht noch nicht abgehört?«, fragte Kerstin zurück.

»Wirst du hinfliegen?«

»Wovon sprichst du?«

»Na, von Izzys Mail und der Einladung.«

»Hör zu, ich weiß nicht, wovon du redest. Ich bin gerade in Hamburg und würde dich gerne besuchen. Mein Zug nach Kiel geht in einer halben Stunde. Von dort fahre ich dann nach Eckernförde. Könntest du mich abholen?« Sie wusste, dass sie Mel damit überrumpelte, aber sie hatte keine Wahl. Hatten sie sich nicht mal geschworen, immer füreinander da zu sein?

»Oh«, kam es von Mel, dann eine sehr lange Zeit nichts.

»Ich will euch nicht auf die Nerven fallen, aber …«

»Nein, nein. Das ist schon okay. Sag mir, wann du in Eckernförde ankommst.«

Kerstin gab ihr die Zeit durch und beeilte sich dann, zu ihrem nächsten Zug zu kommen. Ein etwas seltsames Gefühl beschlich sie, aber vielleicht lag das auch nur daran, dass sie Mel so lange nicht mehr gesehen hatte.

Als sie schließlich aus dem Regionalexpress stieg, war es schon sehr spät. Kerstin hatte in den letzten Stunden versucht, sich in ein E-Book zu versenken, aber es war ihr nicht gelungen. Normalerweise konnte sie völlig abtauchen in Geschichten, die nicht ihre waren. Sie vergaß darüber die Zeit und alles um sich herum. Die meisten einsamen Abende verbrachte sie mit ihren Büchern und entfloh damit ihrem eigenen Leben. Doch diesmal hatte es nicht geklappt. Immer wieder waren ihre Gedanken um das gekreist, was sich in ihrem Leben ändern musste –

eigentlich alles, wenn sie ehrlich war. Sie hasste die Stadt, in der sie lebte, sie war in ihrem Job unterfordert und ihr Liebesleben war eine einzige Katastrophe. Wie hatte sie nur so lange an dieser Lüge festhalten können?

Der Bahnsteig war leer. Eiskalter Wind peitschte ihr ins Gesicht. Kerstin zog ihren Mantel zu und stampfte fröstelnd mit den Füßen auf. Ein paar Pendler stiegen aus und hasteten zum Ausgang. Sie stellte ihre Tasche ab und wartete.

Plötzlich tauchte am anderen Ende des Bahnsteigs ein blonder Wuschelkopf auf, der sie sehr an ihre Freundin erinnerte.

Atemlos kam Mel auf sie zugerannt und blieb nach Luft schnappend vor ihr stehen. »Kerstin.« Mel breitete die Arme aus und zog sie an sich. Sie roch genauso wie immer, ging es Kerstin durch den Kopf. Am liebsten wäre sie einfach für immer so stehen geblieben, in dieser vertrauten Umarmung auf Gleis 1 des Bahnhofs von Eckernförde.

5

Sarah

Sarahs Handy piepste.

»Ich muss los«, sagte sie und setzte sich auf. Sie fischte nach ihrer Wäsche und den Strümpfen.

Der Mann neben ihr rekelte sich und stützte sich dann auf den Arm auf. »Willst du nicht noch ein wenig bleiben?« Er strich ihr über die nackte Brust.

»Nein, tut mir leid, ich muss nach Hause.« Sie stand auf, schlüpfte in ihr Spitzenhöschen und zog sich den dazu passenden BH an. Die halterlosen Strümpfe folgten. Sie blickte kurz zu ihm. Wie hieß er noch gleich? Ben? Bob? Sie hatte es tatsächlich vergessen. Er war attraktiv, hatte einen sportlichen Körper, aber sie fand ihn trotzdem nicht sonderlich anziehend. So ging es ihr meistens. Besonders danach.

Sie stieg in ihren engen Rock. Die Bluse lag auf dem Sofa. Sie schnappte sich das seidige Ding und streifte es über.

»Wir könnten doch noch ein bisschen Spaß haben, was meinst du?«

»Nein, tut mir leid.« Sie knöpfte die Bluse zu.

Schuhe, Handtasche, Jacke.

Er stieg aus dem Bett und machte Anstalten, sie zu umarmen. Sie wich zurück. »Mach's gut.«

»Vielleicht sehen wir uns mal wieder.«

»Ja, vielleicht«, antwortete sie. Eher nicht, dachte sie.

Fast fluchtartig verließ sie das Zimmer. Im Flur hielt sie einen Moment lang inne und lehnte sich an die Wand. Sie liebte diesen klaren, geschäftsmäßigen Geruch der Hotelflure mit der klimatisierten Luft, die einem suggerierte, alles wäre frisch und rein. Ganz im Gegensatz zu ihrem Leben. Kurz überkam sie ein Gefühl der Sinnlosigkeit.

In der U-Bahn wechselte sie ihre High Heels gegen Turnschuhe. Danach rief sie ihre Mails auf. Beim Lesen wurden ihre Augen immer größer.

Liebe Sarah,
du weißt, dass ich am 1.1. meinen Geburtstag feiere. Den Vierzigsten. Kannst du dich noch an unseren Schwur erinnern? Wir vier wollten uns treffen, wenn wir dann alle noch am Leben sind. Ich möchte euch so gerne endlich mal wiedersehen. Dafür habe ich mir etwas Besonderes ausgedacht. Ich habe euch allen Flugtickets gekauft. Es gibt hier auf Oahu ein Haus, in dem wir es uns so richtig gutgehen lassen können.
Ich möchte meinen Geburtstag mit euch feiern, so wie wir uns das damals versprochen haben. Wir wollten immer füreinander da sein und ich denke, jetzt ist der richtige Zeitpunkt dafür. Wenn nicht jetzt, wann dann?
Bitte komm, ich würde mich so freuen.
Alles Liebe, ich umarme dich,
deine Izzy

Sarah starrte auf die Mail. Meinte Izzy das wirklich ernst?

Im Anhang fand sie einige Fotos von Hawaii. Das türkisfarbene Meer sah aus wie mit Photoshop bearbeitet. Dazu ein blütenweißer Sandstrand, dunkelgrüne, geheimnisvolle Berge und einige wunderschöne rote Blüten in Nahaufnahme. Wie hießen die noch gleich? Hibiskus? Fast hätte sie ihre Haltestelle verpasst. Der Weg vom U-Bahnhof bis zu ihrem Wohnblock war kurz, aber recht dunkel. Schnell lief sie die Straße hinunter und war froh, als sie im Hausflur stand. Sie schloss die Tür zu ihrem Appartement auf. Das winzige Zimmer mit dem kleinen Flur verdiente diesen Ausdruck eigentlich nicht, aber es war alles, was sie sich hier in London leisten konnte. Bisher hatte sie noch keinen Menschen zu sich nach Hause eingeladen. Es war ihr einfach zu peinlich gewesen. Abgesehen davon interessierte sich auch niemand dafür, wie sie wohnte. Nachdem sie geduscht und sich den Geruch von Sex abgewaschen hatte, zog sie ihr völlig unerotisches Schlaf-Shirt an. Das Ding war schon steinalt und total durchlöchert, aber Sarah liebte es. Das lag sicher nicht an den aufgedruckten Blümchen, sondern daran, dass es eine Erinnerung an die Zeit war, als sich alles noch heil angefühlt hatte.

Wow, eine Einladung nach Hawaii.

Ob Izzy das wirklich ernst meinte? Oder wollte sie den anderen einfach nur vor Augen führen, wie gut es ihr ging? Sarah hasste sich selbst für diesen bescheuerten Gedanken. So was würde Izzy nie tun.

Als sie den 44ever-Chat öffnete, sah sie die Nachricht von Kerstin an Mel.

Tauschten sich die beiden über Izzys Einladung aus?

44ever

Sarah

Hi, was meint ihr? Kommt ihr? Wahnsinn, oder?

Leider war niemand online.

Enttäuscht öffnete sie eine Flasche Wein. Alle hatten es cool gefunden, dass sie damals nach London gegangen war. Niemand bis auf Izzy hatte mitbekommen, dass es eine Flucht war. Sarah arbeitete nicht als Anwältin, wie Mel und Kerstin dachten. Ihr Studium hatte sie nach vier Semestern abgebrochen und seitdem war sie von einem Job in den nächsten getaumelt. Die Kanzlei, in der sie jetzt schon länger beschäftigt war, hatte einen großen Namen, aber die Arbeit, die Sarah verrichtete, war langweilig und eintönig. Mit keinem der Kollegen hatte sie mehr als ein paar private Worte gewechselt, ihr ganzes Leben beschränkte sich darauf, zur Arbeit zu fahren, zwölf Stunden im Stall zu ackern und sich ab und an von einem Bob oder Ben abschleppen zu lassen.

Der Abend mit Mr. Willings war furchtbar gewesen. Er hatte tatsächlich versucht, ihr an die Wäsche zu gehen, aber Sarah hatte sich geschworen, nie wieder etwas zuzulassen, was sie nicht selbst wollte. Leider hatte ihr Chef nicht akzeptieren wollen, dass Sex nicht zu Sarahs Jobbeschreibung gehörte. Dass ihre Bockigkeit nicht förderlich für ihre Karriere sei, hatte er ihr nur noch hinterherrufen können, denn sie war Hals über Kopf geflohen. Sie war sich nicht sicher, ob sie im neuen Jahr auch weiter dort arbeiten würde.

Der Wein stieg ihr allmählich zu Kopf. Sie taumelte in ihr winziges Bad und betrachtete sich im Spiegel. Langsam kamen die Falten. Irgendwie sah sie verhärmt aus. Ihre Freundinnen hatten alle so viel vorzuweisen, sie aber lebte einfach vor sich hin.

Plötzlich klingelte es an der Wohnungstür. Ein Geräusch, das so selten vorkam, dass Sarah einen Augenblick nachdenken musste, bevor sie es zuordnen konnte. Wer sollte sie besuchen? Zögernd öffnete sie die Tür einen Spaltbreit.

»Hallo, ich bin dein neuer Nachbar und wollte mich vorstellen.«

Sarah konnte nicht glauben, was da für ein Prachtexemplar von Mann vor ihr stand. Durchdringende grüne Augen, braune, etwas zu lange Haare und ein Körper, der sie schlucken ließ. Genau ihr Beuteschema und jetzt auch noch frei Haus.

»Hi«, brachte sie krächzend heraus. »Ich heiße Sarah.«

»Ja, ich weiß. Steht ja auf deinem Klingelschild. Ich bin Ben.«

Sie konnte nicht anders, sie fing schallend an zu lachen. Dann hieß der Typ von vorhin sicher Bob. Oder hatte sie zweimal am Tag einen Ben getroffen?

Irritiert sah der Mann sie an.

O Gott, sie musste auf ihn total verrückt wirken. Sie schwankte leicht, der Alkohol forderte seinen Tribut. »Willst du reinkommen?«, nuschelte sie und öffnete einladend die Tür.

»Danke, ein anderes Mal. Du solltest schlafen gehen, gute Nacht.«

Verblüfft sah Sarah ihm nach. Also doch die Irre, sie hatte es nicht kaschieren können. Schade. Von hinten sah er genauso sexy aus wie von vorne.

Sie schloss die Tür und rutschte an der Wand im Flur auf den Boden. Der Aufprall tat weh, da sie auf ihre sorgfältig aufgereihten Schuhe plumpste. Den schmalen Schlauch konnte man kaum als richtigen Flur bezeichnen, er war eher ein etwas überdimensioniertes Schuhregal. Schuhe waren Sarahs einzige Leidenschaft.

Nachdem sie eine Weile im Dunkeln auf dem Boden gehockt hatte, kehrte sie wieder in ihr Zimmer zurück. Sie klappte ihr Laptop auf, las die Mail von Izzy noch einmal und sah sich wieder die Bilder an.

Vielleicht konnte sie das Ticket zurückgeben, dann hätte sie wenigstens in nächster Zeit keine Geldprobleme mehr. Als sie den Anhang öffnen wollte, stellte sie fest, dass Izzy noch ein Postskriptum ans Ende der Mail gesetzt hatte.

PS: Denke nicht mal dran, liebe Sarah. Ich weiß, dass es dir finanziell nicht so gut geht, aber diese Flugtickets wären doch nur ein Tropfen auf den heißen Stein. Ich habe dir einen zusätzlichen Flug nach Frankfurt gebucht. Dann kannst du Weihnachten bei deinem Vater verbringen und danach zusammen mit Mel am 27.12. losfliegen. Du musst kommen! Bitte!

6

Kerstin

Kerstin wälzte sich schon seit Stunden von der einen Seite des altmodischen Holzbettes zur anderen. Bei jeder Bewegung knarrte und quietschte es so fürchterlich, dass allein das schon ein Grund gewesen wäre, um sie wachzuhalten. Entnervt setzte sie sich auf und schaltete die Nachttischlampe ein. Mel hatte sie nicht in einem ihrer Ferienhäuser untergebracht, sondern in der Pension Dietersen.

»Tut mir leid, aber die Ferienhäuser haben wir schon winterfest gemacht«, hatte Mel gesagt, als sie auf einem Parkplatz vor dem alten Fachwerkhaus angehalten hatten. »Ich habe dir hier ein Zimmer reserviert. Die sind sehr gemütlich und außerdem auch bezahlbar.«

»Aber ich dachte …«, stotterte Kerstin, während Mel betont fröhlich aus dem Wagen stieg. Ja, was hatte sie eigentlich gedacht? Dass Mel sie mit offenen Armen bei sich zu Hause willkommen heißen würde? Sie versuchte sich vorzustellen, wie sie selbst auf eine so plötzlich auftauchende Freundin reagiert hätte. Etwas enttäuschend war es natürlich schon.

Kerstin musste die Tür des VW-Busses mit Gewalt aufstemmen. Der Wind war noch weiter aufgefrischt. Mel hatte schon ihre Reisetasche aus dem Kofferraum geholt und ging auf den Eingang der Pension zu.

»Frau Dietersen hat noch ein kleines Abendessen für dich vorbereitet. Ich komme morgen zum Frühstück vorbei, dann können wir so richtig schön zusammen quatschen.« Sie umarmte Kerstin ein weiteres Mal, bevor sie wieder zu ihrem Wagen lief. Im Einsteigen rief sie ihr noch zu: »Du musst unbedingt die Mail von Izzy lesen!«

Kerstin krabbelte aus dem Bett und inspizierte die Reste ihres Abendessens. Sie konnte sich nicht erinnern, wann sie das letzte Mal Butterbrote mit Leberwurst geschmiert bekommen hatte. Frau Dietersen hatte sich Mühe gegeben. Eine Klappstulle mit Wurst, eine mit Käse. Um die Brote herum waren kleine Gurken und Radieschen dekoriert. Dazu hatte die Wirtin zwei Flaschen Bier gereicht.

Kerstin öffnete die zweite Flasche und machte sich über die Leberwurststulle her. Mit den Gürkchen schmeckte es köstlich. Gleichzeitig schaltete sie ihr iPad an und las ein weiteres Mal die Mail von Izzy.

Hawaii. Kerstin hatte mehr als zwei Jahre in Chicago in einem Sternerestaurant gearbeitet, Amerika lag ihr. Dort hatte sie leider auch Friedrich kennengelernt, der sie dann nach München gelockt hatte. Nein, das stimmte nicht ganz, sie hatte sich damals Hals über Kopf verliebt.

Konnte sie das annehmen? Bei dem Wort Hawaii sah sie tanzende Hula-Schönheiten vor sich und grandiose Bergmassive, in denen Dinosaurier wie im Blockbuster *Jurassic Park* durch die Gegend liefen. Und die Jungs von *Hawaii Five-O* kamen ihr in den Sinn, eine Fernsehserie mit zwei ziemlich attraktiven Polizisten, die vor der spektakulären Kulisse der Inselkette die unglaublichsten Verbrechen aufklärten. Izzy hatte auch ein paar Fotos angehängt. Es sah dort aus wie im Paradies.

Sie goss sich etwas mehr Bier in ihr Glas und lehnte sich zurück. So schräg, wie das erste Treffen mit Mel gelaufen war, so merkwürdig konnte es auch in diesem Urlaub werden. War sie stark genug dafür? Außerdem konnte sie ihren Freundinnen nicht weiter etwas vormachen: Sie war grandios gescheitert. Kein Job, kein Mann, kein Garnichts.

Abermals blickte sie auf das iPad. Am Ende der Mail, unter dem Anhang, stand noch etwas.

> PS: Da ich annehme, dass du nicht weißt, wo du die Weihnachtstage verbringen sollst, habe ich dir schon am 24.12. einen Flug gebucht. Und noch eines: Du musst kommen, es gibt keine Ausrede!

Nach einer sehr kurzen Restnacht wachte Kerstin um halb sieben auf. Draußen dämmerte es und das Wetter sah alles andere als einladend aus. Gegen das Fenster ihres Zimmers peitschte der Schneeregen, und es war eisig im Raum, da sie die Heizung abgestellt und das Fenster auf Kipp gestellt hatte. Fröstelnd lief sie in das kleine Badezimmer. Gott sei Dank hatte die Pension für jedes Zimmer ein eigenes Bad. Für welche Uhrzeit hatten sie sich zum Frühstück verabredet? Es wollte ihr einfach nicht einfallen, aber womöglich hatten sie auch gar nichts Konkretes ausgemacht.

»Guten Morgen.« Frau Dietersen stand in der Küche und lächelte sie warm an. »Haben Sie gut geschlafen?«

Kerstin nickte.

»Ich mache gerade Rühreier mit Krabben. Möchten Sie das auch?«

»Sehr gerne«, erwiderte Kerstin und setzte sich an den gedeckten Tisch. Wirklich gemütlich war es hier.

»Da Sie der einzige Gast sind, habe ich hier in der Küche gedeckt«, sagte die Wirtin.

»Das ist genau richtig«, sagte Kerstin und lehnte sich angenehm entspannt zurück.

Nach einem schweigsamen Frühstück, das sie sehr genoss, platzte Mel in die Küche.

Sie wechselte ein paar Worte mit Frau Dietersen und flüsterte dann Kerstin ins Ohr: »Lass uns zum Strand fahren, da können wir in Ruhe reden.«

»Gerne, ich hole meinen Mantel.«

In ihrem Zimmer haderte Kerstin wieder mit sich selbst. Es war eine Schnapsidee gewesen, hierherzufahren. Sie waren nicht mehr die unbeschwerten jungen Frauen, die gemeinsam durch dick und dünn gingen und etwas rocken wollten. Jede führte ihr eigenes Leben, hatte ihre eigenen Probleme. Sie zog sich ihren Mantel über und stieg wieder die Treppe hinunter.

Im Auto fragte Mel als Erstes nach der Mail von Izzy. »Und, was sagst du? Wirst du hinfliegen?«

»Ehrlich gesagt, ich weiß es nicht.« Kerstin sah aus dem Fenster. Die Landschaft war so trostlos. Graubraune Felder, ein grauer Himmel. Grau bis zum Horizont. So wie Kerstins Leben.

»Kim und Arne fliegen nach Weihnachten zu ihren Großeltern nach Mallorca«, sagte Mel.

»Und dein Mann hält zu Hause die Stellung, während du dich auf Hawaii rumtreibst?« Kerstin versuchte es mit einem Scherz, aber er kam nicht an.

»Ich möchte schon. Ich fände es sehr schön, wenn wir uns alle mal wiedersehen würden. Aber …«

»Weißt du noch, das Jahrgangstreffen? Ich glaube, das war das letzte Mal, dass wir alle vier zusammen waren«, sagte Kerstin.

»O Gott, ja. Sarah musste schon nach einer Stunde wieder abreisen, weil ihr Flug einfach verschoben worden war.«

»Und den Aufriss, den die alle um Izzy gemacht haben. Da habe ich erst verstanden, wie anstrengend es ist, ein Star zu sein.«

»Mir hat sie richtig leidgetan. Außerdem hat es unser Zusammentreffen gestört, wir hatten überhaupt keine Zeit für uns«, sagte Mel.

Einen Augenblick hingen sie beide ihren Gedanken nach. Vielleicht war ja Hawaii ein wirklich guter Ort für ein Wiedersehen. Nur sie vier, endlich wieder vereint.

»Hier ist das Meer besonders schön.« Mel lenkte den Bus auf einen Parkplatz.

Sie stiegen aus. Der Wind war so stark, dass der Graupel im Gesicht regelrecht stach. Trotzdem fühlte Kerstin sich das erste Mal seit Langem wieder lebendig.

»Komm«, Mel fasste ihre Hand und zog sie Richtung Meer. Der Wind versuchte sie mit aller Macht davon abzubringen, an den Strand zu gelangen. Gemeinsam stemmten sie sich ihm entgegen. Das Wasser war aufgewühlt und sah so gar nicht wie die friedliche Ostsee aus.

»Ich fühle mich wie auf einer Zeitreise. Geht es dir genauso?«

»Ja. Ich hätte dich schon viel früher besuchen sollen.« Kerstin blickte ihre Freundin an. »Was ist los mit dir?«

»Ich habe gerade viel um die Ohren. Meine Kinder haben keine Schule mehr, übermorgen kommt meine schreckliche Schwiegermutter und meine Angestellte hat gekündigt. Alles ein bisschen stressig im Moment. Aber das wird schon.«

»Und, was denkst du über Hawaii?«, fragte Kerstin.

»Ich finde, wir sollten es machen«, sagte Mel nach einer Pause. »Izzy hat recht, wir haben es uns versprochen. Außerdem war unser letztes gemeinsames Treffen ja nicht besonders prickelnd.«

»Aber ein bisschen verrückt ist es trotzdem«, lachte Kerstin, während sie sich an ihr Versprechen erinnerte. Es war schon so lange her, sie hatte in den letzten Jahren gar nicht mehr daran gedacht. Damals, auf der Frankreichreise, gleich nach dem Abitur, da hatten sie den Schwur getan. Herr Umbach hatte ihnen die Reise vorgeschlagen. »Ihr werdet mir noch dankbar sein. Die letzte halbwegs unbeschwerte Zeit, bevor der Ernst des Lebens für euch anfängt.«

Und er hatte recht behalten. Es war eine seltsame Zeit, man schwebte zwischen allem; in der Schule hatte man keinen Platz mehr, die Ausbildung oder die Uni starteten aber in den meisten Fällen erst nach dem Sommer.

Es war nur eine kleine Gruppe geworden, die in dem etwas schäbigen Hostel am Rande von Paris abgestiegen war. Natürlich hatte das Kleeblatt ein Vierbettzimmer bekommen. Mel und Kerstin teilten sich das Stockbett auf der einen Seite, das andere belegten Sarah und Izzy.

»Was auch immer passiert, wir treffen uns an meinem vierzigsten Geburtstag wieder.« Kerstin hatte Izzys Satz immer noch im Ohr.

Ihre roten Haare flatterten wie verrückt um ihren Kopf, und der Sturm zerrte an ihrem Mantel. Das Wetter holte sie in die Gegenwart zurück.

»Komm, lass uns zurückgehen«, rief Mel gegen den Wind und das Brausen der Ostsee an.

Je näher sie dem VW-Bus kamen, desto schneller wurden sie. Kaum hatte Mel den Wagen geöffnet, sprangen sie fast gleichzeitig hinein.

»Ist das kalt«, sagte Kerstin und pustete sich warme Luft in ihre Fäuste. Die Haut ihrer Hände war ganz rau und rissig.

»Stehst du immer noch selbst in der Küche? Ich dachte, als Chefin delegierst du nur noch?«, fragte Mel mit einem Blick auf ihre Hände neugierig. Schnell ließ Kerstin sie in den Schoß sinken, bevor sie antwortete. »Ich muss doch die Rezepte, die ich mir ausdenke, ausprobieren.«

Es herrschte ein kurzes Schweigen, während Mel über die Erklärung nachzudenken schien. Hoffentlich bohrte sie nicht weiter nach.

Kerstin räusperte sich. »Ich fahre heute Abend wieder zurück. Es war eine blöde Idee, dich einfach so zu überfallen.«

»Es tut mir leid, dass ich nur so wenig Zeit für dich habe, aber …« Mels Zögerlichkeit wunderte Kerstin, sonst sagte die Freundin immer freiheraus, was ihr auf der Seele lag. In ihren Chats war sie diejenige, die Kerstin häufig ein bewunderndes Grinsen entlockte, weil sie so ehrlich ihre Meinung kundtat.

»Wir können zumindest heute noch so viel Zeit wie möglich miteinander verbringen. Hast du dir schon einen Zug rausgesucht? Ich kann dich auch nach Kiel fahren.«

»Okay, dann holen wir meine Sachen.«

Eine halbe Stunde später checkte Kerstin bei Frau Dietersen aus, während Mel im Wagen blieb und auf ihrem Handy nach einem schönen Café in Kiel suchte.

Kerstin riss die Beifahrertür auf und kalte Luft drang in den Wagen.

Erschrocken sah Mel auf.

»Tut mir leid. Wie hältst du es hier oben nur aus? Dieser Wind macht mich fertig.«

»Verstehe ich. Manchmal geht er mir auch auf die Nerven. Ich habe uns ein wunderschönes Café herausgesucht. Da war ich schon seit Ewigkeiten nicht mehr«, sagte Mel, ließ den Motor an und steuerte den Bus auf die Hauptstraße.

»Ich habe mich gerade entschlossen, nach Hawaii zu fliegen.« Es war einfach aus Kerstin herausgeplatzt.

»Ach, und wie bist du zu deiner Entscheidung gekommen?«

»Erstens hat mich das, was Izzy geschrieben hat, sehr berührt. Und zweitens habe ich heute mit dir am Strand gedacht, dass ich euch drei viel mehr brauche, als ich geahnt habe. Außerdem haben wir es uns doch geschworen.«

Für einen kurzen Moment sah Kerstin ein kleines Lächeln auf Mels Gesicht.

»Ging mir auch so«, antwortete Mel. »Wir hätten das schon viel früher machen sollen«, ergänzte sie leise.

Kerstin legte ihr eine Hand auf den Arm. Lange Zeit hingen sie beide ihren Gedanken nach, aber diesmal war es kein peinliches Schweigen, sondern Kerstin spürte endlich wieder die alte Verbundenheit.

»Ich werde auch kommen«, sagte Mel schließlich.

»Großartig. Jetzt können wir nur noch hoffen, dass Sarah sich auch für Hawaii entscheidet.« Spontan umarmte Kerstin ihre Freundin.

»Vorsicht! Ich kann nichts mehr sehen«, rief Mel. Sie schob sie mit einer Hand zur Seite, während sie mit der anderen den Wagen lenkte.

Stimmt, das hatte Kerstin in ihrer Freude kurz vergessen. Sie ließ von ihr ab und lehnte sich wieder zurück.

»Weißt du noch, Frankreich?«

»O mein Gott! Hattest du da nicht diesen süßen Franzosen?«, quiekte Mel.

»Bruno.« Kerstin rollte mit den Augen. »Dabei war ich gar nicht in ihn verliebt.«

»Hattest du je wieder Kontakt zu ihm?«

»Nein.« Sie schüttelte den Kopf. »Ich habe keine Ahnung, was aus ihm geworden ist.«

Kerstin machte kurz die Augen zu. Diese Fahrt nach Frankreich hatte damals gewissermaßen einen Abschluss gebildet. Danach war alles anders gewesen; sie waren in alle Winde verstreut worden. Sarah hatte es kaum abwarten können, nach London zu gehen, Mel hatte sich endlich zu ihrer Liebe zu Sven bekannt und sie selbst hatte einen Ausbildungsvertrag zur Köchin in einem renommierten Restaurant in Köln in der Tasche gehabt. Nur bei Izzy hatte es noch keine konkreten Ideen gegeben. Sie wollte damals die Welt bereisen und war sehr enttäuscht gewesen, dass sie alle schon andere Pläne hatten.

Würde sie mit Izzy und Sarah die gleiche Verbundenheit spüren, die sie gerade mit Mel erlebte?

7

Sarah

Nervös stand Sarah in der Schlange am Flughafen Heathrow. Verdammte Izzy, warum hatte sie ihr diesen Flug gebucht? Sarah hatte seit Jahren keinen Kontakt zu ihrem Vater. Er war regelrecht entsetzt gewesen, als sie ihm ihren Besuch angekündigt hatte. Zumindest war es ihr so vorgekommen.

Nach endlosen Kontrollen hatte sie es endlich bis zu ihrem Gate geschafft. Alles war weihnachtlich dekoriert und von überallher erschallten Weihnachtslieder. Am liebsten hätte sie sich die Ohren zugehalten, sie hasste dieses aufgesetzte Brimborium.

Der Flug verlief ohne besondere Vorkommnisse. Sarah hatte ausgerechnet, dass sie seit fünf Jahren nicht mehr in Deutschland gewesen war. Das letzte Mal war sie anlässlich dieses unsäglichen Jahrgangstreffens gekommen. Alles war damals schiefgegangen. Der Billigflieger, mit dem sie nach Frankfurt geflogen war, hatte kurzfristig ihren Rückflug um einen Tag vorverlegt. Somit hatte sie Mel, Kerstin und Izzy nur ganz kurz gesehen und ihren Vater praktisch nur zwischen Tür und Angel getroffen, um dann gleich wieder zum Flughafen zu hetzen. Der

Trip war eine einzige Katastrophe gewesen, so wie eigentlich alles in ihrem Leben.

Hinter der Tür, die den allgemeinen Flughafenbereich von der Halle mit den Gepäckbändern abtrennte, entdeckte Sarah ihren Vater. Kurz blieb sie stehen und musterte ihn. Er sah gut aus. Damit hatte sie nicht gerechnet. Er war über sechzig, aber er wirkte durchaus attraktiv und agil.

Freudig lief sie auf ihn zu und umarmte ihn. »Papa«, konnte sie noch sagen, dann kamen ihr die Tränen.

Ihr Vater hielt sie fest in seinen Armen und Sarah fühlte sich wieder wie ein kleines Mädchen. »Komm«, sagte er nach einer Weile und löste seine Umarmung.

Sarah trocknete sich die Tränen mit dem Ärmel ihrer Jacke. Sie schniefte und versuchte, sich wieder in den Griff zu bekommen. »Du musst mich doch nicht abholen.« Wieder begann sie zu heulen.

»Schätzchen, jetzt hör bitte auf zu weinen, sonst mach ich mit.« Er grinste sie schief und etwas hilflos an.

»Okay«, Sarah nickte. »Ich versuche es.« Sie straffte sich und reichte ihrem Vater den großen Rollkoffer.

»Was hast du denn alles dabei? Willst du bei mir einziehen?«

Hatte das ängstlich geklungen? Sarah sah kurz zu ihm hin, aber er lächelte sie arglos an. »Ich fliege doch nach Weihnachten zu meiner Freundin Izzy nach Hawaii.«

Ihr Vater gab sich zufrieden mit dieser Erklärung, und sie gingen zusammen in Richtung Parkhaus. Sarah konnte ihre Aufregung kaum unterdrücken. Sie würden die ganzen nächsten Tage miteinander verbringen.

Im Parkhaus schnappte sie nach Luft, als sie den riesigen Mercedes ihres Vaters sah. Woher hatte er so viel Geld?, schoss es ihr durch den Kopf. Er hatte als Verwaltungsbeamter bei einer Behörde gearbeitet. Konnte man sich von dem Gehalt solch ein Auto leisten? Sie spürte, dass er ihre Überraschung sah, doch er klärte sie nicht auf.

Als Sarahs Vater den Wagen auf die Autobahn lenkte, fiel ihr auf, was für ein sportlicher Fahrer er war. War er das früher auch schon gewesen? Sie wusste es nicht mehr. »Hast du mal was von Mama gehört?«

»Ja klar. Wir haben erst gestern telefoniert. Ich habe ihr erzählt, dass du mich besuchst, sie war ganz neidisch.«

»Ihr redet wieder miteinander? Wieso habt ihr mir das nicht erzählt?«

»Wir dachten, es interessiert dich nicht.«

»Aber ihr seid meine Eltern!«

»Du schienst so mit deinem eigenen Leben beschäftigt zu sein, dass wir dachten, wir warten, bis du deinerseits wieder zu uns Kontakt aufnimmst.« Er sah kurz zu ihr, bevor er den Blick wieder auf die Straße heftete.

Fassungslos lehnte sich Sarah in dem Ledersitz zurück. Was war hier passiert? Ihr Vater sah so jung und modern aus, ihre Eltern redeten wieder miteinander. Was hatte sie nicht mitbekommen?

Auch die Wohnung ihres Vaters versetzte sie in Staunen. Er führte sie in einen Innenhof, in dem ein mehrstöckiges kleines Haus stand. Über eine Außentreppe gelangten sie in den ersten Stock.

»Unten ist meine Werkstatt«, sagte ihr Vater kryptisch.

»Werkstatt? Was machst du denn da?«

»Das erkläre ich dir später.«

Als er die Tür aufschloss, traute Sarah ihren Augen kaum. Bilder von dunkelbraunen Schrankwänden, dicken Berberteppichen und einer überdimensionierten Sitzgruppe gingen ihr durch den Kopf. Wo war dieser altmodische Stil geblieben, in dem die Wohnung ihrer Eltern früher eingerichtet gewesen war? Sie betrat einen lichtdurchfluteten Raum mit wenigen, wohlausgesuchten Möbeln. In der Ecke konnte sie eine offene Küche erkennen. Alles war sehr farbenfroh, Rot und Blau dominierten. Nie hätte sie gedacht, dass ihr Vater in einer solchen Wohnung leben würde.

»Die Schlafzimmer sind oben«, sagte er und machte Anstalten, ihren schweren Koffer eine Stahltreppe hinaufzuschleppen.

»Warte, ich helfe dir.«

Gemeinsam schleiften sie das schwere Gepäckstück nach oben. In der zweiten Etage traten sie auf einen Flur, von dem drei Türen abgingen.

»Dahinten ist mein Schlafzimmer, in der Mitte ist das Bad und hier vorne ist das Gästezimmer.« Er öffnete die Tür und Sarah bestaunte einen Raum, der zweimal so groß wie ihre Wohnung in London war.

»Papa, ich verstehe das alles nicht«, stotterte sie.

»Pack deine Sachen aus, mach dich frisch und dann reden wir. Ich warte unten auf dich.«

Völlig verwirrt nickte Sarah und ging ins Gästezimmer. Das Bett war breit und lud dazu ein, sich sofort darauf zu werfen. Der Blick aus dem Fenster führte in den Innenhof. Jetzt, im Winter, sah es etwas trostlos aus, aber man konnte ahnen, dass es im Sommer sicher sehr schön war.

Wahnsinn, was war nur mit ihrem altmodischen Spießer-Papa geschehen?

44ever

Sarah
Ich habe mich entschieden. Ich komme. Und ihr so?

Kaum hatte sie ihre Nachricht abgeschickt, machte es Pling.

44ever

Kerstin
Ich bin fast schon unterwegs!

Mel
Ich komme auch! Ich freue mich so auf unser Wiedersehen!

Sarah hatte bis zu dem Zusammentreffen mit ihrem Vater mit sich gehadert, aber in seinen Armen war ihr klar geworden, dass sie ihre Freundinnen unbedingt auch wieder in die Arme schließen musste. Gut, dass es ihnen anscheinend genauso ging.

Vielleicht würde sie es sogar schaffen, mit ihnen über

die Sache von damals zu sprechen. Über diese furchtbare Geschichte, die ihr ganzes Leben verändert hatte.

Mit ihrem Vater wollte sie nicht darüber reden. Es sah so aus, als ob er die Trennung endlich verkraftet hatte, da wollte sie ihn nicht gleich mit der nächsten Sache belasten. Was hatte ihn nur so aufblühen lassen? Ob eine neue Liebe dahintersteckte? Kein Zweifel, irgendetwas war passiert.

8

Mel

Mel sortierte sich kurz, bevor sie ihrer Schwiegermutter die Tür öffnete. Maria bedachte sie mit einem knappen Nicken und enterte das Haus. Schulterzuckend blickte Sven in ihre Richtung und eilte seiner Mutter dann mit einem Koffer hinterher. Na, das konnte ja reizend werden. Mel schloss die Tür und lehnte sich einen Augenblick dagegen.

Schon hörte sie Marias Stimme. Warum klang diese Frau bloß immer vorwurfsvoll? Sie konnte doch froh sein, dass sich ihr Sohn so aufopferungsvoll um sie kümmerte. Und dass sie hier zusammen mit ihnen Weihnachten feiern durfte, das war auch nicht selbstverständlich. Aber Maria sah das natürlich ganz anders.

»Schatz, wo ist die englische Teemischung?«, rief Sven.

Wenn er mich noch einmal Schatz nennt, dann …, dachte Mel und kam mit einem angestrengten Lächeln in die Küche. »Da oben im Schrank«, sagte sie und deutete auf einen der vielen Hängeschränke.

Maria saß wie Queen Mum auf einem Küchenstuhl. Ihre knochigen Hände umklammerten die Handtasche auf ihrem Schoß. Fast hätte Mel angefangen zu lachen.

Stattdessen blieb sie einfach mitten im Raum stehen und beobachtete, wie ihr Mann seiner Mutter einen Tee zubereitete.

»Wie geht es den Kindern?«, fragte Maria. Natürlich war die Frage an ihren Sohn gerichtet, Mel wurde von ihr kaum beachtet. Ihre Schwiegermutter duldete sie und schien sich über ihre Enkelkinder zu freuen, aber Sven war ihr Ein und Alles.

»Gut. Ihnen geht es gut«, sagte er so beiläufig, als wäre das nicht gelogen.

Mel dachte an die versteinerten Gesichter von Kim und Arne, als sie ihnen erzählt hatten, dass sie eine Auszeit voneinander nehmen würden. Nicht einmal die Aussicht auf zwei Wochen Mallorca hatte sie freudig stimmen können.

»Ich habe dir unser Schlafzimmer hergerichtet. Ich denke, das ist das Bequemste für dich.« Mel hatte auf dieser Lösung bestanden, denn so bekam ihre Schwiegermutter nicht mit, dass Sven und sie nicht mehr in einem Bett schliefen.

»Und wo schlaft ihr?« Maria nahm den Tee entgegen.

»In einem der Ferienhäuser«, antwortete Sven.

Jeder in einem, fügte Mel in Gedanken hinzu.

»Kannst du bitte Marias Sachen nach oben bringen? Und Maria, geh doch bitte schon mal ins Wohnzimmer, ich bereite das Essen vor«, sagte Mel so liebenswürdig sie konnte. Wie gerne hätte sie einfach laut »Raus!« geschrien. Oder auch: »Pack deinen betrügerischen Mistkerl von Sohn ein und macht euch vom Acker.«

Sven half seiner Mutter mit ihrem Tee, schnappte sich

dann, nachdem sie auf dem Sofa Platz genommen hatte, den Koffer und verschwand nach oben.

Zum Durchatmen war kaum Zeit, denn Mel hörte ein Auto auf dem Hof. Arne hatte heute noch ein Treffen mit seinem Computerclub und es gab einen wechselnden Fahrdienst der Eltern, die die Jungs zu Hause ablieferten.

»Hi, Mum«, sagte ihr Sohn, als er durch die Küchentür schlurfte.

»Hallo, mein Schatz. Oma Maria ist schon da, sie sitzt im Wohnzimmer.« Eigentlich wollte sie sich noch einmal versichern, dass Arne die Trennung auf Zeit seiner Eltern für sich behielt, aber seine entnervte Miene hielt sie davon ab. Mel wusste, dass ihr Sohn mit Oma Maria nicht viel anfangen konnte. Genauso wenig wie sie mit ihm.

Sie hörte seine gemurmelte Begrüßung und die gestelzte Antwort von Maria. Mel verdrehte die Augen. Gott sei Dank war das Verhältnis ihrer Kinder zu ihren eigenen Eltern völlig anders. Vor ein paar Jahren hatten sie beschlossen, Deutschland den Rücken zu kehren, und waren nach Mallorca ausgewandert. In ihrer kleinen Finca fühlten sie sich wohl und genossen in vollen Zügen ihren Lebensabend. Sie beneidete ihre Eltern um ihre vertrauensvolle und beständige Beziehung. Als sie sie gestern angerufen und ihnen von ihren Plänen erzählt hatte, hatten sie nicht weiter nachgefragt, sondern nur ihre Freude über den Besuch ihrer Enkelkinder zum Ausdruck gebracht.

»Ich dachte, du wolltest mit dem Kochen anfangen?« Sven stand im Türrahmen.

Es war so vertraut, dieses Bild, und doch auch wieder

nicht. Ob er sie schon öfter betrogen hatte? Was hatte sie an ihm geliebt? Zurzeit war es verflogen.

»Es ist fast alles fertig. Ich muss nur noch die Kartoffeln schälen.« Mel ging in die Speisekammer.

»Wann kommt Kim?«, fragte Sven.

»Keine Ahnung. Ich nehme mal an, um sechs.« Mel ließ die Kartoffeln aus dem Korb in die Spüle kullern.

»Wo ist sie überhaupt?«

»Kannst du dich bitte um deine Mutter kümmern?« Mel war den Small Talk leid. Was wollte Sven damit erreichen? Es gab keine Normalität mehr. »Du kannst sie nicht einfach im Wohnzimmer parken. Arne ist bei ihr und du weißt ja, dass sie sich nicht so besonders verstehen.«

Gerade als sie den Tisch fertig gedeckt hatte, erschien auch ihre Tochter. So lahm, wie sie ihre Oma begrüßte, war es ein Wunder, dass ihre Schwiegermutter die düstere Atmosphäre im Hause Sonthusen nicht bemerkte.

Vielleicht lag es auch am Sherry, den Sven ihr in einem fort kredenzte.

Das Essen war ein Desaster und Mel schwante schon Übles für die nächsten Tage. Dabei liebte ihre ganze Familie ihren Sauerbraten. Aber heute war alles anders. Erst hatte niemand geredet und dann hatte Maria diese unsägliche Frage gestellt.

»Was macht ihr eigentlich nach den Feiertagen?«

»Wir besuchen Oma und Opa auf Mallorca.« Arne hatte das einfach so dahingesagt, aber bei Maria löste es ein entsetztes Schnauben aus.

»Ach, und warum weiß ich davon nichts?«, fragte sie Sven.

»Ich fahre nicht mit. Wir können ein bisschen Zeit zusammen verbringen. Du kannst ja noch ein paar Tage hinten dranhängen.«

»Melanie und die Kinder fahren allein?«, fragte sie ungläubig und legte ihr Besteck zur Seite.

»Mama fliegt nach Hawaii«, sagte Kim und schob sich ein weiteres Stück Braten in den Mund.

Maria blickte entgeistert in die Runde. »Wie bitte? Ich verstehe das nicht.«

»Ist doch ganz einfach.« Arne stöhnte entnervt auf. »Kim und ich fliegen nach Malle, Mum besucht ihre Freundinnen auf Hawaii, und Papa hält hier die Stellung.«

Mel war stolz auf ihren Sohn. Er hatte so klar und entschieden geantwortet. Warum hatte sie vorhin Angst gehabt, dass er sie verraten könnte? Ihre Kinder taten gerade ihr Bestes, um ihre Oma in dem Glauben zu lassen, dass alles in Ordnung war.

»Ich überstehe das alles nicht noch drei weitere Tage«, wisperte sie Sven zu, als sie die Spülmaschine einräumten.

»Was soll ich denn machen?«, flüsterte er zurück.

Schick sie zum Teufel, hätte sie beinahe geantwortet, aber sie zuckte nur hilflos mit den Schultern.

Abends im Bett machte sie ihren Computer an. Die Betten in den Ferienhäusern waren viel bequemer als ihr Ehebett. Sie musste kichern bei dem Gedanken, dass jetzt Maria sich mit der alten Matratze herumplagen musste.

44ever

Mel

Hilfe! Schwiegermutteralarm. Ich weiß nicht, wie ich das noch bis zum Abflug aushalten soll.

Sarah

Halte durch! Ab Frankfurt fliegen wir zusammen, ich freue mich schon so, dich endlich wiederzusehen.

Mel

Wieso fliegen wir zusammen? Bist du nicht in London?

Sarah

Ich besuche gerade meinen Vater in Kassel.

Wow. Mel lehnte sich zurück. Sarah war so lange nicht mehr zu Hause gewesen. Was hatte sie dazu gebracht, ihren Vater zu besuchen? Sie würden viel Gesprächsstoff auf ihrem Flug haben.

9

Kerstin

»Aloha« las Kerstin auf einem Banner mit knallrotem Schriftzug. Sie hatte völlig den Überblick darüber verloren, wie lange sie schon unterwegs war. Die Treppe unter dem Willkommensgruß führte zu den Gepäckbändern. Inzwischen war es Abend geworden. Der längste Heiligabend ihres Lebens. Kerstin gähnte und versuchte, ihre verspannten Glieder zu lockern. Izzy hatte ihr zwar dankenswerterweise einen Businessclass-Flug spendiert, aber irgendwann half auch das nicht mehr. Sie war heute Morgen sehr früh in den Flieger von München nach Los Angeles gestiegen. Dort angekommen, hatte sie kaum Zeit gehabt, den Flughafen zu erkunden, so kurz darauf ging der Anschlussflug nach Honolulu. Honolulu. Allein das Wort hatte etwas Verheißungsvolles an sich. Da es bei ihrem Anflug schon gedämmert hatte, hatte sie leider noch nicht viel von Oahu zu sehen bekommen.

Das Gepäckband ihres Fluges drehte sich schon, aber es war noch leer. Auch hier war alles weihnachtlich geschmückt, genauso wie in München und Los Angeles. Die Stewardessen auf ihrem letzten Flug hatten tatsächlich lustige Weihnachtsmann-Mützen getragen und jeder Passagier hatte ein kleines Geschenk bekommen. Außerdem war sie bis zum Umfallen mit *Last Christmas* berieselt worden. Wieso wurde dieses bescheuerte Lied eigentlich jedes Jahr aufs Neue aus der Mottenkiste geholt?

Endlich plumpsten die ersten Koffer aufs Band. Zu Kerstins großer Überraschung war ihre Tasche gleich am Anfang mit dabei. Vermutlich war der neonpink leuchtende Anhänger, auf dem »Priority« stand, dafür verantwortlich. Trotz ihrer Erschöpfung regte sich nun doch wieder die Aufregung in ihr.

Izzy.

Sie freute sich so sehr, die Freundin wiederzusehen. Würde es so werden wie mit Mel?

Hinter den Türen, die direkt nach draußen führten, standen viele Menschen. Kerstin ließ ihren Blick über die Menge gleiten, aber von ihrer Freundin fehlte jede Spur. Izzy war eigentlich nicht zu übersehen. Wenn sie sich daran erinnerte, wie Izzy auf der Promotion-Tour für ihren letzten Film ausgesehen hatte, dann kam ihr sofort dieses charismatische Strahlen in den Sinn, das alle Menschen in ihren Bann zog.

Frustriert ließ sie ihre Reisetasche auf den Boden sinken. Was nun? Kerstin atmete tief ein. Die Luft hier erschien ihr viel dicker und weicher als die im klimatisierten Flugzeug. Dafür, dass es schon dunkel war, lagen die Temperaturen noch sehr hoch. Herrlich, eine tropische Nacht im Dezember.

Nochmals scannte sie die wartenden Abholer. Eine Frau mit einem dicken, silber durchwirkten Zopf hielt ein Schild in die Höhe. Sie trug einen Jeansrock und ein buntes, feminin geschnittenes Hawaiihemd. Jetzt entdeckte Kerstin ihren Namen auf dem Schild. War sich Izzy zu fein, sie selbst abzuholen? Enttäuscht schulterte sie ihr Gepäck und ging auf die Frau mit der milchkaffeefarbenen Haut zu. Deren dunkle Augen sahen sie neugierig an.

»Ich bin Kerstin«, stellte sie sich vor.

Ein warmes Lächeln breitete sich auf dem Gesicht der Frau aus. »Aloha!« Sie legte Kerstin einen duftenden Blumenkranz um den Hals. »Ich bin Mary. Ich hoffe, du hattest eine gute Reise.«

»Wo ist Izzy, warum holt sie mich nicht selbst ab?«, fragte Kerstin. Ihr war bewusst, dass die Frage sehr unhöflich klang, aber sie konnte einfach nicht anders. Die Worte kamen ihr schleppend über die Lippen. Eigentlich sprach sie recht gut Englisch, schließlich hatte sie lange in einem Spitzenrestaurant in Chicago gearbeitet, aber jetzt fiel es ihr schwer, sich auf die korrekten Formulierungen zu besinnen.

»Äh … sie musste kurzfristig wegfahren.« Mary sah sie nicht an.

Kerstin konnte ihre Ungläubigkeit nicht verhehlen. »Aber es ist Weihnachten.«

»Sie musste nach Los Angeles. Morgen, spätestens übermorgen wird sie sich persönlich melden. Ich soll dich ganz herzlich von ihr grüßen, es tut ihr sehr leid.«

»Na toll«, murmelte Kerstin. Da hätte sie Weihnachten auch in München bleiben können. Obwohl – vielleicht war diese Zeit allein ja auch ein Geschenk.

»Komm, ich bringe dich jetzt nach Hause.« Mary drehte sich um und marschierte davon. Sicher wäre sie gerade auch viel lieber bei ihrer Familie gewesen, als eine Freundin von Izzy vom Flughafen abzuholen.

Eilig folgte Kerstin ihr bis zum Parkplatz. Sie nahm alles auf, was auf sie zuflutete. Die Gerüche waren so fremd. Ein leichter Wind wehte, der nach Meer roch, aber nach einem ganz anderen, als sie es kannte. Außerdem waren von weit her die Geräusche einer Großstadt zu hören.

Kerstin konnte das Flugfeld sehen, aber auch Palmen. Hier gab es keine Parkhäuser, sondern nur einen sehr großen Platz gleich gegenüber der Ankunftshalle. In der Ferne sah sie die Hochhäuser von Honolulu funkeln. Ganz schön groß, diese Stadt. Mary öffnete einen gigantischen Pick-up und setzte sich hinters Steuer. Kerstin warf ihre Tasche auf die Pritsche und stieg ebenfalls ein.

»Wir brauchen ungefähr eine Stunde bis zum Haus. Du bist sicher todmüde. Izzy hat mir erzählt, dass du mehr als zwanzig Stunden unterwegs warst.«

Kerstin registrierte mit Verwunderung, dass Mary von Izzy sprach. Eigentlich hatten nur ihre drei Freundinnen sie so genannt. Sonst war sie Isabella oder Bella. Mary musste ihr sehr nahe stehen.

Am Rückspiegel hing ein lustiger Anhänger. Eine Faust, der Daumen und der kleine Finger waren ausgestreckt.

»Was ist das?«

Mary lachte und ließ den Wagen an. Ein blubberndes Geräusch drang in den Innenraum. »Das ist unser Hang-Loose-Zeichen. Hier in Hawaii bedeutet es alles Mögliche. Man grüßt sich so, man lässt sich die Vorfahrt.

Selbst wenn du einen Bus vorlässt, dann bedankt er sich mit diesem Zeichen.«

Mit sehr viel Sicherheit lenkte Mary den Wagen durch das Gewirr der vielen Straßen. Teilweise fuhren sie unter anderen Straßen hindurch, die auf hohen Pfählen über ihnen zu sehen waren. Riesige Autobahnen mit sechs und mehr Spuren taten sich vor Kerstin auf. Überall an den Berghängen waren die Lichter von Häusern zu sehen, die wie hingeworfen dalagen. Im Dunkeln sah es wie das Glitzern einer breiten Halskette aus, fast so, als ob die Berge funkelnden Diamantschmuck tragen würden.

Je weiter sie sich vom Flughafen entfernten, desto ruhiger wurde der Verkehr. Trotzdem konnte Kerstin noch lange, nachdem Honolulu mit seinen Wolkenkratzern in ihrem Rücken lag, das Brodeln der Metropole spüren.

»Pearl Harbor«, las sie auf einem grünen Autobahnschild. Sie kramte in ihrem müden Gedächtnis. Es gab einen Film mit diesem Titel. Stimmt, hier war der japanische Angriff passiert. Gleich danach waren die USA in den Zweiten Weltkrieg eingetreten. Sie versuchte etwas zu erkennen, aber auch hier wogte nur ein Lichtermeer neben dem Highway.

»Kann man den Hafen besichtigen, in dem das damals alles passiert ist?«

Mary lachte auf. »Nicht nur das. Es ist ein riesiges touristisches Ereignis. Wenn du eine Tour machen möchtest, dann musst du Wochen vorher reservieren. Ich habe es vor Jahren mal gemacht, aber ich fand es eher langweilig. Du siehst in einem Hafenbecken das Wrack eines Schiffs und kannst dich auf einem Kriegsschiff umsehen. Mein

Fall war das nicht. Einzig der Vortrag im Museum war sehr berührend. Da ist mir klar geworden, was dieser Angriff damals bedeutet hat.«

»Was meinst du damit?«, fragte Kerstin neugierig.

Mary schüttelte den Kopf. »Damals ist das ganze Gefüge hier in Hawaii außer Rand und Band geraten. Vor Pearl Harbor lebten hier die Japaner, die Hawaiianer, die Chinesen, die Amerikaner und alle anderen einigermaßen gut zusammen. Nach dem Angriff wurden alle Japaner in Internierungslager gesperrt, sie waren plötzlich der Feind, obwohl sie doch überhaupt nichts getan hatten. Ich befürchte, dass sich nach dem Angriff das Verhältnis unter den einzelnen ethnischen Gruppen für immer verändert hat.«

Ich hätte mich besser vorbereiten sollen, dachte Kerstin und starrte auf die Straße vor ihr.

Irgendwann hörte die Autobahn auf und die Umgebung versank im Dunkeln. Selbst die Straße war jetzt nur noch spärlich beleuchtet. Schilder mit Ortsnamen, die sie kaum aussprechen konnte, zogen an ihr vorbei. Wahiawa, Wai'anae, Haleiwa, Waialua und Waimea. Die Dichte der Orte mit W war jedenfalls sehr hoch.

»Wenn es nicht schon dunkel wäre, dann würde ich jetzt anhalten. Von hier aus hat man einen wundervollen Blick auf die ganze Nordküste von Oahu.«

Kerstin versuchte, etwas zu erkennen, aber da kein Mond am Himmel stand, sah man fast nichts. Und dann fing es ganz plötzlich an zu regnen, mit einer Heftigkeit, die sie nicht kannte. Dicke Tropfen zerplatzten auf der Scheibe und Mary drosselte die Geschwindigkeit.

»Keine Angst. Wir leben auf einer Insel. In einer Stunde ist das Wetter schon wieder ganz anders.«

Irgendwann, Kerstin erschien es wie eine Ewigkeit, setzte Mary den Blinker und sie rumpelten durch ein offenes Tor in eine Grundstücksauffahrt. Schemenhaft waren Bäume rechts und links der Auffahrt zu erkennen. Und dann tauchte das Haus auf. Es war angestrahlt von mehreren Scheinwerfern und Kerstin klappte der Mund auf. Vor ihr lag eine Pippi-Langstrumpf-Villa. Ein zweigeschossiges blaues Holzhaus mit einer umlaufenden Veranda, beschützt von einem großen, überhängenden Dach. Überall wucherten Pflanzen und Blumen, die es wie ein Kokon umschlossen.

»Wow, ist das schön!« Zu mehr war sie nicht fähig.

»Und du musst es erst mal von innen sehen«, sagte Mary grinsend und stieg aus.

Kerstins Tasche war auf der Pritsche des Pick-ups pitschnass geworden. Der Regen hatte zwar, wie Mary versprochen hatte, aufgehört, aber das nützte ihr jetzt auch nichts. Sie nahm das nasse Ding und folgte Mary, die die Holzstufen zur Eingangstür erklommen hatte.

»Oh nein, ich dachte, du hättest dein Gepäck in den Kofferraum getan.« Mary schlug sich die Hand vor den Mund.

»Ist nicht so schlimm, hier gibt es doch sicher einen Trockner«, wiegelte Kerstin ab. Sie war so müde, sie wollte nur noch schlafen.

Mary öffnete die Eingangstür und tastete nach dem Lichtschalter. Ein großer, offener Wohnraum wurde sichtbar. Helle Sofas und Bücherregale an den Wänden vermittelten Behaglichkeit. An der Seite befand sich eine offene Küche mit einem großen amerikanischen Tresen. Der Gasherd sah professionell aus, wie Kerstin mit einem Blick bemerkte. War es ein AGA? Das war mal ihr Traum gewesen, an so einem Herd zu kochen. In Chicago hatte sie immer damit geliebäugelt, aber bei ihrem damaligen Gehalt war das nicht drin gewesen. Auch der große Kühlschrank beeindruckte sie. Hach, endlich mal wieder in den USA. Sie hatte gar nicht bemerkt, wie sehr ihr das gefehlt hatte, war es doch eine wunderschöne Zeit in ihrem Leben gewesen – in dem Leben vor Friedrich.

»Izzy hat euch im ersten Stock Zimmer vorbereitet. Du hast die freie Wahl. Wobei ich alle drei Zimmer richtig schön finde.«

»Ist das denn kein Ferienhaus?«, fragte Kerstin verwirrt.

»Nein. Das Haus gehört Izzy.«

Izzy gehörte dieser Traum? Kerstin versuchte die Information zu verdauen. So ein großes Anwesen, das musste doch sehr viel wert sein.

»Ich lasse dich jetzt allein. Im Kühlschrank findest du alles, was das Herz begehrt. Such dir ein Zimmer aus und komm erst mal an.« Mary wandte sich zur Tür, drehte sich dann aber noch einmal zu ihr um. »Wenn du möchtest, kannst du gerne morgen bei uns Weihnachten feiern. Ich wohne gleich die Straße rauf, Nummer 103. Überlege es dir, ich würde mich freuen.« Sie hob die Hand zum Gruß und dann war Kerstin allein.

Wahnsinn, sie war in einem fantastischen Haus auf Hawaii, ganz für sich. So richtig fassen konnte sie es noch nicht. Neugierig ging sie ins obere Stockwerk. Wie Mary gesagt hatte, befanden sich hier drei Schlafräume. Alle drei waren wunderschön, doch eines der Zimmer rief regelrecht nach Kerstin. Ein großes Bett dominierte den Raum. Die eine Seite hatte mehrere bodentiefe Fenster, die auf einen Balkon führten. Als Kerstin hinaustrat, stieß sie einen Entzückensschrei aus. Das Grundstück lag offenbar direkt am Strand. Im fahlen Mondlicht konnte sie das Meer erahnen. Das Rauschen der Wellen war auch zu hören. Der Garten erstreckte sich bis zum Pazifik. Kein Zweifel – sie war im Paradies gelandet.

10

Mel

Die Ente schmorte im Ofen, die Klöße waren fast fertig und das Rotkraut blubberte leise vor sich hin. Mel deckte den Tisch. Sie hatte extra eine der alten Damastdecken gebügelt, samt den dazugehörigen Servietten. Ihr graute vor dem heutigen Abend.

»Kann ich bei Cindy schlafen?« Kim stand mit einem nicht sehr weihnachtstauglichen Outfit vor ihr. Sie hatte ihre Doc Martens an, dazu eine Ringelstrumpfhose und Hotpants, die wirklich hot waren. Das Oberteil betonte ihre Brüste und sah eher nach »Fick mich« als nach einem Kleidungsstück aus, das man zum Weihnachtsessen trug.

Mel schluckte ihren Ärger hinunter. Wenn sie ehrlich war, dann musste sie sich eingestehen, dass sie früher selbst so herumgelaufen war. »Schatz, hilf mir, dass dieses Essen nicht das völlige Desaster wird. Danach sehen wir weiter.«

Kim blickte sie an, als ob sie zu einem Alien mutiert wäre, aber sie sagte nichts. Hatte es ihr die Sprache verschlagen?

»Hier riecht es aber gut.« Ihre Schwiegermutter gesellte sich zu ihnen.

»Hey, Oma. Komm, wir gehen ins Wohnzimmer, Papa will mit uns allen vor dem Weihnachtsbaum ein Foto machen.« Kim lotste ihre Großmutter aus der Küche, und Mel war ihr sehr dankbar dafür.

Dann tauchte auch Arne auf. Ihr großer Junge. Er kam zu ihr und drückte ihr einen Kuss auf die Wange, wie Mel überrascht registrierte. Das hatte er schon lange nicht mehr gemacht.

»Ich bin froh, wenn wir nach Malle fliegen. Hier ist es ja nicht zum Aushalten.«

Damit sprach er ihr aus der Seele. Mel rückte das Besteck zurecht. »Geh schon mal zu den anderen. Papa will das Weihnachtsfoto machen.« Sie sah ihm nach. Das, was zurzeit passierte, war nicht einfach für ihn, aber er hielt sich wirklich tapfer.

»Scha… Mel, kommst du?«, rief Sven.

Sie wischte sich die Hände an einem Trockentuch ab. Okay, gute Miene zum bösen Spiel.

Die anderen Familienmitglieder standen schon vor dem Baum. Diesmal hatte sich Mel nicht so viel Mühe beim Schmücken gegeben, aber es war bisher niemandem aufgefallen. Sven hatte seine Kamera auf ein Stativ gestellt und versuchte gerade, die Gruppe auszurichten.

»Wo bleibst du denn?«, fragte er etwas ungeduldig.

Mel erwiderte nichts. Was dachte er sich eigentlich? Sie zogen diese Show doch nur für seine Mutter durch.

Sie stellte sich an den Rand, links neben Arne und Kim. Sven positionierte sich auf der anderen Seite, wo schon seine Mutter auf ihn wartete.

Ob das unser letztes gemeinsames Weihnachtsfoto sein

wird?, ging ihr durch den Kopf, als es blitzte. Es kam ihr so vor, als ob alle, einschließlich Maria, erleichtert die Luft ausstießen, als das Foto gemacht war.

Das Essen war wider all ihre Erwartungen harmonisch. Maria lobte die knusprige Ente, die ihr, wie Mel fand, tatsächlich gut gelungen war. Sie hatte sie exakt nach einem Rezept von Kerstin zubereitet und im Ofen gebraten. Das musste sie ihr unbedingt erzählen, vielleicht später im 44ever-Chat.

»Boah, ich platze, das war lecker«, beendete Arne als Letzter seine Mahlzeit.

»Es war wirklich vorzüglich.« Ihre Schwiegermutter tupfte sich die Lippen mit der Serviette ab und griff nach ihrem Glas. »Auf die Köchin.«

Nachdem sie gemeinsam den Tisch abgeräumt hatten, ging Maria nach oben, um ihre Geschenke für die Kinder zu holen. Im Haus Sonthusen wurde erst am 1. Weihnachtsfeiertag Bescherung gefeiert.

Mel weichte gerade den Bräter in Wasser und Spüli ein, als sie ein lautes Poltern, gefolgt von einem Schrei hörte. Sie rannte aus der Küche und fand ihre Schwiegermutter, die mit schmerzverzerrtem Gesicht am Fuß der Treppe lag.

»Sven, schnell! Ich glaube, wir brauchen einen Krankenwagen«, rief sie in Richtung Wohnzimmer.

Ihr Mann und die Kinder kamen in den Flur und blieben dann wie erstarrt stehen. Svens Mund formte ein O. Kim löste sich als Erste. Sie kniete sich neben ihre Großmutter und befühlte ihren Kopf. »Geht es dir gut? Wo tut es dir weh?«

»Mein Kopf und mein Bein …«

Mel holte ihr Handy aus der Tasche und wählte den Notruf. Ihr wurde übel, als sie sich Marias Bein genauer betrachtete. Der Oberschenkel blutete und man konnte ein Stück des gebrochenen Knochens sehen. Sven neben ihr musste es auch bemerkt haben, denn er fing an zu taumeln, wurde ganz blass und sackte dann in sich zusammen.

Endlich ging am anderen Ende der Leitung jemand dran. Mel schilderte den Zustand der alten Dame und man versprach ihr, dass sich ein Rettungswagen auf den Weg machen würde.

Kim kümmerte sich weiter rührend um ihre Großmutter. Sie hatte Marias Kopf auf ihren Schoß gebettet und sprach beruhigend auf sie ein.

»Der Rettungswagen kommt in ein paar Minuten. Arne, geh bitte vor zum Tor und zeig ihnen den Weg.« Ihr Sohn wollte einfach so nach draußen laufen, aber sie hielt ihn zurück. »Zieh dir was Warmes an, dann kannst du gehen.«

Sven war inzwischen wieder zu sich gekommen. Mel half ihm auf und verfrachtete ihn aufs Sofa. Manchmal hasste sie es, dass ihr Mann so ein Weichei war. Bei beiden Geburten war Ähnliches passiert. Sven war umgefallen und die Hebamme hatte sich mehr um ihn als um sie gekümmert.

Der Krankenwagen kam schnell und Maria wurde umgehend ins nächste Krankenhaus transportiert.

»Soll ich dich hinfahren?«, fragte Mel ihren immer noch unter Schock stehenden Mann.

Sven nickte. »Ich kann aber auch selbst fahren.«

»Du hast zu viel getrunken, ich hatte nur ein Glas Wein.«

»Okay«, er erhob sich.

»Was soll ich denn jetzt machen?«, jammerte er, als sie im Wagen saßen.

Mel zog scharf die Luft ein. Jetzt nur nicht antworten, was sie wirklich dachte. Als sie am Krankenhaus ankamen, war Maria schon im OP.

»Du kannst ja warten, ich fahre wieder nach Hause zu den Kindern.«

»Was machen wir denn jetzt?«

Mel zog eine Augenbraue hoch. »Wie meinst du das?«

»Du kannst doch jetzt nicht einfach wegfliegen.«

»Warum nicht?«

»Naja, wir wissen doch nicht, wie es mit Mutter weitergeht.«

»Sie wird operiert, dann bleibt sie ein bisschen im Krankenhaus und danach kommt sie in die Reha. Wo ist das Problem?«

»Aber …« Er brach ab und sah sie verzweifelt an.

Mel wendete sich ab. Nein, sie würde nicht auf ihre Reise verzichten. »Ich fahre jetzt.«

Wieder zu Hause, fand sie Arne und Kim im Wohnzimmer. Sie hatten aufgeräumt und sahen sich im Fernseher einen Film an.

Mel ließ sich zu ihnen aufs Sofa fallen.

»Kommst du aus Hawaii wieder zurück?«, fragte Arne und stellte den Ton auf lautlos.

»Natürlich! Wie kommst du darauf, dass ich dableiben

könnte?« Mel musterte ihre Kinder. Auf was für seltsame Ideen sie kamen. »Nur weil ich mich mit Papa nicht mehr verstehe, heißt das doch nicht, dass ich nicht mehr mit euch zusammen sein will.«

»Lasst ihr euch scheiden?«, fragte Kim.

»Ich weiß es nicht«, antwortete Mel. Sie schloss die Augen. Was für ein beschissenes Weihnachtsfest.

11

Kerstin

Vogelgezwitscher und das Rauschen des Meeres weckten Kerstin. Langsam öffnete sie die Augen. Es war kein Traum, es war Realität. Heute war der Erste Weihnachtsfeiertag und sie wachte gerade auf einer Insel mitten im Pazifik auf. Sie drehte sich in dem komfortablen Bett um und sah zum Fenster hinaus. Blauer Himmel und Palmen – ein Ausblick, an den sie sich gewöhnen könnte.

Schnell sprang sie aus dem Bett und öffnete die Glastür. Sie hatte sich gestern Nacht nicht getäuscht. Das Meer war da, direkt vor ihr, und das Blau des Wassers konkurrierte mit dem des Himmels. Kerstin riss staunend die Augen auf, der Garten des Hauses war noch viel weitläufiger, als sie es gestern geahnt hatte. Der Duft von Bougainvilleen stieg ihr betörend in die Nase. In Kaskaden hingen sie über ihrem Balkon, und an den Wänden des Hauses wucherten sie von unten nach oben. Sie entdeckte ein Plumeriabäumchen am Rande der unteren Terrasse und bewunderte die farbenfrohen Hibiskusbüsche, die überall im Garten verteilt standen.

Barfuß tapste sie über den Holzfußboden ins Bad. Das fühlte sich so lebendig und real an. Kerstin dachte kurz an ihre Wohnung in München, an das Laminat – alles war dort aus Plastik, nichts lebte. Dieses Haus dagegen war Natur pur. Selbst das Badezimmer vermittelte diesen Eindruck. Keine kalten, sterilen Kacheln, sondern ein schwarzer Schieferboden, der sich unter ihren Füßen angenehm kühl anfühlte. Durch ein großes Fenster schien die Sonne in den Raum.

Der breite Strahl der Dusche war so angenehm, dass Kerstin wohlig aufseufzte. Ihre Probleme waren in den Hintergrund getreten, im Moment zählte nur das Hier und Jetzt. Nur dass Izzy nicht da war, das verwunderte sie wirklich. Mary hatte nicht besonders ehrlich geklungen, als sie ihr von Izzys Reise erzählt hatte. Wo war Izzy nur?

Gestern Abend hatte Kerstin ihre Sachen im ganzen ersten Stock verteilt, um sie zu trocknen. Sie zog sich eine leichte türkisfarbene Tunika über und genoss es, ohne Unterwäsche durchs Haus zu laufen. In der Küche angekommen, öffnete sie den Kühlschrank. Wer auch immer ihn gefüllt hatte, er hatte an alles gedacht.

Kerstin goss sich ein Glas Saft ein und schüttete Müsli in eine Schüssel. Der Milchkarton war abartig groß. Wer sollte das denn alles trinken?

Sie stellte das Müsli zum Einweichen zur Seite und ging auf die Veranda. Eine kleine Treppe führte in den Garten. Sie lief über weiches Gras und stand dann vor einem niedrigen Holztor. Und da war er. Der Pazifik. Kerstin erinnerte sich, dass sie erst vor ein paar Tagen an einem ganz anderen Meer gestanden hatte. Sie lachte laut auf, als ihr einfiel, wie sehr sie an der Ostsee gefroren hatte.

Das Tor quietschte leise beim Öffnen. Der Sand fühlte

sich noch kühl von der Nacht an. Kerstin bewegte ihre Zehen, weich und fein, das hatte sie so noch nie zuvor erlebt. Das Haus lag in einer Bucht. In der Ferne konnte sie ein paar andere Häuser erkennen, aber die vielen Palmen und exotischen Bäume verdeckten das meiste. Der weiße Sand lag wie eine überdimensionale Sichel vor ihr. Das rhythmische Klatschen der Wellen hatte etwas Beruhigendes. Es war noch sehr früh, und außer ihr war kein Mensch zu sehen. Kerstin drehte sich um und blickte zur Villa zurück. Hinter dem Haus erstreckte sich eine Bergkette, deren steile Felsen wie dunkelgrüne Samtvorhänge aussahen.

Sie konnte nicht widerstehen, sie musste die Wassertemperatur testen. Direkt vor ihr am Meeressaum lag ein dicker, glänzender Baumstamm. Sie stellte sich daneben und streckte ihre Füße ins Wasser. Warm, wie in einer Badewanne. Kerstin wollte gerade genießend die Augen schließen, da sah sie aus dem Augenwinkel, dass sich der Baumstamm bewegte. Sie unterdrückte einen Aufschrei und entfernte sich ein paar Meter. Tatsächlich, das dunkel glänzende Ding, das sie für einen leblosen Gegenstand gehalten hatte, bewegte sich. Als sie genauer hinsah, erkannte sie, dass es eine Robbe war. Wahrscheinlich hatte sich diese genauso erschreckt wie Kerstin. Vorsichtig trat sie wieder näher. Das Tier schaute sie aufmerksam aus schwarzen Knopfaugen an. Dann ließ es den Kopf wieder in den Sand fallen, schloss die Augen und schaufelte sich mit einer Flosse Sand über den Körper.

Die Robbe sah nicht besonders gefährlich aus, trotzdem hatte Kerstin ein wenig Angst. Wann hatte sie das letzte Mal in freier Wildbahn ein Tier gesehen, das größer als ein Vogel war?

Ihr Magen gab ihr zu verstehen, dass sie dringend ein Frühstück brauchte. Gestern Abend war sie nur noch todmüde ins Bett gefallen und das letzte Essen im Flieger war schon eine Ewigkeit her.

Auf dem Rückweg zum Haus stellte sie fest, dass es doch Nachbarn gab. Hinter der Hecke konnte sie ein schlichtes weißes Holzhaus erkennen. Der Garten des Nachbarn war viel kleiner, aber ebenso gepflegt wie Izzys. Eine Hängematte hing zwischen zwei Palmen, mehr konnte Kerstin nicht erkennen.

Nach dem Müsli gönnte sie sich noch ein Omelett mit Schinken, Tomaten und Paprika. Das hatte sie sich schon lange nicht mehr selbst zubereitet. Danach machte sie einen Rundgang durch das Haus. Die vielen Regale mit den unzähligen Büchern hatte sie gestern schon bemerkt, jetzt nahm sie auch die Fotos wahr, die überall im Wohnzimmer aufgestellt und hingehängt waren. Fast alle Bilder zeigten Izzy, an der Seite einer Frau. Sie lächelten so glücklich in die Kamera, dass Kerstin das Herz aufging. Wann hatte sie ihre Freundin jemals so froh gesehen?

Mit einem großen Becher Kaffee setzte sie sich auf die Veranda. Mehrere bequeme Korbstühle standen aufgereiht an der Wand. Was für ein Luxus. Noch einmal wurde ihr bewusst, wie gut sie es hatte. Warum hatte Izzy ihnen nichts von der Frau erzählt? Es war eindeutig, dass diese Person mit den braunen Haaren, dem herzförmigen Mund und den leicht mandelförmigen Augen mehr für Izzy war als eine Freundin. Sie sahen so verliebt aus.

Ein Hupen riss Kerstin aus ihren Gedanken. Sie stand auf und lief auf der Veranda um das Haus herum. Gerade als sie sich fragte, ob das Hupen ihr gegolten hatte, wurde das Tor geöffnet und eine Frau kam auf sie zu. Eine Kopie von Mary, der Frau, die sie gestern hierhergebracht hatte. Nur viel jünger. Sie trug knappe, ausgefranste Jeansshorts und ein Shirt mit Blumenaufdruck. Ihre dunklen Haare hatte sie zu einem Knoten in den Nacken gebunden.

»Hallo, Kerstin, frohe Weihnachten! Ich bin Lani, die Tochter von …«

»… Mary«, ergänzte Kerstin lächelnd.

»Ist das so offensichtlich?«

»Ja, das hörst du doch sicher nicht zum ersten Mal.«

»Stimmt. Ich soll dich von meiner Mutter daran erinnern, dass du heute Nachmittag zu uns kommen sollst. Nummer 103, ist nur fünf Minuten in diese Richtung.« Sie zeigte die Straße herauf. »Und Mum meint es ernst. Du musst kommen.«

»Aber ich kann doch nicht einfach an Weihnachten bei fremden Menschen hereinschneien.«

Lani lachte. »Schnee gibt es auf Oahu nicht. Komm vorbei. Es ist wirklich okay. Wir sind eine sehr große Familie und die Nachbarn kommen auch. Das wird ein Spaß.«

»Möchtest du einen Kaffee?«, fragte Kerstin.

»Danke, nein. Ich muss weiter. Ist noch so viel zu tun. Bis später und Aloha.«

Sollte sie das wirklich tun? Lani hatte so nett geklungen, aber durfte man einfach bei fremden Leuten auf der Weihnachtsfeier auftauchen? Hier auf Oahu schien es selbstverständlich zu sein.

Und dann war da noch die Sache mit Izzy. Wo war sie nur? Kerstin wollte nicht im Haus rumschnüffeln, aber sie machte sich Sorgen. Es war Weihnachten, da hatte man doch keine Termine. War sie vielleicht bei ihrer Freundin, die auf den vielen Fotos zu sehen war?

Im Haus gab es noch eine Treppe zum Dachgeschoss, aber aus irgendeinem Grund brachte Kerstin es nicht über sich, dort hinaufzusteigen. Sie kramte aus ihrer Umhängetasche ihr iPad hervor.

Nach ein paar Minuten hatte sie es geschafft, online zu gehen. Am Kühlschrank hatte ein Zettel mit dem WLAN-Kennwort gehangen.

Gleich als sie sich in ihren Chat einloggte, erschien eine Nachricht von Mel.

44ever

Mel
Deine Ente war der Knaller! Ich habe alles genauso gemacht, wie du gesagt hast. Und ich bin froh, wenn ich endlich bei euch sein kann.

Kerstin musste kurz grinsen. Wie schön, dass ihre Freundin ihr Rezept nachgekocht hatte.

44ever

Kerstin
Frohe Weihnachten! Ich freue mich schon so, euch alle zu sehen! Aloha!

Vielleicht reagierte Izzy ja darauf. Kerstin legte das iPad beiseite und zog sich ihren alten Bikini an. Sie hatte ihn sich gekauft, als sie vor ein paar Jahren ein Wochenende mit Friedrich auf Ibiza verbracht hatte. Kurz tauchte sein Gesicht vor ihr auf. Nein, sie wollte sich nicht ihre Stimmung vermiesen lassen.

Zurück am Strand war die Robbe nicht mehr zu sehen. Der sandige Untergrund verwandelte sich dort, wo die kleinen Wellen an den Strand rollten, in ein rutschiges Etwas. Kerstin balancierte auf den glatten Felsen, die am Ufer im Sand lagen, bis sie sich schließlich ins Meer gleiten ließ. Es war wunderbar. Das Wasser war so klar, dass sie bis zum Meeresboden sehen konnte. Immer mal wieder konnte sie Felsen zwischen dem Sand erkennen. Dort, wo nur Sand unter ihr war, glitzerte es türkisfarben, da, wo die Felsen lagen, schimmerte es in tiefem Blau. Von den riesigen Wellen, für die Hawaii berühmt war, konnte hier zum Glück nicht die Rede sein. Allerdings krachte die hohe Brandung weit draußen beeindruckend an das Riff. Plötzlich erschien ein kleiner, faltiger Kopf direkt vor Kerstin an der Wasseroberfläche. Eine Schildkröte. Waren Wasserschildkröten nicht ausgesprochen aggressive Tiere? Sie hatte irgendwo etwas darüber gelesen. Das Exemplar vor ihr machte jedoch keinerlei Anstalten, sie anzugreifen. Gut, sie würde vorsichtig bleiben. Als sie sich umsah, entdeckte sie noch weitere verschrumpelte Köpfe, die aus dem Wasser schauten. Es kam ihr vor, als wäre sie in einer Gruppe beim Seniorenschwimmen gelandet: lauter sehr betagte Damen mit sehr kleinen Köpfen und schrumpeligen Hälsen, die alle diese altmodischen Schwimmhauben trugen. Zufrieden legte Kerstin sich auf den Rücken und ließ sich zusammen mit den Ladys treiben.

Die hohen Schuhe waren übertrieben, aber das war jetzt nicht mehr zu ändern. Ein Weihnachtsessen auf Oahu stellte einen vor ganz schöne Herausforderungen. Normalerweise war es Kerstin egal, was die Menschen von ihr dachten, sie zog an, was ihr gefiel, doch heute hatte sie zum ersten Mal seit langer Zeit überlegt. Sie hatte sich schließlich für eine ihrer vielen Tuniken entschieden. Diesmal in einem nachtblauen, changierenden Stoff. Dazu die passenden Leggings und ihre blauen, atemberaubend hohen Pumps.

Erleichtert stellte sie fest, dass es wirklich nur fünf Minuten bis zu Marys Haus waren. Viel länger hätte sie es auf den ungewohnten Absätzen auch nicht ausgehalten. Im Vorgarten stand ein leuchtender Schneemann aus Plastik, ihn flankierten ein Rentierschlitten mit Elfen und ein dicker Weihnachtsmann.

Kaum hatte sie die Klingel betätigt, wurde die Tür geöffnet.

»Aloha, frohe Weihnachten«, begrüßte sie ein riesiger grauhaariger Mann. »Du bist sicher Kerstin. Komm rein und fühl dich wohl.« Er drückte ihr einen bunten Drink in die Hand. »Ich bin Keoki, der Mann von Mary.«

Sie stutzte einen Moment. Keoki? Marys Mann sah nicht wie der typische Hawaiianer aus.

Er bemerkte ihre Verunsicherung und lachte. »So geht es den meisten«, sagte er. »Ich erzähle dir später mal die Geschichte dazu, jetzt komm erst mal rein.«

Kerstin betrat das Haus und wurde augenblicklich überwältigt von der Fröhlichkeit, die hier herrschte. Kinder liefen umher, überall standen Menschen zusammen, lachten und redeten. Die Verandatüren des Wohnzimmers waren weit geöffnet und auch der Garten war bevölkert von Gästen. Auf einem Grill loderte ein Feuer und mehrere Menschen sahen in eine Grube, die mitten auf der Rasenfläche ausgehoben worden war und aus der es wie verrückt qualmte.

Die Palmen waren mit Sternen und Lichterketten geschmückt. Langsam ging Kerstin durch die Menge, bis sie auf Lani traf.

»Oh, wie schön, du bist gekommen.« Lani nahm wie selbstverständlich ihre Hand und zog sie in Richtung der Gäste. »Komm, ich stelle dich ein paar Leuten vor.« Lanis Blick fiel auf ihre hohen Schuhe. »Zieh die am besten aus, wir laufen hier alle barfuß.«

Kerstin sah sich um. Es stimmte, niemand trug hier Schuhe. Etwas beschämt stellte sie ihre geliebten High Heels neben die anderen Schuhe der Gäste vor die Tür. Warum war ihr das nicht gleich aufgefallen?

Als sie wieder in den Garten kam, war Lani in der Menge verschwunden. Dafür sah sie Mary auf sich zukommen.

»Mele Kalikimaka.«

»Vielen Dank für die Einladung«, erwiderte Kerstin den Weihnachtsgruß.

»Hast du dich gut zurechtgefunden in Izzys Haus?« Mary sah sie aufrichtig interessiert an.

»Ja, es ist perfekt.« Kerstin räusperte sich. Sie war sich

nicht sicher, ob das, was sie fragen wollte, hierhergehörte, aber sie konnte nicht anders.

»Wieso ist Izzy nicht hier? Ich verstehe das einfach nicht.«

Schlagartig verschloss sich Marys Miene. Sie blickte an ihr vorbei, als sie antwortete. »Ich kann dir dazu nicht mehr sagen, als ich dir gestern erklärt habe. Izzy wird sich bald bei euch melden.«

»Kannst du mir denn sagen, wer die Frau auf den vielen Fotos ist, die überall im Haus stehen?«

»Das ist Logan. Wusstest du nichts von ihr?« Jetzt klang Mary etwas verwirrt.

»Nein«, Kerstin schüttelte den Kopf. »Sollte ich das?«

»Hier bist du, ich habe dich schon gesucht. Komm mit, jetzt machen wir eine kleine Vorstellungsrunde.«

Lani nahm Kerstin bei der Hand und zog sie von Mary weg. Im Gehen sah Kerstin, wie sich so etwas wie Erleichterung auf Marys Gesicht breitmachte.

»Das sind meine wunderbaren Brüder Mike und Keanu.«

Kerstin sah sich zwei attraktiven Männern gegenüber und nickte ihnen zu. In Gedanken war sie immer noch bei Marys Gesichtsausdruck. Was verheimlichte die Frau ihr?

»Und jetzt zeige ich dir unseren Erdofen. Das ist eine traditionelle hawaiianische Art zu kochen. Die Jungs haben schon heute Morgen damit begonnen.«

Ihr Interesse als Köchin war geweckt. Neugierig trat Kerstin zusammen mit Lani und ihren Brüdern näher an das qualmende Erdloch.

»Unten befinden sich Steine, die wir mithilfe von Holz erhitzt haben«, erklärte ihr Keanu. »Der Ofen heißt Imu.

Auf die heißen Steine kommt dann das Fleisch und bei uns auch Gemüse. Dann wird das Ganze mit Taroblättern abgedeckt. Außerdem kommt noch eine Plane darüber.«

»Und wie lange dauert das alles?«, fragte Kerstin ehrlich interessiert. Was für eine wundervolle Art des Kochens. Etwas Ähnliches hatte sie mal in Island gesehen.

»Acht bis zehn Stunden«, mischte sich jetzt Marys Mann ein. »Jungs, ihr müsst loslegen.«

Kerstin trat mit Lani ein Stück zurück, während die Männer von drei Seiten vorsichtig die Plane lüfteten. Auch die anderen Gäste kamen jetzt näher und in wenigen Minuten stand die gesamte Weihnachtsgesellschaft um das Erdloch herum. Es gab viele Ahs und Ohs, denen Kerstin auch das eine oder andere beisteuerte. Es duftete schlichtweg köstlich. Ihr Magen fing laut an zu knurren und Lani kicherte. Kerstin war das mehr als peinlich, aber Lanis Lachen war so ansteckend, dass sie mit einstimmte.

»Ich habe heute nur gefrühstückt und gestern auf den Flügen konnte ich kaum einen Bissen herunterbringen vor Aufregung«, versuchte sie sich zu entschuldigen.

»Bist du direkt aus Deutschland hierhergekommen?«

»Ja, es war ein langer Flug.«

»Ich würde so gerne mal nach Europa reisen. Ich stelle es mir wundervoll vor. So viel Geschichte, so viel Kultur.« Lani ging näher an den Rand des Erdofens. »Los, beeilt euch ein bisschen, hier ist jemand, der wirklich Hunger hat.«

Kerstin spürte plötzlich die Blicke aller auf sich. Die Röte stieg ihr ins Gesicht, aber sie erntete nur freundliches Nicken und sah ein Lächeln auf all diesen fremden Gesichtern.

Das Essen war so gut, wie der Duft es versprochen hatte. Warum hatten sie nie so atemberaubende Experimente gewagt? Doch für Friedrich gab es derlei Sachen nicht – eins der vielen Dinge, die sie an ihm so oft vermisst hatte. Keanu erklärte ihr genau, wie sie das Fleisch gewürzt hatten und warum dieses Gericht unbedingt Taro und Bananenblätter brauchte.

Dann setzte sich Lani wieder zu ihr und schob ihr ein Bier zu. »Und, bist du jetzt satt?«

Kerstin lehnte sich zurück. Ja, das war sie. Aber nicht nur das. Sie fühlte sich so wohl und aufgehoben, erfüllt von all den sinnlichen Empfindungen. Hier, inmitten all dieser fremden Menschen, die ihr das Gefühl gaben, dazuzugehören.

»Ja, es ist perfekt. Ich glaube, ich habe noch nie ein so schönes Weihnachtsfest gefeiert.«

Sie stießen mit ihren Bierflaschen an.

»Darf ich dich etwas fragen?«

»Klar.« Lani lehnte sich neugierig nach vorne.

»Kennst du Logan?«

Schlagartig verdunkelte sich ihr Gesicht. »Ja, warum fragst du?«

»Wie ist sie so?«

Lani tank einen Schluck Bier, bevor sie antwortete. »Sie ist tot, Kerstin, es tut mir leid.«

12

Mel

Mel winkte Arne und Kim zu, bis sie hinter der Sicherheitskontrolle verschwunden waren. Von Sven hatten sie sich alle schon heute Morgen verabschiedet. Er wollte zu seiner Mutter ins Krankenhaus. Mel hatte den Abflug ihrer Kinder nach Mallorca so geplant, dass sie noch etwas Zeit hatte, bevor es auch für sie an Bord ging.

Sie lief mit ihrem Koffer durch die Halle des Hamburger Flughafens und stellte sich am Check-in an. Nervös fuhr sie sich durch die Haare. Das war ihr erster längerer Flug. Früher hatte sie öfter davon geträumt, weit wegzufliegen, die Welt zu erkunden, aber dann waren die Kinder gekommen, sie hatten ihre Ferienappartements eröffnet, und ihr Traum war auf der Strecke geblieben.

»Wenn Sie möchten, können Sie sich vor dem Flug noch in unserer Lounge entspannen«, eröffnete ihr die Frau am Counter.

Mel runzelte die Stirn.

»Sie reisen Business, das heißt, Ihnen stehen alle Annehmlichkeiten unseres VIP-Bereichs zur Verfügung.«

»Ach so«, murmelte Mel und verstand immer noch nicht so ganz, was ihr die Frau damit sagen wollte.

Nachdem sie die Security über sich hatte ergehen lassen, schlenderte sie durch den Duty-free-Bereich. Sie atmete durch. Es war so schön, endlich mal ganz allein unter vielen fremden Menschen zu sein, nichts tun zu müssen und sich einfach treiben zu lassen. Im Flughafenshop kaufte sie sich zwei Liebesromane und ging dann zu ihrem Gate. Langsam stieg die Aufregung. Beim ersten Stopp würde sie Sarah wiedersehen. Das alles war so verrückt, es kam ihr plötzlich wie ein Traum vor.

In Frankfurt musste sie sich beeilen. Die Umsteigezeit war sehr knapp bemessen. Sie rannte über die Laufbänder und schimpfte mit sich selbst, dass sie ihre Handtasche so vollgepackt hatte. Der schwere Fotoapparat tat ein Übriges, aber sie hatte ihre geliebte Kamera nicht aufgeben wollen. Atemlos kam sie am Gate an. Und da stand sie. Sarah. Sie hatte sich fast nicht verändert. Ihre langen braunen Haare schimmerten so wundervoll wie früher. Sie war nur deutlich schmaler, als Mel sie in Erinnerung hatte. Ganz im Gegensatz zu ihr selbst.

»O mein Gott, Mel«, rief Sarah und lief ihr entgegen. Kreischend lagen sie sich in den Armen. Sie drückten sich, lachten und vergossen Tränen.

»Wann haben wir uns eigentlich das letzte Mal gesehen?«, fragte Mel.

»Beim Klassentreffen. Weißt du noch? Ich hatte kaum Zeit, weil sie mich umgebucht hatten.« Sarah lachte, aber es kam nicht ganz in ihrem Gesicht an.

»Stimmt, jetzt, wo du es sagst.« Mel wischte sich die Tränen aus den Augen.

»Entschuldigen Sie bitte«, hörte sie nach einer Weile

eine Stewardess sagen. »Wir möchten den Flug jetzt schließen. Sie müssen einsteigen.«

Kichernd zeigten sie ihre Bordkarten vor und liefen als Letzte durch den gläsernen Gang in den Flieger.

»O Gott, wie toll«, entfuhr es Mel, als sie ihre Plätze sah. Sie hatten keine schmalen Sitze, wie sie sie von den Flügen nach Mallorca kannte, nein, sie hatten dicke, bequeme Sessel.

»Champagner, bitte«, sagte Sarah, als die Stewardess ihnen ein Tablett vor die Nase hielt, auf dem sich Orangensaft und Champagner befanden. Sie schnappte sich zwei Gläser und drückte Mel eines in die Hand.

Diese nahm es zögernd. Jetzt schon Alkohol? Aber warum nicht? Mel ließ sich in ihrem Sessel zurückfallen und prostete dann ihrer Freundin zu.

»Auf Hawaii.«

»Auf Hawaii«, antwortete Sarah und stieß mit ihr an.

Nach dem Start lehnte sich Mel neugierig zu Sarah herüber. »Du musst mir unbedingt erzählen, wie es in Kassel war. Du warst bei deinem Vater?«

Sie konnte Sarahs Gesichtsausdruck nicht deuten.

»Ich weiß gar nicht, wie ich das beschreiben soll.« Sarah lehnte sich zurück und trank einen Schluck Champagner.

»Jetzt mach es nicht so spannend.« Mel wusste, dass Sarah kaum noch Kontakt zu ihren Eltern hatte.

»Er ist ganz anders. Es war richtig schön, mit ihm Weihnachten zu feiern.«

»Spann mich nicht auf die Folter.«

Die Stewardess reichte ihnen die Menükarte. Irritiert nahm Mel sie entgegen.

»Möchten Sie einen Aperitif?«

Blöde Störung, Mel wollte wissen, was Sarah erlebt hatte. »Ich nehme ein Wasser.«

»Sei kein Spielverderber, wir nehmen noch einen Champagner«, meldete sich Sarah.

»Also gut«, willigte Mel ein. »Aber jetzt erzähl mir endlich, was da in Kassel passiert ist.«

Sarah sah sie mit einem breiten Grinsen an. »Mein Vater ist mittlerweile ein bekannter Maler.«

»Wie bitte?« Mel versuchte, sich an Sarahs Vater zu erinnern. Er war ein netter Mann gewesen, doch immer im Hintergrund. Sarahs Mutter war ihr viel besser im Gedächtnis geblieben. Vielleicht auch, weil es so peinlich gewesen war, dass sie ihren Mann mit dem Klassenlehrer betrogen hatte. Die Affäre mit Herrn Umbach, daran war damals die Ehe von Sarahs Eltern zerbrochen.

»Mein Vater hat vor ein paar Jahren beschlossen, sein Leben neu zu ordnen. Er hat seinen Job gekündigt und angefangen zu malen. Wie es aussieht, stehen die Menschen auf seine Bilder.«

Das Strahlen in Sarahs Gesicht verursachte ein so warmes Gefühl in Mel, dass sie sie spontan umarmte. »Wie schön für dich. Ich freue mich sehr.«

»Es war unglaublich. Mein Vater ist ein völlig anderer Mensch geworden. Er lebt in einer Wohnung, die ich ihm nie zugetraut hätte, sieht unglaublich gut aus und ich glaube, er hat eine Freundin. Ist das nicht toll?«

Als sie in Los Angeles ankamen, war Mel froh, Sarah an ihrer Seite zu haben. Der Flughafen war gigantisch, und sie hätte nie den richtigen Weg gefunden. Nachdem sie die Einreiseprozedur hinter sich gebracht hatten, hakte Sarah sich bei ihr unter. Ganz wie in alten Zeiten.

»Wollen wir in die Lounge gehen? Wir haben noch Zeit bis zu unserem Abflug.«

Mel nickte, und Sarah zog sie mit sich. Wieso sprühte ihre Freundin so vor Energie? Sie selbst fühlte sich, als ob sie gerade alle Ferienhäuser auf einmal von Grund auf gereinigt hätte. Obwohl es noch hell draußen war, war sie todmüde. Sie überschlug schnell im Kopf, wie spät es jetzt in Deutschland war. Kein Wunder, dass sie solche Sehnsucht nach Schlaf hatte – zu Hause wäre sie um diese Zeit längst im Bett gewesen.

»Ich bin ein Landei«, sagte sie vor sich hin.

Sarah blieb abrupt stehen. »Was murmelst du da?«

»Sieh uns doch an. Der Unterschied könnte nicht größer sein. Du bist so weltmännisch und elegant. Jeder zweite Mann sieht sich nach dir um.«

Sarah verzog das Gesicht, als hätte sie in eine Zitrone gebissen. »Das ist totaler Quatsch. Mel, du bist die Einzige von uns, die eine glückliche Familie hat. Du hast zwei wunderbare Kinder und einen Mann, der dich liebt. Außerdem führst du ein richtiges Unternehmen. Eure Ferienhäuser laufen doch sehr gut. Das nenne ich mitten im Leben stehen und sein Glück gefunden zu haben.«

Mel öffnete den Mund, aber es kam kein Ton heraus.

13
Sarah

44ever

Mel
Sarah und ich sind jetzt in Los Angeles und wir freuen uns schon wahnsinnig auf euch!!!

Kurze Zeit später machte es Pling und Mel hielt Sarah ihr Telefon hin.

44ever

Kerstin
Guten Weiterflug, ich freue mich auch schon riesig! Hier ist es wie im Paradies.

»Komisch, von Izzy ist keine Rede.« Sarah kam es schon die ganze Zeit seltsam vor, dass sich Izzy nach ihrer Mail an sie alle nicht wieder gemeldet hatte.

»Vielleicht ist sie gerade unterwegs. Obwohl ich es auch ziemlich merkwürdig finde, dass sie sich in letzter Zeit hier im Chat nie zu Wort gemeldet hat.«

Sarah hörte, dass ihr Flug aufgerufen wurde. »Komm, wir müssen uns beeilen.« Sie nahm Mel an der Hand und gemeinsam liefen sie zu ihrem Gate.

In der Hawaiian-Airlines-Maschine saßen sie in der ersten Reihe. Mel kuschelte sich in ihren Sitz und war noch vor dem Start eingeschlafen. Sarah betrachtete sie lächelnd. Sie war in den letzten Jahren gealtert, aber auf eine sympathische Art. Trotzdem wirkte sie auch immer noch mädchenhaft. Sie hatte noch dieselben blonden Locken, nie gut frisiert, immer ein wenig verwuschelt. Sarah hatte auf dem letzten Flug eine Menge Fotos von ihren Kindern gesehen. Arne und Kim waren zwei entzückende Menschen. Kim war jetzt ungefähr in dem Alter, in dem sie sich damals kennengelernt hatten. Auf den Fotos wirkte sie viel abgeklärter, als sie es gewesen waren. Sie sah nicht nur bildschön aus, sondern zeigte auch auf fast jedem Bild, dass sie frech und schon fast erwachsen war. Arne steckte mitten in der Pubertät. Mel hatte ihr davon erzählt und Sarah mochte sich gar nicht vorstellen, wie schwierig das war. Die Ferienhäuser waren wirklich cool. Mel und Sven hatten das alles allein aus dem Boden gestampft. Die Einrichtung hatte komplett Mel übernommen. Sie war gelungen, die Häuser sahen modern und trotzdem wohnlich aus. Mel hatte ein Händchen für so was. Ganz im Gegensatz zu ihr. Wenn Sarah an ihre Bude in London dachte, dann fielen ihr nicht die Worte wohnlich und gemütlich ein, sondern eher nüchtern und steril.

Sie lehnte sich zurück und bestellte bei der Stewardess ein Glas Wein. Noch immer war sie völlig überwältigt von der Begegnung mit ihrem Vater. Er hatte ihr ein paar Bilder gezeigt, und sie war tief beeindruckt gewesen. Die Aquarelle hatten sie an einem Punkt berührt, den sie vorher nie gespürt hatte. Ihr waren sogar Tränen gekommen, aber sie hatte sie vor ihrem Vater verbergen können.

»Möchten Sie jetzt Ihr Essen?«, fragte die Stewardess, als sie Sarah den Wein auf das Tischchen vor ihr stellte.

Sarah nickte, warum nicht. Mel schnarchte leise vor sich hin. Sie legte eine leichte Decke über ihre Freundin, denn inzwischen war es im Flugzeug eiskalt geworden. Wieso machten die es hier so kalt? Schließlich flogen sie an einen warmen Ort.

Orientierungslos und mit brummendem Schädel erwachte Sarah viele Stunden später. Die Sonne stach ihr ungewohnt hell ins Gesicht. Sie erhob sich und musterte ihr Schlafshirt. Es war durchlöchert und ziemlich knapp, aber das war ihr egal. Schließlich war es eines ihrer Lieblingsteile, auch wenn sich nur ihr erschloss, warum das so war. Die anderen schliefen sicher noch und sie brauchte dringend kaltes Wasser und jede Menge Aspirin. Nachdem sie gestern sehr spät am Abend in Honolulu gelandet waren, hatten sie feststellen müssen, dass leider nur Kerstin und eine Frau namens Mary sie abholten. Izzy würde erst später zu ihnen stoßen, hatte es geheißen. Sarah hatte das nicht so ganz verstanden, war aber zu müde gewesen, um nachzufragen.

Einen Augenblick blieb sie in der Mitte des Zimmers stehen und schaute sich um. Es war wirklich schön. Die Möbel waren geschmackvoll, das Bett war bequem. Sie ging zum Fenster und staunte über den Ausblick. Schroffe, steile Bergwände auf der einen Seite, und auf der anderen, zwischen Bäumen versteckt, konnte man eine weite blaue Fläche erahnen. Sie rieb sich die Augen. Dieses glitzernde Etwas war wirklich das Meer. Die Natur war hier unglaublich bunt. Alle Farben leuchteten. Was für ein Kontrast zu dem trüben London.

Als sie die Treppe herunterschlich, war sie überrascht, Geräusche aus der Küche zu hören. War Izzy etwa gekommen? Etwas enttäuscht stellte Sarah fest, dass es nur Mel war.

»Guten Morgen«, sagte sie und lehnte sich an den Türrahmen, der den Flur von dem offenen Wohnraum mit der angrenzenden Küche trennte.

Überrascht sah Mel auf. »Guten Morgen. Ich dachte, ich sei die einzige Frühaufsteherin. Ich bin es so gewohnt. Normalerweise mache ich den Kindern Frühstück um diese Uhrzeit.«

Sarah ging zum Kühlschrank und goss sich Wasser ein. Gierig trank sie das Glas in einem Zug leer. »Ob Izzy hier irgendwo Aspirin hat?«

»Weiß ich nicht, aber ich habe welche dabei.«

Ehe Sarah protestieren konnte, lief Mel schon los.

Was zur Hölle kochte ihre Freundin um diese Zeit? Sarah sah in die Schüssel und schwankte zwischen Übelkeit und Hunger. Mel bereitete anscheinend ein Omelett vor.

»Hier, in dem Streifen sind noch drei Stück.«

»Wunderbar, das sollte reichen.« Sarah schluckte die Tabletten so schnell sie konnte. »Macht es dir nichts aus, jeden Tag so früh aufzustehen?«

»Keine Ahnung, darüber habe ich mir noch nie Gedanken gemacht.« Mel goss das geschlagene Ei in eine Pfanne und verteilte Kräuter, Paprika und Tomaten darauf.

»Es ist komisch, oder?« Mel sah sie nicht an. »Wir sind uns so vertraut und doch trennen uns inzwischen Welten. Ich freue mich sehr, mit euch zusammen zu sein, aber ich merke auch, wie anders wir alle inzwischen geworden sind.«

Sarah sah ihre Freundin überrascht an. Genau das war es. Mel hatte es auf den Punkt gebracht. Sie waren inzwischen andere Menschen. Sarah wusste genau, wann das bei ihr begonnen hatte. Sie breitete die Arme aus und drückte Mel an sich.

»Danke«, flüsterte sie in den blonden Wuschelkopf der Freundin.

»Wieso seid ihr schon wach und was macht ihr da? Darf ich beim Gruppenkuscheln mitmachen?« Kerstin trat zu ihnen.

Sarah und Mel sahen sich an und prusteten los.

»Magst du Omelett zum Frühstück?«, fragte Mel und wandte sich wieder der Pfanne zu.

»Oh, das ist super.« Kerstin setzte sich auf einen Hocker an der Theke.

Sarah spürte, dass die Schmerztabletten langsam wirkten. Sie ließ sich neben Kerstin nieder. »Du bist großartig, Mel. Wie eine Mama.«

»Ich bin eine«, kam es zurück.

»Stimmt.« Kerstin seufzte. »Wir anderen haben das nicht geschafft.«

Einen Moment kam es Sarah so vor, als wollte ihre

Freundin dem noch etwas hinzufügen, aber sie schloss den Mund und sah vor sich hin.

»Könnt ihr bitte den Tisch decken?« Mel hatte von dem kurzen Augenblick nichts mitbekommen.

Kerstin sprang sofort auf und holte Geschirr aus dem Küchenregal. Sarah entschied, sich um den Kaffee zu kümmern, der inzwischen fertig war. Sie goss drei Tassen ein.

»Braucht ihr Zucker und Milch?«

»Nein.« Kerstin schüttelte den Kopf.

»Ich nehme Milch«, sagte Mel, während sie das Omelett auf die Teller verteilte.

»Im Kühlschrank ist eine ganze Galone.« Kerstin setzte sich wieder auf den Hocker. »Izzy hat gut vorgesorgt. Ich bin so aufgeregt, bald ist das Kleeblatt wieder zusammen.«

»Sagt mal, findet ihr es nicht merkwürdig, dass Izzy nicht da ist?«, platzte es aus Sarah heraus.

»Ja, schon«, stimmte Kerstin zu.

»Ich habe mal nachgesehen, ist euch bewusst, wie wenig Izzy in den letzten Jahren in unserem Chat geschrieben hat? Das ganze letzte Jahr hat sie nur viermal etwas kommentiert. Mir ist das erst vor ein paar Tagen aufgefallen.« Mel setzte sich zu ihnen.

»Dein Omelett ist wirklich gut«, sagte Kerstin und Mel strahlte.

Sarah hatte lange nicht mehr ein so gutes Frühstück genossen. In London reichte ihr meistens ein Joghurt, in ihrem Appartement war an Kochen nicht zu denken.

»Lenk nicht ab. Es ist doch komisch, oder?« Mel trank einen Schluck Kaffee.

»Ja, aber seien wir ehrlich, es war von Anfang an seltsam. Warum schenkt sie uns Flugtickets hierher?«

Irgendetwas ging da vor. Sarah konnte es nicht greifen, aber ihr Gefühl sagte ihr, dass es wichtig war, dass sie hier zusammengekommen waren. Sie wusste noch nicht genau, warum Izzy sich diese große Nummer ausgedacht hatte, aber sie würde es herausfinden. Ihr Kleeblatt musste zusammenhalten. Sarah hoffte, dass sich das alles nun schnell auflösen würde. Sicher hatte Izzy einen großen Auftritt geplant.

»Vielleicht will sie ja heiraten und hat uns deswegen hierher eingeladen«, mutmaßte Mel. »Aber warum sollte sie ein so großes Geheimnis darum machen? Das passt auch nicht wirklich.«

Sarah blickte zu Kerstin. Irgendwie war ihre Freundin etwas abwesend, ganz in Gedanken versunken.

»Du hast gestern erzählt, dass du bei Mary Weihnachten gefeiert hast. Wie war das denn?«, versuchte sie, Kerstin wieder mit in die Runde zu bringen.

Kerstin strahlte. »Es war wundervoll. Mary hat eine sehr große Familie. Auf Hawaii nennt man das die Ohana. Sie hat drei Kinder, Lani, eine wirklich süße Frau, und zwei Söhne. Die beiden sind ziemlich interessant.«

»Wie meinst du das?«, fragte Sarah und zog eine Augenbraue hoch.

»Richtige Männer. Ihr wisst schon. Breite Schultern zum Anlehnen, sexy Ausstrahlung, na ja, was man sich eben so wünscht bei einem Mann.«

Mel grinste und auch Sarah musste über Kerstin schmunzeln.

»Danke, Mel, für das wunderbare Frühstück.« Sarah lehnte sich glücklich zurück. Die Kopfschmerzen waren vollständig verschwunden. Es war schön, mit ihren Freundinnen zusammenzusitzen. Wann hatte sie das zuletzt erlebt? Damals in Frankreich. Bei dem Gedanken daran gefror ihr Lächeln und ihr wurde leicht übel.

»Ich ziehe mir mal was anderes an«, sagte sie, stand auf und zupfte erklärend an ihrem Schlafshirt herum.

»Warum, das steht dir gut.« Mel sah sie liebevoll an.

»Danke, aber ich möchte jetzt ein bisschen allein sein.« Sie wischte sich eine Träne aus dem Auge. Jetzt fing sie auch noch an zu heulen. Fluchtartig verließ sie die Küche.

14

Kerstin

Kerstin ging nach dem Frühstück an den Strand. Es tat ihr gut, einfach durch den Sand zu stapfen und auf das Meer zu blicken. Sie ließ ihre Gedanken schweifen. Friedrich hatte sich noch immer nicht gemeldet. Das verletzte sie mehr, als sie zugeben wollte.

Sie hatte es bisher nicht über sich gebracht, Sarah und Mel von Logan zu erzählen. Eigentlich wäre das ja Izzys Part gewesen, aber die glänzte durch Abwesenheit. Wahrscheinlich würden die anderen selbst draufkommen, wenn sie die Fotos entdeckten. Fast wäre es aus ihr herausgeplatzt, als Mel eine bevorstehende Hochzeit prophezeit hatte.

Das Frühstück hatte sie an die alten Zeiten erinnert. Damals war alles so leicht gewesen. Inzwischen schienen auch Sarah und Mel ein Päckchen aus Unzufriedenheit und Unglück mit sich herumzutragen. Keine ihrer Freundinnen war mehr das unschuldige, lustige und unbeschwerte Mädchen von damals.

Kerstin blieb stehen. Hier, am Ende der Bucht, war es besonders schön. Der Strand war breit und die Wellen schlugen hier stärker an als in der Mitte der Bucht.

Das Grundstück auf der Ecke war nicht bebaut. Wahrscheinlich kostete es Millionen. Sie ließ sich in den Sand sinken und sah aufs Wasser. Das Meer war sagenhaft blau und an mehreren Stellen lugten vorwitzige Schildkrötenköpfe aus dem Pazifik. Die Ladys aus dem Altenheim bei der Schwimmstunde. Weit draußen entdeckte sie mehrere Surfer, die die Wellen mehr oder weniger gelungen meisterten. Das würde sie auch gerne mal versuchen.

Sie vermisste Friedrich. Es war schrecklich, aber ihre Gefühle für ihn waren leider immer noch da. Sie wusste, wie dumm das war, trotzdem sehnte sie sich nach ihm. Klar, er war ein Arschloch, aber es fiel ihr dennoch nicht leicht, sich innerlich von ihm zu lösen.

Verärgert schüttelte sie den Kopf. Jetzt hatte sie das Paradies direkt vor sich und doch nichts Besseres zu tun, als über den Mann nachzudenken, der sie jahrelang belogen hatte. Abrupt stand sie auf und machte sich auf den Rückweg. Ein Fischer am Strand nickte ihr zu. Kerstin hob die Hand und duckte sich unter den Angelschnüren durch, die gespannt ins Meer gingen. Dann schlenderte sie weiter an der Wasserkante entlang.

In der Ferne sah sie Mel auf sich zukommen. Sie trug eine schwarze knielange Hose und ein graues ausgewaschenes T-Shirt, was ihr einige Nummern zu groß war.

»Gehst du spazieren?« Mel wischte sich ein paar Schweißperlen von der Stirn.

»Bist du nicht viel zu warm angezogen?«

»Das sind meine Sommerklamotten. Hast du schon vergessen, wo ich wohne? Richtig heiß wird es bei uns eigentlich nie. Meine paar Sommerkleider hängen bei meinen Eltern auf Mallorca im Schrank.«

»Komm mit«, sagte Kerstin entschieden. »So kannst du hier nicht rumlaufen.«

Sie packte Mel an der Hand und zog sie mit zum Haus zurück.

»Was hast du vor?« Mel versuchte sich zu wehren, aber Kerstin kannte keine Gnade. Das wäre doch gelacht, wenn sie nicht etwas Luftigeres und Fröhlicheres für ihre Freundin finden würde.

In ihrem Zimmer leerte sie ihren Koffer. »Die könnte dir passen«, sagte sie und hielt Mel eine ihrer Tuniken vor die Brust. »Die ist leicht, weit und du siehst damit nicht aus wie deine eigene Oma.«

Mel betrachtete das bunte Teil skeptisch. »Da passe ich sicher nicht rein.«

»Probiere sie mal an.« Kerstin stützte ihre Arme in die Hüften und wartete, dass Mel tat, was sie sagte.

»Mir ist es peinlich, mich vor dir auszuziehen.« Mels Gesicht war rot angelaufen und plötzlich tat Kerstin ihre Aktion leid. Wie hatte sie nur so unsensibel sein können?

»Entschuldige, ich wollte dich nicht in Bedrängnis bringen.«

Als Mel sich das bunte lange Shirt übergestreift hatte, drehte sich Kerstin wieder zu ihr um.

»Steht dir großartig. Du siehst wunderbar damit aus.«

»Meinst du wirklich?«

»Ja, vertrau mir. Zieh diese olle Hose aus, es ist viel zu warm dafür.«

Als Mel auch noch aus der Hose geschlüpft war, sah sie

wirklich süß aus. Die Tunika umspielte ihre Rundungen, und die vielen Rottöne passten perfekt zu ihren blonden Haaren und den blauen Augen.

»Du siehst wunderschön aus.« Kerstin war glücklich, als sie ihre Freundin strahlen sah.

»Was ist hier denn los?«, fragte Sarah.

»Kerstin hat gerade ein Umstyling bei mir gemacht.«

»Das ist dir voll und ganz gelungen«, sagte Sarah und Mels Strahlen wurde noch breiter.

Sarah hatte inzwischen ihr Schlaf-Outfit gegen Shorts und ein Top getauscht. »Was machen wir jetzt eigentlich?«, fragte sie und setzte sich auf Kerstins gemachtes Bett.

Die zuckte mit den Schultern. »Keine Ahnung.«

»Haben wir ein Auto?«, fragte Mel, die Praktische.

Kerstin nickte. »In der Garage steht ein Mini Cooper. Der Schlüssel liegt auf dem Schrank in der Küche.«

»Und wohin fahren wir?« Mel klang unternehmungslustig.

Kerstin war noch gar nicht auf die Idee gekommen, herumzufahren. Vielleicht war jetzt ein guter Moment, ihnen von Izzys Geheimnis zu erzählen?

»Ich habe gelesen, dass es auf Oahu ganz sensationelle Foodtrucks geben soll, vielleicht ist das ja eine Option«, schlug Sarah vor.

»Wie kannst du schon wieder an Essen denken«, stöhnte Kerstin auf. »Wir haben doch gerade erst gefrühstückt.«

»Lass uns doch einfach ein bisschen herumfahren und die Gegend erkunden«, sagte Mel beschwichtigend. »Auf geht's!«

»Wartet, kommt mal mit. Ich muss euch was zeigen.« Kerstin ging die Treppe hinunter und war sich immer noch nicht sicher, ob es nicht eigentlich Izzys Aufgabe gewesen wäre, ihnen von Logan zu erzählen. Aber sie wollte Sarah und Mel nicht verheimlichen, was sie wusste.

Im Wohnraum zeigte sie auf die Fotos von Izzy und Logan. »Sie waren verheiratet.«

Sarah sah lustig aus, wie sie mit offenem Mund die Bilder anstarrte. Mel nahm eines der Fotos in die Hand. »Wow, so glücklich habe ich Izzy noch nie gesehen.«

Kerstin musste lächeln. Genau den gleichen Gedanken hatte sie auch gehabt.

»Stimmt, du hast recht«, sagte jetzt auch Sarah. »Sie strahlt ja so, dass es fast blendet. Hast du sie schon kennengelernt?«, wendete sie sich an Kerstin.

»Nein, ich …«, Scheiße, wie sollte sie es ihnen sagen? »Logan ist tot. Sie ist vor einem Jahr bei einem Autounfall ums Leben gekommen.«

»Wie schrecklich! Die arme Izzy. Warum hat sie uns nichts davon erzählt?« Mel plumpste auf einen Sessel.

»Ich weiß es auch nicht. Womöglich ist es mit unserer Freundschaft doch nicht so weit her?« Kerstin hatte seit ihrem Gespräch mit Lani darüber gegrübelt, aber eine überzeugende Antwort war ihr bisher nicht eingefallen.

»Vielleicht sollten wir sie einfach fragen«, sagte Sarah und holte ihr Smartphone aus der Hosentasche.

Mel und Kerstin nickten zustimmend.

44ever

Sarah

Liebe Izzy, wir sind jetzt in deinem Zuhause und haben die furchtbare Geschichte von Logan gehört. Warum hast du uns nichts davon erzählt? Wir wären doch für dich da gewesen. Melde dich, wir möchten dich alle in die Arme schließen.

Sarah hielt ihnen ihr Handy hin. »Okay, so?«

»Ja, das hast du schön geschrieben«, sagte Mel. Sie wischte sich eine Träne aus dem Augenwinkel.

Kerstin nickte ihr unsicher zu. Was zur Hölle hielt Izzy davon ab, jetzt bei ihnen zu sein?

15

Mel

Niemand hatte mehr Lust auf einen Ausflug, nachdem Kerstin ihnen von Logan erzählt hatte. Betroffen saßen sie herum und versuchten sich vorzustellen, was Izzy in den letzten Jahren erlebt und durchgestanden hatte.

Später machte Mel jeder von ihnen ein Sandwich und zusammen verspeisten sie die Brote auf der Veranda in den bequemen Korbsesseln. Mel lehnte sich in ihrem Sessel zurück und seufzte auf. Erstaunt stellte sie fest, dass sie in den vergangenen Stunden überhaupt nicht an ihre Familie gedacht hatte. Die Probleme mit Sven – sie waren wie weggeblasen. Gut, von Kim und Arne wusste sie, dass sie bei ihren Eltern in den allerbesten Händen waren, aber es war schon ein komisches Gefühl, ihre Kinder nicht zu vermissen.

»Wollen wir nachher zusammen schwimmen gehen?«, fragte Kerstin in die Stille hinein. »Ich war gestern Morgen mit ein paar sehr betagten Damen im Wasser, das war magisch. Ich fühlte mich ein bisschen wie beim Seniorenschwimmen.«

Mel verstand kein Wort. Wovon sprach sie?

»Kannst du uns einweihen?«, verlangte sie.

»Hier in der Bucht gibt es viele Schildkröten. Wenn du ruhig im Wasser liegst, tauchen sie auf. Sie sehen aus wie sehr kleine alte Damen mit Badekappen.«

Sarah stand auf. »Ich räume schnell ab. Wenn ich schon nichts zu dem guten Essen beitragen konnte ... Aber Mel, das war wirklich lecker, was du für uns gemacht hast.«

»Das war doch nur ein Sandwich«, winkte Mel ab. Komisch, die taffe Anwältin war in den praktischen Dingen des Lebens etwas ungeschickt. Ob sie in London nur in angesagte, überteuerte Restaurants ging?

»Ich leg mich ein wenig hin. Wie sieht es aus? In zwei Stunden am Strand?« Kerstin erhob sich. »Ist das nicht herrlich, die Möglichkeit zu haben, sich mitten am Tag aufs Ohr zu hauen?«

Mel sammelte die restlichen Gläser ein und brachte sie Sarah, die gerade die Spülmaschine bestückte.

»Ich habe nichts zum Schwimmen mitgenommen. Kannst du mir vielleicht was leihen? Ich weiß auch nicht, wo ich mit meinen Gedanken war, als ich meinen Koffer gepackt habe.« Mel hatte schon heute Morgen an sich selbst gezweifelt, als sie die Sachen inspiziert hatte, die sich in ihrem Koffer befanden.

»Klar, komm nachher vorbei. Und jetzt ab in die Heia mit dir, du siehst total müde aus.«

Als sie auf ihrem himmlisch weichen Bett lag, dachte sie wieder über Izzy nach. Vorhin hatte ihr die Frage auf der Zunge gelegen, ob ihre Freundinnen genauso irritiert waren wie sie, aber irgendwie hatte sie Hemmungen gehabt, es auszusprechen. Niemand hatte sich bisher getraut, Izzy einfach mal im Chat zu fragen, warum sie nicht bei ihnen war. Sie hatte so viel Aufwand betrieben, um sie alle hier zusammenzubekommen, und jetzt war sie nicht da.

Mels Handy klingelte. Sven. Verärgert drückte Mel den Anruf weg. Er verstand nicht, dass sie eine Auszeit brauchte. Immer wenn er anrief, rutschte ihr das Herz in die Hose. Schreckliche Vermutungen über den Zustand ihrer Kinder ließen sie jedes Mal weich werden und das Gespräch annehmen, aber immer war es nur Svens Gejammer über seine Mutter und die Beteuerung, dass er sie wirklich nur dieses eine Mal betrogen habe. Die Kinder schienen kein Thema für ihn zu sein, solange sie auf Mallorca waren.

Sie warf sich neben ihr Telefon auf das zerwühlte Bett und raufte sich die Haare. Kaum hatte sie die Augen geschlossen, war sie eingeschlafen.

»Aufwachen.« Mel sah das Gesicht von Sarah über sich.

Widerwillig rieb sie sich die Augen. Sie hatte geträumt, dass sie auf Hawaii wären … Moment, das war kein Traum. Schnell setzte sie sich auf.

Sarah ließ zwei winzige Bikinis vor ihr baumeln. »Blau oder pink?«

»Nein, die sind mir viel zu klein.«

»Quatsch. Du trägst eine 38, ich eine 36. Das passt schon.«

»Nein, unter einer 40 geht bei mir nichts.« Mel verdrehte die Augen.

»Nimm den blauen, mit den Bändern kannst du ihn vergrößern«, sagte Sarah und drehte sich zur Tür um. »Beeil dich, Kerstin ist schon unten und wartet auf uns.«

Als Mel schließlich nach unten kam, trug sie zwar tatsächlich diesen schrecklich winzigen Bikini, hatte aber ein großes Handtuch um sich geschlungen. Selbst vor ihren Freundinnen war es ihr peinlich, ihren Körper zu zeigen.

Kerstin trug knappe Shorts und ein dazu passendes türkisfarbenes Oberteil im Stil der Fünfziger. Sarah steckte in dem winzigen rosafarbenen Etwas, das Mel schon kannte.

»Und, wo sind eure Badekappen?«, witzelte Kerstin in Anspielung auf die Schildkröten.

Mel war gar nicht wohl bei dem Gedanken, dass sie gleich mit exotischen Tieren im Meer planschen sollte. Die Quallen an der Ostsee war sie gewöhnt, aber das hier war wirklich etwas beängstigend. Noch dazu war das Wasser hier so klar, dass man alles deutlich sehen konnte.

Sie gingen über die Wiese in Richtung Strand. Schon heute Morgen war Mel aufgefallen, dass sich das Gras hier ganz anders anfühlte. Es war fest, fast als würde man über Moos laufen. Die einzelnen Halme waren breiter und es war viel grüner als alles, was sie sonst kannte. Allerdings konkurrierte die Farbe mit den Bergen hinter dem Haus, deren Felswände in einem geheimnisvollen Dunkelgrün leuchteten.

Kerstin und Sarah waren schon längst ins Meer gehüpft, während Mel noch immer unschlüssig am Strand stand. Schließlich wickelte sie sich aus ihrem Handtuch. Warum stellte sie sich nur so an? Das waren ihre Freundinnen, da war es egal, ob sie ein paar Kilo zu viel auf den Hüften hatte oder einen peinlichen Bikini trug.

Was war nur los mit ihr? Wieso verhielt sie sich so verklemmt? Sie waren wieder zusammen, und das an diesem besonderen Ort. Das war das, was zählte!

Langsam ließ sie sich ins Wasser sinken. Das Meer war warm, sie fühlte sich wohl. Sie schwamm zu ihren Freundinnen und berührte beide an der Hand, wie um sich zu versichern, dass es kein Traum war.

»Es ist unglaublich«, sagte sie und legte sich auf den Rücken.

Nach kurzer Zeit ließen sich auch die Schildkröten blicken. Mel lachte aus vollem Hals, als sie sie entdeckte. Kerstin hatte recht, sie sahen wirklich aus wie faltige alte Ladys, die erhobenen Hauptes mit altmodischen Badekappen durchs Meer paddelten.

Nach und nach fiel alle Anspannung von ihr ab, sie ließ sich weitertreiben, während die Sonne ihre Wangen wärmte.

Dann piepsten auf einmal zeitgleich all ihre Telefone, die sie natürlich am Strand gelassen hatten. Kerstin schaffte es als Erste aus dem Wasser, Sarah folgte ihr. Mel legte sich in den Sand. Es war so wundervoll gewesen, sich mit ihren Freundinnen und den alten Ladys treiben zu lassen.

Kerstin schüttelte ihre rote Mähne und griff sich ihr Telefon. »Es ist eine Nachricht von Izzy.«

16

Sarah

Izzy hatte geschrieben, man könne es nicht verfehlen, und tatsächlich war gerade das Ortsschild von Haleiwa aufgetaucht. Mit schweißnassen Händen setzte Sarah den Blinker. Hätte sie Mel und Kerstin sagen sollen, dass sie fast keine Fahrpraxis besaß? In London hatte sie nie ein eigenes Auto gehabt. Sie fuhr seit Jahren nur mit der U-Bahn. Gott sei Dank war es hier nicht so chaotisch wie in einer Großstadt. Trotzdem hatte jedes entgegenkommende Fahrzeug ihr die Schweißperlen auf die Stirn getrieben.

»Wenn ihr in Haleiwa angekommen seid, dann nehmt ihr im Kreisverkehr die dritte Abzweigung nach rechts. Da kommt ihr auf einen kleinen Platz, auf dem sich mehrere Foodtrucks befinden. Der von Mike steht in der hinteren linken Ecke«, hatte Izzy geschrieben. Kerstin und Mel hatten ihr den Autoschlüssel in die Hand gedrückt und weder die eine noch die andere hatte gespürt, wie aufgeregt sie war. Dabei war es nur eine Autofahrt von zehn Minuten. Na toll, warum kann man sich nicht einfach etwas bestellen und es sich dann liefern lassen?, ging ihr durch den Kopf, während sie krampfhaft das Lenkrad des Minis umklammerte. Da niemand Lust gehabt hatte, sich in Schale zu werfen, um in der Stadt essen zu gehen, war Sarah beauftragt worden, das köstliche Poke zu holen, das Izzy ihnen ans Herz gelegt hatte. Leider hatte Sarah keine Ahnung, was sie da eigentlich besorgen sollte. Nur der Hinweis, dass der Laden Marys Sohn gehörte, hatte ihr ein gewisses Interesse entlockt. Hatte Kerstin nicht gesagt, dass Marys Söhne ganz heiße Typen waren?

Haleiwa war ein Ort, der Sarah an eine Stadt aus einem Western erinnerte. Nur die Farben der Holzhäuser passten nicht ins Bild. Ein helles Blau und viel Weiß und Gelb sollten wohl den Urlaubern suggerieren, dass hier alles ganz leicht und luftig war.

Izzys Wegbeschreibung entsprechend nahm sie im Kreisverkehr die dritte Ausfahrt und landete auf einem kleinen Platz. Wie Planwagen um ein Lagerfeuer standen mehrere Foodtrucks um einen gigantisch großen Baum herum.

»Mikes Poke«. Nicht besonders einfallsreich, dieser Name. Der Wagen stand weiter hinten in der äußersten Ecke, so als ob er nicht zu den anderen Ständen dazugehörte. Sarah parkte den Mini Cooper und stieg aus. Genau neben ihr stand ein Truck, der Shrimps verkaufte. Es roch köstlich und die Schlange der Hungrigen war enorm. Bei Mike dagegen war nichts los.

Sie näherte sich dem Wagen und stellte fest, dass niemand hinter der Theke stand. Auch gut, dann konnte sie erst mal betrachten, was sie da eigentlich kaufen sollte. Poke schien eine Art Sashimi-Salat zu sein. Das hatte sie nicht vermutet. Es sah verdammt lecker aus. In der

Auslage gab es mehrere Varianten. Einige waren mit Thunfisch, aber auch andere, hellere Fischsorten konnte sie erkennen. Sarah mochte Sushi und Sashimi für ihr Leben gern. In London war es allerdings ziemlich teuer, außerdem fragte sie sich oft, wie frisch die Fische wirklich waren. Hier auf Oahu erschien ihr dieses Gericht ganz folgerichtig zu sein. Sicher hatte dieser Mike keine Tiefkühlprodukte.

Sie sah sich um und von dem Shrimps-Truck kam ein Mann auf sie zu. Er war groß, durchtrainiert und lächelte sie freundlich an. Der Blick aus seinen blauen Augen ging ihr durch und durch.

»Hallo, kann ich etwas für dich tun?« Seine Stimme war tief und hatte den Schmelz von dunkler Schokolade.

»Ich möchte Poke kaufen«, sagte Sarah mit dünner Stimme. Plötzlich kam sie sich wie ein kleines Mädchen vor.

»Izzy schickt mich. Sie hat gesagt, du wüsstest schon. Wir sind zu dritt.«

Er zog eine Augenbraue hoch. »Izzy?«

»Ja, ich bin ihre Freundin.« Warum musste sie sich jetzt erklären?

»Also deine Freundin nimmt immer das hier«, sagte er und deutete auf eine Schüssel in seiner Auslage.

»Wenn ich ehrlich sein soll, habe ich keine Ahnung, was das alles ist. Ich habe bis vor Kurzem nicht mal gewusst, dass es so etwas wie Poke überhaupt gibt. Du musst mir helfen.«

»Du bist also aus Deutschland? Du hörst dich gar nicht so an. Soll ich dir die einzelnen Pokes erklären?«

Die blauen Augen nahmen sie gefangen. Wie bei Mogli und der Schlange Kaa, schoss es ihr durch den Kopf. Kerstin hatte recht, dieser Mann war wirklich sexy.

»Poke macht man aus rohem Fisch. Es ist eine Art Salat, wie du ja schon gesehen hast. Im Hawaiianischen bedeutet es: in kleine Stücke schneiden. Im Grunde ist es die Weiterentwicklung der japanischen Liebe für rohen Fisch. Du musst wissen, hier auf Hawaii sind sehr viele Hawaiianer japanischstämmig. Der Fisch wird mit Sojasoße, Sesamöl und Frühlingszwiebeln verfeinert. Es gibt aber auch eine scharfe Chiliversion. Ich habe hier mehrere Eigenkreationen.«

»Aha«, antwortete Sarah überfordert.

»Soll ich dir etwas zusammenstellen?«

Diese Augen machten sie fertig. Mehr als ein Nicken bekam sie nicht hin.

»Gut.« Er sah sie prüfend an, dann füllte er mehrere Schalen mit seinem Poke.

»Was bekommst du?«, fragte Sarah geschäftsmäßig, nachdem Mike ihr eine Plastiktüte auf den Tresen gestellt hatte.

»Nichts, danke. Grüße Izzy und sag ihr, dass ich ihr viel Spaß mit ihren Freundinnen wünsche.«

»Du wusstest, dass wir kommen?«

»Klar, Izzy hat es mir angekündigt. Und eine ihrer Freundinnen habe ich auch schon kennengelernt. Sie war Weihnachten bei uns.«

»Ja, Kerstin hat von dir erzählt.«

Er zog amüsiert eine Augenbraue hoch. »So, hat sie das? Und wie heißt du?«

»Sarah.«

»Hallo, ich bin Mike.« Er streckte ihr die Hand über die Theke entgegen.

Sie war warm und fühlte sich angenehm an. Das Prickeln wollte gar nicht mehr aufhören. Nur widerwillig löste Sarah ihre Hand aus seiner.

»Gut, ich muss dann mal ...« Überfordert wandte sie sich ab.

»Warte«, rief ihr Mike hinterher.

Sie drehte sich um.

»Du hast das vergessen.« Er schwenkte die Tüte mit den Poke-Schalen.

Wie peinlich war das denn. Sarah spürte, wie ihr die Röte in die Wangen schoss. Als sich ihre Hände bei der Übergabe wieder berührten, durchfuhr sie ein Stromstoß. Dieser Mann war wirklich heiß.

Auf der Rückfahrt dachte sie über Izzys Mail nach. Schon komisch, dass sie sich jetzt erst gemeldet hatte. Aber wahrscheinlich war es wirklich so: Wenn man was im Filmbusiness erreichen wollte, dann musste man stets verfügbar sein. In London kannte sie viele Anwälte, die gerade zwischen den Jahren arbeiteten. Hoffentlich konnte Izzy den großen Job ergattern, für den sie in Los Angeles vorsprach. Aber wenn der Produzent sie so plötzlich nach L.A. beorderte, dann schien das doch ein gutes Zeichen zu sein.

Und dieser Mike war ein wirklich interessanter Mann.

17

Kerstin

Das Essen war wundervoll. Kerstin gefiel die Schlichtheit, außerdem liebte sie rohen Fisch. Sie musste das unbedingt notieren. Vielleicht sollte sie wirklich einen Blog mit interessanten Rezepten ins Leben rufen. Es schwebte ihr schon lange so etwas vor, aber sie hatte die Idee bisher nicht weiterverfolgt. Auch das leckere Gericht aus dem Erdofen, das sie Weihnachten kennengelernt hatte, konnte darin einen Platz finden.

»Ich finde es blöd, dass Izzy nur über den Chat mit uns kommuniziert. Und über Logan hat sie kein einziges Wort verloren. Ist euch das auch aufgefallen?«

»Ach Mel, du bist immer noch so geradeheraus wie früher. Vielleicht will sie uns dabei in die Augen sehen, wenn sie uns von ihrer Liebe erzählt.« Sarah stand auf und räumte die Schälchen zusammen. »Aber stimmt, ich habe mir auch schon Gedanken darüber gemacht. Ich brauche dringend einen Kaffee. Möchte noch jemand einen?«

Kerstin und Mel nickten.

»Ich helfe dir.« Kerstin erhob sich ebenfalls.

In der Küche bearbeitete Sarah die Kapselmaschine. »Mel ist so offen und ehrlich. Manchmal wünschte ich, ich wäre auch so.«

Kerstin dachte an ihr Treffen an der Ostsee. Da hatte Mel verschlossen wie eine Auster gewirkt. Hier auf Oahu blitzte ab und an wieder die lustige und vorwitzige Mel von früher auf. Aber das konnte sie Sarah nicht so zwischen Tür und Angel erklären. Also nickte sie nur und lächelte.

Als sie mit den Kaffeetassen wieder auf die Veranda kamen, war Mel in ihr Telefon vertieft.

»Ich lese immer wieder die Zeilen von Izzy. Irgendwie bin ich gekränkt, dass sie ihren Job wichtiger findet als uns.«

»Das habe ich auch erst gedacht«, bekannte Kerstin. »Aber sie lebt davon. Und wenn ein Hollywood-Produzent ruft, dann darf man nicht ablehnen.«

»Wahrscheinlich hast du recht.« Mel rutschte auf ihrem Stuhl umher.

Kerstin versuchte ihre Freundin auf andere Gedanken zu bringen. »Warum lässt sie eigentlich deine Tochter so ausdrücklich grüßen?«

»Kim hat doch vor einigen Monaten ein Praktikum bei einem Film gemacht, in dem Izzy mitspielt.«

»Stimmt, das hast du uns geschrieben, ich erinnere mich.«

Kerstin horchte auf. Anscheinend hatte sie die richtige Frage gestellt.

»Kim hat mit dem Hauptdarsteller geschlafen. Jetzt bildet sie sich ein, dass sie sich lieben.« Mel verzog das Gesicht. »Ich habe das erst vor Kurzem erfahren.«

»Hoffentlich hat es sie nicht so heftig erwischt.« Sarah legte eine Hand auf Mels Arm.

Mel nickte und trank einen Schluck Kaffee. »Trotzdem finde ich es blöd, dass Izzy jetzt nicht bei uns ist.«

»Sie hatte sich das sicher auch anders vorgestellt«, verteidigte Kerstin ihre Freundin. »Immerhin hat sie uns drei schon mal wieder zusammengebracht.« Sie breitete ihre Arme aus. »Wir sind hier doch im Paradies und haben endlich mal Zeit füreinander.«

Seltsamerweise verbrachten sie den Rest des Tages getrennt.

Sarah hatte sich in ihr Zimmer zurückgezogen, Mel machte einen Spaziergang am Strand und Kerstin setzte sich in den Garten unter eine Palme und versuchte, ein Buch zu lesen.

Schon nach kurzer Zeit legte sie es aber wieder zur Seite. Weder Sarah noch Mel hatten gefragt, ob sie etwas zusammen unternehmen wollten. Und sie selbst hatte sich irgendwie nicht getraut. Ob es den anderen beiden auch so gegangen war? Es war komisch, jetzt plötzlich, nach etlichen Jahren, zusammen in einem Haus zu sein. Kerstin war dankbar, dass die Freundinnen ähnlich wie sie empfanden und erst mal eine kleine Auszeit voneinander nahmen. Sie hatten alle das Wissen, dass sie die nächsten Tage zusammen verbringen würden, was Kerstin ein warmes Gefühl bescherte.

In der Garage fand sie neben dem Mini Cooper auch noch zwei Fahrräder. Kerstin prüfte die Luft an einem der Räder und fuhr dann einfach los. Bei ihrem Gang zu Marys Haus an Weihnachten war ihr gar nicht aufgefallen, wie schön die Häuser in ihrer Straße waren. Die Gärten waren liebevoll gepflegt, ringsum blühten Blumen und überall liefen Hühner herum. Und zwar nicht die ausgemergelten Tiere aus deutschen Hühnerfarmen, sondern richtig wohlgenährte Prachtexemplare. Sie bog in eine Seitenstraße ab, wo ein Schild ihre Aufmerksamkeit erregte: »Hibiscus-Lady«. Kerstin lehnte das Rad an den Holzzaun und blickte in den Garten. Hier standen Hibiskussträucher in großen Kübeln herum.

»Kann ich Ihnen helfen?«

»Eigentlich nicht. Ich bewundere nur die Blumen.«

»Wir kreuzen hier Hibiskus. Möchten Sie reinkommen?« Die Frau war Kerstin vom ersten Moment an sympathisch. Etwas älter als sie selbst, die grauen Haare ganz kurz geschnitten. Sie trug ein luftiges blaues Kleid, ihr Lächeln war offen.

»Gerne, aber ich bin hier nur als Touristin«, sagte sie, um falschen Erwartungen vorzubeugen. Im Garten der Villa standen schon genug Pflanzen.

»Ich bin Giselle«, stellte sich die Frau vor und öffnete einladend das Tor. »Kommen Sie und sehen Sie sich um. Sie müssen nichts kaufen. Ich freue mich, wenn jemand Interesse an meinen Hibiskuskreationen hat.«

»Im Garten meiner Freundin stehen auch einige Sträucher, aber hier …«, Kerstin machte eine umfassende Geste, »so viele unterschiedliche Blüten und Farben habe ich noch nie gesehen.«

»Wo wohnen Sie denn? Hier in der Nähe?«

»Ja, Izzy ist eine Freundin aus …«

»Ach, das Forrester-Anwesen«, unterbrach Giselle sie.

Hieß Logan mit Nachnamen Forrester? Darüber hatte sie sich noch gar keine Gedanken gemacht.

»Izzy wohnt dort ja jetzt allein, seit Logan … Ach, es ist gut, dass sie endlich eine Freundin eingeladen hat, ihr beizustehen. Sie hatte sich vollkommen zurückgezogen.«

»Wir sind sogar zu dritt«, erklärte Kerstin. »Zurzeit ist Izzy noch in Kalifornien, aber wir erwarten sie bald zurück. Warum haben Sie das Haus das Forrester-Anwesen genannt?«

»Logans Familie lebte dort seit mehreren Generationen. Sie ist in dem Haus aufgewachsen. Ihre Eltern sind sehr früh gestorben und haben es ihr vermacht.«

»Und jetzt, wo Logan nicht mehr da ist, gehört es Izzy«, schlussfolgerte Kerstin.

»Richtig. Aber lassen Sie uns nicht von so traurigen Dingen sprechen. Ich zeige Ihnen jetzt meine blühenden Schätze.«

Nach einer Stunde in Giselles Garten schwirrte Kerstin der Kopf von den vielen Fachbegriffen, dem Duft der Blumen und der Vielfalt der Farben. Die Hibiscus-Lady ging wirklich ganz und gar in ihrer Arbeit mit den Pflanzen auf.

»Sind die Hibiskuspflanzen in unserem Garten von Ihnen?« Ihr waren schon am ersten Tag die vielen prächtigen Exemplare aufgefallen.

»Ja, natürlich. Ich habe sogar auch mal geholfen, eine Palme einzupflanzen. Das muss vor einigen Jahren gewesen sein. Damals war die ganze Nachbarschaft mit von der Partie. Izzy und Logan hatten sich in den Kopf gesetzt, zusammen einen Baum zu pflanzen. Eigenhändig. Die beiden hatten einen ganzen Tag lang gebuddelt und ein riesiges Loch ausgehoben.« Ein Lächeln ging über ihr Gesicht, verschwand dann aber so schnell, wie es gekommen war. »Es war viel zu tief, die Palme versank fast vollständig darin. Zusammen haben wir es dann doch noch irgendwie geschafft. Inzwischen ist sie richtig groß geworden. Sie steht gleich neben der Veranda bei dem rot blühenden Hibiskus.«

18

Sarah

Wandern war schrecklich. Sarah hatte es schon immer gewusst. Wieso hatte sie sich darauf eingelassen? Sie hätte sich im Garten auf eine Liege legen sollen. Schön im Schatten mit Blick auf die wundervollen Palmen und dem Rauschen des Meeres im Ohr.

Mary hatte sie heute Morgen nach dem Frühstück besucht und vorgeschlagen, dass sie eine Wanderung zum Kaena Point unternehmen sollten. Sie war auf dem Weg nach Honolulu gewesen, um dort Besorgungen zu machen.

Zu dritt hatten sie den Mini genommen, dann aber nur ein paar Minuten fahren müssen. Die schmale, schnurgerade Straße endete auf einem großen Parkplatz mit rotem lehmigen Untergrund, direkt am Meer. Einige Felsbrocken lagen so ungeordnet auf dem Platz, dass man den Eindruck gewinnen konnte, ein Riese hätte sie aus lauter Langeweile dorthin geworfen.

Jetzt waren sie schon seit einer halben Stunde unterwegs. Die Sonne stach ihnen auf den Kopf und Sarah spürte, wie ihr einzelne Schweißperlen über den Rücken rollten. Mehr als die Hitze machte ihr allerdings zu schaffen, in welch schlechter körperlicher Verfassung sie sich befand. Sie war nie eine besondere Sportskanone gewesen, aber dass eine halbe Stunde Wandern sie so aus der Puste brachte, das hätte sie dann doch nicht gedacht. In London war sie eine Zeit lang in ein Fitnessstudio gegangen, aber irgendwann hatte sie wieder damit aufgehört, weil es ihr keine Freude bereitete und eigentlich auch viel zu teuer war.

»Können wir mal kurz anhalten?« Kerstin blieb stehen und wischte sich den Schweiß von der Stirn. »Geht es nur mir so, oder findet ihr es auch so heiß?«

»Heiß und anstrengend«, murmelte Sarah, setzte sich auf einen Stein und schnappte nach Luft.

»Hier«, Mel reichte ihr eine Wasserflasche aus ihrem Rucksack. Sarah erinnerte sich, dass sie die extra noch eingesteckt hatte, bevor sie losgezogen waren.

Das Wasser war wunderbar, auch wenn Sarah jetzt lieber ein kaltes Bier getrunken hätte.

Kerstin trank ebenfalls wie eine Verdurstende aus ihrer Flasche. »Wow, ich hatte das unterschätzt.« Sie wischte sich über die Stirn. »Mann, ist das heiß. Und Wandern ist übrigens auch nicht mein Ding.«

Sarah fing an zu lachen. »Na toll, dann sind wir Mary in die Falle gegangen. Ich hasse es, spazieren zu gehen.«

»Stimmt, was anderes ist das ja nicht.« Mel setzte sich ebenfalls auf einen Felsbrocken. »Allerdings finde ich diesen Weg wirklich schön.« Sie deutete auf das Meer, das auf der einen Seite des Weges fast immer zu sehen war.

Sarah blickte zu den hohen Bergen, die auf der

anderen Seite scharfe Kanten in den Himmel zeichneten. Die Worte imposant und beeindruckend schossen ihr durch den Kopf. Rechts das tobende und glitzernde Meer, links die geheimnisvollen dunkelgrünen Berge mit ihren schroffen Felsen.

»Ob man da hochklettern kann?«

»Wir eher nicht«, sagte Mel so trocken, dass Sarah lachen musste. Auch Kerstin und Mel fielen ein.

Sie kicherten, lachten und kreischten zusammen, wie sie es früher in der Schule getan hatten. Erst nach einer ganzen Weile ebbte der Lachflash wieder ab.

Sarah wischte sich die Tränen von den Wangen. »Ich habe richtig Bauchschmerzen.«

»Sollen wir umkehren?«, fragte Mel, die sich inzwischen auch wieder beruhigt hatte.

Wie aus einem Mund antworteten Kerstin und Sarah mit einem energischen: »Nein!«

»Gut. Dann sollten wir unsere Handtücher als Sonnenschutz benutzen.« Mel reichte der verdutzten Sarah ein Handtuch aus ihrem Rucksack.

»Wieso habt ihr eigentlich beide Rucksäcke und ich nicht?«

Kerstin verzog den Mund. »Mel meinte, dass …«

»Schon klar«, schnitt Sarah ihr das Wort ab. »Du dachtest, ich schaffe das nicht.« War es wirklich so offensichtlich, dass sie körperlich nicht auf der Höhe war?

»Naja, so ganz unrecht hatte ich ja nicht. Du hast eben ausgesehen, als ob du gleich umkippst.« Mel legte sich ihr rosafarbenes Handtuch über den Kopf und Kerstin machte mit ihrem gelben dasselbe.

Grummelnd breitete Sarah ihr Handtuch aus. »Das ist nicht euer Ernst, oder?«

»Jetzt stell dich nicht so an.« Kerstin verstaute die Wasserflasche, setzte ihren Rucksack auf und stapfte los.

Sarah fragte sich, wieso ausgerechnet sie mit Arielle, der Meerjungfrau herumlaufen musste. Aber eigentlich war es auch egal, es waren ihnen bisher nur zwei Menschen entgegengekommen und vorhin, während ihres Lachanfalls, hatte ein Mann sie überholt. Der hatte seine Schritte stark beschleunigt, als er sie so lachen sah, und ihnen einen etwas verwirrten oder eher mitleidigen Blick zugeworfen.

Auch Mel war inzwischen losgelaufen. Bei dem Anblick ihrer Freundinnen konnte sie sich ein Lächeln nicht verkneifen. So zu dritt, mit den Handtüchern auf dem Kopf, sahen sie ziemlich durchgeknallt aus. Aber irgendwie waren sie das ja auch. Dieses Lachen vorhin hatte sich so befreiend angefühlt. Seit der Geschichte in Paris war es nie wieder so gewesen wie früher. Es bereitete Sarah immer noch Schmerzen, an diese Zeit zu denken, aber sie bemerkte plötzlich, dass es leichter wurde.

Kerstin und Mel waren hinter einer Kurve verschwunden, doch als Sarah das Ende der Kurve erreicht hatte, waren sie noch immer nicht zu sehen. Schnaufend versuchte sie ihre schleppenden Schritte zu beschleunigen.

»Wir sind hier, Sarah«, rief Kerstin und winkte ihr aus der Entfernung zu.

Die beiden Frauen standen auf einer kleinen Anhöhe und blickten Richtung Meer.

Sarah lief querfeldein und war dankbar, dass sie sich

für ihre Turnschuhe entschieden hatte. Sand und Felsen wechselten sich ab und das Seegras pikste sie in die nackten Beine.

Als sie ihre Freundinnen erreicht hatte, klappte ihr vor Erstaunen der Mund auf. Vor ihnen lag die perfekte Bucht. In einem kleinen Halbrund, zwei Meter unter ihnen, schimmerte ein schmaler Sandstrand. Das Wasser leuchtete so stechend türkis, dass man es kaum fassen konnte. Das Ganze sah aus wie eine große Badewanne. Sarah stellte fest, dass diese wunderbare Bucht anscheinend von einer Barriere aus Felsen geschützt wurde, deshalb gab es hier keine Wellen.

»Wollen wir?«, fragte Mel.

»Aber so was von«, rief Kerstin und machte schon Anstalten, den Sandhügel herunterzurutschen.

Sarah konnte nur nicken. So hatte sie sich immer die Südsee vorgestellt. Dass es so was hier gab, hatte sie nicht erwartet.

Kerstin war die Erste, die sich ihrer Sachen entledigt hatte.

Der Sand war so weiß, dass Sarah ihre Schuhe auszog, aus Angst, ihn zu verschmutzen. Sie streifte sich ihre Sachen vom Leib und sprang ins Wasser. Das Meer war glasklar. Ein Fischschwarm, der erst auf sie zuschoss und dann ganz plötzlich in einem militärischen Manöver wendete, faszinierte sie. Die Farben des Wassers und ihre Freundin neben ihr, die immer wieder juchzend untertauchte – das alles machte sie sprachlos vor Glück.

»Das ist wirklich schön«, sagte Mel, die jetzt auch endlich ins Wasser gekommen war.

Sarah wollte die Stimmung nicht zerstören, deshalb gab sie keinen Kommentar zu Mels Unterwäsche ab, die diese anbehalten hatte.

»Ich bin es einfach nicht gewohnt, nackt ins Wasser zu steigen.«

Mel hatte wohl auch so erraten, was sie dachte.

»Aber wir sind doch hier unter uns.«

»Trotzdem. Ich bin nicht stolz auf meinen Körper.«

»Wahnsinn, wir haben eine eigene Bucht, nur für uns. Schade, dass Izzy nicht dabei ist.« Kerstin war prustend neben ihnen aufgetaucht »Unglaublich, oder? Lasst uns um die Wette schwimmen. Wer hat Lust?«

Sarah winkte ab. Sie ließ sich im seichten Wasser treiben, während Mel und Kerstin durch die Bucht kraulten. Es war hier wirklich wie in einer Badewanne. Das Glücksgefühl, das sie durchströmte, währte leider nicht lang. Ehe sie sich's versah, waren ihre Gedanken schon wieder zu der Reise nach Paris gewandert.

Sarah fragte sich immer noch, ob die anderen drei damals überhaupt etwas mitbekommen hatten. Doch, sie mussten es auch irgendwie gespürt haben, schließlich hatte sich ihre Freundschaft danach merklich abgekühlt. Und zumindest Sarahs Leben hatte damals eine Wendung genommen, die sie noch heute bedauerte. Ihre hochfliegenden Träume und Wünsche hatte sie seither begraben.

19

Kerstin

Kerstin ging das Herz auf, als sie endlich am Kaena Point ankamen. Damit hatten sie den nordwestlichsten Punkt der Insel erreicht. Hier befand sich das Vogelschutzgebiet, von dem Mary ihnen erzählt hatte. Genauer gesagt handelte es sich um eine der größten Albatroskolonien auf Hawaii.

Sie mussten eine Schleuse passieren, die andere Tiere davon abhalten sollte, die hier brütenden Vögel zu stören oder gar zu töten. Unzählige Albatrosse bewachten ihre Nester oder kreisten über dem Gebiet. Auf den ersten Blick konnte man die majestätischen Vögel auch für Attrappen halten, denn viele verharrten nahezu bewegungslos auf ihren Nestern. Ein paar Küken waren bereits geschlüpft, doch selbst die jungen Vögel waren schon enorm groß, wie Kerstin überrascht feststellte. Auf ihrem Balkon in München hatte mal eine Amsel ein Nest gehabt. Der Nachwuchs hatte vergleichsweise winzig ausgesehen.

Auch wenn der Weg hierher anstrengend gewesen war – durch die Ausblicke, die er einem immer wieder schenkte, hatte er sich mehr als gelohnt. Und dann war das Ganze auch noch getoppt worden durch den unerwarteten Badespaß mit den Freundinnen. Eine kleine Bucht, ganz allein für sie – das kam dem Paradies schon sehr nah.

»Oh nein.« Mel blinzelte mit zusammengekniffenen Augen in Richtung Berge.

Kerstin folgte ihrem Blick und sah sofort, was sie meinte. Über den Klippen zogen dicke schwarze Wolken auf.

»Das schaffen wir nie bis zum Parkplatz zurück.« Die Landschaft war wundervoll, aber leider gab es nirgendwo etwas, wo man sich unterstellen konnte, nur niedrige Büsche, Felsen und das Meer. Zum Schutz gegen die Sonne trugen sie immer noch ihre Handtücher um den Kopf. »Dann müssen wir die halt als Regenschutz benutzen.« Kerstin deutete auf ihr Tuch.

Die Wolken hatten die Sonne bereits erreicht.

Sarah stand weiter weg und hatte ihr Gespräch nicht mitbekommen. Völlig fasziniert starrte sie auf den Pazifik.

Kerstin und Mel näherten sich ihr. Sie waren sich einig, hier zwischen den brütenden Vögeln nicht herumbrüllen zu wollen.

»Seht nur«, wisperte Sarah und deutete auf das Blau. »Ich glaube, dort hinten ist ein Wal.«

»Wo?« Kerstin scannte die Fläche ab, aber sie sah nichts. Eine rote Haarsträhne wehte ihr vor die Augen. Sie strich sie sich aus dem Gesicht und starrte auf die unendliche blaue Weite.

»Gerade war er noch da. Wahrscheinlich ist er abgetaucht. Vielleicht kommt er ja gleich wieder hoch.«

Und tatsächlich stieß plötzlich ein großes Tier aus dem Wasser. Für seine beachtliche Größe schien es viel zu langsam und viel zu hoch aus dem Wasser aufzusteigen. Dann, als Kerstin schon annahm, das Teil würde jetzt fliegen, ließ es sich wieder ins Meer platschen. Die Entfernung war zwar groß, aber dass dies tatsächlich ein Wal war, war gut zu erkennen.

»Wahnsinn«, hauchte Mel, während Kerstin das Spektakel mit offenem Mund betrachtete.

Der Wal tauchte noch mehrere Male aus dem Wasser auf. Er schien diese Show nur für sie abzuziehen, zumindest kam es Kerstin so vor.

Schließlich zeigte das Tier seine Schwanzflosse und verschwand danach in der Tiefe.

Erst als dicke Tropfen auf ihre nackten Arme klatschten, erwachte Kerstin aus ihrer verzückten Betrachtung.

»Habt ihr so was schon mal gesehen?«, fragte Sarah, ihren Blick weiter auf das Meer geheftet.

»Ich dachte immer, dass diese Bilder, auf denen Wale ganz aus dem Wasser springen, nachbearbeitet sind. Nie hätte ich geglaubt, dass es das tatsächlich gibt.« Mel klang richtig ergriffen.

Kerstin gab es auf, nach dem Wal Ausschau zu halten. »Wollen wir langsam zurückgehen?«

Der Regen wurde immer stärker und ehe sie sich's versahen, glich der Weg einer roten Rutschbahn aus Lehm mit tiefen Pfützen. Waren diese Löcher auf dem Hinweg auch schon da gewesen? Kerstin konnte sich nicht erinnern. Ihr Handtuch hing ihr vollgesogen wie ein Schwamm über den Haaren, und der Wind trieb ihr den Regen in die Augen, sodass sie kaum etwas sehen konnte.

Plötzlich war Mel neben ihr.

»Warte mal, renn doch nicht so schnell«, brüllte sie gegen den Regen und Sturm an. »Sarah ist ausgerutscht!«

Als Kerstin sich umdrehte, konnte sie sich ein Grinsen nicht verkneifen. Sarah sah wie eine Schlamm-Catcherin aus. Anscheinend war sie nicht auf den Hintern, sondern mit dem Gesicht zuerst in den Schlamm gefallen.

»Du siehst so lustig aus.« Kerstin biss sich auf die Lippe, um nicht laut aufzulachen.

»Sehr witzig.« Sarah versuchte, sich mit ihrem Meerjungfrauen-Handtuch zu säubern.

»Hier, nimm meins. Nass ist es auch, aber wenigstens sauber«, sagte Mel.

Kerstin hielt Sarah ebenfalls ihr Handtuch hin. »Hast du dir wehgetan?«

»Nein, ich bin nur in eines dieser blöden Löcher getreten und dann habe ich den Halt verloren. Gott sei Dank war da kein Felsen vor mir, sondern nur eine weitere Pfütze.«

»Komm, ich helfe dir.«

Mel und Kerstin versuchten Sarah gemeinsam zu reinigen, was überraschend gut gelang. Nachdem sie das Ergebnis ihrer Säuberungsaktion für zufriedenstellend befunden hatten, setzten sie zu dritt, Hand in Hand, ihren Weg fort.

Mit einem Mal durchbrach die Sonne die Wolken, obwohl es nicht aufhörte zu regnen. Innerhalb von Sekunden spann sich ein leuchtender Regenbogen über die Landschaft. Kerstin spürte, dass Sarah und Mel genauso beeindruckt waren wie sie selbst, denn beide Freundinnen umfassten ihre Hände noch fester. Niemand sagte ein Wort, um dieses besondere Gefühl nicht zu zerstören, und alle sahen nur noch auf das Naturschauspiel.

Kurz vor dem Parkplatz ließ der Regen nach und der Regenbogen verschwand. Als sie schließlich am Auto ankamen, hatte es ganz aufgehört zu regnen. Die Sonne stach wieder auf sie ein und Kerstin spürte förmlich, wie die Strahlen sie trockneten.

»Wir sollten uns noch einen Augenblick auf die Felsen setzen«, schlug Mel vor. »Wenn wir uns erst etwas trocknen lassen, versauen wir das Auto nicht so.« Sie wuschelte sich durch ihre blonden Haare.

»Ich werde mir auf alle Fälle ein Handtuch unterlegen müssen«, sagte Sarah und sah an sich herab.

Kerstin hatte fast wieder einen Lachanfall, als sie an das Bild dachte, das Sarah nach ihrem unfreiwilligen Bad in der Pfütze abgegeben hatte. »Komm, wir haben gute Arbeit geleistet. Und den Rest hat der Regen erledigt. Man sieht fast gar nichts mehr.«

Als sie nach einer Weile auf den Mini zuliefen, war ein Flugzeug zu hören. Sie hatten auf dem Hinweg einen kleinen Flugplatz passiert. Neugierig schirmte Kerstin ihre Augen gegen die Sonne ab und blickte in den Himmel.

»Seht nur«, sie deutete auf das knallrote Flugzeug, dass sich in den Himmel schraubte.

Auch Mel und Sarah verfolgten den Flieger, der mehr an ein Kinderspielzeug als an ein ordentliches Fluggerät erinnerte. Mit einem Mal ging die Tür auf und drei Punkte lösten sich von dem Flugzeug. Je schneller sie zur Erde rauschten, desto besser war zu erkennen, dass es sich um Personen handelte. Dann ploppten plötzlich drei bunte Schirme auf und der Flug wurde gebremst. Langsam glitten die Fallschirme durch die Luft Richtung Erde.

»Ich würde mich so etwas niemals trauen«, sagte Mel und sprach damit aus, was Kerstin dachte.

»Aber es ist sicher ein unglaubliches Erlebnis.« Sarah breitete ein Handtuch auf dem Beifahrersitz aus. »Und die Aussicht ist wahrscheinlich überwältigend.«

»Aber das kann man doch auch aus dem Flugzeug heraus bewundern, dafür muss man ja nicht rausspringen«, sagte Kerstin, klappte den Fahrersitz zurück und ließ Mel hinten einsteigen.

»Stimmt, da hast du auch wieder recht.« Sarah öffnete den kleinen Spiegel hinter der Sonnenblende und musterte sich darin. »O mein Gott, ich sehe fürchterlich aus.«

»Ich finde, du siehst schon wieder recht passabel aus.« Mel stieß ein Kichern aus.

Sarah zog kurz ein Gesicht, als wollte sie Mel an die Gurgel springen, aber dann zuckten ihre Mundwinkel und sie fing an zu lachen. Mel und Kerstin stimmten mit ein.

Aus den Augenwinkeln sahen sie, wie derselbe Mann, der schon bei ihrem ersten Lachanfall an ihnen vorbeigelaufen war, nun schon wieder einen Heiterkeitsausbruch von ihnen mitbekam. Seinen fassungslosen Gesichtsausdruck, bevor er kopfschüttelnd in sein Auto stieg, würden sie nicht so schnell vergessen.

20

Mel

44ever

Izzy
Wie war euer Tag? Ich bin so traurig, dass ich nicht mit dabei sein konnte. Aber ich habe eine gute Nachricht! Die Verhandlungen sind so gut wie abgeschlossen. Mein Rückflug ist für den 31. Dezember gebucht, das heißt, dass ich Silvester und meinen Geburtstag mit euch feiern kann.

Mel
Das sind großartige Neuigkeiten. Wir vermissen dich sehr. Unser Ausflug war zwar toll, aber trotzdem hast du uns gefehlt.

Izzy
Ihr müsst euch unbedingt mal den Sonnenuntergang von der Veranda aus ansehen. Das war früher immer die schönste Stunde des Tages für uns. In der Küche steht ein Buch mit Cocktailrezepten. Darin findet ihr Logans und meine Lieblingsdrinks. Versprecht mir, dass ihr euch

heute einen Cocktail mixt und auf unsere Freundschaft anstoßt.

Kerstin

Das werden wir machen. Ich freue mich schon so auf dich!

Sarah

Und ich mich erst!

Nach ihrer Wanderung waren sie hungrig wie Löwinnen nach Hause gekommen. Kerstin hatte ihnen Nudeln mit einer äußerst leckeren Soße zubereitet. Mel sah von ihrem Teller auf und musste grinsen. Ihre Freundinnen tippten auf ihren Handys fast so schnell wie Kim und Arne.

»Ist euch eigentlich aufgefallen, dass Izzy gerade das erste Mal von sich aus ihre Frau erwähnt hat?«, fragte Mel.

»Stimmt, ist mir auch aufgefallen.« Sarah legte ihr Telefon beiseite.

Kerstin nickte. »Es ist so schön, dass sie sich wieder gemeldet hat.«

Mel und Sarah räumten zusammen den Tisch ab, während Kerstin sich dem Rezeptbuch widmete. Sie stellte mehrere Flaschen vor sich auf und verkündete schließlich, dass sie alle Zutaten beisammenhabe, die sie für die Cocktails benötigte.

Mel und Sarah stellten auf der Veranda die Korbstühle in einer Reihe auf, sodass sie alle einen guten Blick auf den Sonnenuntergang hatten. Im Inneren des Hauses hörte man, wie Kerstin die Drinks mixte.

»Ich habe im Schrank ein Päckchen Cracker gesehen. Hat noch jemand Lust auf so was?«, rief sie über das Klackern der Eiswürfel hinweg.

Mel lächelte. »Gute Idee!« Sie setzte sich neben Sarah, die gerade entspannt ihre Beine auf die Balustrade legte.

»Ich glaube, morgen habe ich den Muskelkater meines Lebens. Ich kann mich nicht daran erinnern, wann ich das letzte Mal eine so weite Strecke gelaufen bin.«

»Gehst du in London nicht zum Sport?«, fragte Mel. Sie meinte sich zu erinnern, dass Sarah davon mal in ihrem Chat gesprochen hatte.

»Das habe ich aufgegeben. Leider.«

Kerstin trat mit den Drinks auf die Veranda.

»Auf unsere Freundschaft«, sagte Mel, nachdem Kerstin sich gesetzt hatte und die Cocktails verteilt waren.

Kerstin hob ihr Glas. »Auf die Freundschaft«, murmelte sie.

»Nein, auf unsere Freundschaft«, berichtigte Mel und stieß mit ihr an. Einen kurzen Moment sahen sie sich an, aber dann senkte Kerstin den Blick.

Jetzt stieß auch Sarah mit ihnen an. Sie hielt ihren Blick ebenfalls auf den Boden gerichtet.

»Was ist denn mit euch los? Man muss sich doch in die Augen schauen, wenn man miteinander anstößt«, sagte Mel. Diese seltsame Stimmung ging ihr auf die Nerven.

Als Sarah sie daraufhin ansah, war in ihren Augen so viel Traurigkeit, dass Mel ihren flapsigen Spruch schon wieder bereute.

»Können wir jetzt endlich probieren?«, fragte sie und prostete den beiden zu.

Die Freundinnen hoben ebenfalls ihre Gläser, dann widmeten alle sich ihren Drinks.

Mel fragte sich, ob es die anderen auch mitbekommen hatten: Etwas hatte in der Luft gelegen.

»Wow, der ist wirklich gut«, sagte Sarah nach einem Schluck.

»Danke. Stell dir vor, ich habe noch nie zuvor einen Mai Tai gemixt.« Kerstin klang etwas unsicher.

»Wieso das denn?«

»Ich bin Köchin, kein Bartender.«

Kerstin und Sarah lachten.

Mel blendete das Gespräch der Freundinnen aus, denn sie suchte immer noch nach einer Erklärung für diese seltsame Stimmung, die gerade kurz aufgeblitzt war. Außerdem war sie völlig gefangen von dem Naturschauspiel, das sich am Himmel vor ihnen vollzog.

Die Wolken rissen auf und die Sonne zeigte sich als gleißend heller Ball, der nur ein paar Handbreit über dem Horizont schwebte. Dann fing der Himmel an, sich rosa zu färben, und die Wolken nahmen einen purpurnen Ton an. Als die Sonne langsam in einen Wolkenstreifen eintauchte, stieß Mel enttäuscht die Luft aus.

»Warte es ab«, sagte Kerstin und berührte sie am Arm.

Erstaunt sah Mel sie an.

»Das ist erst der erste Sonnenuntergang. Ich habe das genauso an Weihnachten bei Mary erlebt. Da kommt noch was.«

Etwas verständnislos sog Mel an ihrem Strohhalm,

sah aber wieder Richtung Meer. Der Cocktail schmeckte wirklich ausgezeichnet. Plötzlich schob sich die Sonne wieder unter den Wolken hervor. Alles war jetzt in Rot, Lila und Rosa getaucht. Der feuerrote Ball schien auf dem Horizont kurz zum Stehen zu kommen, bevor er sich dann ganz langsam in den Pazifik senkte.

Das ganze Spektakel hatte keine Viertelstunde gedauert, aber Mel kam es so vor, als hätte sie gerade einen Dokumentarfilm über die schönsten Sonnenuntergänge der Welt gesehen, so viele Farben in so kurzer Zeit, so viele verschiedene Lichtstimmungen.

»Wahnsinn«, sagte Sarah. »Gleich zwei Sonnenuntergänge hintereinander. Und seht euch nur den Himmel an. Diese Farben sind doch unbeschreiblich.«

Verzückt und einträchtig schweigend tranken sie ihre Mai Tais.

Erst als der Himmel fast schwarz geworden war, ergriff Kerstin wieder das Wort. »Möchtet ihr noch einen Drink?«

»Oh ja, sehr gerne.« Sarah war die Erste, die aufsprang. »Ich helfe dir.«

Mel rückte die Korbsessel wieder so, dass sie sich ansehen konnten. Unter Kerstins Stuhl fand sie die Packung Cracker, von der die Freundin vorhin gesprochen hatte.

Kerstin brachte zusammen mit Sarah die neuen Drinks und ein Windlicht auf die Veranda. Sie schlug sich vor die Stirn, als sie die Cracker auf dem Tisch sah. »Die hatte ich völlig vergessen.«

Im flackernden Schein der Kerze prosteten sie sich zu, vermieden aber einen weiteren Trinkspruch.

Plötzlich klingelte Mels Handy in die Stille hinein. Ein Blick auf das Display sagte ihr, dass es Spanien war.

»Sorry, da muss ich rangehen.« Sie schnappte sich das Telefon und stieg die Treppe in den Garten hinunter.

»Ja?«

»Hi, Mum.«

»Hi, Liebes! Warum rufst du an? Ist alles in Ordnung bei euch?« Mel spürte, wie ihre Hände feucht wurden. Nicht nur die Angst um Arne und Kim, sondern auch ihr schlechtes Gewissen regte sich.

»Klar, was soll sein?«

Kim nun wieder.

»Tut mir leid, dass ich mich nur per Mail gemeldet habe.«

»Ich rufe auch nur an, weil wir heute so früh aufgestanden sind. Du weißt schon, Zeitverschiebung und so. Oma und Opa machen heute einen Ausflug mit uns. Es soll eine Überraschung werden.«

Mel sah förmlich, wie Kim mit den Augen rollte. »Also geht es euch gut«, stellte sie erleichtert fest.

»Stell dir vor, gestern habe ich David wiedergesehen.«

Mel kramte in ihren Erinnerungen. Wer zur Hölle war David?

»Du weißt schon, der Schauspieler, den ich bei Izzys Film kennengelernt habe.«

Oh nein, nicht dieser junge Mädchen vernaschende Sonnyboy.

»Bist du noch da?« Kim fing an zu kichern. »Du musst keine Angst haben. Ich finde ihn jetzt auch nicht mehr so prickelnd.«

Mel atmete hörbar aus. »Dann ist ja gut. Wo hast du ihn denn getroffen?«

»Hier in der Nähe gibt es einen neuen Club. Ich war da mit Carlos.«

»Und wer ist Carlos?« Jetzt rollte Mel mit den Augen.

»Der Sohn von den Fernandez. Du weißt schon, die Nachbarn von Oma und Opa. Er studiert in Madrid, besucht aber gerade seine Eltern. Und Mama, ehe du fragst: Ich finde ihn einfach nett, mehr ist da nicht.«

»Dann ist ja gut. Wie geht es Arne?«

»Der spielt den halben Tag mit Opa Playstation.«

Mel grinste. Arne und ihr Vater waren sich sehr ähnlich. Wenn sie etwas machten, dann sehr gründlich.

Sie verabschiedeten sich mit lieben Worten. Komisch, weder Kim noch sie hatten Sven erwähnt. Wenn sie ehrlich war, dann dachte sie kaum an ihn.

»Und, zu Hause alles in Ordnung?«, fragte Sarah, als Mel wieder auf die Veranda kam.

»Das war Kim. Sie und Arne sind ja gerade bei meinen Eltern auf Mallorca.«

»Und Sven?« Kerstin zog die Augenbrauen hoch.

»Der ist auf dem Hof geblieben. Er muss sich um seine Mutter kümmern, die hat sich ein Bein gebrochen.«

»Aha.«

Mel spürte zwei Augenpaare auf sich ruhen.

»Ich … Es ist etwas Schreckliches passiert, und ich weiß nicht, wie ich damit umgehen soll.«

Nachdem Mel den Freundinnen alles erzählt hatte, war es einen Augenblick ganz still. Selbst das Meer und die raschelnden Palmenblätter schienen zu schweigen. In Mels Kopf war da wieder dieser furchtbare Moment, in dem sie Svens Betrug herausgefunden hatte. Doch interessanterweise waren all die negativen Gefühle, die der Gedanke daran in ihr hervorgerufen hatte, all die Kränkung, der Schmerz, die Orientierungslosigkeit und auch das Gefühl, als Ehefrau, ja als Mensch versagt zu haben, verschwunden. Sie spürte, dass es jetzt anders war; ein befreiendes Gefühl breitete sich in ihr aus.

Sich den Freundinnen anzuvertrauen, war viel leichter gewesen, als sie gedacht hatte. Beide hatten aufmerksam zugehört, ohne sie zu unterbrechen. Kerstin hatte zwischenzeitlich neue Drinks besorgt, aber niemand hatte ihr das Gefühl gegeben, dass es in irgendeiner Weise peinlich war, dass ihr Leben offenbar doch nicht so perfekt war, wie sie es lange Jahre hatte darstellen wollen. Im Gegenteil: Die Freundinnen waren sehr mitfühlend gewesen, hatten ihre Zweifel und Ängste nachvollziehen können und hatten sie ermutigt, nun ihren eigenen Weg – im Zweifelsfall auch ohne Sven – zu gehen. Mel hätte nie geglaubt, dass sie sich so erleichtert und gleichzeitig aufgehoben nach diesem Geständnis hätte fühlen können.

Wieso hatte sie diese Freundschaft so lange unterschätzt, so lange gedacht, sie müsste all ihre Sorgen verheimlichen? Jetzt erst spürte sie wieder, welch ein Geschenk es war, Kerstin, Sarah und Izzy (auch wenn sie gerade nicht dabei war) in ihrem Leben zu haben.

Mel lehnte sich zurück und trank einen Schluck aus dem Wasserglas, das neben ihrem Cocktail stand. »Danke, dass ihr mir zugehört habt. Ich weiß gar nicht, warum ich euch das nicht gleich erzählt habe.«

»Ich verstehe dich«, sagte Kerstin und strich ihr über den nackten Arm.

Sarah nickte.

Schweigend hingen sie ihren Gedanken nach und nippten an ihren Drinks.

»Ich habe das Gefühl, dass die Liebe einfach verschwunden ist. Wenn ich jetzt an Sven denke, dann ...« Mel biss sich auf die Unterlippe. Was redete sie da nur?

Ja, wenn sie an ihren Mann dachte, dann war da nur noch Leere. Die Erkenntnis traf sie plötzlich mit voller Wucht.

Sarah beugte sich zu ihr. »Das ist doch nur verständlich.«

»Findet ihr das nicht komisch? Ich ertappe Sven dabei, wie er mich betrügt, und mit einem Mal ist die Liebe nicht mehr da.«

»Vielleicht hat sie sich ja schon viel früher verabschiedet, und du hast es nur nicht bemerkt«, gab Kerstin zu bedenken.

»Ich bin mir so unsicher. Ist es richtig, ihn zu verlassen? Einfach alles hinschmeißen? Schließlich sind wir verheiratet und haben zwei Kinder.« Es tat so gut, ihre Gedanken zu teilen. Auf der anderen Seite schmerzte es auch, die Tatsachen auszusprechen.

Mel versuchte die aufsteigenden Tränen wegzublinzeln.

»Aber wenn du ihn nicht mehr liebst, dann kannst du doch auch nicht mit ihm zusammen sein.« Sarah schlürfte lautstark mit dem Strohhalm die letzten Reste des Drinks aus ihrem Glas.

Mel lehnte sich in ihrem Sessel zurück und schloss die Augen. Empfand sie schon länger nichts mehr für ihren Mann? Wann hatte das begonnen?

»Ich muss darüber nachdenken«, sagte sie schließlich.

21

Sarah

Lächelnd beobachtete Sarah ihre Freundinnen durch die Fensterscheibe der Boutique. Sie waren schon seit Stunden unterwegs, und Sarah hatte sich auf eine Bank direkt vor dem Geschäft gesetzt.

Die Ala Moana Mall war eine der größten in Honolulu. Angenehm an diesem weitläufigen Einkaufszentrum war, dass es sich fast überall in den blauen Himmel öffnete. Aber das Beste waren die vielen Sitzmöglichkeiten. Überall standen Bänke und luden die Einkaufswütigen zu einer Pause ein. Sarah fühlte sich fast so fertig wie auf ihrer gestrigen Wanderung. Kerstin hatte Mel in unzählige Geschäfte gezogen, um sie mit ein paar fetzigeren Sachen auszustatten, wie sie sich ausgedrückt hatte. Sarah war zu Anfang versucht gewesen, sich selbst auch etwas Neues zu kaufen, aber dann hatte die Vernunft gesiegt. Denn in Wahrheit konnte sie sich das einfach nicht leisten. Auf ihrem Konto herrschte Ebbe.

Deshalb saß sie jetzt auch hier, in sicherer Entfernung von den Versuchungen, und beobachtete die vielen Touristen, die um sie herumschwirrten. Ab und zu warf sie einen Blick Richtung Boutique, wenn Mel ihr ein neues Teil durch die Scheibe vorführte.

»Warum kommst du nicht rein und schaust dich auch ein bisschen um?« Kerstin stand in der Tür und sah sie auffordernd an.

»Ich bin müde. Außerdem habe ich genug Klamotten«, erwiderte sie etwas lahm. Noch nicht mal, dass sie pleite war, konnte sie ihren Freundinnen gestehen.

Kerstin gab sich damit zufrieden und ging zu Mel zurück.

Die strahlte wieder wie früher. Schon heute Morgen beim Frühstück hatte sie so viel Energie versprüht wie schon lange nicht mehr.

Ganz im Gegensatz zu Sarah. In dem Wirrwarr der Gefühle, die in ihr tobten, gab es eines, dass ihr sagte, dass sie mit den anderen reden musste. Gestern Abend war ihr klar geworden, dass sie es konnte. Mel hatte so erlöst gewirkt, nachdem sie ihnen von Svens Betrug erzählt hatte. Was für ein Arschloch war dieser Typ. Sie hatte ihre eigene Geschichte so lange in die hinterste Schublade ihrer Erinnerungen geschoben, dass sie langsam nicht mehr sicher war, was damals wirklich passiert war oder wie viel die anderen davon überhaupt mitbekommen hatten. Vielleicht hatte sie ihnen die ganze Zeit unrecht getan?

Sarah war so in ihren Gedanken versunken, dass sie Kerstin und Mel erst bemerkte, als die beiden direkt vor ihr standen.

»Na, wovon träumst du?«, fragte Mel. »Ich hoffe, es ist etwas Schönes.«

Sarah versuchte ein Lächeln und stand schnell auf. »Und, bist du fündig geworden?«

Okay, die Frage war saublöd, schließlich stand Mel mit mehreren Tüten bepackt vor ihr, aber etwas anderes war ihr auf die Schnelle nicht eingefallen.

»Ja.« Mel strahlte über das ganze Gesicht. »Kerstin hat tolle Sachen für mich gefunden. Ich selbst hätte mir das niemals ausgesucht.«

Sie hakte sich bei ihnen unter. »Zum Abschluss möchte ich noch ein Eis.«

Sarahs und Kerstins Handy verkündeten den Eingang einer neuen Nachricht. Mel hob die Hände. »Ich habe meins zu Hause gelassen.«

Neugierig öffnete Sarah den Posteingang.

»Ich hoffe, euer Shopping war erfolgreich«, las sie vor. Wieso wusste Izzy davon?

»Ich hatte ihr heute Morgen geschrieben, dass ihr mich bei der Klamottenwahl etwas beraten wollt«, sagte Mel. »Sie hat mir auch diese Mall empfohlen.«

»Habt ihr Lust auf einen kleinen Stand-up-Paddling-Kurs?«

Jetzt zog auch Kerstin ihr Telefon aus der Tasche. »Das hat sie tatsächlich geschrieben.«

»Es geht noch weiter«, Sarah hielt Mel ihr Telefon hin.

»Wir sollen uns ordentliche Schwimmsachen kaufen und nach Waikiki fahren?« Mel klang so fassungslos, dass Sarah lachen musste.

»Hast du Izzy von meinen Bikinis erzählt?«

»Sorry, aber der war wirklich winzig«, gab Mel zu.

In Windeseile erstanden sie drei Badeanzüge und saßen im Auto. Mel zerkaute ihre Unterlippe, während sie sich in den Verkehr Richtung Waikiki einfädelte. Sarah saß auf dem Beifahrersitz, hatte ihr Telefon als Navi fest umklammert und versuchte, ihre Freundin zu lotsen.

»Wir sollen bis ganz ans Ende der Strandpromenade fahren.«

Kerstin schob sich von der Hinterbank zwischen die beiden Vordersitze. »Ein Abenteuer, wie spannend. Ich finde das total aufregend. Geht es euch auch so?«

»Na ja«, murmelte Mel. »Ich bin etwas überfordert von den vielen Menschen und Autos.«

Sarah sah aus dem Fenster. Mel hatte recht. Die letzten Tage waren sie so behütet und abgeschottet gewesen. Hier brodelte das Leben.

Der berühmte Strand von Waikiki war enttäuschend. Nachdem sie direkt vor einem rosafarbenen Hotel auf die Straße am Strand abgebogen waren, spürte Sarah, dass auch Mel und Kerstin verwirrt waren. »Ich habe mir das ganz anders vorgestellt«, gab sie schließlich zu, da die anderen beiden verstummt waren.

»Geht mir genauso«, sagte Kerstin.

Mel nickte nur und konzentrierte sich auf den Verkehr.

Auf der rechten Seite glitzerte das Meer. Der eigentliche Strand war eher schmal, es gab aber eine Art Grünstreifen mit Gras und Bäumen, der die Straße vom Strand trennte. Unzählige Menschen flanierten auf der Promenade und der Sand war kaum zu sehen, so viele Menschen bevölkerten ihn.

Auf der anderen Seite der Straße stand ein Hochhaus neben dem nächsten. Die meisten Hotels, vermutete Sarah.

»Gott, ist es hier hässlich«, sprach Mel das aus, was sie alle dachten.

22

Kerstin

Endlich. Sie hatten einen Parkplatz gefunden. Kerstin schlängelte sich vom Rücksitz und rieb sich die Beine. Auf der Rückfahrt würde sie darauf bestehen, wieder vorne zu sitzen.

»Und jetzt?«, fragte Mel.

»Queen Kapiolani Beach, so wie Izzy angeordnet hat.« Sarah hob ihr Handy in die Höhe.

Kerstin unterdrückte ein Augenrollen. Manchmal ging ihr Sarah ganz schön auf den Wecker. Mel hatte recht, es war alles andere als eindeutig, wo sie jetzt hinsollten. Der Strandabschnitt war zwar richtig, aber wie sollten sie Izzys Freund Sam finden, der hier angeblich Stand-up-Paddeln unterrichtete?

Immerhin war es hier wieder viel schöner. Die Hochhäuser waren nur noch in der Ferne zu sehen und das Einzige, was hier noch vor ihnen aufragte, war der erloschene Vulkan.

»Toll, oder?« Mel stieß sie an. »Der Diamond Head. Ich habe in einem Reiseführer gelesen, dass die Menschen früher geglaubt haben, dass es in seinem Inneren Diamanten gibt.«

Vor ihnen erstreckte sich eine große Wiese mit vielen Bäumen; den Strand dahinter konnte man nur erahnen. Alles war wieder viel weitläufiger und nicht mehr so eng und bedrückend wie noch vor ein paar Minuten. Sie nahmen ihre Tüten mit der neu erstandenen Badebekleidung und liefen los.

»Ha!«, rief Mel plötzlich. »Hier bekomme ich auch mein Eis.« Sie deutete auf einen kleinen Stand, an dem ein junges Mädchen in Shorts und bauchfreiem Shirt seltsame bunte Gebilde verkaufte.

Jetzt erinnerte Kerstin sich wieder: Hawaii war berühmt für das sagenhafte Shave Ice. »Willst du das wirklich probieren?«

»Klar, warum denn nicht?« Mel schüttelte verständnislos den Kopf und machte sich auf den Weg zu dem Mädchen.

»Du auch?«, fragte Kerstin Sarah, die unschlüssig neben ihr stand.

»Ich steh nicht so auf Süßes.«

Kerstin gab sich einen Ruck. Sie sah, wie Mel mit dem Mädchen redete und wie glücklich sie aussah.

»Komm, wir versuchen es auch. Wir sind auf Hawaii, Shave Ice ist hier eine Spezialität.«

Sarah ließ sich von ihr mitziehen. Zehn Minuten später standen sie alle mit einem knallbunten Wassereis am Strand.

»Was für ein unglaubliches Geschäftsmodell«, sagte Sarah, während sie mit Todesverachtung ihr Eis schleckte. »Ein Block gefrorenes Wasser, ein bisschen bunter Sirup, und dafür verlangen sie dann sechs Dollar.«

»Aber es schmeckt«, sagte Mel trocken.

»Und es sieht gut aus«, ergänzte Kerstin. Allerdings musste sie Sarah recht geben, es war wirklich ziemlich teuer. Vielleicht sollte sie einen Eisstand in Waikiki aufmachen.

»Aloha, seid ihr die Freundinnen von Izzy?« Ein riesiger Kerl stand plötzlich vor ihnen.

»Ich bin Sam.«

Er trug schwarze Shorts und ein schwarzes Muskelshirt. Seine dunklen Haare waren zu einem Zopf zusammengebunden, und seine gebräunte Haut war mit unzähligen Tätowierungen verziert.

Kerstin hätte sich am liebsten vor den Kopf geschlagen. Sie standen direkt vor einem Schild, auf dem »Sams School« stand. Zugegeben, es war klein und steckte neben einem Sonnenschirm, der die Farben ihres Eises abzubilden schien, aber trotzdem.

Unter dem Schirm stand ein roter Strandstuhl, daneben steckten ein paar Surfboards im Sand.

Mel fand als Erste ihre Stimme wieder. »Hallo, ich bin Mel«, sagte sie mit ihrem lustigen Englisch.

Er grinste sie an und zeigte dabei ein paar perlweiße Zähne. »Ich muss euch enttäuschen, Ladys. Izzy hatte mir aufgetragen, euch in die Geheimnisse des Stand-up-Paddelns einzuführen, aber das wird heute nichts.« Er legte seine Stirn in Falten. »Da draußen braut sich was zusammen.«

Erleichtert atmete Kerstin auf. Das Meer sah tatsächlich etwas rau aus, aber vielleicht hatte Sam auch nur keine Lust, drei etwas ungelenke Frauen im Wasser zu beaufsichtigen.

Sarah ließ sich in den Sand plumpsen, Mel folgte ihr. »Zumindest haben wir das berühmte Eis gegessen.«

Sam lachte schallend auf. »Das hätte auch Izzy sagen können. Wo ist sie eigentlich?«

»Leider noch in Los Angeles«, erwiderte Kerstin. »Aber sie kommt bald wieder.«

»Ihr müsst mich unbedingt zusammen besuchen.«

»Woher kennst du sie überhaupt?«, fragte Kerstin neugierig und setzte sich zu ihren Freundinnen.

»Ich habe für einen von Logans Filmen als Fachberater gearbeitet. Da habe ich dann auch Izzy kennengelernt.« Seine Miene hatte sich verdüstert. »Auf der Hochzeit von den beiden war ich auch.«

»Wie war sie denn?«, fragte Sarah.

»Unglaublich.« Sam schloss die Augen. »Ein Meer in Weiß. Sie haben bei sich zu Hause gefeiert, es waren nur sehr wenige Gäste geladen. Ich hatte das Gefühl, sie sind auf einer Welle von Aloha dahingesegelt. Scheiße.« Er begrub sein Gesicht mit den Händen. »Ich vermisse Logan so sehr.«

Sams Reaktion ließ Kerstin noch mal deutlich empfinden, was für einen schweren Verlust Izzy zu verkraften hatte. Verdammt noch mal, warum hatte sie sich nicht an ihre Freundinnen gewandt? Wieso mussten sie das alles erst jetzt herausfinden? Sie kapierte einfach nicht, was in Izzy vorging. Und es schmerzte. Hatte sie sie nicht gut genug dafür befunden, um ihren Schmerz zu teilen?

»Wollen wir zurückfahren?«, fragte sie etwas barsch und stand auf.

Sarah und Mel sahen sie verdutzt an. Aber entgegen ihrer Erwartung verabschiedeten sie sich ohne zu zögern von Sam und folgten ihr zum Wagen.

»Du bist pissed, oder?«, fragte Sarah.

»Ja, Scheiße. Jeder hier auf Oahu weiß mehr über Izzy als wir. Ich dachte, wir wären gute Freundinnen. Ich fühle mich verarscht. Geht euch das nicht auch so?« Ihr Ausbruch überraschte sie selbst, so heftig reagierte sie sonst selten. Vielleicht lag es daran, dass sie zurzeit so dünnhäutig war.

Mel und Sarah blieben stumm und sahen vor sich hin. War das das Problem?

»Verdammt, sagt doch auch mal was!« Kerstin wusste nicht, woher auf einmal die Wut kam, aber sie war da.

Mel setzte sich auf die kleine Mauer, die den Strand von der Straße trennte. »Du hast recht, Kerstin. Ich bin genauso frustriert wie du. Es tut weh zu hören, dass Izzy ihr Leben ohne uns gelebt hat.« Sie hob die Hand, um Kerstin zu stoppen. »Warte. Aber in Wahrheit sind wir doch auch nicht anders. Ich habe euch doch auch nicht mehr an meinen Sorgen teilnehmen lassen.«

Kerstin nickte, Mel hatte recht. Schließlich hatte sie den anderen ja auch nichts von Friedrich und ihrer ganzen Situation erzählt. Sie sah zu Sarah hin. Die war inzwischen ein paar Schritte weitergegangen und betrachtete fasziniert eine kleine Statue. »Dich interessiert das alles nicht, oder?«, fragte sie ihre Freundin in leicht vorwurfsvollem Ton.

»Doch, schon. Aber ich kann Izzy verstehen. Wir waren in den letzten Jahren ja alle sehr mit uns selbst beschäftigt.

Vielleicht fiel es ihr auch schwer, uns zu erzählen, dass sie eine Frau liebt.«

»Aber das ist ja nun wirklich egal«, sagte Mel und stand wieder auf. »Spießig waren wir doch noch nie. Was ist das?«, fragte sie und deutete auf den Mann in Bronze.

»Das ist der Duke. Ein Surflehrer, der am Waikiki Beach früher das gemacht hat, was Sam heute macht. Er war berühmt, als Surfer und als Schwimmer.« Sarah sah ihn sehnsüchtig an.

»Er sieht glücklich aus, wie er da so auf seiner Welle surft.« Auch Kerstin war näher an die kleine Statue herangetreten. »Entschuldigt bitte meinen Ausbruch. Ich war plötzlich so verletzt.«

Sarah und Mel legten ihr jede einen Arm um die Schulter.

»Wollen wir fahren?« Mel hielt den Autoschlüssel hoch.

»Aber nur, wenn ich vorne sitzen darf«, sagte Kerstin.

23

Sarah

Kurz vor Haleiwa drehte sich Kerstin zu Sarah um. »Findest du den Weg zu diesen Foodtrucks noch wieder?«

Sarah rutschte zwischen die beiden Vordersitze des Minis, sodass sie an Mel und Kerstin vorbei nach vorne schauen konnte. »Ich glaube schon. Das war nicht besonders kompliziert. Viel schlimmer war, dass ich Auto fahren musste. Gott sei Dank macht Mel das ja wirklich hervorragend.«

Sarah war ganz fasziniert gewesen, wie sicher Mel sie durch das Straßengewirr von Honolulu manövriert hatte. Auch auf dem sechsspurigen Highway war sie vollkommen ruhig und gelassen geblieben. Sarah war angesichts der vielen Autos schon als Beifahrerin der Schweiß ausgebrochen.

»Wieso hast du nichts gesagt?«

Weil sie lieber den Mund hielt. Genau wie bei Kerstins Ausbruch vorhin in Waikiki. »Dort vorne musst du nach Haleiwa abbiegen. Es ist die dritte Ausfahrt im Kreisverkehr«, sagte sie statt einer Antwort.

Sarah ertappte sich bei dem Gedanken an Mike und daran, wie nervös sie bei ihrem ersten Zusammentreffen gewesen war. Sie spürte ein seltsames Gefühl in der Magengegend, aber vielleicht war das auch nur Hunger.

Sie hatten beschlossen, auf dem Rückweg bei Mikes Poke-Stand anzuhalten und ein paar Kleinigkeiten für ihr Treffen zum Sonnenuntergang einzukaufen.

Mel bog nach Sarahs Anweisungen ab, fuhr auf den Parkplatz und parkte den Wagen unter einem großen Baum im Schatten.

»Das riecht aber gut«, sagte sie, als alle ausgestiegen waren.

Sie hatte recht. Schon bei ihrem letzten Besuch hatte Sarah den köstlichen Duft eingesogen. Sie reckte ihren Hals, um zu Mikes Stand zu blicken, aber es war, wie schon beim ersten Mal, niemand zu sehen.

»Das müssen wir unbedingt probieren«, sagte Kerstin. »Ich habe gelesen, dass diese Shrimps-Trucks ein absolutes Muss sind. Oahu ist berühmt dafür. Die Shrimps kommen aus Kahuku, das ist ein kleiner Ort im Nordosten.«

»Wow, woher weißt du das?«, fragte Mel.

Kerstin grinste. »Das stand im Bordmagazin des Flugzeugs.« Sie deutete auf die große Anzahl an Menschen, die vor einem der Wagen warteten. »Ich muss das jetzt unbedingt probieren. Habt ihr auch Hunger?«

Mel nickte begeistert.

»Sollen wir uns gemeinsam anstellen, oder wollt ihr uns derweil einen Platz suchen?«

»Ich kann ja schon mal das Poke holen«, schlug Sarah vor.

»Kommt gar nicht infrage. Du willst wohl den sexy Typen ganz für dich allein.« Mel grinste sie frech an.

Sarah spürte, wie ihr eine unangenehme Röte ins Gesicht stieg. »Ich meine ja nur.« Schnell lief sie nach vorne, um sich für eines der Shrimps-Gerichte zu entscheiden. Auf einer handgeschriebenen Tafel gab es eine überschaubare Auswahl.

»Bestellt mir bitte die Garlic-Shrimps«, sagte sie und deutete auf einen Tisch in der Ecke. »Ich halte uns dort hinten ein Plätzchen frei.«

Mel und Kerstin blieben in der Schlange stehen, in der es nur sehr langsam voranging.

Während sie wartete, warf Sarah immer mal wieder einen Blick zu dem Poke-Stand, aber von Mike war weit und breit nichts zu sehen. Was waren das nur für verwirrende Gedanken? Wieso fühlte sie sich wie eine Fünfzehnjährige, wenn sie an ihn dachte? Mels Tochter würde sicher souveräner damit umgehen, als sie es tat. Doch Mike war der erste Mann seit sehr langer Zeit, der ihr Beine wie Pudding bescherte. Ben, der Nachbar, hatte auch eine Anziehung auf sie gehabt, aber das war nicht zu vergleichen mit diesem interessanten Poke-Typen. Sie versuchte all das beiseitezuschieben und konzentrierte sich auf Kerstin und Mel, die gerade mit mehreren Tellern beladen auf ihren Tisch zusteuerten.

Mit Vergnügen stürzten sich alle auf ihre Shrimps. Neben einer großen Portion Schalentiere waren zwei Kugeln Reis, etwas Salat und ein Stück Ananas auf jedem der Pappteller angerichtet.

»Das war so lecker«, sagte Mel und leckte sich die Finger ab. »Ist aber eine ganz schöne Sauerei.«

Sie hatten die Shrimps mit den Fingern schälen müssen. Sarah erinnerte sich, vorhin ein Waschbecken an der Seite des Shrimps-Trucks gesehen zu haben; jetzt ging ihr auf, wozu man das brauchte.

Nachdem sie sich ausgiebig die Hände gewaschen hatten, schlenderten sie satt und zufrieden zu Mikes Poke-Stand.

Irritiert bemerkte Sarah, dass er sich inzwischen wie aus dem Nichts hinter seinen Verkaufstresen gezaubert hatte. Augenblicklich schlug ihr Herz ein bisschen schneller, zumindest fühlte es sich so an.

»Sarah, Kerstin. Wie schön, dass ihr vorbeikommt.« Seine blauen Augen blitzten sie freundlich an.

»Und du bist …?«, wandte er sich an Mel.

»Melanie.« Sie reichten sich die Hand.

Sarah bemerkte belustigt, dass auch Mel dem Charme von Mike nicht entkam. Plötzlich fühlte sie alle Blicke auf sich ruhen.

»Ich hatte gefragt, ob du wieder einen kleinen Mix aus all meinen Variationen haben möchtest«, sagte Mike an sie gewandt.

»Äh«, stieß sie etwas überfordert hervor, während Mike sie weiter anlächelte. Verärgert spürte sie, wie ihr Gesicht die Farbe einer Notarztjacke annahm.

»Wir nehmen wieder von allem etwas«, kam ihr Kerstin zu Hilfe. »Ich muss dir sagen, das ist wirklich hervorragend.«

Sarah spürte seinen Blick, als er die Schalen füllte und ihren Freundinnen erklärte, was die unterschiedlichen Poke-Bowls enthielten. Das Kribbeln in ihrer Magengegend wollte gar nicht mehr aufhören.

Kerstin und Mel verabschiedeten sich, nahmen die Schalen mit dem Essen und ließen sie allein. Kichernd liefen sie Richtung Auto.

»Schön, dass du heute mit deinen Freundinnen da warst. Vielleicht könnten wir ja mal was zusammen trinken gehen. Sorry, ich bin etwas eingerostet, was so etwas angeht.«

Sarah lachte auf. »Ich auch. Aber gern.« O mein Gott, sie musste schnell hier wegkommen, sie benahm sich wirklich nicht wie eine fast Vierzigjährige. Trotzdem war das Gefühl nicht nur unangenehm. Dieser Mann war einfach anders.

»Bis bald, Mike«, brachte sie noch heraus, bevor sie sich mit immer noch roten Wangen umdrehte und zum Wagen lief.

Kerstin und Mel waren keine große Hilfe, sie kicherten und warfen sich vielsagende Blicke zu, bis sie an der Villa ankamen.

Der Himmel sah aus wie gemalt. Das Blau wurde lediglich durch ein paar rosafarbene Schleier unterbrochen. Die Sonne hing wie ein oranger Ball über dem Horizont, und es war völlig unvorstellbar, dass so etwas wie dunkle Regenwolken dieses perfekte Bild zerstören könnten.

»Voilà, ein Mango-Daiquiri«, sagte Kerstin, während sie die Gläser auf der Balustrade verteilte.

Sie hatten die Korbsessel wieder in eine Reihe mit Blick Richtung Sonnenuntergang gestellt.

Sarah und Kerstin hatten sich schon gesetzt, als Mel zu ihnen stieß. Sie sah völlig verändert aus. Sie trug eine weite Dreiviertelhose in einem Grün, das Sarah an die Berge hinter der Villa erinnerte. Dazu hatte sie ein weißes Tank-Top an, das ihren schönen Busen betonte.

Kerstin strahlte sie an. »Siehst du, ich hatte recht. Du siehst wunderschön aus.«

Mel setzte sich mit roten Wangen.

Sarah hob ihr Glas, die anderen beiden taten es ihr nach. »Auf dich, Mel!«

Die Freundin schüttelte so heftig den Kopf, dass ihre blonden Locken auf und ab tanzten. »Nein. Ich möchte auf Izzy trinken. Schließlich hat sie uns wieder zusammengeführt.«

Diesmal gab es keinen doppelten Sonnenuntergang, dafür störten keine Wolken, und die Sonne versank als blutroter Ball im Meer und verwandelte den Himmel in eine purpur schillernde Fläche. Der Pazifik nahm einen schimmernden Glanz an, der das Wasser wie Quecksilber aussehen ließ.

»So, kommen wir nun zum zweiten Teil. Ich habe uns einen Weißwein kalt gestellt. Seid ihr damit einverstanden?« Kerstin stand auf.

Sie nickten, immer noch beseelt von dem Naturschauspiel, dem sie gerade hatten beiwohnen dürfen.

Sarah und Mel rückten die Sessel wieder um den Tisch herum.

Spontan nahm Sarah ihre Freundin in den Arm. »Du siehst so glücklich aus«, flüsterte sie ihr zu.

»Komischerweise bin ich das auch, seit gestern Abend.« Mel nippte an ihrem Cocktail. »Meinst du, es ist noch etwas von diesem Daiquiri übrig?«

»Gib mir dein Glas, ich schaue mal nach. Ich hätte auch gerne noch einen.«

In der Küche verteilte Kerstin die verschiedenen Fischsalate in mehrere Schälchen.

»Hast du noch etwas von deinem Wundercocktail?«, fragte Sarah und hielt die leeren Gläser hoch.

»Klar, im Mixer ist noch ein Rest, den könnt ihr euch teilen.«

Als sie zusammen wieder auf die Veranda kamen, war Mel verschwunden. Sarah entdeckte sie im Garten, wo sie mit dem Handy am Ohr auf und ab lief. Ihrem Gesichtsausdruck und ihren Gesten nach zu urteilen, stritt sich Mel gerade heftig mit jemandem. Es drangen nur Wortfetzen auf die Veranda und Sarah warf Kerstin einen besorgten Blick zu. Keine von ihnen wollte lauschen, aber es war klar, mit wem Mel stritt.

»Ich fasse es einfach nicht.« Mel kam zurück auf die Veranda und setzte sich wieder in ihren Sessel. Das geschah so vehement, dass Sarah die Wut ihrer Freundin förmlich spüren konnte.

»Das war Sven. Er hat mir gerade mitgeteilt, dass seine Mutter, sobald sie das Krankenhaus verlassen hat, bei uns wohnen wird.«

Bevor jemand etwas dazu sagen konnte, ergänzte sie mit brüchiger Stimme: »Für immer.«

»Scheiße.« Sarah hatte das nicht sagen wollen, es war einfach aus ihr herausgeplatzt.

»Das kannst du laut sagen.« Mel trank mit mehreren großen Schlucken ihren Cocktail aus.

Sarah schob unauffällig ihr Glas zu Mel hin.

»Er hat es nicht für nötig gehalten, sich mit mir abzusprechen. Die Wohnung hat er schon gekündigt und jetzt will er, dass Maria den Anbau für sich bekommt. Dem Idioten ist noch nicht mal in den Sinn gekommen, dass Schwiegermama da in nächster Zeit überhaupt nicht allein hochkommt.« Wütend pustete sie sich eine blonde Strähne aus dem Gesicht. »Die Wohnung ist im ersten Stock«, erklärte sie den Freundinnen, die sie ratlos ansahen. »Aber vielleicht hat er ja schon einen Treppenlift besorgt.«

Sarah musste an sich halten, um nicht laut aufzulachen. Mel konnte wirklich witzig sein, wenn sie wütend war. Sie sah zu Kerstin hin, aber die wich ihrem Blick aus und betrachtete eingehend ihre Hände.

Mel selbst schien die Komik ihrer Worte auch bemerkt zu haben, denn plötzlich verzog sich ihr Gesicht zu einem Grinsen, das in ein glucksendes Lachen überging. Erleichtert fielen Kerstin und Sarah in ihr Lachen ein.

Nach einer Weile verstummten sie.

Kerstins iPad gab plötzlich ein seltsames Geräusch von sich. Sie hatte es, wie fast immer, neben sich auf dem Tisch liegen.

»Komisch.« Sarah deutete auf den Bildschirm. »Das kleine rote Warndreieck. Ist dein Akku am Ende?«

Kerstin nahm das Tablet und betrachtete stirnrunzelnd das Symbol. Dann tippte sie auf den Bildschirm und zog die Augenbrauen noch weiter zusammen.

»Was ist?«, fragte Mel.

»Auf Oahu wird morgen ein schwerer Sturm erwartet.«

24

Mel

Mel erwachte durch das Klappern der Fensterläden. Also doch, war das Erste, was sie dachte. Gestern Abend hatte niemand so richtig an die Sturmwarnung glauben können. Kerstin hatte auf ihrem iPad eine Wetter-App installiert, die einen heftigen Sturm für heute vorausgesagt hatte. Sie hatte ihnen zwar versichert, dass die App ziemlich verlässlich war, aber angesichts des lauen Abends und der sternklaren Nacht war es ihnen allen schwergefallen, dem Ganzen Glauben zu schenken.

Mel stieg aus dem Bett und sah hinaus. Schwarze Wolken zogen vom Meer übers Land und die Palmen vor dem Fenster bogen sich leicht im Wind. Sie öffnete das Fenster und hakte den klappernden Fensterladen wieder ein. Seltsamerweise war es immer noch warm, der Wind hatte etwas von einem Föhn, den man nur auf Stufe eins gestellt hatte. Ganz anders als zu Hause, ging ihr durch den Kopf. Wenn es an der Ostsee stürmte, dann fielen auch gleich immer die Temperaturen um mehrere Grad. Apropos zu Hause: Überrascht stellte sie fest, dass sie seit ihrem Telefongespräch mit Sven keinen einzigen Gedanken mehr an ihn verschwendet hatte.

Nach einem kleinen gemeinsamen Frühstück beratschlagten die Freundinnen, was nun zu tun war.

»Wir müssen das Haus sturmfest machen. Wie es aussieht, kommt das eigentliche Unwetter erst heute Abend. Morgen früh soll dann, laut Wetterbericht, schon alles wieder vorbei sein«, sagte Kerstin.

Ihre Telefone piepsten mal wieder zur gleichen Zeit.

44ever

Izzy

Ich habe gerade gesehen, dass ein Sturm auf den Norden von Oahu zukommt. Entweder ihr nehmt euch eine Auszeit und übernachtet in Honolulu, oder ihr bleibt da. Dann müsst ihr allerdings einiges tun, um das Haus und euch zu sichern.

Mel

Quatsch, wir bleiben hier. So schlimm wird es schon nicht werden.

Sie hielt den anderen die Nachricht hin und schickte sie erst nach einem zustimmenden Kopfnicken von Kerstin und Sarah ab.

»Hoffentlich gibt es keine Sturmflut.« Mel erinnerte sich an das schreckliche Unwetter vor ein paar Jahren, als die liebliche Ostsee zu einem grauen, brüllenden Ungeheuer mutiert war. Das Wasser hatte den kompletten Strand gefressen und war an einigen Stellen sogar über die Düne bis zu den Ferienhäusern gekommen.

Sarah machte ein sorgenvolles Gesicht, während sich Kerstin die Anweisungen von Izzy durchlas, die im Minutentakt im Chat eintrafen.

»Puh, da haben wir ja ganz schön viel zu tun«, war ihr einziger Kommentar.

Die nächsten Stunden verbrachten die drei damit, Gartenmöbel und kleinere Blumentöpfe in den Stauraum unter der Villa zu bringen. Mel sicherte alle Fenster, entweder mit den Läden oder mit dafür bereitliegenden Spanplatten, die auf die Größe der Rahmen zugeschnitten waren. Kerstin und Sarah wuchteten die größeren Blumenkübel auf die vom Meer und Wind abgewandte Seite des Hauses. Außerdem banden sie die größeren Pflanzen an der Veranda fest, während Mel ihre Freundinnen immer wieder ermahnte, den Palmen nicht zu nahe zu kommen.

»Seht ihr die Kokosnüsse? Wenn die herabfallen, dann …«

Mel versuchte, einige Platten für die Verandatür und die danebenliegenden Fenster aus dem Stauraum zu heben.

»Warte, ich helfe dir.« Sarah kam herbeigeeilt. Mit hochrotem Kopf und vereinten Kräften schafften sie es, die schweren Spanplatten auf die Veranda zu tragen. Sarah hielt sie fest, während Mel sie mit einem Hammer und Nägeln befestigte.

»Meinst du nicht, dass das alles ein wenig übertrieben ist?«, fragte sie.

Mel zuckte zusammen, weil sie mit dem Hammer leider nicht den Nagel, sondern ihren Daumen getroffen hatte. »Wenn ich an unseren letzten Herbststurm denke, dann nein. Bei uns sind mehrere Fenster kaputtgegangen, weil ich vergessen hatte, an einem Ferienhaus die Fensterläden zu schließen.«

»Aber wir sitzen doch nachher komplett im Dunkeln.«

»Besonders hell ist es jetzt ja auch nicht.«

In diesem Augenblick spürte Mel die ersten dicken Tropfen auf der Haut. »Wir sollten uns beeilen, ich glaube, es geht langsam los.«

Als sie endlich alle Fenster der Veranda gesichert hatten, goss es bereits in Strömen. Der Wind hatte einen Gang höher geschaltet und der Regen peitschte ihnen ins Gesicht.

»Komm, lass uns reingehen«, rief Mel gegen den Wind und das Brausen des Meeres an. Sie packte Sarah an der Hand und zog sie um die Villa herum zur Eingangstür.

Kerstin stand in der Diele und trocknete sich mit einem Handtuch ab. Sarah schüttelte wie ein junger Hund ihre langen braunen Haare.

»Hey, pass doch auf, du machst alles nass.« Kerstin warf ihr ein Handtuch zu, das sie elegant auffing.

»Ich geh kurz nach oben und ziehe mir trockene Sachen an.« Mel lief die Treppe hoch. Nachdem sie die nassen Sachen abgestreift hatte, entschied sie sich für ihre neue Hose, die sie mit der Tunika von Kerstin kombinierte. Zufrieden betrachtete sie sich im Spiegel. Es hatte gutgetan, etwas Handfestes zu machen. Ihre Wangen glühten und sie fühlte sich zufrieden.

Sarah und Kerstin hatten es sich im Wohnraum gemütlich gemacht. Mel setzte sich neben Kerstin, die mit angezogenen Beinen auf dem Sofa hockte.

»Und was machen wir jetzt?«, fragte Sarah in die Runde.

Kerstin sah auf ihr Handy. »Zeit für etwas zu essen, würde ich sagen. Worauf haben die Damen denn Appetit?«

Das vertraute Pling unterbrach sie.

44ever

Izzy
Geht es euch gut?

Mel
Das Haus ist sturmfest. Wir machen uns jetzt was zu essen.

Izzy
Im Gefrierfach ist noch ein Gumbo. Lasst es euch schmecken.

Kerstin
Ich wusste gar nicht, dass du kreolische Spezialitäten kochst.

Izzy
Logan hat eine Zeit lang in New Orleans gelebt. Das war ihr Lieblingsgericht.

Der Fischeintopf schmeckte allen hervorragend. Dazu gab es aufgebackenes Baguette und Kerstin hatte noch einen bunten Salat mit einem raffinierten Dressing gezaubert.

»Schade, dass Izzy jetzt nicht hier ist«, meinte Mel.

Die anderen nickten.

»Manchmal bin ich richtig sauer, dass sie noch in Kalifornien ihren Geschäften nachgeht.« Sarah schob sich einen weiteren Löffel Gumbo in den Mund.

»Hör auf«, sagte Kerstin unwirsch. »Wir haben doch schon darüber gesprochen, dass es nun mal ihr Job ist. Reichst du mir bitte noch etwas Brot?«

Der Sturm war heftiger geworden. Der Wind und der Regen peitschten und heulten um die Wette, überall in der Villa klapperte und ratterte es. Beängstigenderweise mischte sich in diese beunruhigenden Klänge auch noch das tiefe Grollen des Meeres. Und hinaussehen konnte man auch nicht, da alle Fenster verbarrikadiert waren.

Kerstin hatte während des Essens etwas über die Cajun-Küche gefachsimpelt, während Sarah immer wieder ängstliche Blicke Richtung Fenster geworfen hatte. Sie tat Mel leid.

Gemeinsam räumten sie den Tisch ab. »Das war wirklich gut«, sagte Kerstin und stellte die Teller in die Spülmaschine.

Mel schmunzelte. Ihre Freundin klang so ungläubig. »Das hättest du Izzy nicht zugetraut, stimmt's?«

»Du etwa?«

Mel schüttelte den Kopf. Nein, sie konnte sich Izzy in der Tat nicht in der Küche vorstellen, was aber auch daran lag, dass sie sie seit einer Ewigkeit nicht mehr persönlich gesehen hatte.

»Was ist eigentlich mit unserer Cocktailstunde?«, fragte Sarah.

»Kein Sonnenuntergang, keine Drinks.« Kerstin verzog das Gesicht.

Auf einen Schlag wurde es stockdunkel. Alle Lichter verloschen, und selbst der ewig brummende Kühlschrank gab keinen Ton mehr von sich.

»So ein Mist«, murmelte Mel. »Vorhin wollte ich noch Kerzen und Streichhölzer heraussuchen.«

»Ich finde, das ist ein Zeichen. Unser heutiger Sonnenuntergang hat gerade stattgefunden, also gibt es jetzt auch Drinks.«

Manchmal war Sarah wirklich witzig. Aber sie hatte recht – man musste in jeder Situation einfach das Gute sehen.

25

Kerstin

Die Kerzen und Teelichter tauchten die Umgebung in ein angenehm weiches Licht. Allerdings passte das so gar nicht zu der beängstigenden Geräuschkulisse.

Kerstin erhob ihr Glas. »Auf einen ungewöhnlichen Abend.«

Die Freundinnen stießen miteinander an. Alle hatten Weißwein in ihren Gläsern. Irgendwie war es heute kein Abend für Cocktails.

Ein langes Schweigen folgte ihrem Trinkspruch. Sie lauschten dem Wind, der um die Villa herumheulte. Immer wieder schlug etwas gegen die Spanplatten, die die Fenster schützen sollten. Sarah, die neben Kerstin saß, zuckte jedes Mal erschrocken zusammen.

»Die Frau von Friedrich ist wieder schwanger«, sagte Kerstin plötzlich unvermittelt. Die Worte waren aus ihr herausgepurzelt, bevor sie hatte nachdenken können. Doch noch während sie sie aussprach, merkte sie, dass sie den Freundinnen eigentlich schon längst davon hatte erzählen wollen. Mit wem, wenn nicht mit ihren besten Freundinnen, konnte sie diesen Schmerz teilen? Vielleicht war Mels Geständnis der letzte Anstoß gewesen, den sie gebraucht hatte. Seitdem empfand sie wieder stärker diese Verbundenheit mit den Freundinnen.

Noch während Kerstin überlegte, ob sie ihnen nun auch gleich alles gestehen sollte, nicht nur das Scheitern ihrer kleinen, miesen Affäre, sondern die ganze Wahrheit über ihr beschissenes Leben, sagte Sarah schroff: »Das war zu erwarten.«

Kerstin zuckte leicht zusammen. Das tat weh. Mit so einer Reaktion hatte sie nicht gerechnet.

Nach mehreren quälend langen Sekunden, in denen nur die schaurigen Windgeräusche zu hören waren, schlug etwas mit einem so lauten Knall auf die Veranda, dass sie alle erschrocken aufsprangen.

»Was war das?«, fragte Mel. Ihre Stimme hatte einen leicht hysterischen Unterton.

Im gleichen Augenblick war das Splittern von Glas zu hören.

»War das etwa eine Palme?«, fragte Sarah, aber niemand antwortete ihr.

Wieder war ein Scheppern auf der Veranda zu hören. Und gleich darauf prasselte der Regen in einer Intensität gegen die Spanplatten, dass eine Unterhaltung kaum noch möglich war.

Sarah trank zügig ihr Glas aus und stand auf. »Was auch immer da draußen gerade geschieht, wir können im Moment ja eh nichts ausrichten. Möchte noch jemand Wein?«

Mel und Kerstin nickten.

Nach kurzer Zeit kam sie mit der Flasche wieder. »Soll ich euch nachschenken?«

Inmitten ihres Satzes wurde es plötzlich still. Von jetzt auf gleich trommelte der Regen nicht mehr gegen die verbarrikadierten Fenster und der Wind heulte auf der anderen Seite der Villa.

»Hast du mit Friedrich Schluss gemacht?«, griff Mel den Faden wieder auf.

Kerstin goss sich etwas Wein nach und schüttelte den Kopf. »Nicht wirklich. Aber eigentlich will ich euch auch noch etwas anderes erzählen.«

»Du bist auch schwanger?« Sarah kicherte und prostete ihr zu. Dann kippte sie ihren Wein wie Wasser in sich hinein.

Was war nur plötzlich los mit ihr, warum war sie so zynisch?

»Nein«, antwortete Kerstin genervt.

»Nun lass sie doch mal. Was hast du denn auf einmal?« Anscheinend spürte Mel Sarahs seltsame Stimmung ebenfalls.

»Ich habe euch belogen.« Kerstin schluckte. Okay, jetzt war es raus. Mel blickte sie gespannt an, Sarah sah teilnahmslos ins Dunkle.

»Ich war nie Teilhaberin an Friedrichs Catering-Unternehmen. Ich bin da nur eine kleine Angestellte. Ich habe mich damals darauf eingelassen, weil ich dachte, dass er mich liebt.« Sie schlug die Hände vors Gesicht. Es laut auszusprechen, war noch viel schrecklicher, als sie erwartet hatte. Sie hatte ihren Freundinnen etwas vorgespielt, weil sie es selbst kaum ertragen hatte. Einst auf dem Weg zur gefeierten Sterne-Köchin und jetzt nur eine Angestellte unter vielen.

»Aber du hast doch so gute Referenzen gehabt. Du hast in wirklich großen Küchen gearbeitet. Ich verstehe das nicht.« Mel klang ehrlich erschüttert. In Kerstins Herz bohrte sich ein Pfeil. Genau das, was Mel gerade ausgesprochen hatte, war ihr Problem.

»Ich kapiere es ja selbst nicht«, antwortete Kerstin.

»Aber warum hast du uns denn nichts davon erzählt?« Mel sah sie aufmerksam an.

»Warum hast du uns nichts von Svens Betrug erzählt?« Es war heraus, ehe Kerstin es verhindern konnte.

»Habe ich doch.«

»Ja, aber jetzt erst.« Kerstin war wieder ganz klar. »Wir haben offenbar alle unsere Geheimnisse und teilen sie schon lange nicht mehr miteinander.«

»Ich muss aufs Klo«, sagte Mel und verließ fluchtartig den Wohnraum.

»Four forever – alles nur Schall und Rauch.« Sarah goss sich den Rest des Weißweins ein.

War die Flasche wirklich schon wieder leer? Kerstin überlegte kurz, ob sie sich in ihr Zimmer zurückziehen sollte, aber das war keine Option. Da mussten sie jetzt durch. Sie liebte ihre Freundinnen, sie waren ihr Ein und Alles. Sie mussten endlich ehrlich miteinander reden, auch wenn es ihnen noch so schwerfiel.

»Gehst du jetzt auch?«, fragte Sarah und klang nun gar nicht mehr so hart und zynisch.

»Nein.« Kerstin lehnte sich an sie. »Warum warst du eben so fies zu mir?«

Sarah rückte ein Stück von ihr ab. »Das weißt du doch.«

Gerade als Kerstin nachfragen wollte, kam Mel zurück.

»Jetzt tobt der Sturm auf der anderen Seite. Hoffentlich überstehen das die Pflanzen.«

»Ich hole uns noch was zu trinken.« Sarah stand auf und ging leicht wankend in die Küche.

»Sorry, dass wir nicht früher für dich da waren. Ehrlich gesagt war ich in letzter Zeit ziemlich genervt von deiner Geschichte mit Friedrich. Bist du deswegen zu mir an die Ostsee gekommen?« Mel setzte sich.

»Ja.« Kerstin hatte schon früher gespürt, dass sie es langsam überspannte. Natürlich konnte sie verstehen, dass sie ihren Freundinnen damit auf den Wecker gegangen war.

Wieder knallte ein Ast gegen das Haus. Sie zuckten zusammen.

»Es tut mir total leid, dass ich dir keine gute Freundin gewesen bin. Ich war viel zu sehr mit mir selbst beschäftigt. Hast du denn schon entschieden, was du jetzt wegen Friedrich machen willst?« Mel sah sie aufmerksam an.

»Wer will noch was trinken?« Sarah schwenkte eine weitere Flasche Wein und setzte sich wieder neben Kerstin.

Plötzlich fing der Wind erneut an, an den Fenstern zu zerren. Das ganze Haus ächzte, überall klapperten die Holzplatten und Fensterläden wie verrückt. Es klang wie in einem schlechten Gruselfilm.

»Scheiße, was ist das? Es klingt, als ob ein Monster hier reinwill.« Sarah sah sich mit weit geöffneten Augen um.

»Wir haben alles sturmfest gemacht, ihr braucht keine Angst zu haben«, versuchte Mel sie zu beschwichtigen. Allerdings klang sie selbst nicht ganz überzeugt von ihren Worten.

In diesem Augenblick krachte es irgendwo draußen so beängstigend, dass Kerstin instinktiv nach Sarahs Hand griff.

Sarah stieß sie weg. »Lass das«, sagte sie kalt und viel zu laut.

Wie viele Gläser Wein hatte sie schon in sich hineingeschüttet? Kerstin war sich sicher, dass ihre Freundin ziemlich betrunken war.

Eine Stunde später ebbte der Sturm langsam ab. Sie saßen wie erstarrt da und lauschten. Draußen wurde es immer leiser, nur der Regen prasselte weiter auf die Holzplatten.

Sarah nahm ihr Glas. »Mich machen diese Naturgewalten fertig. Man fühlt sich so ausgeliefert.«

»Ich bin heilfroh, dass wir hier zusammen sind«, sagte Mel und lehnte sich zurück.

Kerstin hatte plötzlich Tränen in den Augen. Unauffällig versuchte sie sie wegzuwischen. Gott sei Dank war es so dunkel, dass es niemandem auffiel. War es dieser Sturm? Brachte er Saiten in ihnen zum Schwingen, deren sie sich selbst nicht bewusst gewesen waren? Sie dachte an ihr Baby, das es nicht gab. Die Abtreibung war furchtbar gewesen, und sie schämte sich noch jetzt so sehr, dass sie es nicht mal Mel und Sarah erzählen konnte. Sie hatte Friedrich gehorcht. Das war einfach nur demütigend und peinlich. Nie hatte sie sich ihm gegenüber auf Augenhöhe gefühlt.

Sarah ließ abrupt ihre Hand los, die sie jetzt doch seit einer gefühlten Ewigkeit umklammert hatte. »Und jetzt reden wir über uns!«

»Wie meinst du das?« Mel beugte sich neugierig vor.

»Das wisst ihr doch, oder?« Ihre Stimme klang verwaschen.

Kerstin beschlich ein ungutes Gefühl. In Sarah brodelte etwas schon länger.

»Ach Scheiße, ich kann das nicht. Das ist doch alles Bullshit. Wir spielen nach außen hin die besten Freundinnen, aber schaut euch doch an. Alles nur Lüge.« Sie kippte ihr Glas in einem Schluck hinunter.

»Was meinst du?«, fragte Mel mit ihrer ruhigen Art.

»Hör auf, hier die gute Seele zu spielen.« Sarah wurde richtig laut. »Ich kann das alles nicht mehr ertragen. Die tolle Mel mit ihren wundervollen Kindern und dem Superehemann. Du hast ja gesehen, wo es ihn hingezogen hat. Warum nur?« Sie wandte sich an Kerstin. »Und du, sieh endlich ein, dass du auf den falschen Mann hereingefallen bist. Warum bist du so dämlich, nicht zu merken, dass dich dieser Typ ausnutzt? Der will nur Sex, weiter nichts. Wir sind immer füreinander da, sehr witzig. Alles nur leere Worte.« Sarah stand schwankend auf, schnappte sich die Flasche Wein und verließ das Zimmer.

Betretene Stille breitete sich aus.

Mel rutschte unbehaglich auf ihrem Sessel umher. »Ich bin auch müde. Gute Nacht.« Sie erhob sich, ohne Kerstin anzusehen.

»Schlaf gut«, sagte Kerstin.

Was war nur in Sarah gefahren? Worüber hatte sie eigentlich sprechen wollen?

26

Sarah

Das Piepsen einer eingehenden Nachricht weckte sie. Sarah blinzelte und versuchte, ihren verschwommenen Blick zu fokussieren und das Display ihres Handys scharf zu stellen. Fünf Uhr dreißig. Puh, wer schickte ihr so früh am Morgen eine SMS? Die Nummer der eingegangenen Nachricht sagte ihr nichts.

»Hallo, Frau Nachbarin, der Rauchmelder in deiner Wohnung hat die ganze Nacht gepiept. Ich habe heute Morgen mit dem Hausmeister deine Tür geöffnet. Anscheinend musst du die Batterien wechseln. Wann bist du wieder in London? Gruß Ben, dein Nachbar«

Sarah schmiss das Telefon ans Ende des Bettes. London und das alles war so weit weg, dass es ihr fast vorkam, als wäre es gar nicht ihr Leben.

Scheiße, der Sturm. Ob draußen alles heil geblieben war? Ohne nachzudenken sprang sie aus dem Bett, was sie gleich darauf bereute. In ihrem Kopf hämmerte es und ihr wurde ganz schwindelig in der Aufrechten.

Vorsichtig öffnete sie die hölzernen Läden, die Mel gestern im ganzen Haus geschlossen hatte. Der Anblick, der sich ihr bot, fühlte sich wie eine Spiegelung ihres Inneren an. So durcheinandergewirbelt und zerstört, wie der Garten vor ihr lag, so sah es auch in ihr drinnen aus.

Palmenblätter, Teile von Sträuchern und Dinge, von denen Sarah nicht wusste, was es war, lagen über die gesamte Wiese verstreut da. Zwei der Palmen im Garten waren entwurzelt worden. Eine war auf die Veranda gekracht. Das Meer war den Strand hinaufgekommen und schlug jetzt in hohen Wellen direkt an der Grundstücksgrenze an. Aber der Sturm hatte sich vollständig gelegt. Der Himmel leuchtete wie blau poliert und man konnte sich kaum vorstellen, dass vor nicht einmal sechs Stunden ein so anderes Wetter geherrscht hatte.

Mit einem Mal war Sarah der gestrige Abend wieder präsent. Sie hatte sich wie die hinterletzte Bitch verhalten. Entsetzt ging sie in die Hocke und verbarg ihr Gesicht in den Händen. Waren das nicht exakt dieselben Worte, die sie von ihrer Mutter zu hören bekommen hatte? Nein, die hatte noch ein »verlogen« hinzugefügt. Hinterletzte, verlogene kleine Schlampe.

Sie biss sich so fest auf die Unterlippe, dass ihr die Tränen kamen.

Abgesehen von Izzy waren Kerstin und Mel die einzigen Menschen, die ihr etwas bedeuteten. Und natürlich ihr Vater. Sollte sie ihn anrufen und um Rat fragen? Wie verhielt man sich in einer solchen Situation?

Sie hatte ihre Freundinnen schwer beleidigt. Kerstin hatte sie vorgehalten, dass sie immer noch an diesem dämlichen Friedrich festhielt und Mel … Es war ihr entfallen, was sie der Freundin an den Kopf geknallt hatte, sie wusste nur noch, dass es vollkommen unpassend und verletzend gewesen war. Wie so oft hatte der Alkohol ihre Erinnerungen in einen Nebel getaucht. Scheiße, Scheiße, Scheiße. Das Ganze war nur passiert, weil sie mit ihnen über die Nacht in Paris hatte sprechen wollen und es dann doch nicht geschafft hatte. Nach wie vor konnten Kerstin, Izzy und Mel nicht wissen, was damals wirklich passiert war. Die Erkenntnis, dass sie sich zu Unrecht in ihrer Opferrolle eingerichtet hatte, traf Sarah wie ein Schlag in den Magen und ihr wurde augenblicklich schlecht. Mit Mühe erhob sie sich und rannte aus dem Zimmer. »Bitte, lass das Bad frei sein«, betete sie, zu wem auch immer. Sie hatte Glück. Schnell verriegelte sie die Tür und schaffte es gerade noch rechtzeitig zur Kloschüssel.

Nach einer Weile setzte sie sich, am ganzen Körper zitternd, auf den Fußboden. Die grauen Schiefersteine fühlten sich angenehm kühl an. Sie strich mit der Hand über die leicht raue Oberfläche.

Es klopfte. »Hallo, alles in Ordnung da drin?«

Wie lange stand Mel schon vor der Tür? Hatte sie ihr Würgen und Stöhnen mitbekommen?

Sarah räusperte sich. »Ja, ja. Bin gleich fertig.«

»Lass dir Zeit. Ich mache uns erst mal einen Kaffee. Du brauchst dich nicht zu beeilen.«

»Okay«, krächzte Sarah. Manchmal ging ihr die mütterliche Liebenswürdigkeit von Mel ziemlich auf die Nerven, aber in diesem Augenblick war sie der Freundin nur dankbar.

Mühsam versuchte sie sich hochzurappeln. Sie nahm die Kloschüssel zu Hilfe und kam schließlich auf wackeligen Beinen zum Stehen.

Der Spiegel im Bad schonte sie nicht. Sie sah furchtbar aus. Ihre Haut war fahl und grau wie bei einem Zombie. Unter ihren Augen lagen tiefe Schatten. Ihr Haar – eigentlich das Einzige an ihr, auf das sie immer sehr stolz gewesen war – hing ihr fettig und schweißnass ins Gesicht.

Nachdem Sarah eine Ewigkeit unter der Dusche verbracht hatte, fühlte sie sich gefestigt genug, um ihren Freundinnen unter die Augen zu treten. Sie zog ein Paar ausgefranste Jeansshorts und ein schlichtes weites Männerhemd über. Ihre noch feuchten Haare band sie zu einem Zopf zusammen, bevor sie die Treppe hinunterstieg. Wie sollte sie nun mit Mel und Kerstin umgehen?

Ihre Hoffnung, Mel allein in der Küche anzutreffen, erfüllte sich.

»Möchtest du auch eine Tasse Kaffee?«

»Gern, danke«, antwortete Sarah, obwohl sie befürchtete, dass ihr Magen auf das Koffein nicht besonders gut reagieren würde.

In der Küche herrschte eine düstere Atmosphäre, noch immer waren alle Fenster mit Spanplatten geschützt, und Mel hatte nur eine kleine Lampe angeschaltet.

Sie reichte ihr eine Tasse. Eine etwas angespannte Stille folgte. Fast wäre Sarah ins Badezimmer zurückgekehrt, ihr Magen wollte sich schon wieder umdrehen.

»Ich bin vorhin kurz im Garten gewesen. Es sieht schrecklich aus. Zwei Palmen hat es erwischt und die Kletterpflanzen und Hibiskussträucher sehen auch ziemlich mitgenommen aus.« Mels Augen huschten unruhig umher.

»Dann werden wir uns heute mal als Gärtnerinnen versuchen«, sagte Sarah und pustete in ihre Tasse.

Kerstin betrat gähnend die Küche. »Was macht ihr denn so früh schon hier?« Sie musterte Mel und Sarah verwirrt. »Du bist schon angezogen. Dabei hatte ich mich gerade an dein zerlöchertes Schlafshirt gewöhnt. Bist du wieder nüchtern?« Sie klang ziemlich unfreundlich, was Sarah nur zu gut verstand, schließlich hatte sie sich total danebenbenommen.

Kerstin blickte angestrengt aus dem Fenster der Küche, obwohl es immer noch verbarrikadiert war.

»Ich muss unbedingt wissen, wie es auf der anderen Seite aussieht.«

Mel verzog das Gesicht. »Nicht so gut. Richte dich auf ein ziemliches Chaos ein.«

»Kommt ihr mit?« Kerstin ging zur Haustür.

Sarah folgte ihr zögerlich.

»Ich gehe erst ins Bad«, hörte sie Mel noch rufen.

Kerstin und sie liefen auf der umlaufenden Veranda zu der dem Meer zugewandten Seite der Villa. Als sie um die Ecke bogen, blieb Kerstin so abrupt stehen, dass Sarah beinahe in sie hineingelaufen wäre.

»Scheiße, das hatte ich vermutet.«

Sarah hatte ja schon von ihrem Zimmer aus gesehen, was sie erwartete.

Eine Palme lag quer über der hinteren Veranda. Das hölzerne Geländer war teilweise zerstört, weil der Stamm direkt daraufgefallen war, aber es hätte noch schlimmer kommen können. Die Treppe in den Garten war zum Glück intakt, und auch die beiden riesigen Hibiskussträucher, die die Treppe flankierten, standen noch. Sie sahen zwar zerrupft aus, aber sie waren noch da. Ihre blutroten Blüten lagen verstreut auf der Wiese. Fast sah es so aus, als ob ein durchgeknallter Designer den Rasen dekoriert hätte. Das Meer hatte sich inzwischen etwas zurückgezogen, sodass wieder ein schmaler Streifen Strand zu sehen war.

»Wir schaffen das«, sagte Sarah.

Als sie sich zu Kerstin umdrehte, sah diese fassungslos auf die Palme, die auf der Veranda lag. »Es ist die Palme, die Izzy und Logan zusammen gepflanzt haben.«

»Woher weißt du das?«

»Ich … das ist doch jetzt unwichtig. Wir müssen das Ding unbedingt wieder einpflanzen.«

»Das kriegen wir hin.« Sarah fragte sich zwar, woher sie ihre Zuversicht nahm, aber was sollte schon so schwierig daran sein, einen Baum wieder in die Erde zu kriegen?

»Du nervst. Deinen aufgesetzten Optimismus kannst du dir sonst wohin stecken. Du willst doch nur, dass wir vergessen, wie du dich gestern benommen hast«, schnauzte Kerstin sie an.

»Ich …« Ja, was eigentlich? Ihre Freundin hatte recht.

Schweigend folgte sie ihr zurück ins Haus. Kerstin verschwand nach oben und Sarah machte sich in der Küche ein Müsli. Sie aß sehr langsam und horchte immer wieder in sich hinein, aber ihr Körper schien die Nahrung dankbar anzunehmen.

Kurze Zeit später stand sie mit einem großen Müllsack im Garten und sammelte das ein, was der Sturm herangetragen hatte. Äste, Holzstücke und Papier legte sie auf einen Stapel, Plastik und Sachen, die nicht mehr zu identifizieren waren, steckte sie in den Sack.

Die Pflanzen, die in Kübeln wuchsen und jetzt geschützt hinter der Villa standen, waren weitgehend unversehrt geblieben. Später würde sie sie wieder an ihre angestammten Plätze bringen. Leider hatten die vielen Mangobäume dem Sturm nicht wirklich standhalten können, fast alle Früchte waren vom Wind abgeschüttelt worden und lagen jetzt im Gras.

Als Sarah mit dem gefüllten Müllsack nach vorne auf die Straße trat, hielt ein blauer Pick-up neben ihr. Auf der Vorderbank saßen drei Menschen. Eine junge Frau sprang heraus. »Hallo. Ich bin Lani. Meine Mum hat uns zu euch geschickt.«

Sarah blickte sie verständnislos an, bevor ihr aufging, dass das die Tochter von Mary sein musste. Ihr Herz begann heftig zu klopfen, denn in diesem Augenblick stieg auch Mike aus dem Wagen. Ihm folgte eine etwas jüngere Version von ihm. Das war eindeutig sein Bruder.

»Hallo, Sarah.« Mike stellte sich direkt vor sie. »Wie habt ihr den Sturm überstanden?«

Sarah brachte kein Wort raus. Da war ein winziges Grübchen auf seiner Wange, das sie äußerst fasziniert betrachtete.

»Hab ich da was?«, fragte er irritiert und rieb sich über das Gesicht.

Sie schüttelte verschämt den Kopf und starrte ihre nackten Füße an.

»Das Haus sieht ja aus wie eine Festung. Und offenbar

habt ihr überlebt.« Er deutete auf die Sperrholzplatten, die noch die Fenster abdeckten.

»Ja, alles gut. Nur der Garten hat einiges abbekommen.« Sarah hatte endlich ihre Sprache wiedergefunden.

»Deswegen sind wir hier. Du wirst sehen, das ist ruckzuck wieder in Ordnung gebracht.«

Ohne sich noch weiter um sie zu kümmern, luden Mike und sein Bruder mehrere Geräte von der Ladefläche ab, während Lani schon im Garten verschwunden war.

»Ich bin übrigens Keanu«, sagte Mikes Bruder. »Entschuldige bitte, dass ich mich nicht direkt vorgestellt habe.«

Sarah sah ihn neugierig an. Die Ähnlichkeit war groß, trotzdem gefiel Mike ihr eindeutig besser.

44ever

Izzy
Wie habt ihr den Sturm überstanden? Geht es euch gut?

Sarah
Dem Haus und uns geht es gut. Die Nacht war etwas unheimlich, und der Garten sieht nicht so doll aus, aber wir haben Hilfe beim Aufräumen. Lani, Keanu und Mike sind da.

27

Kerstin

»Stopp, halt!«, rief Kerstin, als sie in den Garten kam.

Mike stand mit erhobener Kettensäge vor der Palme, von der ihr Giselle erzählt hatte. »Die darfst du nicht zersägen. Wir müssen sie wieder einpflanzen.«

»Guten Morgen, Kerstin«, sagte Mike und ließ die Säge sinken. »Das meinst du nicht ernst, oder?«

»Doch. Izzy hat diese Palme zusammen mit Logan gepflanzt. Es ist eine Erinnerung an sie. Sicher würde es ihr das Herz brechen, wenn sie bei ihrer Rückkehr nicht mehr da wäre. Wir müssen versuchen, das Ding wieder in die Erde zu bekommen.«

Sarah war herangetreten und nickte zustimmend. »Sorry, ich habe nicht mitbekommen, dass Mike die Palme zersägen wollte.« Sie räusperte sich und warf ihm ein kleines Lächeln zu. »Wir schaffen das schon.«

Mike zog zweifelnd die Stirn in Falten und machte sich in einer anderen Ecke des Gartens zu schaffen.

Nachdem die drei Freundinnen zusammen ein großes Loch ausgehoben hatten, befreiten Mel und Sarah den Wurzelballen der Palme von Erde und abgestorbenen Trieben. So würde sie etwas leichter sein.

Kerstin reichte ein paar Sandwiches und kalte Getränke, ehe sie gemeinsam mit Sarah und Mel die Männer überredete, ihnen mit der Palme zu helfen.

»Das klappt nie. Der Baum ist viel zu schwer.« Keanu verschränkte seine beachtlichen Arme vor der Brust.

Grübelnd blickte Mike zu seinem Truck. »Ich könnte den Wagen ein Stück in den Garten fahren. Vielleicht schaffen wir es mit der Seilwinde, die Palme hochzuziehen. Der Weg zu ihrem Platz ist ja nicht weit.«

Kerstin blickte zu dem Loch, das sie ausgehoben hatten. Die Wurzel lag nur einen Meter davon entfernt. Es war eine elende Plackerei, hier im Garten zu graben. Der sandige Boden rutschte immer wieder nach, sodass es sehr beschwerlich gewesen war, genug Platz für die Wurzel zu schaffen.

»Okay, versuchen wir es.« Mel nickte Mike zu. Kerstin war richtig stolz auf ihre Freundin, sie wirkte so kompetent.

Mike fuhr seinen Pick-up rückwärts ein Stück über den Rasen. Nachdem die Männer ein Stahlseil um den Stamm der Palme gewunden hatten, schickten sie Lani zur Steuerung der Winde.

»Keine Sorge, sie hat ein Händchen dafür. Ihr müsst uns hier helfen, die Palme zu dirigieren, wenn wir sie denn wieder zum Stehen bekommen.«

Sarah, Mel und Kerstin traten näher an die liegende Palme heran.

»Passt auf, dass ihr euch nicht hinter den Stamm stellt. Das Seil kann jederzeit reißen«, sagte Keanu und gab Lani mit einem Kopfnicken das Zeichen, um loszulegen.

Langsam spannte sich das Seil. Dann ging ein Ruck durch den Stamm und ganz allmählich hob sich die Palme. Kerstin hielt die Luft an und beobachtete ängstlich die Aktion. Wie schwer mochte die Palme sein, und wie viel Kilo hielt diese Seilwinde wohl aus?

Mit einem schrecklichen Quietschen und anderen unheimlichen Geräuschen lösten sich die noch vorhandenen Palmblätter von der Veranda. Sie strichen an der Villa entlang, bis der Baum schließlich unter weiteren klagenden Tönen fast aufrecht stand.

»Ganz langsam«, rief Keanu, während er und Mike von der Seite an den Stamm herantraten.

»Kommt, jetzt können wir jede Hand gebrauchen.« Mike wies sie alle ein.

Immer wieder warfen sich Kerstin und Mel Blicke zu. Sarah war so verändert im Vergleich zu gestern Abend. Jedes Mal, wenn Mike sie ansprach, errötete sie wie ein kleines Mädchen. Den Augenkontakt mit ihren Freundinnen aber vermied sie.

Gemeinsam schafften sie es, die Wurzel in das vorgesehene Loch zu schieben. Kerstin liefen die Schweißperlen über den Rücken.

»Halt das Seil stramm«, befahl Mike. »Jetzt müssen wir so schnell wie möglich die Erde auffüllen. Passt dabei auf, wenn der Stamm sich bewegt. Er kann immer noch kippen.«

Eilig schaufelten sie das Erdreich zurück in das Loch. Immer wieder drückten die Männer mit ihren Füßen die Erde fest. Mike schaffte zudem noch große Steine heran, mit denen er die Wurzel beschwerte.

Nach einer gefühlten Ewigkeit setzte Kerstin sich auf den Rasen und wischte sich über die verschwitzte Stirn. Sie hatten es geschafft, die Palme stand fast wieder an ihrer ursprünglichen Stelle. Mike und Keanu hatten den Stamm zusätzlich noch mit dicken Bohlen gesichert.

Mel und Sarah setzten sich schnaufend und ächzend zu ihr.

Belustigt sah sie in die schmutzigen Gesichter ihrer Freundinnen. »Ihr seht aus, als hättet ihr heute ein ganzes Haus gebaut.«

»Du aber auch«, sagte Sarah. Sie streckte sich auf der Wiese aus und blickte in den Himmel. »Ich weiß nicht, wann ich das letzte Mal etwas so anstrengend fand. Der Gedanke an meinen Muskelkater macht mich jetzt schon fertig.«

Mike hatte inzwischen den Wagen wieder auf die Straße gefahren und kam lächelnd auf sie zu. »Gute Arbeit. Ich denke, den Rest schafft ihr allein.« Er blickte sich zufrieden um. »Sieht doch wieder ganz anständig aus.«

Kerstin folgte seinem Blick. Stimmt. Die andere umgefallene Palme hatten die Männer in große Stücke zersägt und zu einem kleinen Haufen gestapelt, der herumfliegende Müll war beseitigt, nur die roten und rosafarbenen Hibiskusblüten lagen nach wie vor auf der Wiese.

Mel hatte zusammen mit Keanu alle Spanplatten von den Fenstern entfernt und Lani hatte sich um die Pflanzen rund um die Villa gekümmert. Sie hatte viele abgeknickte Äste zurückgeschnitten und auch die Blumenkübel wieder vor die Veranda gestellt. Lediglich das Geländer sah noch mitgenommen aus. Außerdem hatte die Palme eine große Außenlampe zertrümmert.

Sarah hatte sich erhoben und stand nun neben Mikes Truck. Kerstin beobachtete, wie sie und Mike sich voneinander verabschiedeten. Aus dem Augenwinkel bemerkte sie, dass auch Mel neugierig zu den beiden herübersah.

Keanu, Lani und Mike winkten ihnen zu und stiegen dann in den Wagen.

»Wer darf zuerst duschen?« Sarah gesellte sich wieder zu ihnen. Sie wirkte ganz aufgekratzt.

»Ist mir egal«, sagte Kerstin und ließ sich nach hinten fallen. Mannomann, war sie platt. »Was ist da zwischen dir und Mike?«

Statt einer Antwort erhob sich Sarah schnell. »Okay, wenn ihr nicht wollt, dann gehe ich zuerst.«

Kerstin und Mel warfen sich einen amüsierten Blick zu, als Sarah einfach davoneilte.

44ever

Kerstin
Der Garten sieht wieder halbwegs gut aus. Aber das Wichtigste ist: Eure Palme steht wieder.
Anhang: 1 Foto

Die Trümmer des Geländers hatten sie beseitigt und stattdessen einen kleinen länglichen Tisch an den Rand gestellt. Die Sessel für den Sonnenuntergang standen ebenfalls parat.

»Long Island Ice Tea. Zur Feier des Tages.« Sarah drückte ihnen Gläser in die Hand und ließ sich auf einen Sessel fallen. »Boah, bin ich fertig.«

Oje, Kerstin kannte diesen Drink. Sehr viel Alkohol und nur wenig Geschmack.

»Heute trinken wir aber mal auf uns.« Sarah hob ihr Glas und sie stießen an.

Kerstin wusste nicht, was es war. Der schreckliche Cocktail, der Stress mit der Palme oder einfach die seltsame Stimmung, die heute den ganzen Tag geherrscht hatte. Vielleicht waren es auch die Nachwirkungen des Sturms, jedenfalls liefen ihr plötzlich in Strömen die Tränen über die Wangen.

»Er ist ein totales Arschloch, aber trotzdem vermisse ich ihn.«

Mel setzte sich und legte ihr eine Hand auf den Arm. »Hey, was ist denn los?«

»Ich hatte eine Abtreibung.«

Endlich war auch das noch raus.

Die Freundinnen schwiegen.

»Friedrich wollte das Baby nicht«, flüsterte Kerstin.

Immer noch sagte niemand ein Wort.

»Ich war so blöd. Ich habe abgetrieben und jetzt bekommt er mit seiner Frau ein Kind. Scheiße.« Sie hämmerte mit ihrer Faust auf den Tisch. Danach war ihr Cocktail dran. Sie trank ihn in einem Rutsch aus, obwohl er wirklich schrecklich schmeckte.

Sarah stand auf. »Ich hole uns Nachschub. Mag sonst noch jemand …«

»Nein, danke«, sagten Kerstin und Mel im Chor.

Kerstin wischte sich die Tränen aus den Augen und nahm das Taschentuch, das Mel ihr anbot. Sie schnäuzte sich lautstark die Nase.

»Danke. Ich …« Die Tränen liefen immer noch, sie konnte gar nicht mehr aufhören zu weinen.

»Es tut mir so leid«, sagte Mel und wischte sich ebenfalls eine Träne aus dem Augenwinkel. »Weißt du …«

Noch bevor sie weitersprechen konnte, stand Sarah wieder im Türrahmen und sagte: »Und mir tut der gestrige Abend leid. Ich habe mich schrecklich verhalten und Dinge gesagt, die ich überhaupt nicht so meine.« Sie stellte einen weiteren Drink vor Kerstin hin und trank einen Schluck aus ihrem Glas.

Das Schweigen, das jetzt über ihnen lag, war anders als zuvor. Irgendwie angenehm. Sie saßen nebeneinander und jede hing ihren eigenen Gedanken nach.

»Sarah, bitte sei nicht böse, aber ich hasse Long Island Ice Tea.«

Endlich mal die Wahrheit zu sagen, tat wirklich gut.

Wider Erwarten grinste Sarah. »Soll ich uns Wein und Wasser holen?«

Dankbar nickte Kerstin. Mel fing an zu lachen, was in diesem Moment richtig befreiend wirkte.

»Wisst ihr was? Am liebsten würde ich heute Abend einfach nur noch chillen und keine schweren Themen mehr wälzen. Ich bin komplett fertig. Eigentlich arbeite ich bei uns zu Hause ja auch viel körperlich, aber der heutige Tag hat mich wirklich geschafft.« Sie griff Kerstins Hand. »Ist das okay für dich?«

Erleichtert nickte Kerstin. Ihr ging es ähnlich. Die körperliche Arbeit und auch ihr Geständnis hatten sie erschöpft. Sie sog die laue Luft ein und lehnte sich zurück.

Sarah goss ihnen Wein und Wasser ein.

»Herrlich, oder?«, fragte sie und drückte den Freundinnen die Gläser in die Hand.

Kerstin blickte in die Nacht. Endlich war es raus. Wenn sie nicht abgetrieben hätte, dann wäre ihr Kind jetzt irgendwann auf die Welt gekommen.

»Hey, Kerstin.« Mel hatte sich zu ihr gebeugt. »Oder möchtest du gern jetzt darüber sprechen?«

Auch Sarah kam näher. »Wir sind für dich da.«

»Nein, nein, danke. Genau diese Entspanntheit ist das, was ich jetzt brauche. Ich möchte heute einfach nur mit euch hier sitzen und den Abend genießen.«

Sie redeten über alles und nichts, erinnerten sich an ihre Anfänge, als sie sich kennengelernt hatten, und sprachen viel über Izzy. Sie fehlte so sehr in ihrem Kleeblatt.

28

Sarah

Sarah lief die Treppe hinunter in die Küche. Dieses Haus, das Meer, ihre Freundinnen – das alles fühlte sich so vertraut an, als ob sie schon ewig hier leben würde. Dabei war sie ja erst seit ein paar Tagen hier. Sie war Mel und Kerstin dankbar, dass die beiden gestern nach ihrer Entschuldigung nicht weiter in sie gedrungen waren.

»Guten Morgen, hast du gut geschlafen?«

Mel stand am Herd und rührte in einer Pfanne. Es roch nach Eiern und Speck.

Sarah blinzelte gegen die Sonnenstrahlen an, die die Küche in gleißendes Licht tauchten. »Morgen.« Sie gähnte herzhaft und streckte sich. »Ja, ich fühle mich ausgeruht und frisch. Hm, und das duftet himmlisch.«

»Kerstin ist auch schon wach. Sie wollte unbedingt noch vor dem Frühstück schwimmen gehen.« Mel zeigte auf einen Schrank. »Könntest du draußen für uns den Tisch decken?«

Sarah nickte und öffnete die Anrichte. Mit Tassen und Tellern beladen, lief sie auf die Veranda. Einen Moment lang suchte sie das Meer ab, dann entdeckte sie ihre Freundin. Kerstin schwamm ziemlich weit vom Strand entfernt. Während Sarah den Tisch abwischte, durchzuckte sie ein Anflug von Eifersucht. Sie wäre jetzt auch gerne mit da draußen gewesen. Wie dumm, dass sie mal wieder so lange geschlafen hatte.

»Warum bist du nicht mit schwimmen gegangen?«, fragte sie Mel, nachdem sie wieder in die Küche zurückgekehrt war.

»Einer muss doch das Frühstück machen.«

Sarah nahm drei Gläser aus dem Regal und verteilte den Orangensaft, den Mel anscheinend frisch gepresst hatte.

»Kannst du Kerstin Bescheid geben?«, bat Mel. »Die Eier sind gleich fertig.«

Sarah nickte, schnappte sich die Gläser und ging wieder auf die Veranda. Sie kam sich etwas albern vor, als sie winkend und gestikulierend versuchte, Kerstin auf sich aufmerksam zu machen. Weil diese nicht reagierte, lief sie über die Wiese bis zu dem kleinen Holztor, das den Strand vom Grundstück trennte. Erst als sie auf zwei Fingern pfiff, schaute die Freundin zu ihr hin.

Wie eine Meerjungfrau entstieg Kerstin nach ein paar Minuten dem Wasser und kam nass, wie sie war, auf Sarah zugelaufen.

»Du hast was verpasst, das war wundervoll.«

»Ich war ganz neidisch, als ich dich vorhin entdeckt habe«, sagte sie ganz ehrlich.

»Wir können doch nach dem Frühstück noch mal alle zusammen ins Wasser gehen, das Meer läuft uns ja nicht weg.«

Kerstin stellte sich unter die Außendusche, die an einer dicken Palme am Rande des Grundstücks befestigt war.

»Was machen wir eigentlich morgen?«, fragte sie, als sie auf die Veranda kam. Sie trug jetzt ein Handtuch, ihre roten, noch nassen Locken glänzten in der Sonne.

»Hat Izzy geschrieben, wann sie ankommt?«, fragte Mel. Sie verteilte Rührei und Speck auf die Teller.

Sarah zückte ihr Handy.

44ever

Sarah

Wann kommst du übermorgen eigentlich an? Sollen wir dich abholen?

Nach dem leckeren Frühstück räumten sie in Windeseile gemeinsam die Küche auf. Kurze Zeit später trafen sie sich am Strand und stürzten sich ins türkisfarbene Wasser.

»Wieso willst du eigentlich in die Stadt?«, fragte Kerstin Sarah, als sie sich im Meer treiben ließen.

»Ich habe noch kein Geschenk für Izzy. Habt ihr etwas für sie?« Sarah drehte sich auf den Bauch und schwamm näher an Mel und Kerstin heran.

Beide schüttelten den Kopf.

»Sie würde sagen, wir sollen ihr nichts schenken.«

»Aber ich fühle mich so seltsam ohne Geschenk. Los, Ladys, nachdenken. Was könnte ihr eine Freude machen?«

»Sie hat doch alles. Und ihre große Liebe können wir ihr nicht zurückgeben«, sagte Kerstin.

Auch wieder wahr. Sarah tauchte unter. Da durchzuckte sie ein Gedanke. Prustend tauchte sie wieder auf.

»Wir könnten die Veranda reparieren.«

Mel zog die Augenbrauen hoch. »Und das kannst du?«

»Ich hätte auch nicht gedacht, dass ich zusammen mit euch eine Palme einpflanzen kann.«

»Okay«, Kerstin schwamm näher. »Was brauchen wir dafür?«

»Holz, Farbe … und vielleicht sollten wir auch die Lampe ersetzen, die zu Bruch gegangen ist.«

Eine Stunde später standen sie im einzigen Baumarkt von Haleiwa. Sie kauften Bohlen, Farbe, ein paar Werkzeuge und eine neue Außenlampe. Der Verkäufer, der ihnen zur Seite stand, hatte am Anfang etwas merkwürdig auf sie reagiert, aber nachdem sie ihm ihr Problem geschildert hatten, war er Feuer und Flamme.

Sie schafften es kaum, ihre ganzen Einkäufe im Mini unterzubringen. Die Bretter ragten aus dem Kofferraum heraus, aber hey, sie waren auf Hawaii, es würde schon gehen.

»Wollen wir noch zu den Foodtrucks und eine kleine Stärkung zu uns nehmen, bevor wir uns an die Arbeit machen?«, fragte Sarah.

»Du willst doch nur Mike wiedersehen«, zog Mel sie auf. Sie knuffte ihre Freundin in die Seite.

»Nein, ich habe Hunger und ich möchte nicht, dass Kerstin sich schon wieder an den Herd stellt.«

»Aber das ist vollkommen okay«, sagte Kerstin.

»Sarah hat recht«, sprang ihr Mel zur Seite. »Diese Shrimps waren doch fantastisch. Und für heute Abend können wir noch etwas Poke mitnehmen.«

Die Shrimps schmeckten wie beim ersten Mal ganz

hervorragend. Als sie danach zu Mikes Poke-Stand gingen, rutschte Sarah das Herz in die Hose. Sie hatte es die ganze Zeit vermieden, zu Mike herüberzuschauen, deshalb machte ihr sein Anblick nun erst recht weiche Knie.

»Hey, wie geht es euch?«, begrüßte er sie voll Freude.

In Sarahs Bauch flogen die Schmetterlinge wild durcheinander.

»Steht die Palme noch?«

Sarah merkte, wie er ihren Blick suchte.

»Klar, was hast du denn gedacht.« Kerstin lachte.

Sarah beneidete sie um ihre Leichtigkeit. Sie selbst war nicht fähig, auch nur ein Wort über die Lippen zu bringen.

»Kommt ihr morgen zu uns?«, fragte Mel.

Überrascht sog Sarah die Luft ein.

»Ach, feiern wir denn?«, fragte Kerstin mehr als nur erstaunt.

»Ja, ich dachte, das wäre doch ganz schön zu Izzys Rückkehr. Außerdem ist Silvester, und wir haben das so lange nicht mehr zusammen gefeiert. Oder findet ihr die Idee nicht gut?« Mels Wangen waren richtig rot geworden. Hilflos sah sie zwischen ihnen hin und her.

»Super Idee, Mel. Ich komme sehr gern.«

Sarah spürte Mikes Augen auf sich ruhen, aber sie war einfach nicht in der Lage, ihn anzusehen. Es ließ sich kaum mehr leugnen: Sie war verknallt. Und zwar bis über beide Ohren. Die Nachricht, dass er morgen bei ihnen sein würde, ließ ihr Herz schneller schlagen.

Den ganzen Nachmittag reparierten sie das Geländer. Es stellte sich heraus, dass Kerstin und Mel handwerklich gar nicht so ungeschickt waren. Ganz im Gegensatz zu Sarah. Für sie fand sich allerdings auch die passende Aufgabe: Sie hatte einen Riesenspaß dabei, das Geländer zu streichen. Die Freundinnen hatten dafür einen strahlenden Blauton ausgesucht, passend zum übrigen Blau des Hauses. Beide Töne bildeten einen wunderbaren Kontrast zu den pinkfarbenen und roten Hibiskusblüten.

Irgendwann war es dann so weit. Mel stieg von der Leiter und betätigte den Lichtschalter. Die reparierte Lampe leuchtete hell auf. »Yes«, sie streckte ihre Faust in den Himmel.

Sarah schloss den Farbkübel. »Fertig«, sagte sie und betrachtete stolz ihr Werk. Es war nicht perfekt, aber sie hatten es zusammen geschafft, dass die Veranda wieder halbwegs normal aussah.

»Hallo?«, rief eine weibliche Stimme aus dem Garten. Gleich darauf kam eine Frau mit kurzen grauen Haaren um die Hausecke.

»Aloha, Giselle«, begrüßte Kerstin sie.

»Haben Sie den Sturm gut überstanden?«, fragte die Frau, während sie sich an den großen Hibiskussträuchern vor der Veranda zu schaffen machte.

»Wer ist das?«, raunte Sarah Kerstin zu.

»Entschuldigen Sie, dass ich mich noch nicht vorgestellt habe. Mein Name ist Giselle und ich bin eine Freundin von Izzy und Logan. Alle Hibiskuspflanzen, die Sie hier sehen, stammen aus meinem Garten.«

Kerstin ging auf Giselle zu und gab ihr die Hand. »Das

sind meine Freundinnen Sarah und Mel. Ich hatte Ihnen ja erzählt, dass wir zu dritt angereist sind. Wie hat Ihr Garten den Sturm überstanden?«

»Ich hatte Hilfe von meinem Freund. Wir haben alle Pflanzen in Sicherheit bringen können. Ansonsten war es bei uns nicht so schlimm, mein Haus liegt ja nicht direkt am Meer, sondern es wird durch die Häuser davor geschützt.«

»Bei uns ist es nicht so glimpflich abgelaufen«, sagte Sarah. Die Frau war ihr sympathisch. »Können wir irgendetwas tun, damit sich der Hibiskus wieder erholt?«

Giselle winkte ab. »Keine Sorge, die Pflanzen sind robust, das wird schon wieder.«

»Haben Sie Lust, morgen zu uns zu kommen?« Mel lief in den Garten und strahlte die Frau an. »Wir planen eine Silvesterparty, mit Izzys Freunden.«

29

Kerstin

»Ich muss ein Foto machen.« Mel sprang auf und verschwand im Haus.

Kerstin blickte Sarah fragend an.

»Will Mel jetzt ernsthaft den Sonnenuntergang fotografieren?« Sarah nippte an ihrem Drink. »So was kann man doch nicht einfangen.«

Kerstin blickte auf das violett schimmernde Meer. Der Himmel leuchtete purpurrot und die zerfranste Wolkenschicht erstrahlte in allen Nuancen von Rosa, die man sich nur vorstellen konnte. Ihr kam es auch etwas seltsam vor, dass Mel das jetzt wie eine Touristin knipsen wollte.

Doch ihre Freundin hatte anderes im Sinn. Sie legte ihren Fotoapparat auf das neue Geländer, richtete das Objektiv auf die Reihe der Sessel und fummelte an den Einstellungen. Dann sauste sie wie der Blitz auf ihren Platz.

»Los, jetzt alle in die Kamera lächeln.«

Perplex tat Kerstin, wie ihr geheißen. Das Klicken war kaum zu hören. Mit einem Seitenblick sah sie, dass auch Sarah brav Richtung Kamera schaute.

»Ist das deine Art, Selfies zu machen?«

Mel sprang wieder auf und betrachtete das Display. Dann breitete sich ein Lächeln auf ihrem Gesicht aus. »Wir sehen so lustig aus.«

Sie reichte den Fotoapparat an die Freundinnen weiter und beide brachen unmittelbar in Gelächter aus. Das Foto war einfach zum Schießen. Wie sie da in einer Reihe vor dem Geländer saßen – alle drei mit ziemlich dämlichem Gesichtsausdruck –, sahen sie eher wie ein paar alte, schrullige Ladys vor ihrem Altersruhesitz aus als wie drei Frauen in ihren besten Jahren.

Mel nahm ihr die Kamera aus der Hand. »Das müssen wir unbedingt wiederholen.«

»Aber lösch das andere Bild auf keinen Fall«, bat Kerstin.

Diesmal lachten sie um die Wette in die Linse.

»Stell die beiden Bilder doch in unseren Chat«, schlug Sarah vor. »Wenn wir schlecht drauf sind, dann können wir sie uns anschauen. Außerdem wird Izzy sich sicher darüber freuen. Apropos, sie hat sich noch gar nicht wieder gemeldet.«

»Wahrscheinlich jagt ein Termin den nächsten«, mutmaßte Mel.

»Nachdem du vorhin beschlossen hast, dass wir eine Party geben, habe ich eben übrigens mit Mary telefoniert.«

»Seid ihr immer noch sauer?«

»Nein, aber du hättest vielleicht erst mal mit uns reden sollen«, sagte Sarah.

»Es war eine spontane Idee.« Mel klang so kleinlaut, dass sie Kerstin fast schon wieder leidtat.

»Mary und ihre Familie haben angeboten, uns zu unterstützen. Mary findet die Idee mit der Party nämlich auch klasse. Keanu und Mike kommen schon am Nachmittag, bauen Grills auf und helfen uns, den Garten ein bisschen zu schmücken. Die Nachbarn sind dann so gegen sieben geladen. Mary kümmert sich um die Einladungen. Zum Sonnenuntergang gibt es Cocktails …«

»Wie immer«, unterbrach Sarah sie und hielt ihr Glas in die Luft. Sie stießen an, bevor Kerstin fortfuhr.

»Für Essen und Trinken ist auch gesorgt, das organisiert alles Mary.«

»Wahnsinn, wenn wir sie nicht hätten!« Mel trank einen Schluck von ihrem Cocktail und fuhr sich durch die blonden Locken.

»Die Sonne ist weg. Stuhlkreis? Ich hole noch schnell etwas zu trinken.« Sarah stand auf und ging ins Haus. Kerstin folgte ihr.

»Ich komme mir total doof vor, übermorgen mit leeren Händen vor Izzy zu stehen.«

Sarah nahm den Krug mit der Limonade aus dem Kühlschrank und roch daran. »Wir haben uns doch noch nie etwas geschenkt. Das neue Verandageländer ist unser Geschenk.«

Mel hatte die Stühle wieder um den Tisch herum gruppiert.

Einen Moment blieb Kerstins Blick an dem Silberstreif auf dem Meer hängen. Der Mond war fast voll und schickte einen dramatischen Lichtschein an den Horizont, bevor er wieder hinter den Wolken verschwand.

Auf dem Tisch standen zwei Windlichter und beleuchteten sanft die Gesichter der Freundinnen. Der Wind hatte gedreht, und Kerstin spürte den leichten Hauch, der über ihre nackten Arme strich. Sie setzte sich zu den anderen und nippte an ihrem Drink.

Es war ein nahezu perfekter Abend. Kerstin unterdrückte ihren verbliebenen Ärger über Sarahs Verhalten und auch Mel schien das für den Moment ausblenden zu können. Ihre Gespräche bewegten sich fließend von einem Thema zum nächsten, und ihr Gelächter hallte durch den dunklen Garten bis an den Strand. Auf eine unerklärliche Weise spürte Kerstin, dass diese Leichtigkeit nicht von Dauer sein würde. Zu gerne hätte sie auf eine Pausentaste gedrückt, um diesen Moment anzuhalten. Einzig Izzy fehlte, um das Ganze perfekt zu machen.

»Seit sehr langer Zeit fühle ich mich endlich mal wieder richtig gut«, sagte Sarah und lehnte sich zurück. »Denn ich muss euch was gestehen: Ich hasse London. Ich habe keine Freunde, mein Job ist scheiße und ich wohne in einem Loch, das den Namen Appartement nicht verdient.«

Kerstin horchte erstaunt auf. Sarah hatte immer nur positiv von London berichtet. Auf ihrem Facebook-Profil postete sie regelmäßig stylische Fotos von der englischen Metropole und in ihrem Chat hatte sie sich zwar über die Größe ihrer Wohnung beschwert, aber Kerstin hätte nie gedacht, dass sie ein so trostloses Leben führte.

»Aber du musst doch Freunde haben, schließlich hast du dort studiert. Und es war immer deine Traumstadt.« Mel klang genauso fassungslos wie Kerstin.

»Meine Studienkollegen sind inzwischen fast alle weggezogen, und die Leute in meinem Job stecken in dem gleichen Hamsterrad wie ich. Außerdem ist da noch etwas: Ich bin gar keine Anwältin, ich habe nie fertig studiert. Ich arbeite als unterbezahlte Schreibkraft in der Kanzlei. Im Grunde habe ich außer meinem Vater nur euch.«

Einen Augenblick sahen sich Mel und Kerstin fassungslos an. Arme Sarah, dachte Kerstin. Wobei – bei Licht betrachtet, ging es ihr eigentlich nicht viel besser. Wenn sie ehrlich war, dann hatte sie bis auf ihr Kleeblatt auch keine Freundinnen. Gut, es gab ein paar Kolleginnen, mit denen sie auch mal abends weggegangen war, aber durch ihr Verhältnis mit Friedrich hatte sie sich immer sehr bedeckt halten müssen.

»Wir haben uns.«

Mel hatte das so leise gesagt, dass Kerstin es noch mal bekräftigen musste. »Ja, wir haben uns und wir werden immer füreinander da sein.«

»Nur das eine Mal, als ich euch so sehr gebraucht habe, da seid ihr nicht für mich da gewesen.« Sarah stürzte ihren Drink herunter und stand auf.

»Nein!« Mels Stimme war schneidend. »Renn jetzt nicht wieder weg. Das hast du damals auch gemacht.«

»Ich kann nicht«, flüsterte Sarah. Tränen liefen ihr über das Gesicht.

»Wieso können wir nicht endlich einmal über diesen unsäglichen Abend sprechen?«, fragte Mel.

Sarah hatte sich noch immer nicht vom Fleck gerührt. Mit hängenden Schultern und tränenüberströmtem Gesicht stand sie in genau der Position, in der Mel sie aufgehalten hatte.

Mel stand nun ebenfalls auf und schob Sarah sanft in ihren Sessel zurück.

»Ich … ihr wart …« Sie schluchzte und schluchzte. Irgendwann beruhigte sie sich ein wenig, hob den Blick und sah Mel und Kerstin lange in die Augen. »Paul Umbach hat mit mir geschlafen, aber ich wollte es nicht. Er hat … er hat mich …«

In Kerstin zog sich alles zusammen. Damals, in der Jugendherberge in Paris, hatte Sarah mitten in der Nacht plötzlich in der Tür ihres Viererzimmers gestanden. Klar, sie war etwas seltsam gewesen, aber Kerstin hatte es auf den Alkohol geschoben.

»Hat er dich vergewaltigt?«, fragte sie fassungslos.

Sarah wischte sich die Tränen aus dem Gesicht. »Ich weiß es nicht. Ich wollte es nicht, und das habe ich ihm auch gesagt, aber er hat es trotzdem gemacht.«

Mel reichte ihr ein Taschentuch und sie putzte sich lautstark die Nase.

»Mein Gott! Warum hast du uns das nicht erzählt?«, fragte Kerstin. »All die Jahre … wir hatten doch keine Ahnung.«

»Ich habe gedacht, ich sei selbst schuld. Schließlich hatte ich an dem Abend mit ihm geflirtet …«

»Und das hast du die ganze Zeit für dich behalten?« Kerstin war platt. Ihre arme Freundin, sie konnte sich gar nicht vorstellen, wie schrecklich das für Sarah gewesen sein musste.

»Wisst ihr, ich dachte, ihr hättet es mitbekommen, oder irgendwie gespürt. Ich weiß auch nicht, warum.« Sarahs Schultern zuckten, so als ob sie gleich in Tränen ausbrechen würde, aber sie riss sich zusammen. »Euer Verhalten hat mich damals sehr verletzt. Ich habe nicht verstanden, warum ihr nicht gemerkt habt, was mit mir los war. Keine Ahnung, wieso ich mir so sicher war, dass ihr Bescheid wüsstet.«

»Wir waren dumme junge Dinger«, murmelte Mel.

»Bist du deshalb nach London gegangen?«

Sarah nickte. »Ich hatte die Hoffnung, dort neu anfangen zu können. Leider habe ich diese Sache nie vergessen können. Und ich habe euch so vermisst.« Wieder liefen ihr Tränen über die Wangen.

Kerstin brach es das Herz. Was für eine schreckliche Freundin war sie gewesen! Damals, an diesem Abend, hatte sie Sarah im Stillen verurteilt. Sie hatte es furchtbar gefunden, wie sich Sarah bei Herrn Umbach angebiedert hatte. Aber als ihre Freundin dann mitten in der Nacht zurück ins Zimmer gekommen war, da hatte sie den Schmerz in ihrem Blick nicht wahrgenommen. Oder hatte sie ihn nicht wahrnehmen wollen, weil das alles viel zu kompliziert gewesen wäre?

»Ich bin in London in Behandlung gewesen, aber viel hat das auch nicht geholfen. Meine Beziehung zu Männern ist seitdem ziemlich seltsam.«

Kerstin nahm Sarah in den Arm. »O Gott, wir waren pubertäre Idioten! Es tut mir unendlich leid, dass wir nicht für dich da waren!«

Auch ihr liefen jetzt Tränen über die Wangen. »Unglaublich, oder? Das war derselbe Abend, an dem wir uns geschworen haben, Izzys vierzigsten Geburtstag zusammen zu verbringen. Sarah, ich hasse mich so, dass ich damals nicht auf dich eingegangen bin. Ich weiß gar nicht, was ich sagen soll.«

Kerstin spürte die Schuld, die auf ihnen allen lastete. Schon an diesem Abend hatten sie gespürt, dass etwas nicht stimmte, aber keine von ihnen hatte nachgehakt.

»Bin ich selbst schuld daran?«

Ehe Kerstin das vehement verneinen konnte, sprach Sarah weiter.

»Ich fühlte mich so geschmeichelt, dass er mich attraktiv fand. Aber als er mir dann an die Wäsche ging, da habe ich Nein gesagt. Er hat das einfach ignoriert. Es war schrecklich.« Sarah brach zum dritten Mal in Tränen aus.

Kerstin und Mel saßen geschockt da. Es gab keinen Trost. Warum waren sie so unsensibel gewesen? Vielleicht, weil jede von ihnen viel zu sehr mit sich selbst beschäftigt gewesen war, um ihren eigenen Weg ins Leben zu finden?

30

Mel

Mel lag seit Stunden wach und starrte Löcher ins Nichts. Das Gefühl, schuldig zu sein, ließ ihr keine Ruhe. Was für beschissene Freundinnen waren sie eigentlich? Es hatte so viele Zeichen gegeben, und sie hatten alle ignoriert. Sie wusste noch genau, wie eifersüchtig sie auf Sarah gewesen war. Dieses nagende Gefühl, nicht so schön und begehrenswert wie ihre Freundin zu sein, hatte damals alles andere überlagert. Dass es Sarah sehr schlecht ging, hatte sie nicht erkannt, vielleicht auch nicht erkennen wollen.

Denn jede von ihnen hatte irgendwie gespürt, dass etwas nicht stimmte. Sie hatten es in Sarahs Augen gesehen, aber sie hatten es ignoriert. Weder Izzy noch Kerstin hatten je mit ihr über diese Nacht gesprochen. Und Sarah selbst hatte sich jedem weiteren Gespräch entzogen, indem sie gleich nach ihrer Rückkehr aus Kassel verschwunden war. Erst viele Monate später hatte sie wieder Kontakt zu ihnen aufgenommen. Die restlichen Blätter des Kleeblatts hatten vermutet, dass die Liaison zwischen Sarahs Mutter und Paul Umbach der Grund dafür gewesen war.

Mel musste sich aufsetzen, weil ihr übel wurde. Sie hatten geheiratet. Sarahs Mutter hatte den Vergewaltiger ihrer Tochter geheiratet! Wie unfassbar das war, ging ihr jetzt erst auf. Wie lebte ihre Freundin damit? Hatte sie je mit ihrer Mutter darüber geredet? Wahrscheinlich nicht. Sonst wäre die doch sofort zur Polizei gegangen, statt dieses Arschloch gegen ihren Ehemann einzutauschen.

Fakt war, die meisten Menschen hatten Geheimnisse. Und sie waren nicht bereit, sie preiszugeben. Izzy, Kerstin, sie selbst – jede von ihnen hatte etwas, das sie für sich behalten wollte; aber Sarahs Geheimnis war so erdrückend, es musste sie schier aufgefressen haben. Waren nicht genau dazu Freundschaften da? Dass man sich solche Erlebnisse anvertrauen konnte?

Mel krabbelte aus dem Bett und schlich über den Flur zum Klo. Ein Lichtschein schimmerte unter der Tür hindurch. Sie wollte schon wieder in ihr Zimmer zurückgehen, als die Tür geöffnet wurde.

»Sorry, hast du lange gewartet?«, fragte Sarah.

Mel schüttelte den Kopf und betrat das Bad. Gerade als sie die Tür hinter sich schließen wollte, drehte Sarah sich auf dem Flur noch mal um.

»Kannst du bei mir schlafen?«

Etwas überrumpelt nickte Mel. »Ich komme gleich.«

Es fühlte sich an wie früher mit ihrer Tochter. Sarah lag im Bett und Mel setzte sich auf die Seite, die ihre Freundin frei gelassen hatte.

»Danke«, sagte Sarah, ihr Gesicht hatte sie weggedreht.

Mel streckte sich neben ihr aus und legte ihren Arm um Sarahs Hüfte.

»Weißt du eigentlich, dass ich damals total neidisch auf dich war?«

Sarah drehte sich zu Mel um. »Das ist nicht dein Ernst.«

»Doch, ich fand ihn sehr sexy.«

»Aber du hattest doch deinen Sven, ihr wart schon zusammen.«

»Ja, aber Sven …« Mel wand sich innerlich. Wie sollte sie es erklären? Sven war irgendwie nie zu diesem atemberaubenden Mann geworden, den sie sich immer erträumt hatte. Innerlich war er immer der etwas steife und unbeholfene Referendar von damals geblieben. »Du weißt doch, attraktiv und charismatisch sind nicht unbedingt die Worte, mit denen man Sven beschreiben würde. Er war immer der liebe, sanfte Softie, das hat sich bis heute nicht geändert.«

»Habt ihr euch deswegen getrennt?«

»Nein, hältst du mich für so oberflächlich? Er hat mich betrogen, das habe ich doch erzählt. Aber vielleicht war das eine der Sachen, die mir nie an ihm gefallen haben. Für mich hatte er nie diesen Sex-Appeal wie zum Beispiel Herr Umbach.« In dem Moment, als sie es ausgesprochen hatte, ging ihr auf, was sie da gesagt hatte. Sie biss sich auf die Unterlippe. Scheiße. Wie konnte sie nur den Vergewaltiger von Sarah als sexy bezeichnen?

»Entschuldige, es tut mir leid, dass ich das gesagt habe.«

»Nein, nein. Schon okay. Ich war ja auch komplett von ihm eingenommen. Es war so aufregend, dass er mich interessant fand.«

»Warum hast du nicht früher mit uns darüber geredet?«

»Weil ich mich bis heute schäme. Ich habe ihn angemacht, und ich war geschmeichelt, dass er auf mich eingegangen ist.«

Mel sah, trotz der Dunkelheit, dass Sarah sich eine Träne aus dem Auge wischte. Sie rückte wieder näher an sie heran.

»Du riechst gut. Früher habe ich ganz oft mit meiner Tochter so zusammengelegen. Ich habe ihren Geruch geliebt, obwohl der für andere Menschen ganz sicher nicht so schön gewesen wäre. Teenager riechen seltsam. Ein bisschen nach Käsefüßen und frischem Schweiß.«

Sarah schwieg, während ihre Schultern bebten. Dann brach ein lautes Lachen aus ihr heraus.

»Du bist echt verrückt.«

Mel lächelte in sich hinein. Es war so schön, Sarah lachen zu hören. Sie spürte die Wärme, die ihr Körper ausstrahlte.

»Und was ist jetzt mit dir und Sven?«, fragte Sarah nach einer Weile.

»Keine Ahnung. Ich habe fast gar nicht an ihn gedacht, seit ich hier bin. Das ist doch nicht normal, oder?«

»Vielleicht habt ihr einfach nie so richtig zusammengepasst.«

»Aber wir sind seit Ewigkeiten verheiratet. Habe ich mir die ganze Zeit etwas vorgemacht?«

Sarah setzte sich auf. »Willst du auch noch etwas Wein?«

»Ich nehme lieber ein Wasser.«

Nach ein paar Minuten kam Sarah mit einer Flasche

Wasser und zwei Gläsern zurück. Sie hockte sich wieder aufs Bett und reichte Mel ein Glas. »Zum Wohl. Es ist schön, dass du hier bist.«

»Wieso hast du ihn eigentlich nicht angezeigt?« Die Worte waren aus ihr herausgeplatzt, bevor sie darüber nachdenken konnte.

Sarah drehte sich weg, sodass Mel ihr Gesicht nicht sehen konnte.

»Ich fühlte mich immer mitschuldig. Schließlich habe ich ihn damals heftig angemacht. Und vielleicht habe ich mich auch zu wenig gewehrt, als er dann handgreiflich wurde.«

»Das ist doch Quatsch.«

»Aber ich habe ihm missverständliche Signale gegeben.«

»Du hast ihm gesagt, dass du das nicht willst, und er hat nicht auf dich gehört.« Mel war so wütend auf ihren ehemaligen Lehrer, dass sie es fast nicht aushielt.

»Und deine Mutter? Hast du ihr davon erzählt?«, fragte sie leise, statt sich weiter aufzuregen.

»Sie hat mir kein Wort geglaubt. Sie hat mich angeschrien und beschimpft, dass ich nicht solche Lügen verbreiten soll, nur um mich wichtigzumachen. Es war furchtbar.« Sarahs Stimme brach und sie schluchzte. »Dass ich die Wahrheit sagen könnte, das hat sie nicht mal in Erwägung gezogen.«

Mel zerriss es das Herz. »Ich kann nur erahnen, wie schrecklich das alles für dich gewesen sein muss«, sagte sie und streichelte der Freundin übers Haar. »Und wir waren nicht für dich da.«

»Jetzt denke ich, dass ich euch das alles schon viel früher hätte erzählen sollen«, murmelte Sarah. »Es war so furchtbar. Er ist über mich hergefallen, ich wusste nicht, was ich …«

Mel nahm die weinende Sarah in den Arm.

»Er war so brutal.«

»Ich weiß nicht, was ich sagen soll.« Mel dachte an den Lehrer. Kaum auszuhalten, dass dieser Mann nicht nur noch immer unbehelligt herumlief, sondern dass er auch noch mit Sarahs Mutter zusammen war.

»Ich hasse diesen Abend, er war das Ende von allem.«

»So darfst du nicht denken. Jetzt, wo du uns davon erzählt hast, sind wir endlich für dich da. Gemeinsam werden wir einen Weg finden, wie du das alles hinter dir lassen kannst. Du bist eine so schöne und kluge Frau …«

»Ach, Mel.« Sarah stellte ihr Glas beiseite und kuschelte sich an sie. »Ich bin jedenfalls froh, dass ich jetzt hier zusammen mit euch bin.«

»Ob wir wohl deswegen hier sind?«, fragte Mel nach einer Weile. »Weil Izzy diese Freundschaft genauso fehlt wie uns?«

Sarah wischte sich die Tränen aus dem Gesicht. »Kann gut sein. Warum habe ich dieser Geschichte nur so lange erlaubt, mein Leben zu bestimmen? Wenn ich offen darüber geredet hätte, dann hätte ich es verarbeiten können. Das habe ich aber auch erst jetzt hier mit euch erkannt. Was hätte ohne diese Last alles aus mir werden können …«

»Dafür ist es doch noch nicht zu spät.« Mel schloss die Freundin erneut in die Arme und spürte, wie heftig Sarahs Herz pochte. Nach einer ganzen Weile wurde es ruhiger und an ihren gleichmäßigen Atemzügen erkannte sie, dass ihre Freundin eingeschlafen war.

Mel kuschelte sich an sie und glitt etwas später auch in das Reich der Träume.

31
Sarah

Der Tau, der auf der Wiese lag, fühlte sich angenehm kühl unter Sarahs nackten Fußsohlen an. Die Sonne war gerade über den Bergen hervorgekommen und durch die noch sehr schräg einfallenden Sonnenstrahlen glitzerten die vielen Tautropfen wie kleine Diamanten. Vor dem Holztor, das zum Strand führte, blieb Sarah stehen. Es war gut gewesen, dass Mel heute Nacht bei ihr geschlafen hatte. Ungewohnt, aber irgendwie sehr tröstlich. Mel hatte noch leise vor sich hin geschnarcht, als Sarah das Bett verlassen hatte.

Schon wieder wanderten ihre Gedanken zu dem schrecklichen Abend in Frankreich zurück. Noch jetzt schoss ihr die Röte ins Gesicht, wenn sie an ihr eigenes Verhalten dachte. Gestern hatte sie das erste Mal das Wort Vergewaltigung benutzt. Trotzdem war sie sich sicher, dass immer ein Gefühl der Mitschuld auf ihr lasten würde.

Dass ihre Mutter nun schon seit Jahren mit diesem Mann zusammenlebte, war noch immer unfassbar für Sarah. Es hatte auch dazu geführt, dass sie keinerlei Kontakt mehr mit ihr hatte. Den Grund dafür hatte sie noch nicht einmal ihrem Vater erzählt, auch nicht jetzt, wo er so anders war und ein neues Leben begonnen hatte.

Bis gestern hatte ein kleiner Teil von Sarah noch immer gehofft, dass sich dieser grässliche Abend einfach in Luft auflösen würde, wenn sie nicht darüber sprach oder daran dachte. Dass dem nicht so war, hätten ihr die vielen Jahre zeigen können, in denen genau dies nicht geschehen war. Doch Rationalität richtete hier nicht viel aus. Sie hätte sich längst ihren Freundinnen anvertrauen und mehr professionelle Hilfe suchen sollen. So viel verschwendete Zeit.

Sarah öffnete das Türchen und lief durch den weichen Sand bis dicht ans Wasser. Die Gischt umspülte ihre nackten Füße. Langsam schlenderte sie auf das Ende der Bucht zu. Was sich wohl dahinter befand? Es wehte ein leichter Wind, die Luft war weich und schmeckte salzig. Plötzlich spürte Sarah eine unbändige Freude darüber, hier frühmorgens über den Strand laufen zu können. Alle Anspannung fiel von ihr ab. In London hasste sie es, spazieren zu gehen, Natur war ihr immer irgendwie suspekt gewesen. Doch schon die Wanderung zum Kaena Point hatte ihr deutlich mehr Spaß gemacht, als sie vermutet hätte. Und sie liebte es, in Izzys Garten den Duft der vielen Blumen einzusaugen. Selbst die Gartenarbeit nach dem Sturm hatte sie mit einer Zufriedenheit und Ruhe erfüllt, die sie gar nicht von sich kannte. Mutierte sie gerade zum Naturfreak?

Überrascht hob sie den Kopf. Tatsächlich war sie am Ende der Bucht angekommen. Neugierig ging sie ein paar Schritte weiter und sah eine fast identische goldene

Sichel, die sich an ihren Strand anschloss. Sie überlegte kurz, noch weiterzugehen, entschied sich dann aber für den Rückweg.

Die Sonne stand jetzt schon etwas höher am Himmel und sie spürte die Wärme auf ihrer Haut. London war für sie inzwischen so weit weg wie der Mond. Sie konnte sich gar nicht mehr vorstellen, dorthin zurückzukehren. Aber es hielt sie in der Megacity ja auch nichts. Nach Deutschland hatte sie allerdings auch keine große Sehnsucht. Dass sie mit ihrem Vater jetzt wieder ein besseres Verhältnis hatte, war zwar schön, aber er lebte sein eigenes Leben, in das sie sich nicht einmischen wollte. Kerstin in München, Mel an der Ostsee – auch das waren keine wirklichen Optionen.

Aus einem der wenigen öffentlichen Zugänge trat ein älterer Mann mit einem Board auf den Strand. Er nickte ihr freundlich zu, warf dann das Brett ins Wasser und kraulte in Richtung der Wellen. Sarah blieb stehen und sah ihm einen Augenblick zu. Vielleicht sollte sie surfen lernen. Der Gedanke, sich mit den Wellen zu messen, faszinierte sie auf einmal. Hawaii löste wirklich seltsame Empfindungen in ihr aus.

Der Mann hatte die Wellen weit draußen erreicht, und sie sah, wie er bei dem Versuch, sich aufs Brett zu stellen, komplett überspült wurde. Atemlos verfolgte sie die Aktion. Nach einer Weile ploppte das Board wieder auf, aber von dem Mann fehlte jede Spur.

Ohne nachzudenken stieg Sarah aus ihren Shorts und zog sich das T-Shirt über den Kopf. Sie schwamm, so schnell sie konnte, in Richtung des verwaisten Surfboards. Als sie prustend dort ankam – hey, sie war schließlich nicht Pamela Anderson in Baywatch –, tauchte urplötzlich ein Kopf neben ihr im Wasser auf.

»Mann, das war knapp«, krächzte eine Stimme. »Was machen Sie denn hier? Wollen Sie sich auch in die Wellen stürzen? Wo ist Ihr Board?«

»Ich …«, stotterte Sarah, noch immer ganz außer Atem und völlig perplex über die komische Situation. Ängstlich warf sie einen Blick auf die tosenden Wellen, die sich jetzt nicht mehr so weit von ihr entfernt befanden.

»Moment mal. Sie wollten gar nicht surfen, Sie wollten mich retten?«, fragte der Mann mit einem ungläubigen Blick. Dann zuckte ein Lächeln über seinen Mund. »Wow, ich habe meine eigene Meerjungfrau.«

»Naja, dafür schwimme ich eindeutig zu schlecht«, erwiderte Sarah.

»Sind Sie schon mal gesurft?«

»Nein, noch nie.«

»Wollen Sie es lernen?«

»Vielleicht. Aber Sie sind dafür nicht der Richtige, schließlich wären Sie eben fast ertrunken«, antwortete sie frech.

»Ach, das war doch nichts«, winkte er ab.

»Sie waren ziemlich lange verschwunden.«

»Ja, das habe ich aber auch lange geübt. Ich kann sehr viel Zeit unter Wasser verbringen. Eine lebensverlängernde Sache, wenn man sich den Wellen hier in Hawaii stellen will.«

»Ich muss jetzt wieder zurück.« Sarah spürte, dass sie langsam die Kraft verließ.

»Wie heißen Sie eigentlich? Ich bin Tom.«

»Hallo, Tom. Schön, dich kennenzulernen, ich bin Sarah.«

»Wenn du möchtest, dann bringe ich dir ein paar grundsätzliche Sachen bei. Du findest mich jeden Morgen hier in der Bucht.«

Erleichtert registrierte sie, dass er ihren Wechsel zum Du mitmachte.

»Gut, ich komme darauf zurück«, sagte Sarah. Dieses Pam-Ding wurde langsam anstrengend, außerdem trug sie nicht diesen unglaublich heißen roten Badeanzug. Zurück am Strand, streifte sie, nass, wie sie war, ihre Sachen wieder über. Sie war immer noch völlig außer Atem. Keine Frage, sie musste mehr Sport treiben. Trotzdem war diese Episode wirklich komisch gewesen. Kichernd ließ sie sich in den Sand fallen. Wie war sie nur auf die Idee gekommen, hier die Rettungsschwimmerin von Baywatch zu geben? Nach einer Weile stand sie auf und schüttelte den Sand von ihren nassen Klamotten.

Sarah lief weiter am Strand entlang und fühlte sich plötzlich so stark wie schon lange nicht mehr. Eine gute Begegnung, ein wundervoller Morgen, was wollte sie mehr? Sie lachte laut vor sich hin und genoss es, sich gerade wie Pamela Anderson gefühlt zu haben. Auch ohne roten Badeanzug und Megabrüste.

32

Kerstin

Die vielen Gerüche auf dem Markt hauten sie um. Es duftete anders und doch auch vertraut.

»Hast du schon mal Poi gegessen?«, fragte Mary.

Kerstin schüttelte den Kopf. Genau hier wollte sie sein. In einer Welt voll von verheißungsvollen Düften, exotischen Gewürzen, Gemüsen, Obstsorten und frischem Fisch.

Mary lotste sie zu einem Stand, an dem in großen hölzernen Kübeln lilafarbener Brei angeboten wurde. Kerstin hatte davon schon gehört, es aber noch nie selbst probiert. Der Brei wurde aus der Tarowurzel gemacht und war in Hawaii seit jeher ein Grundnahrungsmittel.

Mary hielt ihr einen Teller mit einer Probierportion hin. Neugierig schob sich Kerstin einen kleinen Löffel voll in den Mund.

»Und?«, fragte Mary.

Auch die Hawaiianerin hinter dem Stand sah sie neugierig an.

»Interessant«, antwortete sie. »Schmeckt ein bisschen wie würziger Kartoffelbrei. Gibt es unterschiedliche Geschmacksrichtungen?« Sie nahm einen weiteren Löffel. »Es ist auch etwas süß.«

Mary nickte, ebenso wie die Frau hinter dem Stand. »Das hängt davon ab, wie frisch das Poi ist. Je länger es steht, desto herber wird es. Heutzutage werden auch Knoblauch, Zwiebeln oder Gewürze daruntergemischt. Ich mag es am liebsten ohne jeden Schnickschnack.«

Kerstin lachte, Mary gefiel ihr immer besser.

»Sag mal, warum heißt dein Mann eigentlich Keoki? Er sieht nicht wirklich wie ein Hawaiianer aus«, traute sie sich zu fragen.

Über Marys Gesicht ging ein sehr breites Grinsen. »Das ist eine Frage, die nicht viele Leute stellen, aber fast alle denken.«

Kerstin sah peinlich berührt zu Boden, aber ihr hatte diese Frage schon bei ihrem ersten Zusammentreffen mit Marys Mann auf der Zunge gelegen.

»Keoki hat eine Haole-Mutter und einen Hawaiianer als Vater.«

»Haole?«, fragte Kerstin neugierig.

»So nennt man auf Hawaiianisch die Weißen. Die Größe hat Keoki von seinem Vater geerbt, aber bei der Hautfarbe hat seine Mum gewonnen. Bei Mike, unserem Ältesten, hat auch Keokis Mutter wieder durchgeschlagen.«

»Und du?«

»Ich bin sicher auch eine Mischung. Du musst wissen, wir sind hier fast alle Mischlingsfamilien, im besten Sinn. Viele haben japanische, chinesische oder koreanische Vorfahren. Das geht zurück auf die Zeit des Zuckerrohrs. Damals hat Hawaii sich für Fremde geöffnet. Noch immer gibt es hier einen bunten Mix der Kulturen und

Hautfarben. Meistens funktioniert das ganz gut. Nicht immer, aber doch sehr viel besser als auf dem Festland.«

»Interessant! Vielen Dank für die Erklärung.« Kerstin war wirklich überrascht, was es noch alles über Hawaii zu lernen gab.

Sie zogen weiter zu anderen Ständen. Es war erstaunlich, wie viele der Händler Mary kannten. Sie kauften Fische, Gewürze und Gemüse.

»Und jetzt müssen wir noch zu Fat Moo.«

Kerstin traute sich nicht zu fragen, was das zu bedeuten hatte. Sie verließen die Markthalle und luden ihre Einkäufe in Marys Wagen.

Kerstin wollte schon einsteigen, aber Mary schüttelte den Kopf. »Sein Laden ist gleich hier um die Ecke. Komm mit, Chinatown ist sehr interessant.«

Sie liefen an vielen Läden vorbei, die Kerstin nur mit offenem Mund anstarren konnte. Halbe Schweinehälften, Peking-Enten, Läden mit Koffern oder Krimskrams, unzählige Stände mit Woks und Töpfen – die Straße, die sie hinunterliefen, war so bunt und vielfältig, wie sie es in Deutschland noch nicht gesehen hatte. Auch fiel ihr jetzt auf, wie viele unterschiedliche Gesichter und Hautfarben sie sah. Ein wunderbarer, anscheinend sehr gut zusammenlebender Mix.

Mary bog um eine Straßenecke und dann standen sie vor Fat Moo. Schlagartig war Kerstin klar, warum sie hier waren: Es war Silvester.

»Und du arbeitest als Köchin?«, fragte Mary neugierig, als sie wieder auf dem Heimweg waren.

»Ja«, antwortete Kerstin kurz angebunden.

»Aber es macht dir keinen Spaß?«

»Doch, aber ich habe in den letzten Jahren in einer Position gearbeitet, die mich nicht wirklich befriedigt hat.«

»Mike ist sehr glücklich mit seinem Poke-Stand.«

»Nein, Mary«, Kerstin lachte. »Ich hoffe, du willst mich nicht mit deinem Sohn verkuppeln. Ich glaube, der hat vielmehr ein Auge auf meine Freundin geworfen.«

»Meinst du Sarah?«

Kerstin grinste und nickte. Dann wurde sie wieder ernst. »Was machst du eigentlich genau für Izzy?«

»Früher habe ich für Logan und sie gearbeitet. Ich kümmere mich um einige der Häuser in unserer Beach-Community. Ich mache das schon, seit ich denken kann. Irgendwann bin ich dann über Logan und Izzy gestolpert. Aus dieser Arbeit ist allerdings schnell sehr viel mehr geworden; wir sind keine Geschäftspartner, sondern Freunde.«

Kerstin konnte spüren, wie sehr Mary mit Izzy verbunden war. Sie freute sich für ihre Freundin, denn die Frau, die gerade den Wagen lenkte, war wirklich außergewöhnlich.

»Wollen wir noch auf der Dole-Farm vorbeischauen?«

»Dole wie die Banane?«, fragte Kerstin unsicher.

»Dole wie die Ananas. Sie haben hier auf Oahu immer noch das Ananas-Monopol. Wir könnten einige Früchte kaufen und du kannst das großartige Eis probieren.«

Oh ja, warum hatte sie nicht selbst daran gedacht? »Ich könnte eine Ananascreme machen.« Kerstins Augen leuchteten. »Als Dessert wäre das doch passend. Dann brauche ich aber noch Sahne, Quark und Gelatine.« In ihr arbeitete es und eine Welle von Freude überkam sie. Endlich wieder auf eigene Faust etwas Leckeres fabrizieren.

»Kein Problem, das besorgen wir, wenn wir durch Haleiwa fahren.«

Die Dole-Farm war mehr eine Touristenattraktion als eine wirkliche Farm. Trotzdem schmeckte Kerstin das Eis ganz vorzüglich, und sie erstanden einige große, verführerisch duftende Früchte. Auf ihrem Weg nach Hause sah Kerstin, dass sie mehrere Kilometer lang an Ananasfeldern vorbeifuhren. Die Straße schlängelte sich endlos durch die Felder mit den graugrünen Pflanzen. Dahinter glitzerte das Meer so blau, dass es Kerstin fast den Atem nahm. Das Arbeiten in den Ananasfeldern musste früher sehr hart und beschwerlich gewesen sein. Sie hatte auf der Farm Fotos von dick vermummten Arbeiterinnen gesehen. Die Blätter der Pflanzen waren scharf wie Messer, und man konnte sich kaum vor den Schnitten schützen. Heutzutage wurde die Ernte maschinell erledigt.

»Wusstest du, dass Hawaii dadurch berühmt geworden ist, dass die Ananas hier damals in Dosen konserviert wurde?«

Kerstin schüttelte nur ihre roten Locken. Ihr ging gerade etwas ganz anderes im Kopf herum.

»Mary, was ist mit Izzy? Ich kann mir gut vorstellen, dass sie noch nicht über den Tod ihrer Frau hinweg ist, aber gibt es da noch etwas anderes?«, fragte Kerstin. Sie wollte endlich mehr erfahren, denn sie spürte, dass ein Geheimnis in der Luft lang. Dass Izzy so mir nichts, dir nichts nach Los Angeles verschwunden war, kam ihr nach wie vor ziemlich seltsam vor.

»Bitte lass uns darüber nicht reden«, wich Mary aus. Sie presste die Lippen aufeinander und Kerstin spürte, dass sie zu dem Thema nichts weiter sagen würde. Die sonst so offene Mary wirkte plötzlich verschlossen wie eine Auster.

Als sie zurück zur Villa kamen, entdeckte Kerstin bekannte Gesichter. Mike und Keanu bauten gerade zwei große, sehr professionell aussehende Grills auf und Lani trug Kühlboxen ins Haus.

Kerstin stieg aus dem Auto. »Mary, ich danke dir, es war ein wundervoller Einkauf.« Sie überraschte die Frau mit einer Umarmung, bevor sie sich Sarah zuwendete, die am Tor stand.

»Hey, ich hatte einen absolut großartigen Morgen. Stell dir vor, ich durfte sogar Poi probieren. Hast du das schon mal gegessen?«

Sarah zuckte ratlos mit den Schultern. »Was ist das?«

»Erkläre ich dir später.« Kerstin realisierte, dass sie die arme Mary einfach allein mit den Einkäufen gelassen hatte. Sie eilte zu ihr zurück, um die Sachen ins Haus zu tragen.

»Was willst du denn mit den vielen Ananas anstellen?«, fragte Sarah.

»Wenn du mir hilfst, findest du es am schnellsten heraus.«

»Guter Trick. Ich bin Ihnen zu Diensten, Chief.« Sarah salutierte, schnappte sich eine Tüte und folgte ihr ins Haus.

33

Sarah

Mit stolzgeschwellter Brust präsentierte Sarah ihrem Küchenchef, aka Kerstin, eine zerteilte Ananas. Ehe die Freundin darauf reagieren konnte, ging die Tür auf und Mel betrat den Raum.

Sie gähnte herzhaft und blinzelte in die Runde. »Tut mir leid, so lange habe ich schon seit Jahren nicht mehr geschlafen. Hier riecht es ja göttlich.«

Ohne zu fragen, schnappte sie sich ein Stückchen Ananas und steckte es sich in den Mund. »Wahnsinn, was für ein Aroma!«

»Danke, dass du heute Nacht für mich da warst«, wisperte Sarah ihr zu.

Kerstin grinste und verschränkte die Arme vor der Brust. »Du kannst ganz schön laut schnarchen. Ich habe mir heute Morgen richtige Sorgen gemacht.«

Mels Wangen röteten sich. »Ich weiß, es ist schrecklich. Immer wenn ich besonders tief schlafe, dann mache ich das anscheinend sehr laut. Habe ich dich geweckt?«, wendete sie sich an Sarah.

»Nein, ich war schon ganz früh auf, aber nicht, weil du mich geweckt hast.«

Mike steckte seinen Kopf in die Küche. »Sarah, hast du kurz Zeit?«

Sarah entging nicht, dass Kerstin und Mel sich verschwörerisch angrinsten. Sie wusch sich die klebrigen Hände und warf ihren Freundinnen einen Hilfe suchenden Blick zu, der aber leider nicht erwidert wurde. Etwas verwirrt folgte sie Mike in den Garten.

»Was kann ich für dich tun?«, fragte sie nervös.

»Lust auf einen Spaziergang?«

»Aber ich dachte …« Sie war verwirrt. Warum wollte er denn spazieren gehen? Sie hatte gedacht, sie solle ihm bei irgendetwas helfen.

Sie gingen zum Strand.

»Wie und wo verbringst du normalerweise deinen Silvesterabend?«

»In London«, sagte Sarah. Aber sie würde ihm sicher nicht erzählen, dass sie die unzähligen letzten Male nicht in einer lustigen Runde von Freunden verbracht hatte, sondern allein. Betrunken in irgendeinem Club.

Schweigend liefen sie über den heißen Sand. Was sollte das nur? Ihr gingen verwirrende Gedanken durch den Kopf, aber keiner von ihnen führte zu einer konkreten Frage.

»Deine Freundinnen sind coole Frauen«, sagte Mike, nachdem sie fast das Ende der Bucht erreicht hatten.

»Ja, das ist mir jetzt auch aufgegangen.«

»Was machst du eigentlich in London?«, fragte er nach.

»Ich arbeite in einer Wirtschaftskanzlei.«

»Hört sich nicht so spannend an.« Er lächelte, und um seine Augen erschien ein ganzer Kranz von Falten, die Sarah unglaublich sexy vorkamen.

»Nein. Es ist langweilig und eintönig.«

»Und warum machst du es dann?«

»Das ist die Frage, die ich mir stelle, seit ich hier bin.« Sarah schüttelte den Kopf. London, ihre Arbeit, es kam ihr so vor, als ob das alles eine andere Person gelebt hatte. Jedenfalls war es nicht die Sarah, die jetzt hier mit diesem atemberaubenden Mann an einem einsamen Strand auf Oahu stand.

»Warum sind wir hier?«

Mike blieb stehen und sah sie lange an. »Sarah …«, setzte er an. Seine Stimme klang rau.

Die Spannung, die zwischen ihnen herrschte, hätte alle Häuser in der Bucht erleuchten können, für mindestens eine ganze Woche.

Sarah ertappte sich dabei, wie sie nervös an ihrem Hemd zupfte. Warum sprach er nicht weiter?

»Sarah«, sagte er noch einmal und nahm ihre Hände. Ein Schlag durchzuckte sie bei der Berührung. »Ich bin wirklich schlecht in solchen Dingen. Irgendetwas ist da zwischen uns. Aber vielleicht täusche ich mich auch?« Er sah sie fragend an und vergrub dann seine Füße im hellen Sand des Strandes. »Ich schätze, ich setze das hier gerade in den Sand, im wahrsten Sinne des Wortes.«

Sarah konnte sich nicht erinnern, je ein so nervöses Flattern in ihrem Bauch gespürt zu haben. Sie schüttelte den Kopf und strich sich eine Strähne aus dem Gesicht. »Nein, ich spüre das auch. Und du hast es nicht verbockt.« Sie sah ihn an, er war so anders als die Männer in London. Auf eine entspannte Art selbstsicher, ohne dabei irgendwie eingebildet oder überheblich zu sein. Ohne ihn wirklich zu kennen, fühlte sie sich wunderbar geborgen und aufgehoben bei ihm.

Das Grübchen in seiner Wange war wieder da und auch die Lachfalten. Langsam näherte sie sich seinem Gesicht, bis ihre Münder sich fast trafen, und sog seinen männlichen Duft ein. Am liebsten hätte sie sich ihm gleich in die Arme geworfen, aber sie wollte es diesmal endlich richtig machen. Ihre Lippen trafen sich sanft und für einen Augenblick blieb die Welt stehen. Sarah schloss die Augen und gab sich diesem unglaublichen neuen Gefühl hin.

Irgendwann löste sie sich schweren Herzens von ihm. »Wir müssen zurück und den anderen helfen.«

»Ja, lass uns zurückgehen«, sagte er mit dieser rauen, sexy Stimme. Ihre Beine fühlten sich an, als wäre sie eine Gummipuppe.

Von der Veranda winkte Mel ihnen zu. Sarah war erstaunt, dass sie die Sessel für die tägliche Sonnenuntergangszeremonie aufstellte.

»Ich dachte, das fällt heute aus«, rief sie ihr zu.

»Nein, warum denn? Die Gäste kommen doch sowieso erst nach Sonnenuntergang.«

Stimmt, und Izzy hatte ihnen noch immer nicht geschrieben, wann genau sie eintreffen würde. Als sie Mary danach gefragt hatte, hatte diese nur ein komisches Gesicht gemacht. War es etwa nur eine leere Versprechung, dass Izzy endlich auftauchen würde? Mel hatte recht, sie würden, wie jeden Tag, den Sonnenuntergang mit einem Drink feiern.

Links neben der Villa standen inzwischen schlichte

Bänke und Tische, die Mel nun mit bunten Papiertischdecken schmückte.

»Bis später, Sarah.« Mike ließ ihre Hand los und strich ihr über den nackten Arm. Ihre Hand fühlte sich plötzlich so leer an.

Sie sah auf. »Bleibst du denn nicht?« Er musste heute Abend dabei sein! Wieder verschränkten sich ihre Blicke ineinander.

»So?«, fragte er und zeigte auf seine Shorts und sein Shirt.

»Egal wie«, hätte sie fast geantwortet.

Er lächelte sie noch einmal warm an und ging dann zu seinem Bruder, der die Grills mit Kohle bestückte.

In der Küche fand Sarah Kerstin, die Unmengen von Fisch und Fleisch einlegte.

»Wer soll das denn alles essen? Ich dachte, es kommen nur ein paar Nachbarn vorbei.«

Kerstin zuckte mit den Schultern. »Mary hat mir versichert, dass nichts übrig bleiben wird.«

»Wo steckt sie eigentlich?«

»Sie ist kurz mit Lani nach Hause gegangen, um sich umzuziehen.«

»Das sollte ich vielleicht auch tun«, sagte Sarah und sah an sich herunter. Sie trug Shorts und ein ärmelloses Hemd. Nicht besonders festlich.

»Hilf mir bitte erst noch hiermit.«

»Gut, was soll ich machen?«

Kerstin erklärte ihr geduldig, wie sie die verschiedenen Marinaden zu handhaben hatte.

»Die Fische bestreiche bitte nur ganz dünn. Danach

nimmst du zwei Zitronenscheiben, legst sie auf die Vorder- und die Rückseite des Fisches und wickelst ihn dann in Alufolie.«

Eine ganze Weile präparierten sie schweigend zusammen das Grillgut.

»Und, war es schön mit Mike?«, fragte Kerstin in die Stille.

»Ja«, antwortete Sarah knapp. Allerdings konnte sie nicht verhindern, dass sich ihre Mundwinkel unwillkürlich nach oben zogen.

»Sehr gut.« Kerstin lächelte ebenfalls. »Er sieht gut aus und er ist Koch, eigentlich wäre das doch was für mich.«

Sarah wusste genau, dass Kerstin sie nur aufziehen wollte, trotzdem spürte sie, dass die Worte ihr einen kleinen Stich versetzten.

»Hey, keine Sorge. Ich habe erst mal genug von Männern.«

»Ich eigentlich auch.«

»Kannst du hier mal einen Blick drauf werfen?«

Verwundert sah Sarah auf das Handy in Kerstins Hand.

»Ich habe gestern Nacht eine SMS an Friedrich geschrieben. Mir ist nach deiner Geschichte klar geworden, dass wir oft die Wahrheit nicht sehen wollen. Ich habe die Nachricht noch nicht abgeschickt.«

Sarah nahm das Smartphone mit der geöffneten SMS und begann die vielen Zeilen zu überfliegen. Je weiter sie kam, desto heftiger hätte sie am liebsten den Kopf geschüttelt. Schließlich sah sie auf und ließ das Handy sinken. »Das ist nicht dein Ernst, oder?«

Kerstin sah sie enttäuscht an.

»Wieso willst du auf diese höfliche Art und Weise mit ihm Schluss machen? Außerdem hast du das doch schon getan.« Sarah verstand ihre Freundin nicht. Oder waren diese Zeilen vielmehr für Kerstin selbst bestimmt?

»Ich wollte es irgendwie zu Ende bringen.«

Sarah nickte verstehend. »Damit du es dann im hintersten Winkel deiner Erinnerungen begraben kannst.«

»So ungefähr«, gab Kerstin zu. Sie nahm das Telefon und stellte es aus.

34

Mel

»Ich habe mich an einem Mai Tai versucht«, sagte Mel, als sie mit dem Tablett auf die Veranda trat. »Dabei habe ich mich genau an das Rezept aus dem Buch gehalten. So wie es das Royal Hawaiian Hotel schon seit Jahrzehnten macht.«

Sie waren jetzt alle, jede auf ihre Weise, elegant gekleidet. Kerstin hatte ihre roten Locken nach oben gesteckt, was ihren schlanken Hals betonte. Sie hatte eine flaschengrüne Bluse und einen megakurzen knallroten Rock an. Neidlos musste Mel sich eingestehen, dass sie sensationell aussah. Sarah trug eine schlichte weiße Bluse und eine schmale schokoladenbraune Hose, genau in dem Ton ihrer Haare.

Mel selbst hatte sich für eine schmale schwarze Hose und die Tunika von Kerstin entschieden. Der Blick in den Spiegel vorhin hatte sie regelrecht verwirrt, weil sie sich selbst schön gefühlt hatte – ein Gefühl, das sie schon gar nicht mehr kannte.

Immer noch versuchte Mel, ihr letztes Telefonat mit Sven zu verdrängen. Nachdem vorhin ihre Kinder und ihre Eltern angerufen hatten, um ihr ein schönes neues

Jahr zu wünschen, hatte Kim sie gebeten, doch auch Sven anzurufen.

Nach den fröhlichen Worten zwischen Oahu und Mallorca war dieses Gespräch dann durch und durch unerfreulich gewesen. Ohne zu fragen, wie es ihr gehe, hatte Sven von ihr verlangt, dass sie sofort ihre Reise abbrechen sollte. Seine Mutter war aufgrund einer Sepsis ins Koma gefallen, und er sah sich nicht imstande, diese Situation allein zu bewältigen.

Energisch schüttelte Mel den Kopf. Nein, das war ein Problem, das sie jetzt weder lösen wollte noch konnte. Jetzt wollte sie fröhlich mit ihren Freundinnen den Sonnenuntergang begehen und danach so richtig das neue Jahr feiern. Warum Izzy immer noch nicht da war, war ihr ein Rätsel. Aber nein, sie würde sich ihre gute Laune nicht verderben lassen. Ihre Freundschaft hatte ein neues Level erreicht, sie hatten sich endlich die Wahrheit gesagt, jetzt ging es nur noch ums Genießen. Es würde sicher ein großartiges Fest werden.

»Ich habe Mike geküsst«, sagte Sarah in die Stille hinein.

»Endlich«, kam es trocken von Kerstin, während Mel sich einfach nur für Sarah freute.

Der letzte Abend des Jahres präsentierte sich von seiner schönsten Seite. Es ging ein angenehm leichter Wind, am Himmel schwebten ein paar kleine Wolken, aber nichts, was einen wirklich schönen Sonnenuntergang hätte trüben können.

»Auf uns«, sagte Mel überwältigt. Sie wischte sich eine Träne aus dem Auge und hob ihr Glas.

»Ja, auf uns«, sagten die Freundinnen wie aus einem Mund.

Klirrend stießen sie ihre Gläser aneinander.

Mel probierte einen Schluck und versuchte dann, in den Gesichtern der anderen zu erkennen, ob es ihnen schmeckte.

Kerstin legte ihre nackten Beine auf die neue Balustrade. »Die Show beginnt. Und Mel, der Drink ist dir absolut gelungen.«

Ein Wohlgefühl breitete sich in ihr aus. Sven war weit weg, sie saß auf einer wunderschönen Insel an einem Strand und wartete auf das neue Jahr, das nur besser werden konnte.

Die Sonne schob sich wie in Zeitlupe in Richtung Horizont. Auch Sarah und Mel legten ihre Füße auf das Geländer und blickten in den Sonnenuntergang.

Langsam ging der Himmel von einem zarten Rosa in ein dunkles Lila über.

Sie saßen schweigend und genießend zusammen, nippten an ihren Drinks und spürten die Magie ihrer Freundschaft. Als die Sonne schließlich unterging und der Himmel sich langsam verdunkelte, seufzten sie gemeinsam. Jede von ihnen dachte dasselbe.

»Hallo, ihr drei«, sagte plötzlich jemand hinter ihnen. »Euer Mai Tai schmeckt wirklich gut.«

Izzys Stimme.

Mel riss den Kopf herum und sprang auf. Doch mitten in der Bewegung hielt sie inne. Izzy war nicht wiederzuerkennen. Leichenblass, die Wangen eingefallen und unter den Augen schwarze Ringe. Das wenige Haar, das sie noch auf dem Kopf hatte, trug sie streichholzkurz. Eine eigentlich enge Hose schlabberte um ihre Beine, der Oberkörper steckte in einer viel zu weiten Bluse. Sie war nur noch ein Schatten ihrer selbst. Mel war zu keiner Reaktion fähig. Tausend Gedanken rasten durch ihren Kopf. Kein Zweifel, Izzy war krank, sehr krank. Scheiße, Scheiße, Scheiße.

Mit Tränen in den Augen ging sie der Freundin entgegen und zog sie in ihre Arme. »Ich … ich weiß nicht, was ich sagen soll …«, wisperte sie ihr ins Ohr. Am liebsten hätte sie laut aufgeschrien vor Wut und Schmerz. Die Freundin fühlte sich in ihren Armen unglaublich zerbrechlich an.

Auch Sarah und Kerstin standen wie in Zeitlupe auf und umarmten Izzy. Es war offensichtlich, dass sie genauso geschockt waren wie Mel.

»Nein, oder?«, flüsterte Sarah und brach in Tränen aus. Kerstins Miene spiegelte die Fassungslosigkeit, die sie alle ergriffen hatte.

»Wir haben es geschafft«, brach Izzy nach einer Weile ihr Schweigen. »Wisst ihr noch? Wir hatten uns geschworen, meinen vierzigsten Geburtstag zusammen zu feiern, wenn wir dann alle noch am Leben sind. Das werden wir morgen tun. Und heute um Mitternacht werden wir erst mal fröhlich das neue Jahr begrüßen. Ihr könnt euch nicht vorstellen, wie glücklich ich bin, dass ihr hier seid.«

»Aber wir können doch jetzt nicht einfach Silvester feiern«, sagte Mel. Sie blickte auf die ersten Gäste im Garten, die gerade eintrafen und dankenswerterweise von Mary und Lani begrüßt wurden. »Das geht doch nicht«, setzte sie leise hinzu.

»Doch, genau das tun wir jetzt. Bitte, tut mir diesen Gefallen.«

In Mels Kopf rauschte es. Das konnte doch alles nicht wahr sein. Es durfte einfach nicht sein. Izzy, ihre Izzy. Das Ganze musste ein schrecklicher Albtraum sein.

»Soll ich ihnen sagen, dass die Party heute nicht stattfindet?« Mel deutete auf die Menschen. Am liebsten wäre sie zu ihnen gelaufen und hätte sie alle kurzerhand nach Hause geschickt. Wie kam Izzy darauf, jetzt feiern zu wollen?

Kerstin räusperte sich. »Ich finde, Mel hat recht.«

Izzy schüttelte lächelnd den Kopf und legte Kerstin die Hand auf den Arm. »Diese Menschen«, sie deutete in den Garten, »und ihr, das ist meine Ohana. Ich möchte mit euch allen zusammen das neue Jahr begrüßen. Ihr helft mir mehr, wenn ihr gemeinsam mit mir feiert.« Sie sah Sarah an und ging auf sie zu. »Reiß dich zusammen. Ich will euch jetzt nicht heulen sehen, ich will mich mit euch freuen, dass wir endlich wieder beisammen sind.«

Sarah sah Izzy so fassungslos an, dass Mel hätte lachen können, wenn nicht alles so unfassbar traurig gewesen wäre.

»Okay«, sagte Sarah und biss sich auf die Unterlippe.

Mel hatte nur einen einzigen Gedanken: Jetzt bloß nicht anfangen zu heulen. Aber warum eigentlich nicht? Ihre Freundin war krank, es sah nicht gut aus. Wieso konnten sie nicht einfach miteinander weinen? Wieso mussten sie schon wieder etwas vorspielen, was gar nicht wahr war?

35

Kerstin

Das Erste, was Kerstin auffiel, waren die großen bodentiefen Fenster, durch die man einen fantastischen Blick über die Palmen hinweg aufs Meer hatte.

Die Decke des Raumes, den sie alle bisher noch nie betreten hatten, lief spitz zu, und ein großer Ventilator rotierte langsam über ihren Köpfen. Die Wände waren mit weißen Holzplanken getäfelt, zahlreiche Bilder bedeckten die weißen Flächen. Kerstin sah Izzy in ihren bekanntesten Rollen, aber auch hier dominierten private Fotos von Logan und ihr. Das Bett war riesig und sah einladend aus. Es war eindeutig das gemeinsame Reich der beiden.

Izzy saß vor einem großen Spiegel. Kerstin konnte den Blick kaum von ihr abwenden, so unwirklich kam es ihr vor, dass sie jetzt hier bei ihnen war. Sie war nur noch ein zarter und zerbrechlicher Schatten der Frau, die sie einmal gekannt hatten.

»Ich habe mehrere Perücken, aber diese mag ich besonders«, sagte Izzy und strich sich die blonden Strähnen aus der Stirn, während sie sich betrachtete.

Kerstins Blick fiel wieder auf das Bett. Dort lag eine

schwarze Langhaarperücke, die sie sich überhaupt nicht an der Freundin vorstellen konnte. Auch die roten Locken daneben, ähnlich ihren eigenen Haaren, passten nicht wirklich zu Izzy. Obwohl, vielleicht sollte sie die aufsetzen, dann würden sie ein bisschen wie Schwestern aussehen. Ihre Augen trafen sich im Spiegel und Kerstin wusste, dass Izzy ihre Gedanken erraten hatte. Einen Moment lang lag ein Glitzern im Blick ihrer Freundin.

»Die gefällt mir auch«, sagte Mel mit brüchiger Stimme.

Sarah hatte sich auf ein Sofa gesetzt und weinte noch immer.

»Sarah, bitte, reiß dich zusammen. Ich möchte ein tolles Silvester mit euch feiern. Tut mir diesen Gefallen.« Izzy klang richtig bestimmt.

Das war sicher sehr anstrengend für sie, dachte Kerstin.

»Aber … ich weiß nicht, wie ich das hinbekommen soll«, sagte Sarah und schluchzte auf.

Kerstin ging es genauso. Sie biss sich auf die Lippe. Jetzt nur nicht auch noch anfangen zu heulen. Sie musste stark bleiben.

Izzy drehte sich zu ihnen um. »Es tut mir so leid, dass unser Wiedersehen so anders verlaufen ist als geplant. Eigentlich hatte ich euch hier in Empfang nehmen wollen, aber dann ging es mir plötzlich so schlecht, dass sie mich ins Krankenhaus verfrachtet haben.«

»Du warst also gar nicht in L.A.«, stellte Mel fest.

»Nein.« Izzy blickte jede von ihnen nacheinander an. »Ich hatte mir das alles auch viel schöner vorgestellt. Bitte seid mir nicht böse, dass ich euch belogen habe.«

Kerstin konnte immer noch nicht fassen, was sich da gerade vor ihren Augen abspielte. Izzy war nun endlich bei ihnen, ein Moment, auf den sie sich alle lange gefreut hatten, aber nun waren die Umstände komplett anders als erwartet. Ihre Freundin, ihre geliebte Izzy, war ganz offensichtlich krank, sterbenskrank.

»Ich kann das nicht.« Sarah sprang auf und verließ den Raum.

»Warte.« Mel lief ihr hinterher.

Kerstin spürte eine Vielzahl von Gefühlen in sich hochsteigen. Da waren Trauer und Hilflosigkeit, aber auch Unverständnis, warum Izzy nicht viel früher mit ihnen geredet hatte.

»Warum hast du nichts gesagt?«

»Ich weiß es nicht.« Izzy ließ die Schultern hängen und begrub das Gesicht in den Händen.

Ein paar Minuten schwiegen sie.

»Weißt du, seit Logans Tod war ich nicht mehr ich selbst. Ich habe nur noch funktioniert. Wir wussten schon sehr lange, dass ich krank bin, aber sie war immer mein Fels in der Brandung gewesen.«

»Wir nicht?«, fragte Kerstin bitter.

»Logan hatte mich gebeten, unsere Ehe nicht öffentlich zu machen. Ich habe das akzeptiert. Sie war die Liebe meines Lebens …«

»Aber warum hast du dich dann nicht nach ihrem Tod an uns gewandt? Wir wären doch für dich da gewesen.«

»Das weiß ich jetzt auch. Damals war ich einfach überfordert. Ihr Tod, meine Krankheit. Ich habe mich hier eingeigelt und niemanden an mich herangelassen.«

Kerstin breitete die Arme aus. »Wir hätten dir so gern beigestanden.«

Arm in Arm weinten sie zusammen.

»Seit wann weißt du es?«, fragte Kerstin.

»Schon lange. Es gab immer mal wieder Hoffnung, eine neue Therapie, ein neues Medikament – aber eigentlich ist mir schon seit zwei Jahren klar, dass ich bald sterben werde.«

»Ach, Izzy.« Zornig wischte sie sich die Tränen aus den Augen. »Ich könnte schreien vor Wut, aber …«

»Ich habe mir in Honolulu ein wundervolles Kleid gekauft.« Mel und Sarah standen plötzlich wieder im Raum. »Ich möchte, dass du es heute Abend trägst.« Mel hielt Izzy etwas in Rosa und Weiß hin. »Ich weiß, es ist zu groß, aber da es einen Gürtel hat, wird es kaum auffallen. Es ist so leicht und zart wie du.«

Völlig ungeniert zog Izzy sich aus. Kerstin war sich nicht sicher, ob sie mitbekam, wie erschüttert sie alle ihr dabei zusahen. Izzy bestand nur noch aus Haut und Knochen.

»Was haben die im Krankenhaus denn gesagt?«, fragte Sarah, vermutlich um die Stille zu überspielen. »Geht es dir nun besser?«

»Lasst uns jetzt nicht darüber reden. Das machen wir morgen. Jetzt möchte ich mit euch feiern.« Izzy sah aus dem Fenster. »Wahnsinn, der Garten ist so schön geschmückt, so viele Freunde und Nachbarn sind da. Das habt ihr wirklich großartig organisiert.«

»Nicht nur wir. Mary hat uns sehr geholfen.« Kerstin strich über Izzys Schulter, die jetzt von einem zarten Stoff bedeckt war. Mel hatte recht, das Kleid spiegelte ihre Verletzlichkeit wider und stand ihr wirklich ausgezeichnet.

»Du siehst schön aus.« Sarah lächelte, obwohl es etwas verhalten daherkam. »Wenn die Ärzte dich entlassen haben, dann ist das ja ein gutes Zeichen. Morgen müssen wir dich erst mal auf den neuesten Stand bringen. Hier hat sich einiges getan.« Sie hakte sich bei Izzy unter. »Bereit für den großen Augenblick?«

Kerstin tauschte mit Mel einen Blick. Sie schüttelte kurz den Kopf, bevor sie Izzy und Sarah folgte. Dachte ihre Freundin wirklich, dass Izzy wieder gesund werden würde?

36
Sarah

Sarah fiel es schon schwer, mit ihren eigenen Problemen umzugehen, aber Izzys Not überforderte sie vollends. Es sah erschreckend aussichtslos aus, aber das wollte sie jetzt nicht denken.

Endlich waren sie wieder zusammen! In den letzten Tagen hatte sich zwischen Kerstin, Mel und ihr die alte Vertrautheit wieder eingestellt, die sie so schmerzlich vermisst hatte. Izzys Rückkehr hätte eigentlich das Sahnehäubchen auf allem sein sollen, aber nun hatte ihr Zustand alles auf den Kopf gestellt. Sie spürte sie fast nicht. Leicht wie eine Feder hing sie in ihrem Arm.

»Sarah, du kannst mich jetzt loslassen. Ich kann noch allein laufen.«

Entsetzt zog Sarah ihren Arm zurück. »Ich wollte doch nur …«

Ja, was wollte sie eigentlich? Nur eines. Dass es Izzy wieder besser ging. Sie durfte nicht sterben. Nicht jetzt.

»Ich möchte Keanu und Mike begrüßen, kommst du mit?«

»Klar.« Sarah kämpfte immer noch mit den Tränen, aber sie wollte Izzy nicht enttäuschen.

Die beiden Männer gingen viel unbeschwerter mit ihrer Freundin um, als sie selbst es konnte. Mike wirbelte sie herum und reichte sie dann an seinen Bruder weiter. Izzys Lachen zauberte auch Sarah ein kleines Lächeln aufs Gesicht.

»Hey, du siehst gar nicht gut aus«, sagte Mike und sah sie intensiv an. »Kann ich etwas für dich tun?«

Sarah schüttelte den Kopf. Was sollte sie ihm auch sagen? »Ich habe gerade erfahren, dass Izzy sehr krank ist und komme um vor Schmerz«? Eher nicht. Hier wusste anscheinend jeder Bescheid. Eigentlich war es beschämend. Izzy war ihre enge Freundin, aber jeder andere Mensch wusste mehr über ihren Zustand als sie, Kerstin und Mel. Am liebsten hätte sie sich Mike in die Arme geworfen und hätte ihn nicht mehr losgelassen. Aber das ging nicht. Sie hatten Izzy versprochen, den heutigen Abend fröhlich über die Bühne zu bringen. Und genau das würde sie jetzt versuchen.

Giselle trat zu ihnen. »Izzy, wie schön, dass du wieder da bist.« Sie begrüßten sich mit einer Umarmung.

Sarah zog sich zurück. Sie spürte, dass Mike ihr mit den Augen folgte. Vielleicht sollte sie doch zu ihm gehen und nach menschlicher Nähe verlangen?

Mel lief an ihr vorbei. Sie hielt sie auf. »Können wir reden?«

»Ich …« Mel schluckte. »Mir geht es genauso wie dir. Ich fühle mich unfassbar hilflos. Aber Izzy möchte jetzt feiern. Sieh nur, wie glücklich sie mit ihren Freunden ist.« Mel wischte sich eine Träne aus dem Augenwinkel und verschwand in der Menge.

Dann stand Izzy plötzlich wieder vor ihr. »Ach, Sarah«, sagte sie und nahm sie in den Arm.

Völlig überrumpelt ließ Sarah es geschehen.

»Wir wären auch ein schönes Paar gewesen.« Izzy blickte sie mit einem breiten Grinsen an.

Sarah schluckte, war aber zu keiner Antwort fähig. Ja, damals hatte sie es gespürt. Es war so lange her. Sie hatte sich zu Izzy immer mehr hingezogen gefühlt als zu Kerstin und Mel. Einmal hatten sie sich geküsst. Sarah hatte es als eine jugendliche Verirrung abgetan, aber es war sehr schön gewesen.

»Allerdings glaube ich, dass Mike mir jetzt den Kopf abreißen würde, wenn ich versuchen sollte, mit dir zu flirten.«

»Wie meinst du das?«

»Das hast du doch sicher selbst schon bemerkt. Er steht auf dich. Ich kenne ihn schon eine Weile, und so, wie er dich ansieht, hat er noch keine Frau angesehen.«

Sarah spürte, wie ihr das Blut in den Kopf stieg. Izzy knuffte sie lächelnd in die Seite und wandte sich wieder den Gästen zu.

Inzwischen war es recht voll im Garten. Überall standen Menschen zusammen und unterhielten sich fröhlich. Es ließ Sarah nicht los, dass sie Izzy nicht helfen konnte. Auch die Erinnerung an diesen einen Kuss war plötzlich wieder deutlich da. Es war ein Erlebnis, das sie immer zu vergessen versucht hatte. Warum eigentlich?

»Möchtest du was essen? Ich habe dir ein paar Kleinigkeiten zusammengestellt.« Mike stand vor ihr. Erst jetzt bemerkte sie, wie gut er aussah. Er trug ein weißes Hemd und eine schwarze Jeans. Seine blauen Augen blitzten sie so intensiv an, dass sie seinem Blick fast nicht standhalten konnte.

Sie nickte. Hunger hatte sie eigentlich keinen, aber der Teller, den er ihr hinhielt, sah einfach zu verlockend aus. Es war nicht viel, nur ein Stück Lachs und etwas gegrilltes Gemüse. Dieser Mann wusste, was sie brauchte.

»Danke.« Sarah nahm ihm den Teller ab und setzte sich an einen der Tische.

Schweigend leistete er ihr Gesellschaft.

»Musst du nicht grillen?«, fragte sie ihn nach einer Weile.

»Das schafft Keanu auch einen Augenblick allein.«

Vielleicht hatte Izzy ja recht, dass es ihm ernst mit ihr war?

»Du hast erst heute erfahren, dass Izzy krank ist?«

»Ja.« Sarah probierte den Lachs. Er war wirklich köstlich, trotzdem legte sie ihre Gabel zur Seite. Sie konnte jetzt einfach nichts essen. »Ich bin völlig überfahren. Alle wussten, dass Izzy krank ist, nur wir nicht.«

»Wahrscheinlich wollte sie euch nicht beunruhigen.«

»Aber wir sind ihre Freundinnen. Sie hätte doch mit uns reden müssen.« Schon wieder stiegen die Tränen in ihr auf. Sie schob den Teller von sich weg. »Sei mir nicht böse, aber ich bringe im Moment nicht mehr runter.«

»Soll ich dir etwas zu trinken holen?«

Es war verführerisch. Klar, sie konnte sich jetzt betrinken und all ihre Sorgen und Ängste vergessen. Wie sie es so oft in der letzten Zeit getan hatte.

»Nein, danke.«

Er legte seine warme Hand auf ihre. »Wenn du mich brauchst, bin ich für dich da.«

Die Berührung ging ihr durch und durch. Es tat so gut, seine beruhigende Wärme zu spüren.

»Ich bin am Grill. Du kannst jederzeit zu mir kommen.« Er löste seine Hand und stand auf. Sie fühlte sich sofort verlassen, dennoch war sie ihm dankbar, dass er nicht weiter in sie drang und ihr Raum ließ, um erst einmal allein mit der Situation klarzukommen.

Izzy war schwer krank. So richtig bei ihr angekommen war diese schreckliche Wahrheit noch immer nicht.

Einen Augenblick beobachtete Sarah das muntere Treiben im Garten. Izzy stand in einer großen Gruppe und amüsierte sich anscheinend königlich. Oder war das nur gespielt? Schließlich war sie eine gute Schauspielerin.

Kurz darauf setzte Mel sich neben sie und legte ihr eine Hand auf die Schulter.

»Nicht. Ich bin kurz davor, schon wieder zu heulen.«

Schnell zog Mel ihre Hand zurück. »Kann ich verstehen. Mir geht es genauso.«

37
Mel

»Wir hätten viel besser aufeinander aufpassen müssen.«

Sarah nickte und lehnte sich an sie.

Auch Mel war noch immer völlig überfordert von der ganzen Situation. »Wieso?« Diese Frage ging ihr immer wieder durch den Kopf. Sie wollte schreien, weil sie sich so machtlos fühlte.

»Wieso?«, fragte da Sarah mit brüchiger Stimme. »Ich fühle mich so machtlos.«

Mel dachte zurück an den Anfang ihrer Freundschaft. Vier ungelenke Teenager, die zusammen in der Oberstufe deutlich mehr Blödsinn gemacht hatten, als aufzupassen. Vom ersten Moment an, als sie sich begegnet waren, hatte etwas Besonderes zwischen ihnen in der Luft gelegen. Und von da an hatte es nur noch sie vier gegeben. Jetzt, mehr als zwei Jahrzehnte später, waren sie erwachsen geworden. Das Band zwischen ihnen gab es zwar noch, aber sie waren auseinandergedriftet. Dachte Sarah wirklich, dass Izzy wieder gesund werden würde? War sie tatsächlich so naiv, oder verdrängte sie einfach die Wahrheit? Mel ließ ihren Blick über die Menschen im Garten gleiten. Kerstin lehnte an der Palme, die sie vor Kurzem wieder eingepflanzt hatten, und starrte mit bleichem Gesicht auf den Trubel um sie herum.

»Hast du schon was gegessen?«, fragte Sarah.

»Nein, ich bekomme gerade nichts runter.«

»Geht mir genauso. Mike hat mir etwas gebracht, aber ich habe auch nur kurz probiert.«

Mel sah Sarah an. »Wie schön, dass er sich um dich kümmert.«

»Ja«, erwiderte die Freundin und blickte mit tränenverhangenen Augen in die Ferne.

»Scheiße.« Mel versuchte tief durchzuatmen. Am liebsten hätte sie sich in ihr Zimmer eingeschlossen, auf ihr Bett geworfen und geheult. Allein, ohne diese ganzen Leute. Aber sie hatten Izzy versprochen, das durchzuziehen. Kim und Arne kamen ihr in den Sinn. Aber die konnten ihr jetzt auch nicht helfen. Niemand konnte an dieser schrecklichen Situation etwas ändern.

»Ich halte das nicht mehr aus, Mel«, flüsterte Sarah. »Am liebsten würde ich mich heulend aufs Bett werfen und mir die Decke über den Kopf ziehen.«

Wie ähnlich sie sich waren. »Wir schaffen das. Es ist Izzys Wunsch, dass wir hier mit ihr und ihren Freunden Silvester feiern. Und irgendwie kann ich sie auch verstehen. Sie war so lange im Krankenhaus und jetzt ist sie endlich wieder zu Hause.«

Mel hätte gerne ihre letzten Sätze zurückgezogen. Was für einen Schwachsinn sie da redete. Es hörte sich so an, als ob sie denken würde, dass Izzy jetzt auf dem Weg der Besserung war. Hatte sie Sarah falsche Hoffnungen gemacht?

Nein, der Blick, den Sarah ihr zuwarf, war eindeutig. Auch Sarah glaubte nicht daran, dass Izzy wieder gesund werden würde.

Sie lehnte sich an ihre Freundin und spürte die beruhigende Wärme, die von Sarah ausging.

»Warum hast du uns immer vorgespielt, dass es dir in London gut geht?«

Überrascht sah Sarah auf. »Ich habe mich geschämt.«

»Ich habe deine Fotos bei Facebook immer so bewundert. Für mich warst du eine richtig coole Socke.«

»Echt, warum?«

»Na, ich hockte in diesem Kaff in Schleswig-Holstein und du hast ein faszinierendes Leben in London gelebt. Alles, was du auf Facebook gepostet hast, klang für mich immer so cool. Diese lebendige Großstadt mit all den Prominenten auf der Straße, trendigen Cafés und Bars, dem feinen Essen und immer diesen stylischen Schuhen. Du musst ja Hunderte davon haben.«

»Aber du hast einen Mann und zwei Kinder, das ist doch viel mehr wert«, antwortete Sarah.

»Aber es ist auch so normal. Mir erschien dein Leben viel interessanter.«

»Und mir deines.«

Plötzlich stand Izzy hinter ihnen. »Um zwölf am Strand. Hashtag 44ever«, flüsterte sie ihnen zu.

Mel schaffte ein Grinsen, während Sarah schon wieder so aussah, als ob sie gleich heulen würde. »Zähne zusammenbeißen«, raunte Mel ihr zu und sah Izzy nach. Wahnsinn. Ihre Freundin starb und hatte trotzdem noch diese enorme Ausstrahlung. Es war faszinierend zu beobachten, wie gelöst und gleichzeitig achtsam sie sich zwischen den Menschen bewegte. Jeden nahm sie wahr, mit jedem sprach und lachte sie. Mel war sich sicher, dass jeder ihrer Gäste sich besonders bevorzugt fühlte. Izzy schaffte es, all ihren Freunden dieses gute Gefühl zu geben. Und das war nicht die Schauspielerin, das war die wahre Izzy.

38

Kerstin

»Hashtag 44ever. Komm um Mitternacht an den Strand. Sarah und Mel wissen auch Bescheid«, wisperte Izzy ihr ins Ohr.

Erschreckt zuckte Kerstin zusammen. Sie wusste nicht, wie lange sie schon hier an der Palme lehnte. Sie hatte es einfach nicht über sich bringen können, sich unter die Leute zu mischen.

Sie nickte, natürlich.

Izzy strich ihr zart über die Haare und verschwand dann wieder.

Kerstin blickte auf ihr Telefon, um die Zeit zu checken. Eine neue SMS.

»Warum reagierst du nicht auf meine Nachrichten? Wo bist du? Friedrich.«

Resolut löschte sie die SMS und gleich darauf auch den Kontakt. Was für ein Idiot. Warum war sie ihm nur so lange hinterhergelaufen? Kerstin kam sich mehr als dämlich vor, wenn sie daran dachte, wie lange sie an Friedrich festgehalten und ihr Leben an ihn verschwendet hatte.

Sie löste sich von der Palme und ging ins Haus. Im Kühlschrank fand sie eine Flasche Champagner. Der Rest der Flaschen lagerte draußen in großen, mit Eiswürfeln gefüllten Kübeln. Sie sah noch einmal auf die Uhr. Noch zehn Minuten. Sie nahm vier Champagnerflöten und die Flasche und ging über die Wiese in Richtung Strand. Four for ever.

Mel hatte vier Strandstühle im Halbkreis arrangiert und eine kleine brennende Fackel in den Sand gesteckt. Das fahle Mondlicht verzauberte das Meer zu einer silbernen Fläche. Leise klatschten die kleinen Wellen an den Strand, während weit draußen die Brandung vor dem Riff dröhnte. Kerstin umarmte Mel. »Wie geht es dir?« Mit dem flackernden Licht der Fackel und den niedrigen Stühlen hatte sie eine schöne Atmosphäre geschaffen.

»Ich bin … ich weiß nicht. Irgendwie ist das alles so …«

»Wie?«, fragte Izzy, die mit einem Mal neben ihnen stand.

Überrascht sahen beide auf.

»Ich hätte dir so gerne beigestanden, im Krankenhaus und auch sonst. Wir haben hier perfekte Tage gehabt, und du hast dich so gequält. Ich fühle mich schuldig.«

Das hatte Mel gut ausgedrückt. Kerstin ging es ähnlich.

Gerade als Izzy antworten wollte, kam Sarah durch das Tor zum Strand. »Bin ich zu spät?«, fragte sie außer Atem.

»Nein, wir haben noch vier Minuten.«

Kerstin öffnete die Flasche mit einem lauten Knall. Mel hielt ihr die Gläser hin.

Sie setzten sich und prosteten sich zu.

»Wir vier für immer«, sagte Mel.

Sie stießen an und just in diesem Augenblick stiegen

unendlich viele Raketen ohrenbetäubend laut in den Himmel.

Izzy lachte. »Dafür, dass es verboten ist, auf Oahu privat zu knallen, ist hier ja wirklich was los.«

Kerstin erinnerte sich kurz an den Besuch bei Fat Moo in Chinatown. Das war Marys Werk.

Fasziniert schauten sie auf das Feuerwerk, das den Himmel in wunderschöne Farbspiele tauchte.

»Danke, dass ihr bei mir seid«, rief Izzy über den Krach hinweg.

»Herzlichen Glückwunsch«, sagte Mel.

»Auf dich, Izzy.« Sarah hob ihr Glas.

Kerstin schluckte, als sie mit ihren Freundinnen anstieß.

Immer noch knallte es und die Raketen blitzten am Himmel.

Der Strand war inzwischen voll von Rauch, aber das war ihnen egal.

Alle hatten Tränen in den Augen. Niemand wollte die Erste sein, aber dann hielt es sie nicht mehr. Sie fielen sich in die Arme, ein Gewirr von Körpern. Kerstin spürte das nasse Gesicht von Mel an ihrer Wange, danach zog sie Izzy an sich. Sarah umarmte sie beide. Zum Schluss standen sie zusammen in einem großen Knäuel, immer darauf bedacht, die zarte und so zerbrechlich wirkende Izzy nicht zu erdrücken. Es fühlte sich so gut an – nach richtiger Freundschaft, großer Nähe und wahrer Liebe.

Als sie sich wieder in ihren Klappstuhl hatten zurückfallen lassen, ergriff Izzy das Wort. »Ich bin krank. Ich sterbe sehr bald. Ich habe einen Tumor in meinem Kopf, der immer größer wird. Die Ärzte geben mir noch ein paar Wochen.«

Sarah zog scharf die Luft ein, ansonsten war nichts zu hören.

»Logan ist so überraschend gestorben, dass sie ihr Ende nicht planen konnte. Ich dagegen habe dieses Glück.« Izzy nippte an ihrem Glas und betrachtete die Freundinnen im Licht des Mondes und dem warmen Flackern der Fackel. »Bitte schaut mich nicht so an. Ich weiß seit Jahren, dass ich diesen Kampf nicht gewinnen werde, aber ich habe zumindest die Möglichkeit, mich von meinen Freundinnen zu verabschieden. Logan war plötzlich nicht mehr da und hat ein großes Loch in mein Herz gerissen.«

Immer noch sagte niemand etwas. Kerstin spürte, wie ihr die Tränen kamen. Mel, die neben ihr saß, schüttelte die ganze Zeit den Kopf.

Die Stille lastete unerträglich auf ihnen. Sarah schloss die Augen und formte ein lautloses Nein mit dem Mund.

»Bist du in guter Behandlung?« Mels Stimme klang dünn und traurig.

»Ja, natürlich. Aber ich lebe schon viel länger, als es mir alle Ärzte prognostiziert haben. Ich hatte ein wunderbares Leben, und nun ist es leider sehr bald zu Ende.«

Kerstin fühlte sich auf einmal leer. Hier war sie. Die Wahrheit. Fassungslos blickte sie zu Mel und Sarah hinüber. Ihre Freundinnen sahen genauso aus, wie sie sich gerade fühlte. Izzy dagegen blitzte der Schalk aus den Augen.

»Hey, ich bin noch nicht tot. Der Trauermarsch kommt später. Ich will nicht, dass ihr mich weiter so anseht.«

»Aber …«, setzte Mel an und verstummte dann wieder.

Schweigend starrten sie in die Nacht.

Nach und nach kamen Izzys Freunde an den Strand und verabschiedeten sich. Auch Mary und ihr Mann drückten sie.

Keanu und Mike wünschten allen ein schönes neues Jahr. Kurz darauf waren die Gäste verschwunden. Kerstin war sich sicher, dass auch hier wieder Mary ihre Hand im Spiel gehabt hatte. Jetzt saßen sie ganz allein am dunklen Strand. Mel hatte vorhin noch eine weitere Flasche Champagner aus dem Haus geholt.

Plötzlich war eine männliche Stimme zu hören. »Hey, Meerjungfrau? Bist du das?«

Der Strahl einer Taschenlampe huschte über sie.

Kerstin runzelte die Stirn. Was war das denn? Mitten in der Nacht eine schlechte Anmache? Ausgerechnet jetzt?

»Tom?«, fragte Sarah leise.

»Genau der.« Eine Gestalt mit weißen Haaren winkte ihnen zu und erleuchtete mit einer Taschenlampe das Gesicht.

»Wer ist das?«, wisperte Kerstin.

»Ich habe gestern versucht, ihn zu retten.«

»Du?« Mel klang mehr als erstaunt.

»Guten Abend, die Damen. Ich bin Tom Newton und lebe hier in dieser Strandkolonie.«

Der Mann, der jetzt doch näher gekommen war, sah nicht sonderlich gefährlich aus. Eher sympathisch.

»Hallo, Tom«, Izzy hob die Hand.

Er machte eine übertriebene Verbeugung. »Aloha, Izzy. Sarah hat versucht, mich zu retten, als ich in einer etwas schwierigen Situation draußen in den Wellen war.«

Alle blickten Sarah an.

Die hob sogleich entschuldigend die Hände. »Ich dachte, er ertrinkt.«

»Du hast versucht, jemanden zu retten?«, fragte Kerstin ungläubig.

»Hört auf.« Sarahs Stimme wurde etwas lauter. »Ich habe jemanden gesehen, der surfte, und plötzlich war er verschwunden. Als dann nur sein Board aufgetaucht ist, bin ich einfach hingeschwommen. Das war alles.«

»Trotzdem fand ich das sehr nett«, sagte Tom. »Ich wollte nicht stören, ich gehe jetzt angeln. Ladys, ich wünsche noch eine schöne Nacht und ein frohes neues Jahr. Aloha!«

Sie schickten ihm im Chor ein »Aloha« hinterher.

»Das hätte ich dir nicht zugetraut«, sagte Mel, nachdem Tom in die dunkle Nacht verschwunden war.

»Ich auch nicht.« Kerstin war erstaunt, dass Sarah sich offenbar ohne zu zögern ins Meer gestürzt hatte, um einen fremden Mann zu retten. Es zeigte mal wieder, wie wenig sie ihre Freundinnen kannte.

»Ich kam mir ein bisschen vor wie Pamela Anderson«, gestand Sarah kichernd. Sie blickte Izzy an und ihre Miene entglitt ihr. »Ich kann es nicht fassen, dass du so krank bist.« Sie fing wieder an zu weinen. »Warum kann es uns allen nicht einfach gut gehen, jetzt, wo wir endlich wieder zusammen sind?«, schluchzte sie.

Izzy strich ihr über die bebende Schulter. »Das könnt

ihr mir nicht antun. Ich ertrage das nicht, wenn ihr jedes Mal anfangt zu heulen, wenn ihr mich seht.«

Schlagartig verstummte Sarahs Schluchzen.

»Morgen früh müsst ihr mir einen Gefallen tun. Ich habe etwas vor und das müsst ihr unbedingt mit mir zusammen machen. Das ist mein Geburtstagsgeschenk an euch.«

»Apropos Geschenk«, sagte Kerstin. »Von uns bekommst du das neue Geländer an der Terrasse. Dass eure Palme wieder steht, haben wir dir ja schon im Chat geschrieben.«

»Ich habe mich die ganze Zeit gefragt, wie ihr das nur geschafft habt. Ich danke euch sehr. Kann mich noch gut daran erinnern, wie Logan und ich den Baum gepflanzt haben. Damals war die Palme aber im Vergleich zu jetzt noch winzig.«

»Wir hatten Hilfe«, gab Kerstin zu. »Aber das ist nebensächlich. Wichtig ist, dass wir jetzt hier an diesem besonderen Ort endlich wieder zusammen sind.«

Izzy drehte ihr Glas in den Händen. In ihren Augen glitzerten Tränen. »Es ist schon der zweite Jahreswechsel, den ich ohne Logan verbringe. Gerade dieser Abend ist besonders schwer für mich. Was meint ihr, könntet ihr heute bei mir schlafen?«

In dieser Nacht sprachen sie nicht mehr über Izzys Krankheit und ihren baldigen Tod. Sie machten es sich zu viert in ihrem breiten Bett gemütlich und redeten und lachten zusammen wie früher. Sie erzählten Izzy, was alles passiert und herausgekommen war, seit sie sich wiedergetroffen hatten.

»Wisst ihr was?«, fragte Kerstin. »Ich habe heute schon wieder eine Nachricht von Friedrich bekommen. Er hat sich beschwert, dass ich ihm nicht antworte. Ich habe sie gelöscht. Außerdem habe ich seinen Kontakt blockiert.«

Mel lachte. »Endlich hast du es kapiert.«

»Stimmt, ich war so blöd. Ich bin echt froh, dass ich hier mit euch zusammen bin.«

»Wie schrecklich, dass dieser Abend in Frankreich so traumatisch für dich geendet hat«, sagte Izzy zu Sarah.

»Ja, dieses Erlebnis steckt mir noch immer in den Knochen. Aber ich war fürchterlich dumm, dass ich mich euch nicht viel früher anvertraut habe.«

Das Gespräch driftete wieder in leichtere Gefilde. Sie lachten über Klassenkameraden und Izzy erzählte Anekdoten von ihren Filmen. Irgendwann kuschelten sie sich aneinander und schliefen ein.

39

Sarah

Ihr schwante Übles, als sie mit dem Mini auf den Flugplatz rumpelten. Das rote Flugzeug, das sie vor ein paar Tagen am Himmel beobachtet hatte, stand mit einladend offener Tür direkt vor einer kleinen Baracke. Warteten die Männer, die davorstanden, etwa auf sie? Hoffentlich nicht! Als Mel anhielt, stieg Izzy sofort aus dem Auto und lief zu den Männern hin. Sie begrüßte jeden Einzelnen mit einer Umarmung. Danach forderte Izzy die Freundinnen mit einem Winken auf, näher zu kommen. Wahrscheinlich würden sie nur einen Rundflug machen, versuchte sich Sarah zu beruhigen. Warum hatte sie bloß beim Anblick der Fallschirmspringer so vor ihren Freundinnen geprahlt?

In Mels Gesicht spiegelten sich ähnliche Ängste, wie sie sie gerade empfand.

»Das ist nicht dein Ernst, Izzy«, sagte sie dann auch, als sie näher an Izzy und die Gruppe herangekommen waren. »Ich springe sicher nicht aus einem Flugzeug.«

Kerstin stand panisch neben dem Auto und schien überhaupt nicht richtig wahrzunehmen, was um sie herum passierte. Die Arme. Sicher lähmte sie die Angst.

»Ich wollte das immer mit Logan zusammen machen. Kommt, gebt euch einen Ruck. Wenn wir erst mal in der Luft sind, werdet ihr es herrlich finden, ganz sicher.«

Kerstin war die Erste, die sich auf die Waage stellte und sich danach in eine Sprungkombination stecken ließ.

Sarah schluckte. Ihr war klar, dass sie Izzy ihren Wunsch nicht abschlagen konnte. Sie sah so glücklich aus und war so begeistert von ihrer Idee. Widerwillig trat sie auf die Waage. Es würde schon gut gehen. Das Gewicht, das auf der Anzeige stand, war sehr schmeichelhaft. Hatte sie tatsächlich so viel abgenommen?

»Ich habe Kinder. Wenn ich hier auf dem Boden zerschelle, dann …« Mel traten Tränen in die Augen.

»Das wird nicht passieren, liebe Mel. Unsere Tandempartner sind alle sehr erfahrene Springer. Ich wünsche mir so sehr, dass wir zusammen durch die Luft fliegen. Komm schon.«

Mel nickte ergeben und ließ sich wie eine Verurteilte auf dem Weg zur Hinrichtung erst auf die Waage stellen und dann mit den vielen Gurten verpackt bis ins Flugzeug führen.

Sarah schluckte, bevor sie einstieg. Ihre Beine fühlten sich wie Wackelpudding an. Izzy saß mit leuchtenden Augen auf ihrem Sitz, Mel suchte gerade nach einer Spucktüte.

Als Letzte erklomm auch Kerstin wie ein Roboter das kleine rote Flugzeug. Anscheinend ging es ihr genauso wie Sarah.

Die kleine Maschine schüttelte sich regelrecht, als sich die Motoren in Bewegung setzten. Ihr Tandempartner lächelte ihr aufmunternd zu. Er sah auf beruhigende Weise kompetent aus – ein wirklich beeindruckender Schrank mit einem fröhlichen Gesicht, der sich offensichtlich auf den Sprung freute. Er knuffte sie in die Seite. »Das wird schon, du wirst sehen, es ist viel schöner, als du es dir jetzt vorstellst.«

Die Propeller wurden ohrenbetäubend laut, sodass an ein Gespräch nicht mehr zu denken war. Und dann ging ein Rütteln durch das winzige Fluggerät. Sie sausten über die holprige Graspiste und hoben ab. Sarah klammerte sich panisch an den Sitz. Sie stand völlig unter Strom. Sollte sie jetzt tatsächlich ohne Not aus einem Flugzeug herausspringen? Ein abartiger Gedanke. »Nein, nein, nein«, schrie eine Stimme in ihrem Kopf. »Bist du wahnsinnig, dich auf so was einzulassen?«

Sarah wagte einen Blick aus dem kleinen Fenster. Die Aussicht war atemberaubend. Der lange, sich dahinschlängelnde Strand sah von hier oben noch viel heller aus als auf dem Boden. Das Meer glitzerte türkis, die Berge, die sich kurz hinter der Küste erhoben, schimmerten smaragdgrün. Es war das Paradies. Und sie würde gleich vom Himmel dort hineinspringen. Ob Izzy ihnen diese unfassbare Schönheit mit dem Sprung hatte zeigen wollen?

Schon nach ein paar Minuten befanden sie sich auf der richtigen Höhe. Einer der Männer öffnete die Tür der Maschine und plötzlich pfiff der Wind um sie herum.

»Ich zuerst«, schrie Izzy. Zusammen mit ihrem Partner trat sie an den Rand der Tür. Ihre Augen strahlten, als sie zurückblickte und die Freundinnen ansah. Sie hob einen Daumen und nickte ihnen zu. Dann sprang sie einfach heraus.

»Jetzt ich«, rief Kerstin. Sie stellte sich an die Tür, schaute sich nicht mehr um und tauchte dann ebenfalls mit ihrem Flugpartner ab.

»Here we go«, flüsterte Sarah ihrem Tandempartner zu. Sie bewegten sich zusammen zur Tür. Ihr Herz blieb stehen, als sie von dort in die Tiefe schaute. Niemals würde sie freiwillig hier herausspringen. Gerade als sie sich umdrehen und ihm sagen wollte, dass sie mit dem Flugzeug zur Erde zurückwolle, gab er ihr einfach einen Klaps und sie sprangen raus. Sarah konnte nichts denken. Der Wind verzerrte ihr Gesicht und nahm ihr die Luft zum Atmen. Wahnsinn, sie raste durch die Luft. Neben sich hörte sie Kerstin schreien.

Sarah fühlte sich eigenartig befreit. Sie flog tatsächlich, ein komplett unwirkliches Gefühl. Vielleicht in den Tod, aber das war jetzt auch egal. Sie breitete die Arme aus und stellte sich vor, sie wäre ein Vogel. Durch die Luft schweben wie ein Albatros. Der Flugwind trieb ihr Tränen in die Augen und sie war sich nicht sicher, ob sie nicht auch die ganze Zeit lauthals schrie. Als der Schirm über ihr aufging und ihren Fall bremste, war sie richtiggehend enttäuscht.

Trotzdem war die Menge an Adrenalin, die ihr Körper ausschüttete, noch immer enorm. Sie sah Izzy, Kerstin und Mel neben sich auf die Erde zuschweben. Wahnsinn, was für ein Erlebnis! Der Blick von hier oben war einfach sagenhaft. Der Strand, das Meer, die Berge – alles wirkte so unfassbar schön. Diese Farben, die sie eigentlich nur von kitschigen Postkarten kannte – es gab sie wirklich. Paradiesisch, ging ihr noch einmal durch den Kopf. Jetzt erst wusste sie, was dieses Wort bedeutete.

Ehe Sarah sich's versah, wurde sie aus ihrer Begeisterung gerissen, weil plötzlich mit beängstigender Schnelligkeit die Wiese des Flugplatzes auf sie zurauschte. Was sollte sie tun? Wie landete man? Das hatte ihr vor dem Sprung niemand erklärt. Oder doch? Scheiße, sie hatte vorhin nicht zugehört. Ihre Angst war zu groß gewesen und sie hatte alles ausgeblendet. Jetzt rauschte die Erde in schrecklicher Geschwindigkeit näher und sie wusste nicht, was sie tun sollte. Hilfe, sie würde ungebremst auf dem Boden aufprallen.

»Füße hoch«, schrie jemand hinter ihr.

Einen hysterischen Augenblick lang glaubte sie, jetzt sterben zu müssen, aber dann war sie schon auf dem Boden und die Landung war wesentlich sanfter gewesen, als sie erwartet hatte.

»Wahnsinn!«, schrie Mel, als auch sie den Boden berührte. Sarah konnte nur nicken. Es war wirklich unglaublich gewesen. Ihre Knie waren noch ganz weich und es fiel ihr schwer, einen klaren Gedanken zu fassen.

»Meine Beine sind wie Pudding, aber es war toll.« Sarah warf ein schiefes Grinsen in die Runde. »Hast du die ganze Zeit so laut geschrien, Kerstin? Oder habe ich mich selbst gehört?«

»Das war ich«, gab Kerstin zu. Mit einem etwas angestrengten Grinsen schälte sie sich aus der Fliegerkombi. Ihr Tandempartner half ihr dabei. »Mir ist fast das Trommelfell geplatzt«, sagte er und rieb sich lachend seine Ohren.

»Tut mir leid«, erwiderte Kerstin mit hochrotem Kopf.

Auch die anderen Frauen wurden aus ihren Gurten befreit und stiegen aus den Anzügen.

»Danke, das war ein unglaubliches Erlebnis.« Sarah drückte ihren Partner kurz, bevor sie bemerkte, wie sich Kerstin einfach auf die Wiese fallen ließ.

Sie eilte zu ihr, aber Izzy war schneller. Sie beugte sich zu Kerstin herunter und sah sie aufmerksam an. »Ist alles in Ordnung?«

»Ja, ja.« Kerstin stand auf und ging in Richtung Wagen.

»Ist wirklich alles okay?« Sarah sah zu Mel, die aber nur mit den Schultern zuckte.

»Wahrscheinlich der Kreislauf. Kommt, lasst uns nach Hause fahren.«

Sie verabschiedeten sich von den Männern und folgten Kerstin zum Auto.

Sarah spürte noch immer das Adrenalin in sich rauschen. Was für ein unglaubliches Erlebnis. Dankbar sah sie zu Izzy rüber, die auf dem Beifahrersitz saß. Für niemanden sonst wäre sie dort runtergesprungen, und jetzt war sie so froh, dass sie es gemacht hatte. Selig grinsend lehnte sie sich zurück.

Zwei Stunden später trafen sie sich frisch geduscht auf der Veranda zum Sunset-Drink.

Davor hatte Kerstin in der Küche ein kleines Abendessen zubereitet, das jetzt auf dem Tisch stand. Sarah klopfte immer noch das Herz, wenn sie an ihren Fallschirmsprung dachte.

»Das schmeckt köstlich«, lobte Mel. Sie nahm sich noch mehr Salat. »Avocado, Shrimps und Zitrone, eine tolle Mischung.«

Auch die anderen Sachen, die Kerstin gezaubert hatte, waren wirklich lecker. Nur Kerstin selbst wirkte still und in sich gekehrt.

»Hey, willst du reden?«, fragte Sarah.

Kerstin schüttelte den Kopf. »Ich komme einfach nicht damit klar, dass Izzy bald stirbt. Heute, dieser Sprung, das war so lebensbejahend, so ganz anders als alles, was ich kenne, und gleichzeitig ist da immer der baldige Tod von Izzy. Ich war wie gelähmt und konnte es nicht genießen, obwohl wir ihr versprochen hatten, genau das zu tun.«

Sarah nickte, sie verstand ihre Freundin so gut.

Izzy kam mit etwas Verspätung. Sie hatte sich ein weites Kleid angezogen und setzte sich in ihre Mitte. »Danke, dass ihr das heute mit mir gemacht habt. Ich weiß, dass es nicht einfach für euch war.«

Sarah grinste schief. Da hatte Izzy wirklich recht. Wenn ihr jemand vor einem Monat erzählt hätte, dass sie mal aus einem Flugzeug springen würde, hätte sie ihn für verrückt erklärt. Aber jetzt war sie stolz und froh, diese Herausforderung gemeistert zu haben.

»Es war unglaublich! Ich hätte nie gedacht, dass ich das tun würde, aber nun bin ich so froh, dass du uns quasi gezwungen hast, Izzy.« Mel hatte glänzende Augen. »Entschuldige, dass ich dich vor unserem Sprung so beschimpft habe.«

»Glaubt ihr, mir ging es anders?«, fragte Izzy. »Okay, ich weiß, ich sterbe bald, aber freiwillig aus einem Flugzeug zu springen, das ging nur mit euch.«

»Du hattest auch Angst?« Kerstin klang überrascht.

»Gut, vielleicht nicht ganz so viel wie du, zumindest habe ich es nicht so laut artikuliert.« Sie zwinkerte Kerstin zu. »Aber ja. Natürlich. Was denkt ihr denn?« Izzy lachte kurz auf, dann nahm sie ihr Glas. »Es war ein schöner Geburtstag. Genauso habe ich ihn mir vorgestellt. Danke.« Sie hob ihr Glas, und sie stießen verhalten miteinander an.

40

Mel

Mel schnappte nach Luft, sie glaubte zu ersticken. Panisch riss sie die Augen auf, doch es blieb dunkel. Ihr Kissen lag auf ihrem Gesicht. Sie schob es zur Seite und atmete durch. Dann setzte sie sich langsam auf und strich sich den Schweiß von der Stirn. Seit sie versucht hatte zu schlafen, jagte ein seltsamer Albtraum den nächsten. Der Fallschirmsprung hatte sie doch mehr beschäftigt, als sie angenommen hatte. Und natürlich die Ankündigung von Izzys Tod. Sie biss sich auf die Unterlippe, um nicht in Tränen auszubrechen.

In ihren Träumen waren die Gesichter von Izzy, Sven und ihren Kindern gemixt. Auch Svens Mutter war kurz aufgetaucht. Und immer wieder dieses Gefühl zu fallen.

Leise tappte sie die Treppe hinunter. Gerade als sie den Kühlschrank aufmachte, tippte ihr jemand auf die Schulter.

Mel schrie auf, schlug sich aber gleich darauf die Hand vor den Mund.

»Entschuldige, ich wollte dich nicht erschrecken«, sagte Kerstin.

»Ich bin total durch den Wind«, gestand Mel. »Kannst

du auch nicht schlafen? Sobald ich die Augen zumache, träume ich totale Scheiße.«

»Geht mir genauso.« Kerstin goss Wasser in zwei Gläser und reichte Mel eines. »Wollen wir einen Strandspaziergang machen?«

Der Sand war kalt. Mel erschauerte richtig, als sie ihre Füße auf den Strand setzte. Der Mond erleuchtete die Bucht mit fahlem Licht. Es wirkte wie in einem Fantasyfilm, so unwirklich.

»Ich fühle mich hier inzwischen richtig zu Hause«, sagte Kerstin nach einer Weile.

Sie schlenderten gemächlich am Wasser entlang. Auch jetzt noch, mitten in der Nacht, war das Meer erstaunlich warm. Weiter draußen am Riff krachten die hohen Wogen in weiß glänzendem Schaum an die Felsen, doch hier in der Bucht plätscherten nur kleine Wellen über ihre Füße.

»Geht mir auch so«, antwortete Mel nach einer Weile. »Aber ich vermisse Kim und Arne. Und manchmal vermisse ich die Normalität. Hier ist alles so … Ach, ich weiß auch nicht, ich komme einfach nicht mit Izzys Krankheit klar.«

Kerstin gab keine Antwort, sondern nahm einfach stumm ihre Hand.

Erstaunt registrierte Mel, dass noch andere Menschen mitten in der Nacht am Strand waren. In einiger Entfernung hockten mehrere Gestalten auf einem Baumstamm. Die Angelruten, die im Sand steckten, wiesen sie als Fischer aus.

»Ist das wirklich so, dass Fische nachts einfacher an die Angel gehen?«

»Keine Ahnung.« Kerstin zuckte mit der Schulter. »Ich glaube, die arbeiten mit Taschenlampen. Siehst du?« Sie deutete auf die Szenerie. Tatsächlich leuchteten einige Männer mit starken Taschenlampen ins Wasser. »Wollen wir zurück?«

41

Sarah

Mike stand vor ihr. »Guten Morgen! Ich möchte euch von den Grills erlösen. Eigentlich hatte ich das schon gestern vor, aber ich wollte euch an Izzys Geburtstag nicht stören.«

»Danke, das ist nett«, antwortete Sarah wie ein Sprachcomputer.

»Alles in Ordnung?« Mike sah sie mit seinen warmen Augen an, aber er drang nicht zu ihr durch.

»Ja, danke«, erwiderte sie, drehte sich um und ging in die Villa zurück.

Gestern hatte sie der aufregende Sprung abgelenkt, aber heute konnte sie wieder an nichts anderes denken als an Izzys Krankheit. Izzy würde sterben und zwar sehr bald. Daneben war nichts anderes mehr wichtig.

»Hey, wenn du mich brauchst, dann melde dich. Ich bin für dich da«, rief Mike ihr hinterher.

Mit einem fast unmerklichen Nicken schloss sie die Tür und ging in die Küche. Mel stand vor dem Kühlschrank, aber auch sie wirkte ziemlich orientierungslos.

»Hallo.«

Ihre Freundin drehte sich um, sie hatte Tränen in den

Augen. »Ich fühle mich so beschissen, weil ich nicht weiß, wie wir ihr helfen können.« Mel wischte sich die Haare aus dem Gesicht. »Ich bin so unfassbar hilflos!«

»Ihr könnt mir noch ein paar Wünsche erfüllen«, kam es von der Treppe.

Izzy trat in die Küche, gekleidet in einen Morgenmantel. Heute hatte sie eine blonde Kurzhaarperücke auf dem Kopf. Hinter ihr kam Kerstin dazu.

»Wie meinst du das?«, fragte Mel leise.

»Ich möchte übermorgen einen kleinen Ausflug mit euch machen.«

»Glaubst du, das ist gut in deinem …« Sarah stoppte sich. Wie grässlich hörte sich das denn an?

»Wenn nicht jetzt, wann dann?«, erwiderte Izzy trocken.

»Kaffee?«

»Sehr gern.«

Nachdem die Tassen verteilt waren, ergriff Izzy wieder das Wort. »Ich brauche jetzt ein paar Stunden für mich und wäre euch dankbar, wenn ihr euch allein beschäftigen könntet. Für die nächsten Tage habe ich große Pläne. Wenn ihr einverstanden seid, würde ich gern eine Art Ausflug mit euch machen. Ich will endlich die Dinge tun, die mir Spaß machen oder von denen ich denke, dass sie es könnten. Wie zum Beispiel mit euch beim Sonnenuntergang zusammenzusitzen.«

»Gut. Wir haben ein Date. Heute Abend um fünf«, sagte Mel.

Izzy nahm ihre Tasse und verschwand nach oben.

Die anderen drei sahen ihr schweigend hinterher und

standen dann einen Augenblick lang ratlos herum. Sarah spürte genau, dass ihre Freundinnen auch nicht mit der Situation umgehen konnten. Aber niemand machte den Anfang, darüber zu sprechen. Vielleicht brauchte jede erst mal etwas Zeit für sich? Ja, sie würde sich, genauso wie Izzy, diese Zeit nehmen.

»Ich gehe an den Strand«, verkündete sie, stellte ihre Tasse ab und verließ die Küche.

Es entsetzte sie, dass sie noch nicht mal mit Mel und Kerstin reden konnte. Wie schrecklich mussten all diese fehlgeschlagenen Therapien gewesen sein? Wie fühlte sich diese Ausweglosigkeit an? Und warum war diese Frau immer noch so positiv? Mein Gott, wenn sie daran dachte, über welchen Scheiß sie sich in den letzten Tagen gestritten hatten … Selbst das Trauma wegen Herrn Umbach war so nichtig angesichts von Izzys Tod.

Kaum war sie am Strand angelangt, stand plötzlich Tom vor ihr. Schon wieder. Der alte Mann blickte sie mit seinen grauen Augen an, nahm sie dann, ohne ein Wort zu sagen, bei der Hand und führte sie zum Meer.

»Wir gehen jetzt surfen.«

Sarah blieb stehen. »Erstens habe ich gar kein Brett und zweitens glaube ich nicht, dass das jetzt der richtige Zeitpunkt ist und drittens kann ich es ja gar nicht.«

»Du bekommst jetzt deine erste Stunde, deine Augen sagen, dass du das jetzt brauchst. Warte kurz, ich hole dir ein Board.«

Sarah setzte sich lethargisch in den Sand. Sie fasste in das helle Etwas und ließ es zwischen ihren Fingern hindurchrinnen, winzige Muscheln, feine Körnchen.

»So«, der alte Mann legte ein Surfboard neben sie. »Wir machen jetzt erst mal ein paar Trockenübungen.«

Sarah blickte überrascht auf. Meinte er das ernst? Sein Gesichtsausdruck ließ keinen Zweifel zu.

Sie trainierten, wie man auf das Brett aufsteigt. Immer wieder musste Sarah auf das kratzige Ding springen. Endlich war Tom so weit zufrieden, dass er mit ihr aufs Meer hinauspaddelte.

»Mach dir keine Sorgen, heute sind die Wellen nicht hoch. Optimal zum Üben.«

Er hatte bunte Shorts an. Sein Rücken war verwittert wie ein alter Baum, Sonne und Wetter hatten ihn gezeichnet. Trotz seines Alters strahlte er eine Kraft aus, die Sarah imponierte.

Die ersten Wellen waren das totale Fiasko. Sarah wurde von ihrem Brett gespült und unter die schäumende Gischt gedrückt. Als sie nach unendlich vielen Versuchen wieder mal im Wasser trieb und versuchte, auf ihr Board zurückzukommen, fragte sie sich genervt, was sie hier eigentlich tat. Warum lag sie nicht lieber am Strand oder las ein Buch?

»Du musst dich mit Haut und Haar darauf einlassen«, sagte Tom, der wie aus dem Nichts neben ihr aufgetaucht war. »Lass all deine Gedanken los. Nur du und das Meer. Wenn du das nicht zulässt, dann funktioniert es nicht.«

Er hatte gut reden, aber okay. Sarah versuchte, sich auf die Wellen zu konzentrieren. Hinter einer moderat großen Welle sah sie eine, die ihr zuzurufen schien: »Los, versuche es!« Sie brachte sich in Position, kraulte, um mit dem Wellenkamm mitzukommen und plötzlich sauste das Brett mit der Welle. Ein Adrenalinstoß ging durch ihren Körper. Sie fuhr diese Welle, liegend auf dem Brett. Mit einem Ruck, so wie sie es am Strand geübt hatte, hüpfte sie auf das Board … und landete kopfüber im Meer, wo sie in der sich überschlagenden Welle nach unten gespült wurde. Sie fühlte sich wie im Inneren einer Waschmaschine. Nach einer Weile kam sie nach Luft japsend wieder nach oben. Das Salzwasser war überall, in ihrer Nase, in ihrem Mund und in den Ohren.

»Fast«, rief Tom ihr zu. »Los, probier es noch mal.«

Jetzt war Sarahs Ehrgeiz geweckt. Sie konnte es schaffen. Sie scannte die Wellen. Dort war sie. Ihre Welle. Wieder versuchte sie, sich in die richtige Position zu navigieren. Die Welle war längst nicht so groß wie die zuvor, aber sie wurde wieder mitgetragen. Etwas vorsichtiger als beim ersten Mal sprang sie auf das Brett und diesmal gelang es. Einen kurzen Moment stand sie tatsächlich auf dem Surfboard, bevor sie abgeworfen wurde wie von einem buckelnden Pferd beim Rodeo.

Sie lachte, es war verrückt. Schon rollten die nächsten Ungetüme heran. Wieder erwischte sie die Welle, aber schon nach kurzer Zeit spürte sie, dass diese zu groß für sie war. Waschmaschine, diesmal länger, mit einem extra Spülgang. Als sie wieder auftauchte, spuckte sie Salzwasser.

»Genug für heute«, rief Tom ihr zu. »Komm zurück an den Strand.«

Sarah konnte sich nicht losreißen. Sie blickte auf das Meer und sah erneut eine Welle, die einfach zu ihr sprach. Sie paddelte in Position, wurde angehoben und rauschte durch das Wasser. Jetzt! Aufstehen! Sie zog ihre Beine an, setzte ihre Füße in der richtigen Position auf das Brett und dann rauschte sie in das Wellental. Die Welle schlug über ihr zusammen und begrub sie. Wieder die Waschmaschine, wieder im Schleudergang.

Sie kam erst nach einigen Sekunden wieder an die Oberfläche. Das Adrenalin pumpte durch ihren ganzen Körper. Gleichzeitig war sie so erschöpft, dass sie kaum in der Lage war, zurück an den Strand zu paddeln.

»Du übertreibst es aber ganz schön.« Tom schwamm neben ihr.

»Es war gut«, sagte Sarah. Immer noch hatte sie dieses irre Gefühl im Körper. Alles prickelte, sie fühlte sich lebendig.

»Das freut mich. Morgen gibt es die nächste Stunde. Du bist begabt. Es gibt Menschen, die das Meer verstehen. Ich glaube, du gehörst dazu.«

Als Sarah am Strand ankam, zitterten ihre Beine so stark, dass sie kaum stehen konnte. Sie betrachtete das Surfboard zu ihren Füßen. War sie tatsächlich gerade damit durchs Wasser gerauscht?

42

Mel

Okay, Izzy wollte allein sein. Zuerst hatte Mel sich auch auf ihr Zimmer verkriechen wollen, war dann aber einfach aus der Haustür herausgetreten und hatte einen Spaziergang gemacht. Wie konnte es sein, dass sie sich hier im Paradies befanden, aber gleichzeitig das Schicksal ihnen allen zeigte, dass nicht immer alles gut endete? Angesichts Izzys nahenden Todes wäre sie am liebsten wieder in Tränen ausgebrochen.

Ein lautes Hupen riss sie aus ihren Gedanken. Mel blickte auf und sah direkt in Marys Gesicht, die ihren Kopf aus dem Pick-up steckte.

»Willst du uns besuchen?«

Verwirrt sah Mel sich um. Direkt vor ihr stand ein leuchtender Schneemann aus Plastik, daneben bemerkte sie einen Rentierschlitten mit Elfen und einen dicken Weihnachtsmann. Das Haus hinter dem Vorgarten war kleiner als die Villa von Izzy, wirkte aber sehr einladend.

»Wieso?«, stotterte sie verwirrt. Wohnte Mary mit ihrer Familie etwa hier? Kerstin hatte ja erzählt, dass es nur ein paar Minuten zu Marys Haus waren. »Du wohnst hier, oder?«

Mary lachte auf. »Ja, und du stehst direkt in unserer Garageneinfahrt.«

Peinlich berührt trat Mel zur Seite. Wo war sie nur mit ihren Gedanken? Klar, bei ihrer Freundin.

»Möchtest du mit reinkommen?«, fragte Mary, nachdem sie den Wagen geparkt hatte und ausgestiegen war. »Auf einen Kaffee?«

Mel nickte und folgte ihr in Richtung Haus. An der Tür zog sie wie selbstverständlich ihre Schuhe aus. Inzwischen hatte sie begriffen, dass man ein Haus in Hawaii nie mit Schuhen betrat. Neugierig folgte sie Mary ins Innere.

Durch die Eingangstür gelangte man direkt in die Küche. Ganz anders als bei Izzy war sie nicht offen, sondern beherbergte außer vielen Arbeitsflächen, Schränken und Küchengeräten auch noch einen großen Esstisch mit vier Stühlen.

»Du wusstest es, oder?«

»Ja.« Mary nickte.

»Wer noch?« Mel schluckte. Wieso hatte Izzy sich ihnen nicht anvertraut?

»Niemand. Mein Mann und meine Kinder wissen von ihrer Krankheit, aber nicht, dass sie bald sterben wird.«

»Es ist so beschissen, dass man so hilflos ist«, sagte Mel.

»Wem sagst du das. Komm, lass uns rausgehen.« Sie drückte Mel einen Pott Kaffee und ein leeres Glas in die Hand und schob sie zu einer seitlichen Glastür aus der Küche heraus.

Im Garten hatten sich Mary und Keoki einen kleinen Aussichtspavillon errichtet, um über die hohen Büsche sehen zu können, die das Grundstück umgaben. Ein herrlicher Duft von den vielen Blumen stieg Mel in die Nase, vom Meer wehte weiche Salzluft zu ihnen herüber.

Mary schenkte ihr von ihrer selbst gemachten Limonade ein. »Das ist mein Zaubertrunk. Izzy liebt ihn. Beeren und Blüten.«

»Leider hilft der jetzt auch nicht mehr.« Mel nahm einen Schluck und biss sich auf die Lippe. Was für ein unfassbar dämlicher Kommentar.

Es tat überraschend gut, mit Mary hier zu sitzen. Die Frau war so viel mehr für Izzy als nur eine Bekannte und Hilfe. Sie war die Freundin, die Sarah, Kerstin und sie selbst nicht wirklich gewesen waren. Aber fairerweise musste man auch sagen, dass Izzy sich ihnen nicht anvertraut hatte. Sie hatten nur die Bilder einer strahlenden Izzy gekannt, die es in den Klatschzeitschriften und im Fernsehen zu sehen gegeben hatte.

»Erzähl mir ein bisschen von dir«, forderte Mary sie auf.

»Wie meinst du das?«

»Ich weiß von dir fast nichts. Du lebst in Deutschland, hast eine Familie, und weiter?«

»Ich wohne auch am Meer, aber bei uns ist es ganz anders«, begann Mel und merkte, wie sie sich ein wenig entspannte. »Wir betreiben einen Ferienhof mit einigen Ferienhäusern und zwei Wohnungen. Ich habe zwei Kinder, Arne und Kim, die zurzeit bei meinen Eltern auf Mallorca sind.«

»Dann sind wir ja so etwas wie Kolleginnen. Schließlich arbeite ich hier auch mit mehreren Ferienhäusern.«

»Wie meinst du das?«, fragte Mel erstaunt. Sie wusste

zwar, dass Mary Izzy mit dem Haus half, aber dass sie das beruflich machte, war ihr nicht klar gewesen.

»Ich kümmere mich um insgesamt zehn Häuser hier im Norden von Oahu. So haben Logan, Izzy und ich uns auch kennengelernt.«

»Und was machst du da genau?«

»Ich vermittele die Häuser, verwalte den Web-Auftritt und reinige alles. Ab und an muss ich mich auch um neue Einrichtungsgegenstände kümmern. Ich organisiere die Gärtner, natürlich alles in Absprache mit den Besitzern.«

Mel grinste in sich rein. Das hörte sich ja fast wie ihr eigener Job an. »Stimmt, wir haben wirklich eine ähnliche Arbeit, wenn auch an sehr unterschiedlichen Orten.«

Mary nickte und trank einen Schluck Limonade.

»Kannst du mir von Logan erzählen?«, fragte Mel.

»Natürlich, was willst du wissen?«

»Wir haben uns alle nicht getraut, Izzy über sie auszufragen. Wir hatten Angst, dass wir sie damit noch trauriger machen.«

»Ich kannte Logan schon länger als Izzy. Sie hat das Haus von ihren Eltern geerbt und brauchte jemanden, der sich darum kümmert, wenn sie nicht da war. Logan war eine erfolgreiche Filmproduzentin. Sie ist viel zwischen Los Angeles und Hawaii hin- und hergependelt.«

»Und wann kam Izzy dazu?«

»Nach ihrer Hochzeit. Sie haben hier geheiratet. Es war eine ganz kleine Zeremonie, nur die engsten Freunde. Ich weiß noch, wie Logan sie mir vorgestellt hat. Sie hat so gestrahlt, es war ganz offensichtlich, dass Izzy ihre große Liebe war.«

»Wie schön.« Mel merkte, dass ihr schon wieder die Tränen übers Gesicht liefen. Sie wischte sich über die Wangen und zog die Nase hoch. »Und wann hat dir Izzy von ihrem Tumor erzählt?«

»Davon wusste ich schon sehr lange. Die beiden haben immer wieder neue Therapien ausprobiert, aber nichts hat wirklich funktioniert. Und dann kam dieser entsetzliche Autounfall.«

Jetzt sah Mel auch in Marys Augen Tränen.

»Logan war auf dem Weg zurück aus Honolulu, sie hatte ein Weihnachtsgeschenk für Izzy abgeholt. Ganz hier in der Nähe haben ihr betrunkene Typen die Vorfahrt genommen. Sie war sofort tot.«

»Wie schrecklich«, Mel schlug die Hände vors Gesicht.

Keoki, Marys Mann, kam zu ihnen.

»Entschuldigt, ich wollte nicht stören.«

Mel rieb sich über die Augen. »Hallo, Keoki.«

»Schön, dass du bei uns bist«, begrüßte er sie mit einem warmen Lächeln.

Der Mann war wirklich imposant. Mel gab ihm die Hand. Seine blauen Augen leuchteten genauso klar wie die seiner Söhne. Er war groß und die Tattoos, die sie an seinen Armen und Beinen sehen konnte, waren so ganz anders als das, was sie aus Deutschland kannte. Bei Keoki schienen die Malereien ganz natürlich auf seine Haut zu passen.

»Möchtest du heute bei uns essen?«, fragte er mit seiner tiefen Stimme.

»Ich weiß nicht …« Eigentlich wollte Mel so schnell wie möglich wieder zu ihren Freundinnen, auf der anderen

Seite hatte sie so große Angst davor, dass ihr richtig übel war.

»Gut, ich sehe das als ein Ja an«, sagte Keoki fröhlich und ließ sie wieder allein.

Eine halbe Stunde später aß Mel das leckerste Thunfisch-Sandwich ihres Lebens, obwohl ihr gerade noch schlecht gewesen war. Auch Lani kam irgendwann in die kleine Küche und erzählte von ihrem Tag. Sie arbeitete als Lehrerin und alle lachten über ihre Anekdoten aus dem Klassenzimmer. Es war alles so normal und die schreckliche Gewissheit, dass Izzy bald nicht mehr da sein würde, trat eine kurze Zeit in den Hintergrund.

43

Kerstin

Sie zerhackte die Möhren. Bum, bum, bum. Dann kamen die Zwiebeln dran. Sie erlaubten ihr zu weinen, das tat gut. Die Tomaten waren so weich, dass sie nur bedingt zum Hacken geeignet waren. Egal. Heute musste alles dran glauben.

Kochen half. Immer noch. Auch wenn es ihr inzwischen durch den Job bei Friedrich ziemlich vermiest worden war, liebte sie den eigentlichen Vorgang nach wie vor. Nur war hier leider niemand da, den sie hätte bekochen können.

Sarah war an den Strand verschwunden, Izzy hatte sich in ihr Reich zurückgezogen und Mel war zu einem Spaziergang aufgebrochen.

Kerstin fühlte sich so allein mit ihrer Angst und ihrer Trauer. Das Einzige, was ihr die ganze Zeit durch den Kopf ging, war Izzy. Vielleicht konnte sie ihre Freundin ja doch mit einem kleinen Mittagessen erfreuen.

»Hallo?«, fragte sie ängstlich an der Tür.

»Komm rein, Kerstin«, rief Izzy aus dem Inneren des Zimmers.

»Ich habe Spaghetti mit Tomatensoße gemacht. Hast du Hunger?«

Izzy lag nicht, wie Kerstin befürchtet hatte, in ihrem Bett, sondern saß an ihrem Schreibtisch.

»Nicht wirklich. Ich hoffe, du bist nicht enttäuscht.«

»Nein.« Kerstin kam langsam in den Raum.

»Ich hasse es, dass ihr mich jetzt wie ein rohes Ei behandelt. Hallo, Kerstin. Ich bin es, deine Freundin Izzy.«

»Wie würde es dir denn in unserer Situation gehen?«, fragte sie.

»Ich weiß es nicht. Aber ich will nicht, dass es zwischen uns jetzt so komisch ist.« Izzy stand auf und klappte die Mappe zu, in der sie geschrieben hatte.

»Ich könnte die ganze Zeit heulen, auf der anderen Seite will ich für dich stark sein. Ich weiß einfach nicht, wie ich damit umgehen soll. Wenn ich mir vorstelle, dass du bald nicht mehr bei uns bist, dann …« Kerstin versagte die Stimme.

»Ich weiß das wie gesagt alles schon sehr lange, ich hatte ja damit gerechnet, viel früher zu sterben. Daher fühlt es sich für mich eher wie eine Nachspielzeit an. Und die will ich so schön wie möglich mit euch zusammen verbringen.«

»Du weißt, dass das sehr schwer für uns ist, oder?«, fragte Kerstin.

»Ja.« Izzy lachte und wurde dann plötzlich wieder ernst. »Erzähl mir von dir. Du siehst so traurig aus.«

Jetzt lachte Kerstin kurz. »Hallo? Meine Freundin ist sterbenskrank, da ist es nur natürlich, dass ich traurig bin.«

»Nein, ich meine deine Geschichte mit Friedrich, deine Abtreibung …«

»Das ist jetzt nicht so wichtig.«

»Doch«, beharrte Izzy.

Wie schaffte es ihre Freundin nur, immer so empathisch zu sein? Kerstin setzte sich. »Mein ganzes Leben hat seinen Sinn verloren.«

»Frag mich mal«, erwiderte Izzy mit einem Lächeln.

Kerstin grinste. Wie recht hatte sie. Es war wirklich gut, mit ihrer Freundin wieder normal zu reden.

»Okay, Süße. Du stirbst, aber ich habe gerade meine Beziehung zu einem Idioten beendet, an den ich mich jahrelang geklammert habe. Und dann habe ich auch noch meine letzte Chance, Mutter zu werden, einfach ausgeschlagen. Ich bin total bescheuert.«

»Das ist doch Quatsch, du kannst immer noch Kinder bekommen, wenn du den richtigen Mann findest.«

»Du weißt selbst, wie schwierig das ist.« Plötzlich prustete es aus Kerstin heraus, ohne dass sie es stoppen konnte. »Nein, du stehst ja auf Frauen.« Sie konnte gar nicht mehr aufhören zu lachen.

Jetzt grinste Izzy. »Danke. Genau das habe ich vermisst. Ich kann es nicht ertragen, wenn ihr alle nur mitleidig mit mir flüstert und mich nicht mehr an eurem Leben teilhaben lasst. Ich brauche Freundinnen und keine Weicheier.«

»Weicheier wie meinen Friedrich?«, fragte Kerstin.

Izzy lachte noch lauter. Nach einer Weile wurde sie wieder ernst. »Kerstin, du musst mir versprechen, dass ihr alle mit auf diesen Trip kommt. Das ist mir sehr wichtig.«

»Ich verspreche es dir.«

Plötzlich hörten sie eine Stimme aus dem unteren Stock. »Leute! Wo seid ihr? Ich hab's geschafft, ich stand auf dem Brett. Meine erste Welle. Muss euch unbedingt davon erzählen. Wahnsinn, unfassbar, ich könnte ausflippen!«

Izzy hob eine Augenbraue.

»Ist das Sarah?«, fragte Kerstin.

»Ich glaube schon. Komm.« Sie erhob sich und Kerstin folgte ihr.

Sarah stand nass und mit komplett zerzausten Haaren zwischen der Kücheninsel und dem Wohnraum. Eine Sandspur führte von der Tür bis zu ihren nackten Füßen. Aus ihren Haaren und aus ihren Shorts rannen Tropfen auf den Holzfußboden.

Kerstin musste an sich halten. Fast hätte sie Sarah ausgeschimpft wie ein kleines Kind. Dabei wäre das doch eigentlich Mels Part gewesen. Aber die war ja nicht da.

»Du warst also surfen?«, fragte Izzy und riss Kerstin wieder ins Hier und Jetzt zurück.

»Ja, mein erstes Mal.« Sarah strahlte über das ganze Gesicht. Ihre Augen leuchteten. »Es war der Hammer.«

»Du?«, entfuhr es Kerstin. Sofort schämte sie sich für ihre Fassungslosigkeit, aber zum Glück grinste ihre Freundin sie nur weiter an.

»Wirklich, ich bin gesurft. Okay, es waren nur ein paar Sekunden. Aber stellt euch das vor, ich stand auf einem Surfboard und bin auf einer Welle gefahren.«

»Du erinnerst mich an Logan. Die hat genauso selig ausgesehen, wenn sie vom Surfen kam.«

»Ja, es war wirklich unbeschreiblich.«

»Dann hast du jetzt sicher Hunger. Ich habe Spaghetti mit Tomatensoße gemacht. Izzy will nichts, aber du brauchst doch nun bestimmt eine Stärkung. Außerdem hätte ich gerne Gesellschaft beim Essen«, sagte Kerstin.

»Wunderbar, ich habe richtig Kohldampf. Ich stell mich nur kurz unter die Dusche.« Sarah verschwand hüpfend wie ein kleines Mädchen Richtung Treppe.

»Ich gebe mich geschlagen und esse auch etwas.« Izzy hob den Deckel vom Topf. »Es riecht schon mal sehr gut.«

Sarah hatte schnell wie der Blitz geduscht und stand bald wieder neben ihnen in der Küche. Ohne dass sie sich abgesprochen hatten, aßen sie nicht auf der Veranda, sondern an der Küchentheke. Die Veranda war für ihr Sonnenuntergangstreffen reserviert.

Nachdem Sarah von ihren Erlebnissen mit Tom erzählt hatte, legte Izzy klirrend ihre Gabel in den Teller. »Der ist wirklich lustig. Ich mag ihn. Sieht richtig verwittert aus. Obwohl er für sein Alter noch extrem gut in Schuss ist.«

Sie kicherten. Sarah konnte dem nur zustimmen; die Zahl der älteren durchtrainierten Männer war hier überhaupt sehr hoch.

»Du kennst ihn auch, Kerstin. Es ist der Typ, der gestern Nacht noch angeln gegangen ist.«

Kerstin erinnerte sich. Leider war damit auch alles andere wieder da. Gerade noch hatte sie mit Sarah und Izzy gelacht und sich ganz leicht gefühlt, und jetzt sah sie ihre todkranke Freundin an und ihr Herz wurde bleischwer.

»Scheiße«, sagte sie laut.

Izzy und Sarah sahen sie erst überrascht und dann verstehend an.

»Meint ihr, Mel ist uns böse, wenn wir jetzt schon mal was trinken?«

44

Mel

Als Mel die Villa betrat, hörte sie schallendes Gelächter von der Veranda. Einen kurzen Moment blieb sie stehen und lauschte, verwundert und etwas eifersüchtig auf die Fröhlichkeit. Dann gab sie sich einen Schubs und betrat die Lanai.

»Nein, habt ihr etwa ohne mich angefangen?«

»Wir sitzen erst seit zehn Minuten hier«, beruhigte Kerstin sie. »Aber wir haben sehr gehofft, dass du bald kommst.«

Mel schaute die Freundinnen der Reihe nach an. Sie sahen so unbeschwert aus.

»Ich war heute surfen«, sagte Sarah. Ihre Augen funkelten wie verrückt.

Izzy stand auf. Während sie an ihr vorbeilief, streifte ihre Hand Mels Arm. »Setzt dich. Heute gibt es Mango-Bellinis. Wir haben noch so viel Champagner übrig. Und ich schaffe die vielen Flaschen in meinem Leben nicht mehr.«

Sarah zog sie in den Sessel neben sich. »Ist das nicht unglaublich? Ich habe tatsächlich ein paar Sekunden auf einem Surfboard in den Wellen gestanden.«

»Allerdings.« Mel war ernsthaft verblüfft.

Kerstin musste ihre Überraschung gespürt haben, denn sie lehnte sich zu ihr. »Wir sind nicht verrückt geworden, wir haben Izzy einfach versprochen, sie nicht mit unserem Mitleid zu belästigen«, flüsterte sie ihr zu.

»Aha«, antwortete Mel. Sie war sich nicht sicher, wie sie das verstehen sollte, aber die heitere Stimmung gefiel ihr gut.

»Die besten Bellinis der Welt«, rief Izzy, als sie mit einem Tablett mit Cocktails erschien. Kerstin sprang auf und verteilte die Gläser.

»Wie verträgt sich das eigentlich mit deinen Schmerzmitteln?«, fragte Sarah.

Mel zuckte zusammen. Wie konnte sie nur so eine Frage stellen? Das war doch wirklich daneben.

Doch zum Glück fing Izzy an zu lachen. »Es ist mir egal. Die Zeit mit euch ist besser als alle Schmerzmittel zusammen – zumindest meistens«, fügte sie mit einem schiefen Grinsen hinzu.

Sie stießen an, aber niemand machte einen Trinkspruch, es schien nicht nötig. Mel trank einen Schluck und schloss befriedigt die Augen. Was konnte einem Besseres passieren, als mit lieben Freundinnen im Sonnenuntergang einen Champagner-Cocktail zu trinken?

»Ich muss meine Kamera holen«, rief sie plötzlich, stellte ihr Glas ab und verschwand im Inneren der Villa.

In ihrem Zimmer atmete sie kurz durch. Es gefiel ihr, dass sich die Stimmung verändert hatte. Genau das wollte sie jetzt mit ihrer Kamera festhalten.

»Okay, ihr Süßen.« Mel stand wieder vor ihren Freundinnen und positionierte ihre Kamera. »Ich setze mich zu euch, und dann geht es auch schon los. Vielleicht sollten wir alle Cheese sagen?«

»Meinst du das ernst?«, fragte Kerstin.

»Achtung, es geht los.«

Alle lächelten in die Kamera, aber nichts passierte.

»Hat es funktioniert?«, fragte Sarah nach einer Weile, während der sie mit festgefrorenem Lächeln in Mels Kamera geblickt hatten.

Mel kicherte. »So schön.« Versonnen sah sie auf das Display.

Es war wirklich ein berührendes Foto. Anders als die, die sie in den Chat gestellt hatte. Diesmal waren sie endlich wieder zusammen. 44ever vereint. Wieder einmal war es faszinierend, wie gut Izzy ihre Krankheit verbergen konnte. Sie sah so glücklich aus. Niemand, der dieses Foto sah, würde erkennen, wie es eigentlich um sie stand.

»Schaut mal.« Kerstin zeigte auf das Meer.

Der Sonnenuntergang war wirklich unglaublich. So kitschig hatten sie ihn noch nie erlebt. Mel kam sich vor, als ob sie inmitten einer Postkarte säße.

»Wow«, sagte Izzy und hob ihr Glas. »Eine perfekte Welt. Warum kann das nicht immer so sein?«

Sie stießen an und schwiegen.

Als die Sonne mit einem atemberaubenden Schauspiel im Meer versunken war, hatten sie noch immer kein Wort miteinander gewechselt. Jede hing ihren Gedanken nach.

Mel war sich sicher, dass die meisten der Gedanken zu Izzy gingen.

»Okay, ich brauche Nachschub, außerdem suche ich

uns ein paar Cracker und ich möchte euch wieder in die Augen schauen.« Sie stand auf, füllte das Tablett mit den leeren Gläsern und ging in die Küche.

»Ich weiß nicht, wie ich mit der Situation umgehen kann«, sagte sie, als sie mit den Drinks zurückkam.

»Das geht uns allen so.« Kerstin nahm ihr das Tablett ab.

»Ich weiß es ja selbst nicht«, meinte Izzy. »Aber es hilft mir nicht, wenn ihr plötzlich so verwandelt seid. Ich will meine Freundinnen bei mir haben.«

»Entschuldige, aber warum musst du jetzt auch sterben?« Es war raus, bevor sie es hatte verhindern können. Fast hätte Mel sich vor Entsetzen auf den Mund geschlagen.

»Glaub mir, ich bin genauso wütend wie du.« Izzy seufzte und lehnte sich zurück.

»Wir sind alle wütend, aber das hilft jetzt nichts. Kommt, lasst uns auf das Leben trinken.« Sarah hielt ihr Glas hoch.

Nach und nach stießen sie alle mit ihr an. »Auf das Leben.«

»Wohin willst du uns eigentlich morgen entführen?«, fragte Mel.

»Das verrate ich noch nicht, aber ich bin sicher, es wird euch gefallen.« Izzy lächelte verschmitzt.

45

Sarah

Noch vor Sonnenaufgang schlich Sarah leise durchs Haus. Ihre Tasche hatte sie schon gepackt, denn sie wollte auf keinen Fall ihre Surfstunde mit Tom verpassen.

Der alte Mann erwartete sie bereits am Strand. Gerade blinzelte die Sonne über die Berge und Sarah sah, dass ein amüsiertes Grinsen seine Lippen umspielte.

»Guten Morgen, ich hätte nicht gedacht, dass du es so früh schaffst.«

Na toll, schon wieder jemand, der ihr nichts zutraute.

»Guten Morgen«, erwiderte sie seinen Gruß, ohne sich anmerken zu lassen, dass seine Bemerkung sie getroffen hatte.

»Sollen wir?«, fragte sie forsch und sah zum Meer. Die Wellen sahen nicht besonders verheißungsvoll aus.

»Jetzt bist du sauer, das tut mir leid. Du erinnerst mich sehr an meine Tochter. Sie arbeitet in New York in einer großen Bank. Immer wenn sie hier ist, dann braucht sie erst mal eine ganze Zeit, um runterzukommen. Sie schläft bis in die Puppen und will morgens nie mit mir an den Strand. Entschuldige bitte, wenn ich dich verletzt habe.«

»Schon gut, ich kann damit umgehen.« Sarah schnappte sich eines der Bretter, das zu Toms Füßen lag, und machte Anstalten, Richtung Meer zu laufen.

»Warte«, stoppte er sie. »Das wird heute nichts. Die Wellen sind nicht gut.«

Sarah steckte das Board in den Sand und drehte sich um. »Dann gehe ich. Oder machen wir heute wieder Trockenübungen am Strand?«

»Nein, ich dachte, wir unterhalten uns.« Tom hielt ihr einen Becher hin, den sie zuvor nicht bemerkt hatte. »Ich habe dir Kaffee mitgebracht. Der Coffeeshop in Waialua ist wirklich gut. Setz dich zu mir, wir müssen auch nicht reden, wenn du nicht willst.«

Jetzt packte er auch noch zwei Sandwiches aus. Dieser Mann war wirklich für Überraschungen gut.

Sarah setzte sich neben ihn und nahm dankbar den Kaffee und das Brot entgegen. »Wohnst du schon immer hier?«, fragte sie nuschelnd. Das Pastrami-Sandwich schmeckte göttlich.

»Nein«, Tom schüttelte den Kopf. »Ich komme aus Missouri. Früher war ich bei der Armee. Irgendwann bin ich nach Oahu versetzt worden und dann einfach hiergeblieben.«

»Und deine Familie?«, fragte Sarah vorsichtig.

»Meine Frau ist mit einem anderen Mann durchgebrannt und lebt jetzt in Texas. Wir haben nur noch wenig Kontakt. Das Einzige, was uns verbindet, sind unsere Kinder. Meine Tochter kommt, sooft sie kann, nach Oahu, und mein Sohn lebt hier, im Osten der Insel.«

»Und du wohnst hier am Strand?«

»Nicht ganz. Ich wohne in der dritten Reihe. Ein Strandgrundstück könnte ich mir nicht leisten.«

Sarah nahm einen Schluck von ihrem Kaffee, der wirklich gut schmeckte. »Und warum wohnst du hier und nicht in der Nähe von deinem Sohn?«

Tom lachte. »Sarah, hier ist alles in der Nähe. Wenn ich mich ins Auto setze, bin ich in einer Stunde in Waimanalo. Ich bin hier nicht aus der Welt.«

»Und warum lebst du genau hier, in Mokuleia?«

»Die Wellen sind gut. Außerdem ist die Strandgemeinschaft hier sehr nett. Es gibt wenig Touristen und wenn, dann sind sie sehr relaxt, nicht so angestrengt wie die Menschen in Waikiki. Warst du schon mal da?«

Sarah nickte. Ihr kleiner Ausflug an den Strand von Waikiki schien ihr schon ewig her zu sein, dabei lag er erst ein paar Tage zurück.

»Bist du hier glücklich?« Das letzte Stück Sandwich verschwand in ihrem Mund.

»Ja.« Auf Toms Gesicht leuchtete ein Lächeln auf. »Und ich bin mir sicher, dass auch du dein Glück hier finden wirst.«

»Apropos Glück.« Sarah sah auf ihr Handy. »Ich muss jetzt los. Meine Freundin entführt uns heute zu einem Überraschungsausflug. Ich hoffe, dass wir unsere Surfstunde übermorgen fortsetzen können.«

»Ich bin da«, sagte Tom und strahlte sie an.

Fast hätte sie ihn auf seine faltige Wange geküsst. Warum eigentlich nicht? Sie drückte ihm rechts und links einen Schmatzer auf die Wangen und lief weg, ehe Tom reagieren konnte.

Kurz vor der Villa hielt sie abrupt an. Sarah sah, wie Mary mit ihrem SUV vorfuhr. Klar, sicher wollten sie tauschen. Der große Wagen war zu viert natürlich bequemer als Izzys Mini.

Sie sah zu, wie Izzy und Mary sich umarmten, und registrierte irritiert, dass Mary Izzy gar nicht mehr loslassen wollte und sich dann tränenüberströmt ins Auto setzte. Leise schlüpfte Sarah auf der Hinterseite ins Haus.

46

Mel

Inzwischen machte es Mel richtig Spaß, auf den Straßen von Oahu herumzukurven. Heute saß sie auf dem Fahrersitz von Marys SUV, den sie heute Morgen vorbeigebracht hatte. Mel war verwundert über die tränenreiche Verabschiedung gewesen, die sie zufällig beobachtet hatte. Mary war anschließend hastig in den Mini gestiegen und davongefahren.

»Packt für zwei Nächte«, hatte Izzy gesagt. »Und nehmt Schwimmsachen mit.«

Es hatte keinerlei weitere Infos gegeben. Izzy war zum Sundowner aufgetaucht, hatte sich aber schon nach kurzer Zeit wieder auf ihr Zimmer begeben. Sie wolle sich für die kommenden Tage stärken, war ihre knappe Erklärung gewesen.

Das Sonnenuntergangstreffen war danach etwas trostlos verlaufen, weil jede von ihnen in Gedanken bei der Freundin gewesen war.

»Ich bewundere, wie du das machst«, sagte Sarah, die neben ihr saß.

Verblüfft sah Mel sie an, bevor sie ihren Blick wieder auf die vielspurige Autobahn heftete. »Wie meinst du das?«

»Ich hasse es, Auto zu fahren.«

»Das sagtest du schon. Aber bist du denn in den letzten Jahren nie Auto gefahren? Ich kann mir das gar nicht vorstellen.«

»In London ist es nicht nötig, daher habe ich einfach viel zu wenig Praxis und außerdem auch noch nie ein Auto besessen.«

»Fehlt es dir denn nicht?«, fragte Mel überrascht. Sie konnte sich gar nicht vorstellen, ohne einen fahrbaren Untersatz zu überleben.

»Nein, bisher habe ich es nie gebraucht.«

»Ich hatte auch noch nie ein eigenes Auto«, mischte sich Kerstin von der Rückbank ein.

Izzy sah lächelnd aus dem Seitenfenster, wie Mel mit einem Blick in den Rückspiegel feststellte. Hoffentlich ging es ihr gut. Vielleicht kam es ihr nur so vor, aber sie schien von Tag zu Tag mehr abzubauen. Wochen, hatte Izzy ihnen gesagt. Wie ging man damit um, wenn man wusste, dass man am Ende seines Lebens angelangt war? Mel hatte in den letzten Tagen sehr viel darüber nachgedacht, aber sie hatte keine Antwort gefunden.

Aus dem Augenwinkel bemerkte sie, wie sich Sarah durch ihre noch feuchten Haare strich. Neugierig sah sie kurz zu ihr rüber. »Keine Zeit zum Föhnen?«

»Eigentlich hätte ich heute Morgen eine Surfstunde gehabt, aber dann waren die Wellen nicht gut.«

»Du nimmst jetzt Surfstunden, am frühen Morgen?«

»Tom nennt es die Dawn Patrol. Er will am Morgen immer der Erste sein und zum Sonnenaufgang in den Wellen patrouillieren.« Sarah rollte mit den Augen. »Wir haben stattdessen am Strand gefrühstückt und dann habe ich etwas die Zeit vergessen. Nur eine kurze Dusche, fürs Föhnen war keine Zeit mehr.«

»Du meinst es wirklich ernst mit dem Surfen, oder?« Mel drosselte das Tempo, sie fuhr schon wieder viel zu schnell. Bisher hatte sie noch an keiner Stelle schneller als 100 Stundenkilometer fahren dürfen. Die Geschwindigkeitsbegrenzungen auf Oahu waren wirklich ein Witz.

»Ja«, sagte Sarah ganz einfach.

»Ich bewundere dich, das könnte ich nicht.«

»Wieso denn, du hast es ja noch nicht versucht. So gut, wie du Auto fährst, kriegst du das sicher auch hin. Ich kann dich ja mal mitnehmen zu meiner Surfstunde.« Sarah lehnte sich zurück und gähnte. Dann schloss sie die Augen.

Mel grinste bei der Vorstellung, wie sie auf einem Surfbrett balancierte. Aber warum eigentlich nicht? Vielleicht sollte sie das wirklich mal versuchen, Kim und Arne fänden das bestimmt total cool.

»Soll ich hier schon abbiegen?«, fragte sie nach einer Weile.

Izzy schob sich zwischen die Vordersitze.

»Genau hier, dann können wir den Weg über die Hafenpromenade nehmen.«

Keine besonders leichte Aufgabe, denn leider fuhr sie gerade auf der ganz linken Spur. Schnell mal sechs Spuren zu wechseln, um noch die Ausfahrt zu erreichen, trieb selbst Mel die Schweißperlen auf die Stirn. Sie verfluchte sich, dass sie nicht schon viel früher schön brav rechts gefahren war.

Mit etwas Glück erreichte sie gerade noch die Abfahrt und tauchte ein in den chaotischen Verkehr von Honolulu.

»Hier musst du gleich abbiegen.«

Schon der Hinweis auf den Hafen beunruhigte Mel etwas. Aber daneben gab es auch noch die Schilder zu mehreren teuren Hotels. Ob Izzy mit ihnen einen Tag in einem Edel-Spa verbringen wollte? Eher nicht. Sie parkte den Wagen auf einem großen Parkplatz, stellte den Motor ab und sah ängstlich zu den vielen Schiffen, die direkt vor ihr lagen. Vom großen Segelschiff bis zur kleinen Jolle gab es hier alles.

»Unsere Jacht liegt gleich da hinten, zumindest hat mir John John das so beschrieben«, sagte Izzy.

O Gott, ein Bootsausflug! Mel rutschte das Herz in die Hose. Sofort war sie wieder da, die Erinnerung an diese entsetzliche Schiffsreise vor vielen Jahren. Damals hatte sie eine Welle der Übelkeit überrollt, wie sie es noch nie erlebt hatte und sie hatte fast die ganze Zeit gekotzt. Kim und Arne waren noch ganz klein gewesen. Sven, der Egoist, war supergenervt gewesen und hatte sich an Deck verzogen, während sie sich zwischen Toilette und Kinderhüten zerrissen hatte.

Die Freundinnen sprangen aus dem Auto und schnappten sich ihre Taschen von der Ladepritsche. Als sie sich in Richtung Schiff in Bewegung setzten, stieg auch Mel schließlich aus. Ihre Beine fühlten sich an, als ob sie aus Gummi bestünden. Sie leckte sich über die trockenen Lippen und versuchte, regelmäßig zu atmen.

»Ich kann das nicht.« Wie angewurzelt blieb sie neben dem Auto stehen.

Die anderen drei drehten sich um und sahen sie erstaunt an.

»Ich werde seekrank. Es geht nicht.«

Izzy kam wieder zurück. »Mel, bitte. Du musst mitkommen. Wir haben sicher Tabletten an Bord. Ich kann nicht auf dich verzichten.«

Sie schluckte. Sollte sie dieses schreckliche Elend wirklich noch mal durchleben? Alles in ihr sträubte sich. Aber dann gab sie sich einen Ruck. Was dachte sie hier für einen Blödsinn? Es war Izzys Wunsch! Natürlich würde Mel mit aufs Schiff kommen. »Okay, aber seid mir nicht böse, wenn ich die ganze Zeit kotzend über der Reling hänge.«

»Ich bin bei dir«, sagte Kerstin und streichelte ihr über den Rücken.

Auch Sarah versicherte ihr: »Du schaffst das.«

»Gut, dann sind wir uns ja einig. Unser Kapitän wartet schon.«

Das Schiff, das am Ende des Stegs lag, war absolut atemberaubend.

»Wow«, sagte Sarah.

Kerstin stand einfach nur da und sah das Boot mit offenem Mund an.

Mel fühlte sich wie in einem Hollywoodfilm, wobei ihr nicht ganz klar war, ob es sich eher um eine Romantic Comedy oder einen Katastrophenfilm handelte.

»Das ist John John, ein guter Freund von mir«, stellte Izzy den Mann vor, der ihnen über die Gangway entgegenkam. »Er ist unser Kapitän.«

Dieser Mann war der Inbegriff dessen, was Mel sich

unter einem Seebären vorstellte. Der Kapitän war schon jenseits der sechzig, hatte weißes Haar und einen kurzen grauen Bart. Seine Haut war wettergegerbt und braun gebrannt. Um seine Augen entdeckte Mel einen Kranz aus tiefen Falten, die dafür sprachen, dass er oft lachte.

Nachdem er sie alle freundlich begrüßt hatte, enterten Izzy, Kerstin und Sarah ohne jede Scheu das Boot. Mel zögerte, aber dann riss sie sich zusammen. Mit immer noch weichen Knien betrat sie den schmalen, wackelnden Steg, der auf das Schiff führte. Sofort war John John neben ihr.

»Soll ich dir helfen?«, fragte er und reichte ihr die Hand.

Dankbar nahm Mel die Hilfe an und bestieg die Jacht.

An Bord war es dann gar nicht so schlimm, wie sie erwartet hatte. Dieses Schiff war nicht mit dem Ausflugsdampfer von damals zu vergleichen. Es fühlte sich fest und stabil an, außerdem schaukelte es zumindest im Moment überhaupt nicht. Es war eher so, als ginge sie gerade durch eine schicke Wohnung, die zufällig am Wasser lag.

Sie bekamen jede eine eigene Kajüte zugewiesen. Mel kam aus dem Staunen nicht mehr heraus. Es war alles so luxuriös. Die Jacht besaß ein riesiges Wohnzimmer mit cremefarbenen Möbeln. Dahinter bestaunten sie ein Deck mit Dielen aus Mahagoni und riesigen Korbsesseln.

»Das passt perfekt, das wird unser Platz für den Sonnenuntergang«, jubelte Sarah.

»Und ich richte das Schiff so aus, dass ihr möglichst lange etwas davon habt.« John John hatte eine beeindruckend dunkle Stimme. »Wir werden bald ablegen. Falls eine von den Damen was im Wagen vergessen hat, wäre jetzt noch die Gelegenheit, es zu holen.«

Sie sahen sich kurz an, dann schüttelten sie alle den Kopf.

»Wir können ablegen«, sagte Izzy. In ihrer Stimme schwang etwas mit, das Mel aufhorchen ließ, aber sie kam nicht dahinter, was es war.

47
Sarah

Sarahs Magen machte einen Hüpfer, als sich das Schiff plötzlich in Bewegung setzte. Es war, als ob ein Monster erwachte. Erleichtert nahm sie wahr, dass die Geräusche und das Rütteln nach kurzer Zeit leiser wurden. Warum hatte sie vorhin nicht gesagt, dass sie fast so große Angst wie Mel vor diesem Ausflug hatte? Sie war noch nie auf einem Schiff gefahren, auch wenn sie auf einer Insel lebte. Bisher hatte sie London immer mit dem Flugzeug erreicht. Vielleicht würde sie ja genauso seekrank werden wie die arme Mel.

Nervös widmete sie sich ihrer Tasche. Eigentlich gab es da gar nicht viel auszupacken. Sie setzte sich auf das schmale Bett und sah aus dem Fenster.

»Bullauge«, murmelte sie vor sich hin.

»Sprichst du mit dir selbst?«

Überrascht sah sie auf. Kerstin lehnte am Türrahmen.

»Komm mit nach oben, die Ausfahrt aus dem Hafen ist sicher fantastisch.« Die Freundin reichte ihr eine Hand und zog sie mit sich.

Izzy und Mel warteten schon auf dem hinteren Deck auf sie.

Sarah kam sich vor wie in einem Werbespot. Ein strahlend blauer Himmel, das türkis glitzernde Wasser, der schneeweiße Strand von Waikiki mit den vielen Hochhäusern und dem Diamond Head dahinter, ihre Freundinnen und sie hier auf dieser Jacht. Staunend beobachteten sie gemeinsam, wie die Häuser immer kleiner wurden und man immer mehr von Oahu zu sehen bekam. Plötzlich spürte sie, wie Izzy auf der einen Seite und Mel auf der anderen ihre Hand ergriffen.

Gleich würde sie anfangen zu heulen. Doch stattdessen lachte sie. Die Freundinnen fielen ein.

»Sag mal, wohin entführst du uns eigentlich?« Verlegen wischte sie sich die Lachtränen aus den Augen. Sarah fühlte sich überfordert von der Situation.

»Heute fahren wir nach Molokai, ankern in einer Bucht, essen gut und sehen uns dann den Sonnenuntergang an. Und morgen gibt es dann eine Überraschung, die ich euch jetzt noch nicht verrate.«

»Woher kennst du John John?«, fragte Sarah. Sie hatte inzwischen mitbekommen, dass hinter dem Kapitän noch eine kleine Crew, bestehend aus einem Koch und einem Bootsjungen, das Schiff regierte.

»Er ist ein entfernter Verwandter von Logan. Ein Teil von Logans Familie wohnt auf Maui, unter anderem auch John John. Er hat mehrere Schiffe, aber für uns hat er die Luxusversion aus der Garage geholt.«

Kerstin ließ sich in einen der Sessel fallen. »Das ist wirklich der Wahnsinn. Aber …«, sie runzelte die Stirn. »Sind Jachten wirklich in Garagen untergebracht?«

Oahu wurde immer kleiner. Jetzt konnte man auch die

hohen Berge erkennen. Über der Insel hing ein Wolkenkranz, der dem Bild etwas Malerisches gab.

»Oh Izzy, das ist wunderschön. Danke, dass du das mit uns teilst«, fand Mel wieder mal die richtigen Worte.

»Und? Wie geht es dir?« Auf Izzys Gesicht lag ein besorgter Ausdruck.

»Bisher ist alles gut.«

»Dann lasst uns doch jetzt Captain JJ auf der Brücke besuchen.« Izzy ging zur Treppe, die sich an der Seite des Decks befand.

Mel setzte sich in einen Sessel. »Ich bleibe lieber erst mal hier.«

»Soll ich dir Gesellschaft leisten?«, fragte Sarah.

»Nein, nein. Geh bitte. Ich versuche mich jetzt mal mit der Seefahrt anzufreunden. Diese Treppe ist mir für den Moment noch zu gruselig.«

Sarah verstand zwar nicht, was Mel an dieser kleinen Treppe so beängstigend fand, aber sie ließ sie allein.

John John hatte tatsächlich eine Art Kommandostand. Allerdings besaß er kein großes Steuerrad, sondern lenkte die Jacht über einen Joystick.

»Ich hoffe, euch gefällt das Schiff.«

»Das weißt du doch«, sagte Izzy und trat neben ihn. »Darf ich kurz übernehmen?«

»Klar, du weißt ja, wie es geht.«

Sarah war beeindruckt, bis Izzy sich kichernd zu ihr umdrehte. »Inzwischen gibt es auch bei Schiffen einen Autopiloten. Ich tue nur so.«

»Darf ich mir die Küche ansehen?«, fragte Kerstin.

»Klar, aber warum willst du das?« John John zog seine

beeindruckenden Augenbrauen nach oben. »Du musst dir keine Sorgen machen, Chin, unser Koch, ist wirklich gut.«

»Kerstin ist auch Köchin, deswegen das Interesse«, erklärte Izzy.

»Gut, dann komm mit, ich zeig dir den Weg zur Kombüse.« Der Kapitän machte Anstalten zu gehen.

»Aber du kannst doch jetzt nicht einfach …« Sarah zeigte auf die blaue Weite vor ihnen. »Wer steuert denn dann das Schiff?«

»Izzy und der Autopilot«, entgegnete John John trocken und schob Kerstin zur Treppe.

Sarah spürte, wie leichte Hysterie in ihr aufstieg. »Bist du sicher, dass du das schaffst?«

Izzy deutete auf das Meer. »Siehst du hier irgendwelche Probleme?«

»Naja, es könnte ja Felsen unter Wasser geben, auf die wir auflaufen.«

»Beruhig dich. Die Inseln stehen quasi auf Säulen. Der Pazifik ist hier sehr tief. Es gibt keine Felsen. Was ist los mit dir? Warum hast du solche Angst?«

Sarah atmete tief durch, Izzy hatte recht, sie war einfach ein wenig konfus. »Ich bin noch nie auf einem Schiff gefahren. Es ist, gelinde gesagt, etwas unheimlich.«

»Und ich hatte schon vermutet, dass du denkst, ich sei zu schwach und krank, um ein Boot zu steuern.«

»Entschuldige, Izzy. Daran habe ich überhaupt nicht gedacht. Ich habe gerade einfach mit meinen eigenen Ängsten gekämpft.« Sie legte den Arm um ihre Freundin. »Okay, Captain Izzy, wohin geht die Reise?«

Sarah spürte, dass ihre Freundin kurz zusammenzuckte. Am liebsten wäre sie schreiend weggelaufen. Wie konnte sie nur so einen blöden Spruch machen? »Entschuldige«, murmelte sie.

»Alles gut. Wir hatten doch gesagt, ich will nicht von euch wie ein rohes Ei behandelt werden.«

»Aber es geht dir nicht gut?«

Izzy schwieg lange, bevor sie antwortete. »Nein, es geht mir nicht gut. Ich habe starke Schmerzen und die ganzen Mittel wirken nicht mehr richtig. Phasenweise kann ich gar nicht mehr richtig am Leben teilhaben. Mir ist pausenlos schwindelig und teilweise kann ich auch nicht mehr richtig sehen und gehen.«

»Ach, Izzy …« Sarah biss sich auf die Unterlippe, um nicht wieder irgendetwas Dämliches und Unüberlegtes von sich zu geben.

»Wir sind hier, das ist alles, was ich wollte. Übernimmst du jetzt mal? Ich muss mich hinlegen.«

»Aber …«, versuchte Sarah zu protestieren.

»Es ist wirklich ganz einfach.«

Kurze Zeit später fand sie sich allein am Steuer des Schiffs wieder. Am Horizont sah sie zwei Inseln, allerdings noch sehr weit entfernt.

Eigentlich war es schön, auf dieses unglaubliche Blau zu sehen und dabei zumindest ein wenig das Gefühl zu haben, ein Schiff zu steuern.

Graue Umrisse tauchten plötzlich vor dem Schiff auf. Konnte das wirklich sein? Glänzende Körper, die sich mit der Schnelligkeit der Jacht messen wollten. Glitzernd schossen sie durch die Bugwelle. Delfine. Eine ganze

Gruppe sprang aus dem Wasser und vollführte verrückte Tänze direkt vor dem Boot. Begeistert juchzte Sarah auf. Gleichzeitig fand sie es schade, dass sie diesen Moment nicht mit ihren Freundinnen teilen konnte. Neugierig sah sie den Tieren zu, die an der Spitze des Schiffes versuchten, mit der Geschwindigkeit der Jacht mitzuhalten. Sie atmete tief durch. Schlucken, die Rührung herunterdrücken, befahl sie sich selbst.

»Und, Kapitän? Besondere Vorkommnisse?«

»Nein. Delfine und unendliches Blau.«

»Das hast du sehr gut gemacht.« John John trat neben sie und übernahm den Joystick.

Wie in Trance ging Sarah wieder nach unten. Delfine! Wow. Diese Scheißtränen kamen schon wieder.

48

Kerstin

Sie scrollte durch die vielen Fotos, die sie gemacht hatte. Die würden sich gut auf dem Blog machen, von dem sie schon so lange träumte. Vielleicht war es wirklich an der Zeit, das Ganze anzugehen.

Kerstin hatte einen Anflug von Panik über Chin Hos Gesicht huschen sehen, als John John sie vorgestellt hatte. Nachdem sie ihm versichert hatte, dass sie sich nicht in seine Küche und Kochkünste einmischen, sondern lediglich mit ihm plaudern wolle, war er aufgetaut.

Der kugelige Chinese war früher Küchenchef in einigen der besten Hotels in Waikiki gewesen. Jetzt lebte er glücklich auf Maui und war die meiste Zeit der Babysitter seiner vielen Enkelkinder. Ab und an kochte er auf einem von John Johns Schiffen.

Sie hatte seine Vorbereitungen für den heutigen Lunch fotografiert. Es war beeindruckend, mit wie viel Sorgfalt er arbeitete.

Als sie wieder aus den Untiefen der Kombüse auftauchte, fand sie ihre Freundinnen auf dem Außendeck.

»Hast du etwa die Küchenhilfe gespielt?«, fragte Sarah und winkte sie zu dem Sessel neben sich.

»Nein. Ich habe Fotos gemacht, wollt ihr mal sehen?«

»Klar.« Alle nickten.

Sie reichte ihr Handy zuerst Sarah, die es nach Durchsicht der Bilder an die anderen weitergab.

»Du bist wirklich gut«, sagte Sarah, noch ehe Izzy und Mel alle Fotos gesehen hatten. »Mir gefallen deine Bilder sehr. Ich folge ja einigen Leuten auf Instagram und Facebook, aber von dir könnten sie sich noch eine Scheibe abschneiden.«

»Die Geschichten, die deine Fotos erzählen, sind super, aber du musst dir meinen Fotoapparat ausleihen. Du kannst ihn jederzeit haben, die Qualität ist einfach viel besser als mit deinem Telefon.« Mel reichte ihr das Handy zurück.

»Hast du schon mal daran gedacht, etwas damit anzufangen?«, fragte Izzy.

Kerstin nickte. »Ich habe eine riesige Sammlung. Alles hängt mit Kochen und Nahrungsmitteln zusammen. Ich träume davon, einen eigenen Food-Blog zu machen.«

»Coole Idee.« Sarah sah ehrlich begeistert aus.

In dem Augenblick kam Chin Ho zu ihnen an den Tisch. »Ich möchte mich vorstellen, mein Name ist Chin Ho und ich bin Ihr Koch auf dieser Reise. Ich habe einen leichten Lunch vorbereitet. Sollte eine der Damen irgendwelche Unverträglichkeiten haben, dann sagen Sie es mir bitte.«

Izzy stand auf und nahm den alten Mann in den Arm. »Chin, wie schön, dich zu sehen. Darf ich dir meine Freundinnen Mel und Sarah vorstellen? Kerstin kennst du ja schon.«

Der Koch verbeugte sich vergnügt in ihre Richtung und kniff das eine Auge zu. Dann begrüßte er die anderen Frauen.

»Ich habe riesigen Hunger«, sagte Izzy. »Was hast du für uns vorbereitet?«

Kerstins Blick streifte Mel und Sarah. Alle wussten, ihre Freundin aß kaum noch etwas, und wenn, dann spürte man, dass sie damit kämpfte. Sie war wirklich eine gute Schauspielerin.

Die kleinen Burger mit hauchdünn geschnittener Entenbrust, frischem Salat und Tomate waren ausgezeichnet. Dazu gab es handgemachte Pommes frites und zwei köstliche Soßen.

»Boah, war das gut«, sagte Sarah.

Selbst Izzy hatte mehr als die Hälfte ihres Burgers geschafft, eine wirkliche Leistung.

Gerade als Izzy aufstand, kam John John auf das hintere Deck. »Gut, dass du da bist. Ich möchte mich ein bisschen in meiner Kabine ausruhen. Kannst du meinen drei Freundinnen erklären, an was wir da gerade vorbeifahren?«

»Das mache ich gerne, Izzy.«

Überrascht sah Kerstin, wie weit sie sich inzwischen von Oahu entfernt hatten.

»Wenn ihr Lust habt, dann kommt doch mit aufs Vorderdeck.«

Kerstin registrierte, dass Sarah, im Gegensatz zu Mel, sofort aufsprang.

»Alles okay mit dir?«, fragte sie die Freundin.

»Ja.« Das totale Erstaunen, das aus ihrer Stimme herausklang, war wirklich lustig.

»Du bist nicht seekrank«, stellte Kerstin fest.

»Genau. Aber ich habe Angst, dass es mich plötzlich überfällt.«

»Komm jetzt mit. Wir lassen uns den Wind um die Nase wehen und ich bleibe einfach an deiner Seite.«

»Danke.«

Auf dem Vorderdeck erwartete sie eine leichte Brise. Sie hatten sich der Insel Molokai genähert. Der Kapitän erklärte ihnen die traurige Vergangenheit der Insel.

Als im 19. Jahrhundert die Lepra nach Hawaii kam, entschied die Regierung, die Nordspitze von Molokai in eine Lepra-Kolonie zu verwandeln. Männer, Frauen und sogar Kinder wurden aus ihren Familien gerissen und in der besonders schwer zugänglichen Kalaupapa-Bucht ausgesetzt. Teilweise warf man sie einfach über Bord. Offiziell wurden sie für tot erklärt und dort ohne Essen, Medikamente oder Behausungen zurückgelassen. Ein katholischer Pfarrer und einige Krankenschwestern erbarmten sich schließlich der Notleidenden, brachten Medikamente und bauten erste Hütten und eine Kirche.

Als sie langsam an dem Landstrich vorbeifuhren, schauderte es Kerstin. Was für eine schreckliche Geschichte. Warum hatte sie bisher noch nie davon gehört?

»Molokai hat die höchsten Meeresklippen der Welt, wie ihr sehen könnt. Das machte die Lepra-Kolonie zu einem der abgeschottetsten Flecken Erde überhaupt. Quasi ein natürliches Gefängnis, weil die Klippen früher nicht zu überwinden waren. Die Insel war schon immer sehr separiert, aber Kalaupapa war noch mal etwas anderes. Niemand konnte von diesem Ort fliehen. Auf der einen Seite das wilde Meer, auf der anderen Seite die unüberwindlichen Klippen. Noch dazu ging es den Leprakranken nicht gut, sie hatten kaum eine Versorgung und waren sich selbst überlassen.«

Stumm und entsetzt blickten sie auf die schroffen Felsen dieses beeindruckenden Ortes. Die Bergkette schloss wie eine dunkelgrüne Wand das Gelände ab. In der Bucht standen kleine weiße Holzhäuser und so, wie es jetzt aussah, kam es Kerstin eher wie ein lauschiges Dorf vor als wie ein Ort für die Aussätzigen der Gesellschaft.

»Wer fährt eigentlich gerade das Schiff?«, fragte Mel plötzlich mit panischem Blick.

»Mein Bootsjunge. Und er macht das sehr gut, obwohl er erst siebzehn Jahre alt ist.«

»So jung?«, fragte Mel.

Kerstin war immer noch gefangen von Kalaupapa. Waren die Menschen damals je über die hohen Klippen gekommen? Ganz offensichtlich lebten auch heute noch Menschen dort. Waren sie immer noch leprakrank? Wieder einmal war ihr vor Augen geführt worden, wie klein ihre eigenen Probleme waren.

49

Mel

Kerstin konnte wirklich toll fotografieren. Fast war Mel ein wenig neidisch. Ihre Freundin hatte einen sehr guten Blick. Die Momente, die sie mit dem Koch eingefangen hatte, waren faszinierend und berührend. Das hatte Mel selbst noch nicht geschafft. Aber jetzt war kein Platz für Eifersucht, sie wollte Kerstin unbedingt bei ihrem Projekt helfen.

In Erwartung des Sonnenuntergangs saßen sie auf dem hinteren Deck. Die Jacht hatte in einer Bucht vor der Insel Molokai geankert. Ein geschützter Fleck, der einen wunderschönen Blick auf ein einsames und geheimnisvolles Tal mit einem Wasserfall im Hintergrund bot.

»Soll ich mal nach Izzy sehen?«, fragte Kerstin und strich sich ihre roten Locken aus dem Gesicht.

»Sie kommt sicher gleich«, sagte Mel.

»Wer macht heute eigentlich die Cocktails?« Sarah stand auf. »Soll ich das machen?«

»Nein«, riefen Kerstin und Mel wie aus einem Mund.

Sarah verzog das Gesicht. »Vielen Dank auch.« Sie plumpste wieder in ihren Sessel zurück.

In diesem Augenblick tauchte Izzy auf. Sie trug ein

Tablett mit Gläsern. »Ich habe gedacht, heute muss es mein ganz persönlicher Mai Tai sein.«

Alle atmeten erleichtert auf. Sarahs Drinks hauten einen immer zu sehr um. Außerdem war es schön, Izzy in so guter Verfassung zu sehen. Sie trug ein leichtes Kleid, das ihr etwas zu groß war, aber trotzdem schaffte es die Farbe, ein Türkis wie das Meer, sie gut aussehen zu lassen.

»Auf unsere Freundschaft und auf 44ever. Ihr wisst gar nicht, wie oft unser Chat meine einzige Freude war«, sagte Izzy und hob ihr Glas.

Mel war überrascht. Hatte Izzy auch so viel Zeit in ihrem Chat verbracht? Sie hatte ja fast nie etwas geschrieben oder kommentiert. Mel hatte geglaubt, dass sie wegen ihrer beeindruckenden Karriere und der vielen Filme gar nicht mehr gelesen hatte, was die Freundinnen schrieben. Aber vielleicht meinte sie ja nur das letzte Jahr, als sie sich etwas Trost nach Logans Tod geholt hatte. Wenn Mel daran dachte, wie oft sie selbst ihre Unterhaltungen immer wieder gelesen hatte. Da saßen einfach wirklich tolle Frauen mit ihr zusammen … wovon eine bald nicht mehr bei ihnen sein würde. Mel biss sich auf die Unterlippe, um nicht loszuheulen. Das wollte sie Izzy nicht antun. Sie würde durchhalten, für ihre Freundin.

Diesmal war der Sonnenuntergang einfach nur kitschig. Als der Himmel seine spektakulären Farben verloren hatte, trat Chin auf den Plan. »Wo darf ich das Essen servieren?«

»Ich glaube, wir bleiben einfach hier sitzen«, sagte Izzy und sah fragend in die Runde.

Alle nickten.

»Und, wie geht es dir?« Izzy lehnte sich etwas zu ihr.

»Sollte ich dich das nicht besser fragen?«, scherzte Mel.

Izzy rollte mit den Augen. »Ich meinte deine Seekrankheit.«

»Bisher nichts, den Tabletten sei Dank.«

Chin hatte gezaubert. Mel lehnte sich nach etlichen Gängen so zufrieden zurück, wie sie es schon lange nicht mehr getan hatte. Essen machte glücklich. Hatte Sven ihr eigentlich jemals etwas gekocht? Nein, mehr als ein Spiegelei brachte er nicht zustande. Ihr letztes Telefonat hing ihr immer noch nach. Sie konnte hier jetzt nicht weg. Aber das würde er sicher nicht verstehen. Immer mehr wurde Mel klar, dass sie ein paar grundlegende Entscheidungen treffen musste. Später, wenn …

Mel wendete sich Kerstin zu, die vor sich hin starrte, während Izzy und Sarah in ein Gespräch vertieft waren. »Wir könnten morgen gemeinsam ein paar Fotos machen. Ich finde die Idee mit deinem Blog super.«

»Wirklich? Du hast Lust darauf?« Kerstin klang überrascht, aber auch begeistert.

»Klar. Endlich mal was anderes. Du weißt ja, dass ich schon immer gerne fotografiert habe. Die Homepage für unsere Ferienwohnungen – das habe ich alles allein gemacht. Sven hat überhaupt kein Händchen für so was.«

Mel sank zurück in den bequemen Sessel. Scheiße, Sven.

»Gut, wann fangen wir an?«, fragte Kerstin und zog sie aus ihren deprimierenden Gedanken.

»Ehrlich? Du willst, dass ich mitmache?« Mel war erfreut.

»Klar, mit gemeinsamer Power schaffen wir es doch viel besser.«

Plötzlich fühlte sie sich gut. Ja, sie würde Kerstin bei ihrem Blog helfen, und nein, sie würde nicht mehr nach Svens Pfeife tanzen.

50

Sarah

Die Oberfläche des Boards fühlte sich rau an, aber Sarah war froh, dass John John auf die Surfbretter bestanden hatte. Manchmal musste man stundenlang warten. Da sie nur zu gut wusste, dass es mit ihrer Kondition nicht so weit her war, hatte sie sofort zugestimmt.

Heute Morgen waren sie mit der Jacht eine halbe Stunde gefahren. Ganz plötzlich waren die Motoren ausgestellt worden und Kapitän John John war von der Brücke mit einem breiten Grinsen zu ihnen gekommen.

Die Buckelwale kamen im Winter nach Hawaii, um hier ihre Kälber zu gebären und aufzuziehen. John John hatte ihnen vorhin erzählt, dass in der Meerenge zwischen Lanai, Molokai und Maui so viele Wale zu finden seien wie ansonsten nirgendwo vor den Inseln. Sie ließen sich in den Kanälen treiben und fanden hier auch genug Futter.

Izzy, Kerstin und Mel lagen ebenfalls auf ihren Boards und paddelten träge im Wasser. Die Bretter waren durch lange Leinen mit der Jacht verbunden, da die Strömung hier extrem stark war. Sie wiederum waren mit den Fußgelenken an die Surfboards gebunden, damit sie nicht verloren gehen konnten. Alle trugen Neoprenanzüge, denn hier, weit draußen auf dem Meer, war das Wasser nicht so warm wie in ihrer Bucht zu Hause.

»Wenn ihr bemerkt, dass ihr die Verbindung verliert, dann meldet euch sofort. Wenn man nicht aufpasst, treibt man nach kürzester Zeit mitten auf dem Pazifik.«

Sarah wollte nicht darüber nachdenken. Einsam und allein mitten auf dem riesigen Ozean, das konnte sie sich nicht für eine Sekunde vorstellen. Zum Glück fühlte sie sich gerade jetzt mit ihren Freundinnen so verbunden. Hätte nicht immer über allem die traurige Gewissheit geschwebt, dass Izzy bald sterben würde, dann hätte sie diese Zeit als die beste ihres Lebens angesehen. Vielleicht war sie es trotzdem, trotz all der traurigen Umstände.

»Meint ihr, sie kommen zu uns?«, fragte Mel flüsternd.

Sie fragte das schon zum dritten Mal. Sarah rollte mit den Augen und ließ ihre Hände durchs Wasser gleiten.

»Da, direkt vor dir«, wisperte Izzy plötzlich.

Tatsächlich war ein dunkler Schatten zu sehen, der sich langsam der Wasseroberfläche näherte. Sie vernahmen ein kurzes Schnaufen, sahen eine kleine Wasserfontäne, dann war es wieder still.

»Dann ist er jetzt unter uns?«, fragte Mel. Sie klang nicht besonders begeistert.

»Wisst ihr noch, was wir bei unserem Ausflug gesehen haben? Wenn der jetzt hier neben uns aus dem Wasser springt, dann aber servus«, sagte Kerstin.

Sarah beobachtete die Wasseroberfläche. Der dunkle und riesige Körper kam langsam und vorsichtig näher, so als wollte er sich ansehen, was da im Wasser trieb.

Diese komischen Menschen, die ihn ihrerseits beobachten wollten.

Ein wesentlich lauteres Schnaufen des Wals spritzte sie unvermittelt alle nass. Sie quiekten überrascht und verzückt auf. Sarah setzte sich die Taucherbrille auf, die ihr John John vorhin gegeben hatte. Vorsichtig glitt sie ins Wasser und ließ sich unter die Oberfläche sinken. Ein bisschen flau war ihr im Magen, aber die Neugierde war größer. Außerdem waren diese imposanten Tiere nicht als bösartig bekannt. Der große Körper des Wals lag direkt zwischen ihnen. Er war so riesig, dass Sarah automatisch den Mund öffnete. An der Seite, sehr nahe an Izzys Board, schwamm ein Walkalb.

Schnell stieg Sarah wieder nach oben, spuckte das Salzwasser aus und holte prustend Luft. »Der Wal hat ein Baby«, stieß sie hervor. »Es ist direkt unter dir, Izzy.« Als sie erneut untertauchte, sah sie, dass der Wal inzwischen etwas gesunken war, aber das Kalb schwamm immer noch dicht unter der Oberfläche.

Sarah tauchte wieder auf und kletterte auf ihr Brett zurück. Sie paddelte in Izzys Richtung. Auch Kerstin und Mel schienen diese Idee gehabt zu haben. Als sie sich erreicht hatten, setzten sie sich auf und griffen sich an den Händen. Izzy, die weiter auf ihrem Board liegen blieb, war in ihrer Mitte.

Andächtig sahen sie, wie das Baby ganz langsam aus dem Wasser auftauchte und sie ebenso neugierig beäugte wie sie das Tier. Sie hielten alle die Luft an, das konnte Sarah spüren. Ein magischer Moment.

Lange blieb der kleine Wal an der Oberfläche, bevor er

in einem eleganten Bogen wieder abtauchte. Zeitgleich sprang Mama Wal in sicherer Entfernung aus dem Wasser und klatschte mit enormem Schwung auf die Oberfläche.

Es schaukelte zwar extrem, aber Sarah ging trotzdem noch mal unter Wasser. Da waren sie. Der gigantisch große Wal und das kleine Kalb. Neben sich sah sie, wie sich auch Kerstin und Mel mit ihren Taucherbrillen ins Wasser trauten.

Ein weiterer Wal kam in Sicht. Sarah schwamm an die Oberfläche. Sie warf einen Blick zu Izzy, aber ihre Freundin lag ganz ruhig auf ihrem Board und beobachtete mit großen Augen das Naturschauspiel. Der neue Wal hielt sich auf Abstand und prustete eine große Fontäne in den Himmel, bevor er wieder in den Tiefen verschwand. Kurze Zeit später sprang er urplötzlich aus dem Wasser und ließ sich mit einem lauten Klatschen wieder fallen. Um sie herum schwappte es bedenklich. Sarah stieg auf ihr Board und paddelte wieder näher zu Izzy. Ihre Hände berührten sich im Wasser.

Nach drei Stunden und vielen weiteren beeindruckenden Begegnungen mit den Walen kletterten sie zähneklappernd wieder an Deck. John John half Izzy, die kaum noch in der Lage war, von ihrem Surfbrett aufzustehen. Zu dritt waren sie ihr in ihrer Kabine behilflich, sich aus ihrem Anzug zu befreien.

»Ich muss mich jetzt etwas ausruhen«, sagte Izzy. »Wir treffen uns zum Sonnenuntergang.«

Sarah hatte es sich schon in einem der Sessel gemütlich gemacht, als ihre Freundinnen das Deck betraten.

»Ich finde keine Worte«, sagte Mel.

»Dito.« Kerstin plumpste in einen Sessel. Sie hatte eine ihrer Tuniken an, die mit ihrem Haar um die Wette leuchtete.

Izzy kam als Letzte. Sie hatte ein weites schwarzes T-Shirt und eine ebenso weite graue Hose an. Lange stand sie schweigend da und sah ihre Freundinnen an. »Danke«, sagte sie und setzte sich.

Sarah war irritiert. »Wir müssen dir danken. Das war der beste Tag meines Lebens. Ich habe so etwas noch nie erlebt.«

»Ja«, stimmte Kerstin ihr zu. »Unglaublich.«

»Heute gibt es einen Gin Manhattan, Izzy hat mich in das Ritual zum Sonnenuntergang eingeweiht«, sagte Chin und stellte ihnen die Gläser auf den Tisch.

»Danke, Chin«, kam es wie aus einem Mund.

»Ich kann es immer noch nicht fassen«, sagte Kerstin.

»So nah war ich einem Wal auch noch nie.« Izzy spielte mit ihrem Ring. »Mit Logan wollte ich immer so eine Tour machen, aber …« Sie brach ab. Einen Augenblick sah sie vor sich hin, dann lächelte sie in die Gesichter ihrer Freundinnen. »Es bedeutet mir sehr viel, dass wir das zusammen erlebt haben.«

Sie stießen mit ihren Gläsern an.

»Auf unsere Freundschaft.«

Nach den Cocktails servierte ihnen der Koch Pupus. Inzwischen wusste Sarah, dass so hawaiianische Vorspeisen hießen, eine leckerer als die andere.

»Ich habe Chin gebeten, uns nur ein leichtes Essen zu machen, ich hoffe, das ist auch in eurem Sinn. Als

Hauptspeise gibt es eines meiner Lieblingsgerichte, eine Kokossuppe mit Garnelen und Gemüse.«

Alle, einschließlich Sarah, brummten zustimmend. Der Moment hier draußen auf dem Meer war magisch. Die Sonne war inzwischen untergegangen, ein paar Wolken leuchteten noch in einem dunklen Purpur über dem silber schillernden Meer.

Irgendwann warf Izzy ihre Serviette zur Seite und stand auf. »Ist das nicht unglaublich, wir, hier zusammen, mitten auf dem weiten Pazifik?«

Auch Mel trat an die Reling und streckte ihre Hände aus. »Wir könnten John John bitten, Vollgas voraus zu fahren und uns dann wie in *Titanic* im Fahrtwind durchpusten lassen.«

Sarah lachte und auch Kerstin stieß ein Kichern aus. Mel mal wieder. Diese Frau war einfach zu romantisch veranlagt.

»Du weißt, da war dieser Eisberg«, gab Izzy zu bedenken und brachte damit wieder den traurigen Teil ihrer Reise ins Spiel.

Mel nahm Izzy bei der Hand und zog sie wieder zurück zum Tisch. »Wie geht es dir? Sind die Schmerzen aushaltbar?«

»Nein«, antwortete Izzy ganz schlicht.

In Sarah zog sich alles zusammen. Ihre Freundin konnte ihre Schmerzen so gut verstecken. Sie hatte in den letzten Stunden fast vergessen, dass es Izzy so schlecht ging.

»Hast du je daran gedacht, einfach aufzugeben?«, fragte Kerstin vorsichtig.

»Du meinst, ob ich meinem Leben ein Ende setzen wollte?«

Kerstin nickte.

»Ja. Ich habe die Mittel dafür.«

»Aber das kannst du doch nicht machen«, stammelte Kerstin.

»Warum nicht? Es ist mein Leben. Wenn die Schmerzen zu schlimm werden, dann habe ich einen Weg.« Izzy räusperte sich. »Ich will jetzt aber nicht darüber sprechen, ich möchte diesen wunderbaren Abend mit euch genießen. Ich bin immer noch so berührt von dem Erlebnis mit den Walen. Ich hätte nie gedacht, dass sie so nah an uns herankommen würden.«

Sie redeten und lachten noch lang, bevor sie nacheinander anfingen zu gähnen. Izzy war die Erste, die ihre Freundinnen eine nach der anderen drückte und sich dann in ihre Koje verabschiedete. Auch Mel und Kerstin verzogen sich ins Bett.

Sarah lehnte sich seufzend zurück und nippte an ihrem Wasser. Konnte sie diesen Tag in ihrem Herzen festhalten? Wenn es ein Tag verdient hatte, dann dieser.

51

Mel

Mitten in der Nacht schreckte sie hoch. Aber es war nicht der Ort, der sie ängstigte. Inzwischen fühlte Mel sich wohl an Bord. Lange hohe Wellen hatten sie in der letzten Nacht in den Schlaf gewiegt und sie hatte so gut und tief geschlafen wie schon lange nicht mehr. Deshalb war sie jetzt auch mehr als verwundert, dass sie so plötzlich hellwach war. Irgendetwas hatte sie wachgerüttelt.

Sie setzte sich in der schmalen Koje auf und griff im Dunkeln zu dem kleinen Tisch, der am Kopfende des Bettes stand. Mist, sie hatte am Abend vergessen, sich ein Wasser mitzunehmen.

Barfuß huschte Mel durch die Jacht. Jetzt, im Dunkeln, waren die Geräusche deutlicher zu hören als am Tag. Es quietschte und knarrte, während gleichzeitig dieses Schaukeln zu spüren war. Alles, selbst die Holzplanken unter ihr, bewegten sich. Wie im Bauch eines Wals, ging ihr durch den Kopf. Irgendwie beruhigend.

Als sie an dem großen Wohnraum vorbeiging – wie hieß dieser Raum auf einer Jacht noch mal? –, war ihr so, als hätte sie einen Schatten oder eine Bewegung gesehen. Mel blieb stehen und überlegte einen Moment. Dann entschloss sie sich, kurz nachzusehen. Aufmerksam betrat sie den Raum, aber da war niemand. Allerdings hörte sie jetzt Geräusche auf dem Deck. Sie schob den Vorhang beiseite und öffnete die Glastür. Welche ihrer Freundinnen konnte auch nicht schlafen? Wahrscheinlich war es Sarah, die noch ein letztes Glas Wein trank.

Aber es war nicht Sarah. Die wenigen Haare, die sehr schmale Gestalt. Izzy. Sie trug einen Neoprenanzug und quer über der Schulter eine kleine Tasche. Ihr Gesicht leuchtete im Mondlicht unnatürlich hell.

Erstarrt blieb Mel stehen. Alles in ihr gefror. Etwas befahl ihr, auf der Stelle davonzulaufen, aber sie konnte nicht. Bewegungslos stand ihre Freundin mit dem Rücken zu ihr und sah aufs Meer. Mel schluckte, wollte sich räuspern, aber kein Laut kam über ihre Lippen. In diesem Augenblick drehte Izzy sich langsam um. Ihre Augen waren geweitet. Stumm sahen sie sich eine lange Zeit in die Augen, dann kam Izzy näher.

In Mels Kopf überschlugen sich die Gedanken. Sie war sich sicher, dass sie wusste, was gerade passierte. Konnte sie daran etwas ändern? Sollte sie? Sollte sie Izzy aufhalten?

»Bitte, halte mich nicht auf«, sagte Izzy.

Sie konnte immer noch ihre Gedanken lesen. Mel spürte, dass ihr Tränen über das Gesicht liefen. »Aber …«

»Psst«, sagte Izzy und legte ihr einen Finger auf die Lippen.

Mel stand weiterhin wie festgefroren da, zu keiner weiteren Regung fähig. Sie wollte schreien und sich an ihre Freundin klammern, aber sie konnte sich nicht rühren.

Izzy war ihr so nah, sie spürte sie mit jeder Faser ihres Körpers, aber gleichzeitig wusste sie mit absoluter Sicherheit, dass sie nicht verhindern konnte, was Izzy sich vorgenommen hatte. Und sie wollte es auch gar nicht.

Ihre Freundin umarmte sie. Einen Augenblick lehnten sie sich aneinander. Es war vertraut und doch auch fremd. Sie spürte, dass Izzy sich einen Moment länger an sie lehnte, als sie es eigentlich wollte. Konnte sie ihre Freundin jetzt tatsächlich loslassen? Für immer loslassen? Izzy wollte jetzt gehen, sie war bereit. Mel durfte sie nicht an ihrem Vorhaben hindern, das spürte sie.

Izzy küsste sie auf den Mund. Mel nahm ein letztes Mal ihren süßen Duft wahr, ihre zarten Lippen, und strich ihr über den fast kahlen Kopf. Dann löste sich Izzy von ihr.

Sie drehte sich um und verschwand hinunter zur Badeplattform.

Erst nach mehreren Minuten erwachte Mel aus ihrer Erstarrung. Zaghaft ging sie nach vorne an die Reling. Sie berührte das runde, kühle Metall. Die Meeresoberfläche schillerte durch das Licht des Mondes wie Quecksilber. Izzy lag auf ihrem Surfbrett. Mel konnte sehen, wie sie langsam in Richtung des offenen Meeres paddelte, hinaus aus der geschützten Bucht. Sie wirkte stark, sie wusste genau, was sie tat.

Mel wollte wieder schreien, die Freundin anflehen, zurückzukommen, aber sie wusste, dass es keinen Sinn hatte.

Stattdessen kauerte sie sich in einen der Stühle, ohne Izzy aus den Augen zu lassen. Irgendwann zog sie die

Beine hoch und umklammerte ihre Knie. Die Strömung war hier besonders stark. Was hatte John John ihnen heute erklärt? Man war ruckzuck mitten auf dem offenen Pazifik. Und Izzy war jetzt ganz allein da draußen. Gedanken flogen wirr in Mels Kopf herum. Hätte sie sie doch aufhalten sollen? Was begegnete der Freundin jetzt dort draußen? Würden die Wale sie begleiten?

Eine Zeit lang konnte sie Izzy als kleinen Punkt noch erkennen, aber dann verschmolz sie mit dem Meer. Sie war verschwunden.

Ein kalter Hauch strich Mel über die nackten Arme und sie fröstelte. Am Horizont, weit draußen, sah sie plötzlich zwei Delfine aus dem Wasser springen. Sie schloss die Augen.

52

Mel

Im Morgengrauen fand John John sie, immer noch in ihrem Sessel kauernd.

»Izzy ist heute Nacht gegangen.«

Er nickte mit traurigen Augen. »Ich habe es mir gedacht, sie hat mir einen Brief hinterlassen.«

»Auf dem Tisch liegen noch mehrere Umschläge«, Mels Flüstern war kaum hörbar.

Kerstin erschien gähnend. »Was macht ihr denn für Gesichter?«

Mel sah auf. Sie räusperte sich und versuchte, ihre Stimme zu reaktivieren. »Izzy ist nicht mehr da.«

»Wie meinst du das?« Kerstin sah sie verständnislos und verschlafen an. »Ist sie nicht in ihrer Kajüte?«

Mel schüttelte still den Kopf.

Kerstin schaute weiterhin fragend. »Wo ist sie denn dann?«

Mel sah hilflos aufs Meer. Wie sollte sie ihrer Freundin die Wahrheit sagen?

»Ja, wo ist Izzy?« Die Frage kam von Sarah, die sich hinter Kerstin eingefunden hatte. Sie rieb sich die Augen.

Mel zuckte bei ihrem Auftauchen zusammen und

blickte den beiden lange ins Gesicht, bevor sie zu sprechen in der Lage war.

»Ich habe sie heute Nacht getroffen. Sie ist aufs Meer hinausgepaddelt mit einem Surfboard«, sagte sie dann.

Die beiden starrten sie mit offenem Mund an.

Mel konnte die Geräusche hören, die die Jacht auf dem Meer machte. Das Rollen der Wellen drückte an den Rumpf.

»Und du hast sie gehen lassen?«, Sarahs Stimme war schrill.

»Warum hast du uns nicht Bescheid gesagt?« Kerstin standen Wut und Fassungslosigkeit ins Gesicht geschrieben.

»Ich ...«, stammelte Mel, dann verstummte sie wieder. Was sollte sie auch sagen. An Kerstins und Sarahs Stelle wäre sie sicher auch außer sich. Dabei war die Frage, wer, wann und wo etwas gewusst hatte, ja völlig nebensächlich. Izzy war fort und würde nie mehr wiederkommen. Sie hatte keine Tränen mehr und auch keine Kraft, sich mit ihren Freundinnen auseinanderzusetzen. Sie stand auf.

»Stopp, du kannst jetzt nicht einfach weggehen. Würdest du uns bitte erklären, warum du uns nicht geweckt hast?« Sarah schrie regelrecht.

»Wieso hast du sie nicht aufgehalten?« Auch Kerstins Stimme war noch immer laut und aggressiv.

»Denkt doch mal nach, was hättet ihr denn an meiner Stelle gemacht?« Warum stritten sie sich, anstatt sich in den Arm zu nehmen und zu trauern? »Es war ihr Wunsch und ich hatte kein Recht, sie davon abzuhalten. Ich habe es ja auch nur zufällig mitbekommen.«

Hilflos stand sie vor ihnen. Die beiden führten sich auf wie Furien und nicht wie Freundinnen, die in so einem Moment zusammenhielten. »Izzy hat für jeden von uns einen Umschlag auf dem Tisch hinterlassen. Ich gehe jetzt kurz in meine Kajüte.«

Als Mel die schmale Tür hinter sich schloss, klingelte ihr Handy. Ohne nachzudenken nahm sie das Gespräch an. Sie hatte nicht damit gerechnet, mitten auf dem Meer Empfang zu haben. Es war Sven.

»Was willst du?«, fragte sie unwirsch anstelle einer Begrüßung.

»Wann kommst du nach Hause?«

»Ich weiß es nicht.« Inzwischen schien die Sonne durch das Bullauge. Dem Tag sah man nicht an, was in der Nacht Schreckliches passiert war. Sie hätte das Handy klingeln lassen sollen. Den vorwurfsvollen Ton in Svens Stimme konnte sie gerade jetzt nicht ertragen. Erschöpft strich sie sich durch die Haare und ließ sich aufs Bett fallen. War das der Mann, den sie einmal geliebt hatte? Warum spürte er nicht, wie es um sie stand?

»Mutter geht es unverändert schlecht, sie liegt immer noch im Koma. Ich habe alle Hände voll zu tun damit, ich kann mich nicht auch noch um Arne und Kim kümmern.«

»Es sind auch deine Kinder«, erinnerte ihn Mel. »Außerdem …« Sie brach ab. Es hatte keinen Sinn, Sven von Izzy zu erzählen. Er war so auf sich fixiert, dass ihm jegliches Mitgefühl fehlte. Abgesehen davon hatte er nie verstanden, wie viel ihr diese Freundschaft bedeutete, ja, er wusste nicht mal, dass Izzy todkrank gewesen war. Mel hatte es ihm nicht erzählt. Wie gerne hätte sie jetzt einen Partner an der Seite gehabt, der ihr beigestanden hätte. Sie fühlte sich unendlich einsam.

Plötzlich schoss es ihr durch den Kopf: Sie musste zurück zu Sarah und Kerstin, sofort! Ohne sich zu verabschieden, beendete sie das Gespräch und rannte regelrecht aus ihrer Kajüte.

»Ich brauche euch«, rief sie Sarah und Kerstin entgegen.

Heulend fielen die drei sich in die Arme. Lange Zeit standen sie einfach nur da, hielten einander fest und weinten. Irgendwann, nach einer gefühlten Ewigkeit, ließen die Tränen ein wenig nach und sie lösten sich aus ihrer Umarmung.

»Und was machen wir jetzt?«

Die Frage hing zwischen ihnen. Bisher hatten sie nur zu begreifen versucht, dass Izzy jetzt nicht mehr bei ihnen war. Daran, was jetzt zu tun war, hatte noch keine von ihnen gedacht. Mel schluchzte auf, und Kerstin und Sarah umarmten sie erneut.

Schweigend setzten sie sich in die Sessel und sahen zu, wie die Sonne Stück für Stück aus dem Meer auftauchte.

Irgendwann durchbrach Sarah die Stille. »Ich bedauere mich gerade selbst, weil Izzy nicht mehr da ist. Das ist doch schrecklich, oder?«

»Ich versuche ihre Entscheidung nachzuvollziehen, aber es fällt mir sehr schwer«, sagte Kerstin.

»Eigentlich finde ich, dass man sein Leben nicht selbst beenden darf, aber in Izzys Fall verstehe ich diesen Schritt. Auch wenn ich es nicht ertragen kann, muss ich es akzeptieren. Wir wissen ja alle nicht wirklich, wie schrecklich ihr Leiden eigentlich gewesen ist.« Mel versuchte vergeblich, ihre Tränen zu unterdrücken. »Ich hoffe, es geht ihr jetzt besser. Überlegt mal, wenn sie uns zuliebe noch eine Weile ausgehalten hätte, dann hätte es unseren Schmerz doch nur verschoben, aber ihren noch vergrößert.«

Kerstin und Sarah nickten.

»Sie hat uns wieder zusammengeführt. So können wir zusammen um sie trauern«, sagte Sarah.

Kerstin öffnete den Mund und schloss ihn dann wieder. Sie wischte sich über die Augen. »Es tut mir leid, dass ich vorhin so furchtbar zu dir war«, wandte sie sich an Mel.

»Ich möchte mich auch entschuldigen«, ergänzte Sarah.

Mel hob die Hände und ein schwaches Lächeln ging über ihr Gesicht. »Stopp, ich verstehe euch. Ich konnte euer Entsetzen so gut nachfühlen, ich würde am liebsten selbst die ganze Zeit schreien. Dabei sollten wir uns eigentlich für Izzy freuen. Jetzt hat sie sicher keine Schmerzen mehr. Sie ist gegangen, weil alles eingetroffen ist, so wie sie es sich vorgenommen hat. Es war Izzys Plan, dass wir uns hier treffen und dass sie ihr Leben beenden wird. Das müssen wir einfach akzeptieren.«

»Aber es ist so schwer«, antwortete Kerstin.

Sarah starrte auf das Meer, als würde sie Izzy mit ihrem Blick wieder zu ihnen zurückbringen können. »Es tut so weh!«

Auch Mel sah hinaus auf den Pazifik. Ja, es tat weh, aber sie hatten sich, um sich gegenseitig zu trösten und beizustehen. Sie spürte, dass sie ihren Kummer nun viel besser ertragen konnte als eben, als sie sich noch so einsam gefühlt hatte. Und Izzy ging es jetzt sicher besser. Sie schluckte. In Kerstin und Sarah würde sie Halt finden. Vielleicht war das ja auch das, was Izzy ihnen hatte sagen wollen. Vielleicht war das der verrückte Plan ihrer Freundin. Sie wollte, dass sie sich gegenseitig Halt gaben und endlich wieder zu richtigen Freundinnen wurden.

Plötzlich gaben ihre Telefone gleichzeitig den bekannten Ton ihres Chats von sich. Ungläubig blickten sie sich an, keiner wagte, sich zu rühren.

53

Sarah

Nein, das konnte nicht sein. Oder doch? Verwirrt blickte Sarah zwischen der unendlichen blauen Meeresoberfläche und ihren Freundinnen hin und her. Hatte Izzy es sich anders überlegt und bat um Hilfe? Auch wenn sie wusste, wie aberwitzig dieser Gedanke war, spürte sie einen Funken Hoffnung in sich aufkeimen.

Mel, die ihr Handy immer noch in der Hand hielt, nahm es nun in Zeitlupe hoch. Unendlich langsam nestelte sie daran herum, Sarah hätte es ihr fast aus der Hand gerissen.

Kerstin schien ähnlich ungeduldig zu sein. Sie zog ihr eigenes Telefon aus der Hosentasche ihres Pyjamas, ließ es aber gleich darauf wieder sinken, denn Mel räusperte sich.

»Es ist eine Nachricht von Izzy«, sagte sie mit rauer Stimme und unterdrückte ein Schluchzen. »Sie hat sie heute um Mitternacht eingestellt, zumindest steht das hier.«

Sarah schluckte schwer. Kein Hilferuf, Izzy kam nicht zurück.

»Kann man so was tatsächlich timen?«, fragte Mel verwirrt.

»Lies vor«, forderte Kerstin schroff.

»Meine geliebten Freundinnen«, begann Mel vorzulesen. »Ich kann das nicht …«

»Gib her.« Kerstin nahm ihr das Telefon aus der Hand und las weiter. »Verschwommen ziehen die letzten Tage an mir vorbei.« Auch sie musste sich räuspern, dann erschien ein winziges Lächeln auf ihrem Gesicht, bevor sie weiterlas. »Kerstins ohrenbetäubendes Kreischen, als wir aus dem Flugzeug gesprungen sind, Sarahs ungläubiges Gesicht, als ich ihr gesagt habe, dass ich mal verliebt in sie war. Mel … die Seele unseres Kleeblatts. Was für ein Geschenk, dass wir uns alle wieder so nahegekommen sind. Ich bin glücklich und dankbar, dass wir unser Versprechen einlösen konnten, meinen vierzigsten Geburtstag zusammen zu feiern. Wie wunderbar, dass ich das noch erleben durfte.« Kerstin wischte sich über die Augen und gab das Telefon an Sarah weiter. »Bitte, ich …«

Sarah war sich nicht sicher, ob sie das hinbekam. Würde ihre Stimme mitspielen? Was für ein Blödsinn! Ihre Freundin war gerade in den Tod gegangen und sie zweifelte daran, ob sie es schaffen würde, ihre letzten Worte an sie zu lesen? »Zusammenreißen«, raunte sie sich selbst zu. Sie atmete tief durch.

»Ihr drei und Logan wart mein Leben, meine wahre Ohana. Ich hoffe so sehr, dass ihr auch weiter zusammenbleibt und euch gegenseitig unterstützt. Kerstin, Mel und Sarah – ich bin so dankbar, euch an meiner Seite gehabt zu haben. Wer hat schon so fantastische Freundinnen? Leider habe ich euch nie wirklich gesagt, wie wichtig ihr mir mein ganzes Leben gewesen seid. Ich hoffe, dass die letzten Tage euch ein bisschen gezeigt haben, was ich meine.«

Nun musste auch Sarah das Handy sinken lassen, weil sie die Tränen überwältigten.

Mel nahm es ihr sanft aus der Hand. Mit brüchiger Stimme las sie weiter. »Ich weiß nicht, was gleich mit mir passiert, aber ich habe eine Vorstellung davon, und die will ich mit euch teilen.«

Mel machte eine Pause, schluckte und las dann weiter. »Ich treibe langsam durch das Wasser. Die Dunkelheit hat etwas Beruhigendes, sie wiegt mich in dem Glauben, dass ich eins mit dem Meer werde. Vielleicht sind auch nur die starken Medikamente daran schuld, dass ich mich so wohlfühle, aber das ist egal. Je weiter ich aus der Bucht heraustreibe, desto mehr spüre ich, wie mich die Strömung erfasst. Die Fahrt wird immer schneller, ohne dass ich mich noch anstrengen muss. Ich lege meine Arme auf das Surfbrett und bette meinen Kopf darauf. Treiben lassen. Neben mir springt ein Delfin aus dem Wasser. Dann höre ich ein tiefes Geräusch. Einen Wal. Es scheint, als ob er mich begleitet, er bleibt an meiner Seite. Ich fühle, wie sich eine große Ruhe in mir ausbreitet. Endlich komme ich Logan wieder näher und endlich verlassen mich diese unerträglichen Schmerzen. Mahalo und Aloha, meine Lieben, es war wunderschön mit euch.«

Unter Tränen blickten sie sich an.

»Warum haben wir so wenig aus unserer Freundschaft gemacht?«, fragte Kerstin nach langem Schweigen in die Stille hinein.

»Sie ist ja noch nicht vorbei.« Sarah war selbst überrascht, wie schnell ihr dieser Satz über die Lippen gekommen war. »Ist doch wahr«, sagte sie, als sie Kerstins und Mels Blicke auf sich spürte. »Ich bin mir sicher, dass Izzy froh darüber wäre, wenn sie wüsste, dass es mit unserer Freundschaft weitergeht.«

»Ich finde, du hast total recht.« Kerstin legte ihr eine Hand auf den Arm.

Auch Mel rückte näher. »Das hast du sehr richtig gesagt. Ich bin so froh, dass ich hier mit euch zusammen bin und dass wir gemeinsam um Izzy trauern können. Ich könnte mir niemand anderen als euch beide vorstellen. Seit fast zwanzig Jahren bin ich mit Sven verheiratet und ich hatte vorhin nicht das Bedürfnis, ihm zu erzählen, dass Izzy gestorben ist. Das will ich nur mit euch teilen. Ich möchte mit euch weinen, euch nah sein und mich von euch trösten lassen.«

Sarah nickte, genauso ging es ihr auch. Die Leere durch den Verlust ihrer Freundin wog schwer in ihrem Herzen, aber mit Mel und Kerstin konnte sie sie ertragen, genauso, wie es Izzy gewollt hatte.

54
Kerstin

Das Haus fühlte sich schrecklich leer an ohne Izzy.

Alles erinnerte an sie und Logan. Das war zwar sehr schön, tat aber auch verdammt weh.

Mel war heute Morgen abgereist. Noch jemand, der fehlte.

Kerstin streifte durch die Villa. Sie ging an den Bücherregalen entlang, zog den einen oder anderen Roman heraus und blätterte darin. Bei *Anne of Green Gables* musste sie lächeln. Vor ein paar Tagen hatte sie das Buch auch in der Hand gehalten, als Izzy zu ihr getreten war.

»Kennst du das Buch?«

Kerstin hatte den Kopf geschüttelt.

»Das ist ein berühmtes kanadisches Kinderbuch. Es handelt von einem sehr vorwitzigen, rothaarigen Waisenmädchen, das an ein älteres Geschwisterpaar vermittelt wird. Logan hat die Geschichte geliebt. Und ich muss zugeben, ich auch. Sie gefällt mir sogar besser als *Pippi Langstrumpf*. Logan war mit daran beteiligt, als eine Fernsehserie aus dem Stoff adaptiert wurde.«

»Wow, das ist ja beeindruckend«, hatte Kerstin geantwortet.

»Du solltest es lesen. Es hat mich in meinem Glauben bestärkt, dass Rothaarige etwas ganz Besonderes sind.«

Kerstin seufzte. Izzy hatte eine genauso große Liebe zum Lesen gehabt wie sie selbst. Allerdings hatte sie in Logan auch eine Partnerin gehabt, die diese Liebe mit ihr teilte. Friedrich hatte nie gelesen. Komisch, es war das erste Mal seit Langem, dass sie an ihn dachte.

Es hupte. Kerstin trat auf den vorderen Teil der Veranda und sah Mike aus seinem Truck steigen.

»Hallo, Mike, du willst sicher zu Sarah, oder? Die hat gerade eine Surfstunde.«

»Nein. Eigentlich wollte ich zu dir.«

Verblüfft ließ Kerstin ihn herein.

Einen Augenblick sah es so aus, als wüsste er nicht, was er sagen sollte, doch dann straffte er sich. »Ich stehe mit meinem Poke-Truck noch ganz am Anfang. Und ich merke, ich brauche einen richtigen Koch. Ich muss etwas professioneller werden, vielleicht noch mehr Poke-Varianten oder andere Gerichte anbieten. Was würdest du davon halten, mich bei der ganzen Unternehmung zu beraten?«

»Du veräppelst mich, oder?« Kerstin schüttelte den Kopf. »Ich kann so was nicht.«

»Sarah hat mir erzählt, wo du schon überall gekocht hast. Du warst ja auf dem Weg, eine richtige Spitzenköchin zu werden. Ich habe bisher nur im kleinen Rahmen gekocht. Eigentlich hatte ich mal einen ganz anderen Beruf. Dein fachmännischer Rat wäre Gold wert für mich.«

Mikes Worte versetzten ihr einen Stich. Er hatte recht,

damals war sie sehr weit oben gewesen – aber das war schon so lange her.

»Ich glaube, ich kann das nicht«, wiederholte sie sich selbst. »Ich habe keine Ahnung, wie es weitergehen soll. Izzy hat uns ja gebeten, bis zur Testamentseröffnung zu bleiben. Danach werde ich wieder nach Deutschland zurückkehren. Wahrscheinlich …«

»Dann hast du doch jetzt Zeit. Ich will ja nur ein bisschen von deinem Know-how profitieren. Mel hat mir auch von deinem Food-Blog erzählt.«

Das war doch nicht zu fassen! Waren die beiden verrückt geworden oder was sollte das?

»Ich könnte unterschiedliche Poke machen und du fotografierst sie dann. Das wäre eine gute Werbung für mich und du hättest einen interessanten Inhalt. Außerdem könntest du mir natürlich auch Tipps für ein erweitertes Angebot geben. Hättest du Lust, ein paar neue Soßen zu erfinden? Du weißt ja, dass die unterschiedlichen Fischsorten mit neuen Soßen ganz anders schmecken.«

»Was soll das werden? Ein Beschäftigungsprogramm für mich?«

»Nein.« Mike sah sie aufrichtig an. Der Blick aus seinen blauen Augen traf sie. Kerstin konnte verstehen, warum Sarah auf ihn stand, auch wenn sie es noch immer abstritt.

»Ich habe um Hilfe gebeten, das machen wir hier so.«

Beschämt brach Kerstin den Augenkontakt ab. Sie verhielt sich wirklich furchtbar. »Entschuldige. Ich …«

»Denk drüber nach, ich melde mich morgen noch mal.« Er nickte ihr zum Abschied zu und verließ das Haus.

Lange Zeit starrte Kerstin vor sich hin. Erst als Sarah ins Haus stürmte, wachte sie aus ihrer Erstarrung auf.

»Du glaubst es nicht«, kreischte ihre Freundin, »ich bin durch einen Wellentunnel gefahren. Okay, nur ein paar Sekunden, aber es hat geklappt!« Sarah hüpfte wie ein kleines Kind umher.

»Dusch dich erst mal draußen«, sagte Kerstin mit einem Blick auf den Sand, der überall auf dem Boden lag.

»Du bist schon genauso wie Mel.« Sarah schmollte, verzog sich aber nach draußen.

Kerstin lachte in sich hinein. Stimmt, eigentlich war das Mels Part, sie war die Mama. Aber gerade hatte es sie wirklich geärgert. Wobei – vielleicht lag der Ärger auch an der Einmischung ihrer Freundinnen in ihr Leben.

»So, da bin ich wieder«, verkündete Sarah, als sie, diesmal sauber und mit einem Handtuch umwickelt, ins Haus trat.

»Mike war gerade hier.«

»Und?«

»Du hast ihn auf mich gehetzt.«

Sarah hob abwehrend die Hände. »Wovon sprichst du? Ich habe seit Izzys Tod nicht mehr mit ihm geredet.«

»Ach, wirklich?« Kerstin war erstaunt, das hatte sie nicht erwartet.

»Ich habe ihm gesagt, dass ich Zeit für mich brauche, und seitdem haben wir keinen Kontakt mehr gehabt.« Sarah rubbelte sich ihre Haare mit einem Handtuch ab. »Vielleicht war das ein Fehler. Was hat er denn gewollt?«

»Er möchte mich als Beraterin für seinen Foodtruck.

Außerdem will er mit mir einen Blog-Artikel über Poke machen.«

»Das ist doch toll. Warum bist du dann so schlecht drauf?«

»Ich weiß nicht.« Kerstin war plötzlich verunsichert. »Ich habe keine Ahnung, wie es mit mir weitergehen soll.«

»Da sind wir schon zu zweit«, antwortete Sarah trocken. »Ich zieh mich kurz um und dann treffen wir uns auf der Veranda.«

»Aber …«, wagte Kerstin einzuwenden. Sarah schnitt ihr das Wort ab.

»Ich möchte einen leckeren Cocktail und was zu knabbern.«

Kerstin schüttelte den Kopf und sah der Freundin nach, wie sie nach oben lief. Okay, sie würde heute etwas Antialkoholisches machen. Sie war gespannt, wie Sarah das finden würde.

Sarah kam auf die Veranda, als Kerstin gerade die zwei Sessel gen Sonnenuntergang ausrichtete. »Komisch, oder?«, fragte sie. »Jetzt sind nur noch wir zwei hier.«

»Ob Mel schon in Los Angeles ist?«

Genau in diesem Moment piepten gleichzeitig ihre Telefone.

»Mel«, sagten sie wie aus einem Mund.

44ever

Mel

Bin gelandet, vermisse euch jetzt schon unglaublich. Außerdem habe ich einen Horror vor dem Weiterflug.

Wobei, eigentlich nicht davor, sondern vor dem, was mich zu Hause erwartet.

Kerstin
Heute gibt es mal einen alkoholfreien Cocktail. Ich glaube, er schmeckt Sarah, zumindest habe ich noch nichts Gegenteiliges von ihr gehört. Jedenfalls ist er besser als die Drinks, die Sarah uns gemixt hat.

Sarah
Ich habe es heute das erste Mal geschafft, in eine Tube einzutauchen. War zwar nicht lang, aber ich bin glücklich. Und was ihr da immer mit meinen Cocktails habt, ich verstehe das nicht.

Mel
Am liebsten würde ich sofort ins nächste Flugzeug zurück nach Hawaii steigen.

Sarah
Halte durch, du bist bald wieder da. Wir vermissen dich jetzt schon.

Kerstin
Ich drück dich, wir sehen uns bald. Du weißt ja, was Izzy gesagt hat – wir müssen das zusammen machen.

»Prost«, sagte Kerstin und erhob ihr Glas.

Sarah ergriff ebenfalls ihr Glas. »Prost, Izzy, Mel und dir.«

Sie stießen an und sahen auf das Farbspektakel, das gerade mal wieder zum Träumen schön war. Wieder piepten ihre Telefone.

44ever

Mel
Prost, ihr Lieben.

Kerstin machte ein Selfie von sich und Sarah und verschickte es.

44ever

Kerstin
Der Sonnenuntergang ist der Hammer, guten Weiterflug!

Mel
Oh Mann, ich bin so neidisch! Komisch, früher habt ihr mir nie so gefehlt wie jetzt.

Kerstin
Wir freuen uns schon auf deine Rückkehr.

»Also, warum findest du die Idee von Mike so blöd?« Sarah nippte an ihrem Drink. »Der schmeckt übrigens wirklich lecker.«

Kerstin kicherte. »Das sagst du? Dabei ist er wirklich ohne Alkohol.«

»Trotzdem schmeckt er gut.« Sarah trank und stellte

ihr Glas auf den Tisch. »Du hast meine Frage nicht beantwortet.«

»Was soll ich denn sagen?« Kerstin wurde ernst. »Ich habe keine Ahnung, wie es mit mir weitergeht. Ich will nicht wieder nach München zurück, aber ich habe sonst ja nichts.«

»Geht mir genauso.« Sarah sah auf das Meer. »Ich muss eigentlich wieder nach London. Dort ist mein Job, meine Wohnung – aber sonst … nichts.«

»Ich habe noch nicht mal mehr eine Arbeit.« Kerstin lehnte sich seufzend zurück.

»Dann fang doch jetzt an. Du hast Mels Fotoapparat. Mach einen ersten Blog-Artikel mit dem Poke-Truck von Mike. Leg los, das macht dir doch Spaß.«

Kerstin sah ihre Freundin irritiert an. Seit wann war sie so positiv?

»Apropos leg los – warum triffst du dich nicht endlich mal offiziell mit Mike?«, gab sie mit einem Grinsen zurück.

»Ich will es nicht kaputt machen. Außerdem weiß ich genauso wenig wie du, wo meine Reise hingeht. Wenn ich mir mein Bankkonto angucke, dann muss ich bald wieder nach London. Ich hasse es, immer pleite zu sein. Irgendwie sind wir dafür inzwischen zu alt.«

»Besuche Mike. Der Mann ist wirklich interessant.«

Sarah nickte. »Vielleicht mache ich das.«

55
Sarah

Sie war mit sehr unterschiedlichen Gefühlen nach Haleiwa aufgebrochen. Jetzt stand sie in der Schlange vor Mikes Truck, trat von einem Fuß auf den anderen und fühlte sich wie ein verliebter Teenager.

Als sie an der Reihe war, bekam sie kaum einen Ton raus. »Hallo.«

Mike blickte sie durchdringend an. »Hallo, Sarah. Was kann ich für dich tun?« Sein Blick wurde etwas sanfter und um seine Augen bildete sich dieser feine Kranz aus Lachfältchen, der ihn so sexy aussehen ließ.

Erst klang er so abweisend und dann lachte er sie aus? Sarah nahm all ihren Mut zusammen. »Wollen wir heute Abend zusammen essen gehen? Ich würde einen Tisch im Beach House reservieren.«

»Gerne«, sagte er. »Sonst noch was?«

»Nein«, sie konnte ihm nicht weiter in die Augen sehen. »Ich hole dich um sechs ab.«

Sie hatte sich schon umgedreht, als er sie stoppte. »Sarah?«

»Ja?«

»Da kann man nicht reservieren.«

»Bitte?«

»Im Beach House nehmen sie keine Reservierungen an, da geht man einfach hin und wartet auf einen Tisch.«

Sie nickte, zu mehr war sie nicht fähig. Verdammt, sie benahm sich vollkommen kindisch. Mit schweißnassen Händen und Herzklopfen ging sie wieder zum Auto.

Wie verrückt war das alles? Wie in Trance fuhr Sarah zur Villa zurück.

Die Fotos waren der Hammer. Mels Kamera konnte was, das sah man. Aber noch mehr beeindruckte Sarah Kerstins Talent. Dem Licht nach zu urteilen, war sie ganz früh bei Mikes Foodtruck gewesen. Es gab Bilder, wie er einen großen Fisch schuppte, ausnahm und dann in winzige Streifen filetierte. Auch die verschiedenen Poke, frisch angerichtet in der Vitrine, sahen auf Kerstins Fotos noch verführerischer aus als in echt.

»Die Bilder gefallen mir total gut«, sagte Sarah und reichte ihr das Tablet zurück. »Du hast ein tolles Auge für Details.«

»Ich bin so unsicher. Wenn ich das jetzt online stelle, dann …«

»Was dann?« Sarah war inzwischen leicht genervt. »Du wirst nicht von Anfang an die Königin der Food-Blogs sein.« Sie rollte mit den Augen. »Drück auf veröffentlichen. Sie sind gut, aber du musst sie auch der Internet-Gemeinde zeigen, sonst wird das nie jemand erfahren.«

»Ich habe keine Ahnung, wie ich das machen soll.«

Ihre Telefone piepten mal wieder gleichzeitig.

44ever

Mel
Stellt euch vor, Sven redet nicht mehr mit mir, weil ich wieder nach Hawaii fliegen will. Ich könnte k… Was wird aus Izzys Auftrag?

»Scheiße. Wie können wir ihr helfen?« Kerstin schüttelte ratlos den Kopf.

Sarah schnaubte verächtlich. »Wir hätten ihn ihr schon damals ausreden sollen.«

Kerstin nickte. »Wir müssen reagieren. Willst du oder soll ich?«

Sarah fing schon an zu tippen. Sie spürte, wie die Freundin näherrückte, um mitzulesen.

44ever

Sarah
Du bist erwachsen. Und deine Kinder kommen sicher auch mal ein paar Tage ohne dich zurecht. Du musst kommen! Übrigens hat Kerstin tolle Fotos mit deiner Kamera gemacht.

»Hmm«, sagte Kerstin. »Das klingt jetzt nicht besonders unterstützend.«

»Aber ich kann ihr doch nicht sagen, dass sie einen Idioten geheiratet hat und wir das auch schon immer wussten.«

»Wieso nicht?«

»Meinst du, das bringt was?«

»Es wäre zumindest ehrlich.«

44ever

Kerstin

Liebe Mel, dieser Mann hat dich nicht verdient. Wir haben dir das in dieser Deutlichkeit nie gesagt, weil wir dich nicht verletzen wollten, aber Sven ist ein egoistischer Vollidiot, der es nicht wert ist, dass du dir über ihn Gedanken machst. Ich weiß, ihr habt zwei tolle Kinder, doch nur, weil du so eine wundervolle Mutter bist. Sprich mit Arne und Kim, und dann buche dir einen Flug. Wir brauchen dich hier.

Kerstin hielt ihr das Handy hin. »Okay so?«

Sarah nickte. Stimmt, sie wollten sich die Wahrheit sagen.

Kurz nachdem Kerstin den Chat auf den Weg geschickt hatte, piepten wieder beide Telefone.

44ever

Mel

Danke! Wenn ich euch nicht hätte …

»Ich habe mich übrigens mal ein bisschen schlaugemacht. Weißt du eigentlich, was Izzy da von uns verlangt?« Sarah raufte sich die Haare.

»Nein, wieso? Es klingt sehr romantisch.«

»Es ist nicht romantisch, sondern total wahnsinnig. Außerdem ist es verboten.«

Kerstin verzog genervt den Mund. »Und woher weißt du das?«

»Schon mal was von YouTube gehört? Da kannst du dir Hunderte Videos dazu anschauen.« Sarah wusste nur zu gut, dass ihre Freundin das noch nicht gemacht hatte. Die neue Food-Bloggerin auf dem Weg zur Berühmtheit hatte keinerlei Ahnung vom Internet. Sarah hatte ihr in den letzten Tagen eine eigene Homepage samt Blog eingerichtet, aber sie war an Kerstin regelrecht verzweifelt. Die Frau hatte ein Händchen fürs Kochen, aber alles, was die Online-Welt betraf, verstand sie nicht.

Resigniert zuckte sie mit den Schultern. »Das erkläre ich dir später. Jetzt kümmern wir uns erst mal darum, deinen ersten Artikel hochzuladen. Ich zeige dir das alles ganz genau, dann kannst du es beim nächsten Mal selbst machen.« Sie hob die Hand, weil Kerstin protestieren wollte. »Es ist pipieinfach, glaube mir.«

44ever

Mel

Ich habe gebucht. Bis dahin wohne ich in einem unserer Ferienhäuser. Und meine Kinder sind wirklich großartig, sie unterstützen mich total.

Die arme Mel. Sarah konnte sich nicht vorstellen, wie schrecklich das alles für sie sein musste.

»Was sollen wir antworten?«, fragte Kerstin.

»Das muss sehr schwer für sie sein. Stell dir mal vor: So viele Jahre und dann erkennt man, dass das eigene Leben eine ganz falsche Richtung angenommen hat.«

»Das brauche ich mir nicht vorzustellen«, erwiderte Kerstin trocken.

Stimmt. Eigentlich ging es ihr selbst ja auch so.

44ever

Sarah

Wir sind in Gedanken bei dir. Aloha!

Sarah hob ihr Glas. »Darauf, dass wir es ab jetzt besser machen.«

»Das hast du schön gesagt.« Kerstin ergriff ihre Hand und drückte sie.

Sarah nahm sie in den Arm und stand dann auf. »Ich bin jetzt noch mal weg. Ich treffe mich mit Mike.«

Kerstin kreischte auf wie ein durchgeknallter Fan bei einem Konzert seiner Lieblingsband. »O mein Gott, wie toll! Du fängst also gleich heute an mit dem Bessermachen.«

Sarah warf ihr ein schiefes Grinsen zu und nahm den Autoschlüssel.

Auf der Fahrt in das kleine Städtchen fragte sie sich, ob das wirklich so eine gute Idee gewesen war. In Wahrheit hatte sie ganz schön Bammel vor diesem Abend. Am Ortsschild von Haleiwa wäre sie fast umgekehrt.

Mike stand vor dem verschlossenen Truck und erwartete sie. Er trug eine dunkle Jeans und ein weißes T-Shirt, was seinen Brustkorb besonders zur Geltung brachte. Sofort spürte sie wieder die Schmetterlinge im Bauch. Früher hätte sie diesen Mann einfach vernascht und danach wahrscheinlich nie wiedergesehen, aber jetzt war es ihr wichtig, nichts zu überstürzen, weil ihr wirklich an ihm lag.

»Hey«, sagte sie, als er einstieg. Der Duft seines Rasierwassers hüllte sie angenehm ein. Würzig, Holz, etwas Zitrone und ein Hauch von Seife.

»Ich freue mich.« Er schnallte sich an, ohne sie mit einer Umarmung zu begrüßen.

Leicht enttäuscht fuhr sie vom Parkplatz. Es war verrückt, jetzt, in den Abendstunden, war der ganze Platz mit den Foodtrucks komplett verlassen. Die Stände in diesem Areal schlossen alle spätestens um sechs Uhr. Das war sicher ein Abkommen der Standbesitzer mit den vielen Restaurants, die es in Haleiwa gab.

Vor der schmalen Brücke, die zum Ortsausgang führte, hatte sich ein Stau gebildet. Ungeduldig klopfte Sarah auf das Lenkrad.

»Wieso macht ihr eigentlich alle so früh zu?«, fragte sie, auch um die Stille im Wagen zu überwinden.

Tatsächlich gab es eine unausgesprochene Vereinbarung zwischen den Foodtrucks und den Restaurants.

»Warum interessiert dich das?« Mike hatte sich etwas näher zu ihr gebeugt, was Sarah in dem kleinen Auto sehr nah vorkam. Das machte sie noch nervöser, als sie eh schon war.

Endlich hatten sie die Brücke im Schritttempo passiert. Gleich dahinter stand das Beach House. Erleichtert stellte sie fest, dass sich direkt vor ihr eine Parklücke am Straßenrand befand.

»Warte hier«, sagte Mike, als sie ausgestiegen waren. »Ich rede kurz mit den Leuten, ich kenn die ganz gut. Während wir auf unseren Tisch warten, könnten wir noch einen kleinen Strandspaziergang machen.«

Sarah hätte fast hysterisch aufgelacht, konnte sich aber gerade noch bremsen. Wenn ihr jetzt nach etwas überhaupt nicht war, dann war es, mit Mike romantisch am Strand entlangzuschlendern. Das war zu viel. Sie wollte mit ihm reden, ihn kennenlernen.

»Wir haben Glück«, rief ihr Mike schon von Weitem zu. »Wir bekommen direkt einen Tisch in der ersten Reihe. Den Sonnenuntergang haben wir ja leider verpasst, aber ich bin mir sicher, dass dir der Platz trotzdem gefällt.« Er hielt ihr seinen Arm hin und sie hakte sich nach einem kurzen Zögern ein. Seine Wärme jagte ihr einen Schauer über den Rücken.

»Wie geht es dir?«, fragte er einfühlsam, nachdem sie ihre Getränke bestellt hatten. Sarah hatte sich für die alkoholfreie Variante eines erfrischenden Cocktails entschieden, Mike bestellte ein Bier.

»Sie fehlt. Sehr. Aber ich bin mir sicher, dass es richtig war.«

Mike nickte und gab ihr so zu verstehen, dass er Bescheid wusste.

Sarah räusperte sich. »Aber ich möchte jetzt nicht über Izzy sprechen. Erzähl mir lieber etwas von dir.«

»Was willst du wissen?«

Sarah zuckte mit den Schultern. »Ich möchte dich kennenlernen.« Sie biss sich auf die Unterlippe. Das klang schrecklich förmlich.

Mike strich ihr sanft über die Hand. »Warum bist du so angespannt?«

»Ich weiß nicht, ich will es nicht kaputt machen.«

Er lächelte. Wieder erschien dieser Kranz von feinen Linien um seine Augen. »Ich war mal verheiratet. Vor anderthalb Jahren ist es zu Ende gegangen.«

Sarah sah ihn überrascht an, sagte aber nichts. Natürlich. Wie hatte sie nur denken können, dass er nie in einer Beziehung gewesen war? Was hatte sie überhaupt über seine Vergangenheit gedacht?

»Wir waren dumm, haben viel zu schnell geheiratet. Jen hat sich von Anfang an nicht richtig wohl mit mir gefühlt. Ich wollte Kinder, sie wollte ihre Karriere. Die hat sie nun auch. Sie ist Chefstewardess und fliegt um die ganze Welt.«

Die Kellnerin, die die Getränke brachte, unterbrach ihn, sehr zu Sarahs Ärger.

Mike prostete ihr zu und trank einen Schluck aus seiner Bierflasche. »Wir hätten diese Ehe viel früher beenden sollen. Aber ich habe immer geglaubt, dass es irgendwann besser werden würde. Wir haben in Kalifornien gelebt, in der Nähe von Los Angeles.« Er trank einen weiteren Schluck von seinem Bier. »Ich hatte die ganze Zeit Sehnsucht nach Hawaii. Aber Jennifer wollte nicht umziehen. Wir haben uns nach und nach auseinandergelebt, gingen fremd, lebten unsere eigenen Leben und stellten dann irgendwann fest, dass es besser wäre, wenn wir uns trennen würden. Es war ein sehr langer und schmerzhafter Prozess.«

»Hier kommen eure Vorspeisen. Guten Appetit!« Die Kellnerin stellte ihnen einen Korb mit French Fries und eine Schale mit gebackenen Tintenfischen auf den Tisch. Sarah hatte sich bei der Auswahl der Speisen voll auf Mike verlassen. Die Kartoffelschnitze waren mit kleinen Knoblauchstückchen und Petersilie bedeckt. Sie rochen köstlich.

Sie griff danach und fixierte ihn. »Erzähl bitte weiter.«

»Da gibt es nicht viel mehr zu erzählen. Ich bin zurück nach Oahu gekommen, um meine Wunden zu lecken und mir zu überlegen, was ich eigentlich mit meinem Leben anfangen möchte.«

Sarah biss in die French Fries. Köstlich.

»Am Anfang habe ich bei meinen Eltern gelebt, jetzt habe ich ein kleines Haus in Waialua. Ende der Geschichte. Ich liebe meinen Foodtruck und bin mir ziemlich sicher, dass das Geschäft noch größer werden wird. Jetzt, wo ich von Kerstin Unterstützung bekomme, kann doch eigentlich nichts mehr schiefgehen.« Er grinste sie an und nahm sich ein Pommes.

»Und was hast du früher gemacht, als du noch in Los Angeles gewohnt hast?«

»Ich war Wirtschaftsanwalt. Das Kochen war früher nur eine private Leidenschaft.«

Sarah schaute ihn groß an, damit hatte sie nicht gerechnet. »Dann haben wir ja beide in der gleichen Branche gearbeitet. Deshalb hattest du so viel Verständnis, dass ich meinen Job langweilig finde.« Einen Augenblick sahen sie sich tief in die Augen. Ganz plötzlich erinnerte sich Sarah an ihren ersten zarten Kuss am Strand. Warum sah er sie so an? Unsicher fing sie an zu kichern und ärgerte sich sofort über sich selbst. Sie benahm sich wie ein dämlicher, hormonverseuchter Teenager.

Dankbar bemerkte Sarah, dass Mike in ihr Lachen einstieg. Irgendwann lachten sie beide so laut, dass die Leute an den anderen Tischen interessiert zu ihnen hinübersahen.

Ihr Gelächter hatte das Eis gebrochen, Sarah bemerkte, wie die Anspannung langsam von ihr abfiel und sie es einfach genoss, mit Mike zusammen zu sein.

Das Hauptgericht war dann genauso köstlich wie die Appetizer. Sie lachten viel, stellten Gemeinsamkeiten, aber auch Unterschiede fest, und Sarah spürte das erste Mal seit Langem, dass sie sich vollkommen fallen lassen konnte.

Als sie in dem engen Mini Cooper vor Mikes Haus landeten, musste sie sich zusammenreißen, um seiner Einladung, mit hineinzukommen, zu widerstehen.

»Bitte versteh mich richtig. Ich will es langsam angehen.«

Mike verschloss ihren Mund mit einem Kuss, der ihr durch und durch ging. Wann hatte ein Mann sie jemals so gefühlvoll geküsst?

»Und demnächst erzählst du mir etwas von dir«, sagte Mike mit rauer Stimme. Er blieb ihr nah, seine Lippen nahmen sie wieder gefangen.

Nach einer ganzen Weile lösten sie sich atemlos voneinander.

»Wow«, sagte Sarah. Sie sog seinen Duft ein. Ja, das passte, sie konnte gar nicht genug von ihm bekommen.

Völlig unvermittelt fragte Mike auf einmal: »Wie stehst du eigentlich zu Kindern?«

»Wie bitte?« Sarah glaubte, ihren Ohren nicht zu trauen. Wo kam das denn jetzt plötzlich her? »Ich bin doch viel zu alt dafür.«

»Man kann ja auch adoptieren.«

Sie wollte etwas erwidern, aber er verschloss ihren Mund mit einem weiteren Kuss. Dieser Mann war verrückt.

56

Mel

Mel gähnte, ohne die Hand vor den Mund zu halten. Inzwischen war ihr alles egal. Mehr als zwanzig Stunden dauerte ihre Reise nun schon. Dieses »Scheiß drauf«-Gefühl hatte aber auch sein Gutes – sie hatte in den letzten Stunden nicht mehr gegrübelt. Etwas, das sie die ganze Zeit seit ihrer Rückkehr nach Deutschland getan hatte.

Die warme Luft, die sie umstrich, kam ihr wie Balsam vor. Es war herrlich, wieder hier zu sein, vor allem nach dem trüb-grauen Wetter zu Hause. Hawaii hatte schon eine besondere Ausstrahlung. Mel sah das Leuchten in den Augen der Ankommenden und war sich sicher, dass auch ihre Augen so strahlten. Sofort waren ihre Sorgen meilenweit entfernt, und die Hektik des Alltags fiel von ihr ab. Aloha lag in der Luft. Dass sie gleich Kerstin und Sarah in die Arme würde nehmen können, hob ihre Stimmung zusätzlich.

Die beiden standen direkt hinter dem Ausgang. Sie hängten ihr duftende Blumenketten um den Hals und herzten sie, als ob sie sich Jahrzehnte nicht mehr gesehen hätten. Dabei waren es nur ein paar Wochen gewesen.

»Hast du dir die Videos angeschaut?«, fragte Kerstin, als sie im Auto saßen.

Mel nickte, obwohl sie nicht jedem Link gefolgt war, den Sarah ihr geschickt hatte. »Echt gruselig.«

Kerstin zog die Stirn kraus. »Ich weiß nicht, ob wir das schaffen. Übermorgen ist die Testamentseröffnung in Honolulu.«

Mel lehnte sich zurück. Hauptsache, sie war wieder hier. Bei ihren Freundinnen. Schon fast im Halbschlaf stellte sie fest, dass Sarah den Wagen fuhr. Erstaunlich.

»Wir schaffen es gerade noch zum Sonnenuntergang. Los, wach auf.« Sarah rüttelte sanft an ihrer Schulter.

»Sind wir schon da?«

»Ja.« Kerstin lachte. »Du schnarchst echt süß.«

Peinlich berührt versuchte Mel, zu sich zu kommen. »'Tschuldigung«, nuschelte sie und strich sich über den Mund.

Als sie die Villa betrat, war es wie nach Hause zu kommen. Verrückt, da lebte sie seit Jahren auf einem schönen Hof an der Ostsee, doch hier, wo sie erst so wenig Zeit verbracht hatte, empfand sie auf einmal ein bislang ungekanntes Heimatgefühl. Die salzige Luft, vermischt mit dem Duft der Blumen, umwehte sie wunderbar vertraut. Und auch die Verbundenheit mit ihren Freundinnen war hier überall zu spüren. Zu Hause an der Ostsee hatten nur ihre Kinder ein ähnliches Gefühl in ihr ausgelöst. Der Gutshof, die Ferienhäuser, das waren alles Orte, die sie mit ihrem Mann verband und deswegen nicht mehr so lieben konnte, wie sie es mal getan hatte.

Kerstin lotste sie direkt auf die hintere Veranda. »Setz dich. Ein Drink, dann darfst du ins Bett gehen.«

Der Himmel und das Meer leuchteten spektakulär in allen möglichen Farben. Mel plumpste in einen der Sessel und sah schweigend auf den Ozean.

Die Sonne versank als glutroter Ball, der Himmel darüber schimmerte in allen Variationen von Lila.

»Mango Bellini«, sagte Sarah und reichte ihr einen Cocktail. »Wir haben noch Champagner ohne Ende und von den Mangos weißt du ja auch. Übrigens haben die Hibiskussträucher schon wieder neue Blüten.«

Völlig überwältigt nippte Mel an ihrem Drink.

»Den hast aber nicht du gemacht, oder?«, fragte sie Sarah.

»Warum denken immer alle, ich könne keine Cocktails machen?« Sarah verdrehte die Augen. »Ob du es glaubst oder nicht, der ist von mir.«

Als Mel am nächsten Morgen erwachte, wusste sie augenblicklich, wo sie war. Es war nicht das Ferienhaus an der Ostsee, sie war bei ihren Freundinnen auf Hawaii. Einer Idee folgend, nahm sie ihr Handy.

44ever

Mel

Hat schon jemand Kaffee gemacht?

Sarah

Bin gerade dabei.

»Guten Morgen. Ich versuche mich gerade an einem Omelett. Kerstin wird mich sicher steinigen, wenn sie das sieht, aber ich musste es einfach probieren.« Ihre Freundin hatte vor lauter Hektik rote Flecken im Gesicht und wendete dann sehr ungeschickt das Experiment in der Pfanne vor sich.

»Ich bin gerne dein Tester«, sagte Mel und setzte sich an den Tresen. »Seit wann versuchst du dich im Kochen?«

»Das ist das erste Mal. Ich dachte, ich revanchiere mich für all die Frühstücke, die du uns gemacht hast.«

Mel lachte und trank ihren Kaffee. Sarahs Omelett schmeckte gar nicht so furchtbar, wie sie gedacht hatte. Viel schrecklicher war der Jetlag.

»Guten Morgen«, Kerstin kam in die Küche und sah Sarah am Herd stehen. »Du kochst?« Überrascht zog sie die Augenbrauen nach oben. »Das ist ja was ganz Neues.«

Sie setzte sich neben Mel und ließ sich von Sarah einen Kaffee einschenken und einen Teller mit Omelett reichen.

»Das war richtig lecker«, sagte sie, nachdem sie unter den Argusaugen von Sarah ihr Machwerk verspeist hatte.

»Yes«, Sarah machte eine Becker-Faust.

»Heute Morgen gibt es eine besondere Zeremonie.« Kerstin stellte die Teller in die Spülmaschine.

»Ich hoffe, du bist nicht böse, dass wir dich damit überfallen«, sagte Sarah. »Wir verabschieden Izzy mit ihren Freunden. Es wird ja keine Beerdigung geben, und deshalb gibt es heute eine Art Happening in unserer Bucht.«

Erstaunt hob Mel eine Augenbraue. »Was habt ihr vor?«

Das letzte Mal, das Mel auf einem Surfboard gesessen hatte, war bei ihrem Ausflug mit Izzy gewesen. Nun hatte sich eine große Menge an Menschen eingefunden, die gemeinsam ihrer Freundin gedenken wollten. Sie waren zusammen ein Stück weit in die Bucht hinausgepaddelt. Dort hatten sie sich alle auf ihre Bretter gesetzt und hielten sich nun in einem großen Kreis an den Händen. Mel sah Mary, ihre Söhne und Lani. Keoki, Marys Mann, war auch da, ebenso wie die anderen Freunde von Izzy, die auch Silvester mit dabei gewesen waren. Selbst Kapitän John John konnte sie entdecken.

Ein echtes Paddle-out.

Sarah hatte ihr vorhin erklärt, dass solche Zeremonien eigentlich nur in Surferkreisen abgehalten wurden, aber da Izzy so verbunden mit dem Meer gewesen war und sie ihren letzten Weg auch mit dem Surfboard gemacht hatte, waren Kerstin und Sarah zu dem Entschluss gekommen, ihrer so zu gedenken.

Die Zeremonie begann damit, dass reihum ein paar Worte gesagt wurden.

»Ich bin glücklich, dass du jetzt endlich erlöst bist von deinen Schmerzen«, sagte Mary.

»Und dass du nun bei Logan bist«, ergänzte Lani.

Jeder von Izzys Freunden formulierte einen Gedanken an ihre Freundin. Mel ging das Herz auf. Das hätte Izzy sicher gefallen. Auch Kerstin und Sarah fanden schöne Worte.

Nur ihr selbst fiel es schwer, vor all diesen Menschen ihre Gedanken an Izzy ins Englische zu übersetzen.

»Ich vermisse dich«, sagte sie leise. »Warum, wieso,

weshalb, das will ich nicht mehr fragen. Danke, dass du meine Freundin warst.«

Sie legten alle ihre Leis und Blüten, die sie mitgebracht hatten, in die Mitte ihres Kreises. Das sah wunderschön aus. Giselle streute noch zahlreiche Hibiskusblüten ins Meer. Die bunten Blüten und die Blumenketten verwandelten das tiefe Blau in einen Wassergarten. Plötzlich tauchten ein paar Schildkröten auf und durch die Gruppe ging ein Raunen.

»Was ist los?«, wisperte Mel Kerstin zu, die direkt neben ihr auf einem Board saß.

»Wenn während so einer Zeremonie ein Tier auftaucht, dann bedeutet das, dass der oder die Verstorbene anwesend ist.«

Mel lächelte. Was für ein schöner Gedanke. Izzy war jetzt eine von den alten Schildkrötenladys, mit denen sie so gerne schwimmen gingen.

57
Sarah

Als Sarah Richtung Strand zurückpaddelte, spürte sie Mikes Blick in ihrem Rücken.

»Geht schon mal vor«, rief sie Mel und Kerstin zu. »Ich komme gleich nach.«

Das wissende Schmunzeln der Freundinnen half ihr jetzt auch nicht weiter. Was sollte sie ihm bloß sagen? Der Abend mit ihm hatte sie umgehauen, und sie hatte keinerlei Erklärung, warum sie seitdem nicht auf seine Anrufe und Nachrichten reagiert hatte. Wenn sie ehrlich war, dann war es einfach nur Angst. Angst, verletzt zu werden, Angst, sich auf etwas einzulassen, was ihr zu viel bedeuten könnte, Angst, dass ihre Gefühle nicht erwidert wurden. In all diesen enttäuschenden Jahren in London hatte sie sich innerlich so zurückgezogen, dass sie sich nun nicht fallen lassen konnte. Verärgert über sich selbst, ließ sie das Board fallen und plumpste in den warmen weichen Sand.

Natürlich kam Mike, sobald er aus dem Meer gestiegen war, zu ihr. Wow, er sah wirklich atemberaubend aus, mit seinem wohlgeformten Oberkörper und den langen sehnigen Beinen. Sarah war sich durchaus bewusst, in was für einer seltsamen Situation sie sich befand. Gerade hatte sie ihre tote Freundin Izzy verabschiedet und jetzt sah sie sich fast nackt dem Mann gegenüber, der sie so anzog wie noch niemand zuvor.

»Es war sehr schön«, sagte Mike und setzte sich neben sie in den Sand.

»Ja.« Sarah nickte und blickte aufs Meer. Der Blumenteppich war immer noch gut zu sehen, langsam trieb er auseinander. Sie musste an die Schildkrötenladys denken, die sich vorhin zu ihnen gesellt hatten. War Izzy jetzt eine von ihnen? Was für ein schöner Gedanke.

Als Mike ihre Hand nahm, zuckte sie unbewusst zurück. Sogleich gab er sie wieder frei. »Entschuldige.«

»Nein.« Sarah strich ihm verlegen über den Arm. »Es tut mir leid. Ich will gar nicht so abweisend zu dir sein. Ich …«

»Es ist alles gut, du musst dich nicht entschuldigen.« Mike lächelte sie so herzlich an, dass Sarah ihm fast um den Hals gefallen wäre. »Wie lange bleibst du noch?«

Sarah schluckte. Das war genau die Frage, die sie sich oft selbst gestellt hatte in den letzten Tagen. Es war herrlich hier, aber eigentlich war das alles doch nur ein Traum, nicht das wirkliche Leben.

»Ich weiß es nicht«, antwortete sie ehrlich. »Eigentlich geht mein Rückflug in ein paar Tagen. Aber ich kann mir gar nicht vorstellen, das alles zurückzulassen.«

Mike nahm vorsichtig ihre Hand und drückte sie. »Da ist etwas zwischen uns, was ich ganz lange nicht mehr erlebt habe.«

Sarah nickte. Genauso ging es ihr auch. Der erste Mann, der sie berührte. Aber die Zeit verging viel zu schnell, bald musste sie wieder zurück in ihr altes Leben. In Wahrheit hatten sie ja gar nicht die Chance, es auszuprobieren.

Mike zog sie in seinen Arm und sie ließ es geschehen. Sein Duft und die Hitze seines Körpers umfingen sie. Es fühlte sich an, wie nach Hause zu kommen. Endlich. Sarah durchflutete eine Wärme, wie sie es noch nicht gespürt hatte. Und plötzlich konnte sie diese Gefühle auch zulassen. Es war so einfach, sie musste sich nur fallen lassen und vertrauen. Sie kuschelte sich an Mike und vergaß, dass das eigentlich nicht ihre Art war. Sie fühlte sich so aufgehoben in seinen Armen.

»Leider muss ich gleich los«, murmelte sie.

»Aha?« Mike klang angenehm ruhig.

»Wir haben einen Termin bei Izzys Anwalt.«

»Meldest du dich morgen bei mir?«

»Da müssen wir auf die Stairways to Heaven.«

Mike setzte sich auf und sah sie besorgt an. »Bist du dir sicher? Das ist ein total gefährlicher und verbotener Hike.«

Sarah nickte. »Ich weiß. Ich habe mir die YouTube-Videos angesehen. Aber es ist Izzys Wunsch.« Sie konnte Mikes Sorge sehr gut verstehen. Seit ein paar Jahren war der Weg gesperrt, denn die Stufen waren verrostet und inzwischen war es extrem gefährlich, diesen Weg zu gehen. Wenn es nach ihr gegangen wäre, dann hätte sie diese Wanderung niemals in Erwägung gezogen. Aber Izzy hatte sie gebeten, es zu tun. Warum ihre Freundin sie ausgerechnet auf diesen Weg schickte, war ihr zwar nicht klar, aber das spielte auch keine Rolle. Es war ihr Wunsch gewesen, basta.

»Es ist jedenfalls einer der spektakulärsten Hikes auf Oahu«, sagte Mike.

Sarah nickte. »Ich muss jetzt leider wirklich los, der Anwalt wartet.«

»Und was ist mit uns?« Mike klang so ängstlich, dass Sarah ihn einfach umarmen musste. Der Kuss, der folgte, ging ihr durch und durch. Wahnsinn, sie fühlte sich abermals wie ein verliebter Teenager.

Mike löste sich erst nach einer Ewigkeit aus ihrer Umarmung. »Hast du nicht gesagt, dass du wegmusst?«, fragte er schmunzelnd.

Sarah lachte. Es war plötzlich so leicht. Dieser Mann war wirklich ein Geschenk. Aber irgendwie spürte sie, dass sie ihn eigentlich gar nicht verdiente. Es kam ihr falsch vor, weil es bisher noch nie mit einem Mann so gut gepasst hatte.

58
Mel

Mel und Kerstin saßen vor dem Computer und sahen sich ein weiteres Mal die Video-Botschaft von Izzy an.

»… ich weiß, dass ich da zu viel von euch verlange, aber ich bin mir sicher, dass ihr es schaffen werdet.«

Izzy hatte während dieser Botschaft in ihrem Zimmer im obersten Stockwerk gesessen. Jedes Mal aufs Neue war Mel erschüttert vom Aussehen der Freundin. Dieser Scheißtumor! Izzy sah in diesem Video so schwach und krank aus, wie sie sich ihnen nie gezeigt hatte. Es musste sie unfassbar viel Kraft gekostet haben, diese letzten Tage mit ihnen durchzustehen. Umso klarer war es, dass sie ihren Wunsch erfüllen wollten, koste es, was es wolle. Mel war sich sicher, dass sie das schaffen würden.

»Komm, wir müssen los.« Kerstin stupste sie an und holte sie aus ihren Gedanken. Sie klappte das Laptop zu und sah sie aufmunternd an.

»Ist Sarah schon wieder da?« Mel musste grinsen, als sie an die Situation am Strand dachte. Ihre Freundin hatte es endlich erwischt. So wie Sarah und Mike sich angeguckt hatten, sah das nach einer wirklich großen Liebesgeschichte aus. Sie freute sich von ganzem Herzen über das Glück, das seit Neuestem auf Sarahs Gesicht lag.

Der Mini war Mel inzwischen richtig ans Herz gewachsen. Sie saß am Steuer und fuhr Richtung Honolulu. Sven hätte sicher an ihrem Fahrstil herumgemäkelt, aber er war nicht da. Zum Glück. Sarah hatte sich auf der Rückbank ausgestreckt, Kerstin saß auf dem Beifahrersitz. Genüsslich erzählte sie Mel, dass Sarah sich mit Mike zu einem richtigen Date getroffen habe und seitdem plötzlich großes Interesse am Kochen zeige. Sarah saß mit hochrotem Kopf auf der Rückbank und sagte nichts dazu. Aber das kleine Lächeln auf ihrem Gesicht, das Mel im Rückspiegel sah, war so beredt, dass Mel nicht weiter nachfragte.

Der grauhaarige Mann im edlen Anzug kam ihr vage bekannt vor. Aber im ersten Moment war Mel vollkommen von der fantastischen Aussicht über den Hafen von Honolulu in Beschlag genommen. Als er ihr dann die Hand gab und ihr zuzwinkerte, wusste sie wieder, wo sie ihn schon mal gesehen hatte. Er war einer der Gäste auf der Silvesterparty gewesen. Damals hatte er ein buntes Hawaiihemd und Shorts getragen.

»Schön, dass Sie alle kommen konnten. Bitte nehmen Sie Platz.« Er deutete auf einen kleinen Konferenztisch mit sechs Stühlen.

Etwas beklommen setzten sie sich. Mel rutschte unbehaglich auf ihrem Stuhl herum, wobei sie nicht wusste, warum sie sich so seltsam fühlte. Waren es die Erinnerungen an Izzy, die sie überfielen? Nein, die Zeremonie heute Morgen hatte sie ihrer Freundin viel nähergebracht. Vielleicht konnte sie es als einen ersten Abschied sehen?

»Darf ich Ihnen etwas zu trinken anbieten?«

Alle schüttelten den Kopf.

»Mein Name ist Marc Miller. Ich war ein guter Freund von Isabella. Als Erstes muss ich Ihnen mitteilen, dass dies heute keine Testamentseröffnung sein wird.«

Erstaunt hob Mel den Kopf. Sie hörte, dass auch Kerstin und Sarah überrascht die Luft einsogen.

»Das Gesetz macht es etwas kompliziert, wenn keine Leiche gefunden wird. Aber Isabella hat genau dafür Vorkehrungen getroffen. Sie hat mir nicht im Einzelnen erzählt, was sie plante, aber wir haben zusammen etwas ausgearbeitet, das ich Ihnen jetzt erklären möchte.« Er musterte sie mit seinen grauen Augen. »Isabella hat sich dazu entschlossen, Ihnen eine Schenkung zu machen. In ihrem Testament hat sie viele wohltätige Stiftungen und auch Mary Makana und ihre Familie bedacht. Aber es wird noch eine ganze Weile dauern, bis dieses Testament eröffnet werden kann. Deshalb haben wir den Umweg über eine Schenkung gewählt.«

Mel spürte, wie Kerstin ihren Blick suchte. Als sie aufsah, entdeckte sie Tränen in den Augen der Freundin. Sarah, die neben ihr saß, ergriff ihre Hand. Auch sie selbst kämpfte mit den Tränen. Plötzlich war es wieder so nah, Izzy war nicht mehr bei ihnen und würde es auch nie wieder sein.

Der Anwalt räusperte sich. »Isabella hat Ihnen zu gleichen Teilen ihre Villa geschenkt. Die Steuern und Aufwendungen für das Haus und das Grundstück sind für die nächsten zehn Jahre bezahlt.«

Mel versuchte zu verstehen, was sie da hörte. Hatte Izzy ihnen tatsächlich ihr Haus vermacht? Das konnten sie doch nicht annehmen.

»Sie hat allerdings eine Bitte an diese Schenkung geknüpft«, sagte Dr. Miller. »Sie hofft, dass mindestens eine von Ihnen dauerhaft im Haus wohnt. Sie macht das nicht zur Auflage, es ist lediglich eine Bitte.«

Mel wechselte Blicke mit Kerstin und Sarah. Die Unsicherheit sah sie bei allen. Dieses Geschenk war viel zu groß und ungeheuerlich, um es anzunehmen. Abgesehen davon hatte sie eine Familie und Kinder, sie konnte nicht einfach nach Oahu ziehen.

»Außerdem hat sie Ihnen eine Botschaft hinterlassen. Sie stellt darin klar, dass Sie abwägen sollen, ob Sie ihrer Bitte nachkommen.« Der Anwalt zuckte mit den Schultern. »Dazu kann ich Ihnen leider nicht mehr sagen, ich habe dieses Video selbst auch noch nicht gesehen.« Er drehte seinen Computer zu ihnen herum und startete die Aufnahme.

»Schon wieder eine Nachricht aus dem Jenseits. Marc Miller ist ein wundervoller Mann, der mich bei meinem letzten Willen großartig begleitet hat.«

Izzy hatte sich für diese Nachricht etwas zurechtgemacht. Sie sah längst nicht so krank aus wie auf dem anderen Video. Trotzdem ging Mel ihr Anblick wieder durch und durch. Sie beobachtete, wie Dr. Miller etwas unbehaglich auf seinem Stuhl hin- und herrutschte.

»Marc hat euch sicher schon erklärt, dass eine Schenkung viel einfacher ist als eine Erbschaft. Die Villa war mein sicherer Hafen, am Anfang meine Heimat mit Logan, im letzten Jahr mein Rückzugsort. Dieser Ort war für mich alles. Ich kann mir überhaupt nicht vorstellen, dass jemand anderes als ihr in dem Haus wohnt. Ihr braucht euch auch keine Sorgen über die Familie von Logan zu machen. Ich habe alles mit ihnen abgesprochen. Ich weiß, das hört sich jetzt ziemlich seltsam für euch an, aber ich möchte, dass ihr endlich wieder zusammen seid. Wenn ich nicht diese beschissene Krankheit gehabt hätte, dann hätten wir das alle gemeinsam erleben und genießen können. Macht was draus, ich bin mir sicher, ihr schafft das.«

»Oh Mann«, sagte Sarah tonlos und setzte sich auf die schwarze Vulkanstein-Mauer vor dem Hochhaus, in dem die Kanzlei residierte. Völlig verwirrt hatten sie den weiteren Ausführungen des Anwalts gelauscht und standen jetzt wie bestellt und nicht abgeholt vor dem schicken Eingangsportal der Kanzlei. Okay, Sarah saß schon.

Mel setzte sich neben sie. »Mein Gott, diese herrliche Villa. Die muss ein Vermögen wert sein. Wir können das doch unmöglich annehmen.«

»Natürlich können wir sie auch ablehnen, aber dann wären wir ziemlich bescheuert – zumindest klang Dr. Miller so, als du das angedeutet hast.« Kerstin reihte sich ein und setzte sich ebenfalls auf die schroffen Steine.

»Jetzt reißt euch zusammen. Wir haben schließlich Zeit, um darüber nachzudenken, außerdem ist das ja alles sehr großzügig formuliert gewesen. Es muss nur eine von uns hierbleiben, trotzdem gehört uns das Haus dann zusammen«, sagte Sarah.

Fast kam es Mel so vor, als würde sie gleich wie ein aufmüpfiges Kind mit dem Fuß aufstampfen. Aber sie hatte ja recht. Izzy hatte eine Frist von einigen Tagen eingebaut. Außerdem war die Erfüllung ihres Wunsches vielleicht wirklich nicht so schwierig. Sie hatte es perfekt geplant. Wie lange hatte sie das alles schon im Kopf gehabt und warum hatte sie nicht mit ihnen darüber gesprochen? Mel schüttelte den Kopf über ihre wirren Gedanken. Sie hätten, natürlich versucht, ihr diese Schenkung auszureden, und genau das hatte die Freundin verhindern wollen. Ja, Izzy hatte ihre Gedanken lesen können.

59
Kerstin

»Cosmopolitan«, trällerte Sarah, während sie die kleinen Gläser vor ihnen abstellte.

Kerstin blickte in den Himmel. Dieses Überangebot an Rot und Blau in allen Variationen und das Meer, das oft zwei Töne heller, aber manchmal auch viel dunkler schimmerte – es gab keine Worte dafür.

»Wir können doch nicht unser gesamtes Leben umschmeißen, alles hinter uns lassen und das hier annehmen. Es käme mir immer so vor, als hätte ich das nicht verdient«, sagte Kerstin und riss dann ihren Blick von dem Farbspektakel los.

Sarah nickte. »Geht mir auch so. Wir können das nicht annehmen.«

Mel sah nur vor sich hin und enthielt sich jeden Kommentars.

Kerstin schloss die Augen. Klar wäre alles so viel einfacher, aber irgendetwas sagte ihr, dass es nicht richtig war. Sie konnten nicht einfach ein riesiges Haus auf Oahu in Besitz nehmen, samt den bezahlten Steuern für die nächsten zehn Jahre. Auch für den Gärtner und sonstige Dinge war gesorgt. Izzy hatte an alles gedacht. Vielleicht war es genau das. Sie hatten es nie geschafft, zusammenzuleben, immer waren sie an unterschiedlichen Orten gewesen, nie hatten sie sich durch eine persönliche Nähe unterstützen können.

»Was machen wir jetzt mit dem, worum sie uns in ihrer anderen Botschaft gebeten hat?«

Kerstin war irritiert. Mel klang so unsicher, obwohl sie sich einig gewesen waren, Izzy diesen letzten Wunsch zu erfüllen, wie verboten und verrückt es auch war. »Das hat doch nichts miteinander zu tun.«

»So meinte ich das auch nicht«, versicherte Mel. »Aber wenn, dann müssen wir morgen früh los. Mein Flug geht schon am Mittwoch wieder zurück. Habt ihr euch inzwischen über den genauen Weg informiert?«

Kerstin nickte und probierte ihren Cocktail. Wirklich gut, Sarah schaffte es inzwischen perfekt, die Zutaten in den richtigen Dosen zusammenzumixen. Anerkennend lächelte sie ihr zu. »Dein Cosmo ist perfekt.«

»Ich hatte eine gute Lehrerin. Sie hat mir beigebracht, dass es wichtig ist, die Rezepte zu beachten«, erwiderte sie grinsend. »Was deine Frage angeht, Mel, ich habe mir so viele YouTube-Videos angesehen, dass ich inzwischen glaube, ich wäre die Strecke schon mindestens dreimal selbst gegangen. Auch nachdem im letzten Frühjahr ein Teil der Stufen zusammengebrochen ist, gibt es noch Möglichkeiten, bis ganz nach oben zu kommen.«

»Aber schaffen wir das?«, fragte Mel.

Die Freundinnen sahen sich an. Inzwischen war die Sonne im Meer versunken, sodass Kerstin an Mels und Sarahs Gesichtern nicht gut ablesen konnte, was die beiden dachten. Sie selbst aber war sich sicher, dass sie den Weg gehen mussten. »Ich glaube, die Frage ist nicht, ob wir es schaffen, sondern es geht darum, dass wir es zumindest versuchen. Das sind wir Izzy schuldig.«

Sarah nickte. »Vielleicht können wir danach ja auch besser über das Haus und all das sprechen. Mir geht es zwar auch so, dass ich ein Problem damit habe, ihr Geschenk anzunehmen, aber je länger ich darüber nachdenke, desto mehr merke ich, dass ich nicht nach London zurückwill. Das war kein wirkliches Leben dort. Ich weiß nicht, wohin ich soll, und hier ist endlich mal ein Platz, an dem ich mich wohlfühle.«

»Das geht mir allerdings auch so«, sagte Mel. »Als ich gestern hier ankam, dachte ich sofort: Das ist der Ort, an dem ich sein will. Aber ich habe eine Familie, zwei Kinder, ein großes Haus, einige Ferienhäuser …« Sie schloss die Augen und nahm einen Schluck von ihrem Cocktail. »Sarah, der ist wirklich gut.«

Kerstin wusste langsam nicht mehr, was sie denken sollte. Das Teufelchen auf ihrer rechten Schulter rief: »Bist du bescheuert? Warum nimmst du das alles nicht einfach an? So eine Chance bekommt man kein zweites Mal im Leben.«

Das Engelchen schüttelte entsetzt den Kopf. »Werde endlich erwachsen. Sei selbstständig. Entscheide dich nicht immer für die Möglichkeit, die am einfachsten ist.«

Aber warum eigentlich nicht, wenn diese Möglichkeit sie doch so glücklich machte? Vielleicht waren Engelchen und Teufelchen auf ihren Schultern auch einfach vertauscht?

»Hallo? Hast du mir zugehört?«, Mel stupste sie leicht an.

»Sorry, ich war gerade in Gedanken.«

»Wie wir alle«, sagte Sarah. »Ich vermisse Izzy.«

Stimmt. Plötzlich war Kerstin peinlich berührt. Sie hatte gerade nur an sich gedacht. Dabei war ihre Freundin gegangen; weil sie es nicht mehr ausgehalten hatte vor Schmerzen. Izzy hatte ihnen so viele Geschenke gemacht. Ihr Wiedersehen. Die gemeinsamen Erlebnisse. Das alles hatte ihr erst gezeigt, wie schön das Leben sein konnte und wie beschämend wenig sie bisher daraus gemacht hatte. Warum sträubte sie sich so, dieses letzte wunderbare Geschenk anzunehmen, das sie endlich wieder mit den Menschen zusammenbrachte, die ihr die wichtigsten im Leben waren? Sie wusste einfach nicht mehr, was sie denken sollte.

»Wie läuft es denn zu Hause?«, versuchte sie das Gespräch in eine andere Richtung zu lenken.

Mel nahm einen großen Schluck von ihrem Cocktail. »Es ist … Ich weiß gar nicht, wie ich es beschreiben soll.« Sie strich sich ihre Locken aus dem Gesicht. »Ich sitze einem fremden Mann gegenüber und frage mich, was zur Hölle ich mit ihm zu tun habe.«

Sarah streichelte Mel vorsichtig über den Arm. Kerstin wusste nicht, was sie sagen sollte.

»Ich bin froh, dass Kim und Arne relativ cool mit der ganzen Situation umgehen.«

»Willst du dich scheiden lassen?«, fragte Kerstin nach einer längeren Stille.

»Ich habe keine Ahnung, wenn ich ehrlich sein soll.«

Mel sprach sehr leise, so als ob sie die Wahrheit nicht herauslassen wollte. »Wahrscheinlich sollte ich das tun, aber …« Mel bedeckte ihr Gesicht mit den Händen.

»Können wir dir helfen?«, fragte Sarah.

Kerstin nickte. Genau. Wenn es irgendetwas gab, was sie tun konnten, dann war sie dabei.

»Es tut gut, mit euch zu reden.« Mel seufzte. »Aber die eigentliche Entscheidung muss ich selbst treffen.«

Sie nippten an ihren Drinks und blickten auf den inzwischen dunklen Pazifik. Der süße Duft des Hibiskus umwehte sie zusammen mit der salzigen Brise des Meeres. Kerstin sog die Luft tief ein. Wollte sie das wirklich alles in den Wind schlagen? Warum konnten sie nicht einfach alle »Hurra« schreien und dieses wundervolle Geschenk annehmen? Stopp. Schon wieder dachte sie nur an sich. Was war nur mit ihr los?

»Kommt ihr mit schwimmen?«, fragte sie spontan.

»Jetzt?« Mel klang erstaunt, aber nicht abgeneigt.

Sarah stand auf. »Dann los.«

Ein paar Minuten später schwebten sie alle nackt in dem immer noch angenehm warmen Wasser. Diesmal war es beim Ausziehen zu keinen Peinlichkeiten gekommen, sie hatten sich einfach die Kleider abgestreift und waren zusammen ins Wasser geglitten. Im Mondlicht waren ein paar Schildkrötenköpfe zu sehen, die ihre kleine Runde erweiterten. Vielleicht hatte sich ja Izzy zu ihnen gesellt. Kerstin musste einen Augenblick schlucken, aber sie sah in den Augen ihrer Freundinnen den gleichen Gedanken. Das Meer war ruhig und so ließen sie sich einfach treiben. Ab und an berührten sich ihre ausgestreckten Arme und

Beine, eine wohltuende Gewissheit, den Freundinnen so nah zu sein.

Plötzlich hörten sie eine Stimme. »Ich habe das nicht gesehen. Drei nackte Meerjungfrauen. Bin gleich wieder weg.«

Sarah lachte. »Tom, verschwinde!«

»Klar, sofort«, kam es vom Ufer.

»Du fängst doch sowieso nichts. Gute Nacht!«

Sie kicherten zusammen über den verrückten Kerl. Es war plötzlich alles so leicht. Kerstin fühlte sich zu Hause.

60

Mel

Der Wecker klingelte. Mel schreckte hoch und blinzelte in die Dunkelheit. Kurz musste sie sich orientieren, aber die Erinnerung kam schnell zurück. Oahu und ihr Vorhaben, die verbotenen Stairways to Heaven zu erklimmen. Sie aktivierte ihr Telefon. Zwei Uhr. Ob Sarah und Kerstin von allein aufstehen würden? Auf Zehenspitzen schlich sie ins Bad und versuchte, so wenig Lärm wie möglich zu machen. Warum eigentlich, fragte sie sich plötzlich. Sie sollte lauthals singen, um die Freundinnen zu wecken. In Sarahs Zimmer klingelte ein Wecker, bei Kerstin rührte sich noch nichts.

Sie duschte kurz, putzte sich die Zähne, zog sich an und ging nach unten.

Ganz automatisch machte sie Kaffee und begann Eier in einer Schüssel zu verquirlen.

Sven hasste Eier zum Frühstück. Jahrelang hatte sie das nur für die Gäste gemacht, aber bei ihren Freundinnen – das wusste sie – kam Rührei gut an.

»Ich liebe dich«, rief Kerstin, als sie die Treppen herunterkam. Sie trug eine weite Jeans und ein Sweatshirt. Ein völlig untypisches Outfit für sie.

Auch Sarah strahlte sie an, als sie in die offene Küche trat. »Großartig. Genau das Richtige für unsere Tour.« Ihre Shorts waren etwas länger als die knappen Dinger, die sie sonst trug. Das schwarze Tanktop war eng und stand im Kontrast zu Kerstins warmer Kleidung.

Mel selbst trug Shorts, die fast bis zum Knie reichten, und ein weites T-Shirt. Das letzte Mal Klettern war Jahrzehnte her. Ihr trat schon der Schweiß auf die Stirn, wenn sie nur daran dachte, was ihnen bevorstand.

Schweigend aßen sie ihr Frühstück und tranken Kaffee.

»Okay, lasst uns gehen.« Kerstin stand auf, steckte mehrere Wasserflaschen in ihren Rucksack und ging nach draußen.

»Reicht das für uns alle oder soll ich auch noch Wasser mitnehmen?«, fragte Sarah.

»Hier«, Mel reichte ihr ein paar Sandwiches und etwas Obst. »Nimm du das und ich packe noch Wasser ein. Hast du die Sonnencreme und einen Hut?« Sie kam sich ein bisschen so vor, als würde sie mit ihren Kindern einen Ausflug machen.

Sarah nickte leicht genervt und steckte die Sachen in ihren Rucksack.

»Wer will fahren?«, fragte Mel, als sie vor dem Mini standen.

»Du natürlich«, entgegnete Sarah. »Ich fahre nur, wenn du out of order bist.«

Lachend stiegen sie ein, aber wirklich fröhlich klang es nicht. Kerstin kroch nach hinten und Sarah setzte sich auf den Beifahrersitz. Die übliche Besetzung für den Mini.

»Okay«, Sarah starrte auf ihr Handy. »Ich lotse dich zu dem Platz, von dem aus wir relativ unproblematisch auf die Treppen kommen.«

»Aber das ist nicht der normale Weg?« Kerstin steckte ihren Kopf zwischen die Vordersitze.

»Da kann man nicht mehr durch«, sagte Sarah mit leichtem Bedauern in der Stimme. »Die Leute, die dort Grundstücke haben, sind total entnervt. Was ich auch verstehen kann. Früher sind Horden von Menschen durch ihre privaten Gärten gezogen.«

»Und wie machen wir es jetzt stattdessen?«, fragte Kerstin erstaunt.

»Ich habe einen Weg gefunden, wo wir erst viel später auf den Trail stoßen.«

Mel blickte kurz zu Sarah hinüber. Ihre Freundin wirkte so klar und entschlossen.

»Habt ihr den Umschlag?«, fragte sie, bevor sie den Wagen anließ.

»Natürlich«, erwiderte Kerstin.

Schweigend fuhren sie durch die Nacht. Mel kam es so vor, als wären sie die einzigen Menschen, die unterwegs waren. Nach einer Stunde Fahrt erreichten sie eine schmale Straße, der sie bis zu einer Kehre folgten.

»Hier müssen wir parken«, sagte Sarah und befragte wieder ihr Handy. Der bläuliche Schein des Bildschirms gab ihrem Gesicht etwas Unwirkliches.

Mel stellte den Wagen am Rand ab, und sie stiegen aus.

»Und jetzt?«, fragte Mel. Sie fing an zu zweifeln, ob dieser Ausflug wirklich eine so gute Idee war. Es war stockdunkel, man konnte fast nichts erkennen. Unheimliche Geräusche um sie herum machten ihr Angst. »Bist du dir sicher, dass wir hier richtig sind?«, wisperte sie.

»Ja. Ihr könnt mir vertrauen.« Auch Sarah flüsterte, warum auch immer.

Kerstin schnallte sich ihren Rucksack um. »Gut, dann lasst uns aufbrechen.«

»Hier entlang.« Sarah deutete rechts von sich in die Dunkelheit.

Eine halbe Stunde lang stolperten sie durch einen Bambuswald mit sehr rutschigem Untergrund. Ab und an tauchten wie aus dem Nichts feuchte Blätter auf und strichen ihnen übers Gesicht. Sie erschreckten sich jedes Mal fast zu Tode. Gott sei Dank gab es auf den hawaiianischen Inseln keine Schlangen oder andere giftige Tiere. Zumindest darüber mussten sie sich keine Gedanken machen. Die Steigung machte Mel jetzt schon zu schaffen. Es war stickig, und sie spürte, wie ihr der Schweiß aus allen Poren trat. Ein bisschen kam sie sich vor, als ob sie plötzlich die Protagonistin in einem seltsamen Film war. Was hatte sie hier verloren? Ihr Herz hämmerte bis zum Hals. Ihre letzte Nachtwanderung hatte sie in der Schulzeit gemacht. Einzig die Anwesenheit ihrer Freundinnen beruhigte sie ein wenig.

Plötzlich blieb Sarah stehen. »Wartet«, flüsterte sie. »Dort vorne ist irgendwo der Wachposten.«

»Woher weißt du das?«, fragte Kerstin kaum hörbar.

»Und was sollen wir machen?« Mel stellte sich einen riesigen Kerl mit einem Gewehr vor, der sie von ihrem Auftrag abhalten wollte.

»Wir können versuchen, uns an ihm vorbeizuschleichen, oder wir bequatschen ihn.«

»Bist du sicher, dass er überhaupt da ist?« Kerstin klang skeptisch. »Um diese Zeit?«

Sarah schlich geduckt etwas weiter. Schon nach ein paar Metern konnte Mel sie nicht mehr sehen.

»Seit wann ist Sarah zu einer Geheimagentin mutiert?«

Kerstin kicherte. »Lass sie doch.«

Nach ein paar Minuten hörten sie ein Knacken und Rascheln. So viel zur Megaspionin.

»Alles klar, der Weg ist frei.« Sarah klang euphorisch. »Da hinten ist der Einstieg zu den Treppen.«

Wieder folgten sie ihr, erst Kerstin, dann Mel. Plötzlich versperrte ein riesiger Zaun ihnen den Weg. Schilder warnten, dass es verboten sei, den Weg zu beschreiten.

Kerstin ließ ihre Taschenlampe etwas herumwandern. Da war ein ganzer Wald von Schildern zu erkennen. »Klingt so, als sei es nicht besonders empfehlenswert, hier weiterzugehen. Guckt mal, es kostet 1200 Dollar, wenn wir erwischt werden.«

Mel schluckte. Natürlich wusste sie, dass die Treppen gesperrt waren. Man hatte sie geschlossen, weil sie einfach in einem zu schlechten Zustand waren. Es hatte unzählige Vorfälle hier gegeben, das hatte sie gehört, aber so schwierig hatte sie es sich dann doch nicht vorgestellt. Was hatte Izzy sich nur dabei gedacht? Und was zum Teufel steckte in diesem Umschlag?

»Kommt«, forderte Sarah sie auf.

Lange schlichen sie am Zaun entlang und suchten nach einer Lücke. Da, endlich fanden sie eine. Die erste Treppe ragte vor ihnen auf. 3922 Stufen würden sie hochsteigen müssen. Das war selbst für sportlichere Menschen, als sie drei es waren, kein Pappenstiel.

Mel schloss einen Moment die Augen und sah das schmale Gesicht ihrer Freundin vor sich. Ihre Worte hatten sie alle drei sehr berührt. »Ich habe noch eine letzte Bitte an euch. Bringt diesen Umschlag die Stairways to Heaven hinauf. Ich wollte diese Wanderung eigentlich immer mit Logan machen, aber es hat, wie so vieles andere, nicht sollen sein. Wenn ihr den Gipfel nicht erreicht, dann ist das auch okay. Passt auf euch auf. Ich liebe euch.«

»Träumst du?« Kerstin stupste sie an. »Wir müssen uns ranhalten, sonst ist uns Sarah in Nullkommanix davongelaufen.«

Verwirrt folgte Mel Kerstins Blick. Tatsächlich hatte Sarah schon die ersten Stufen erklommen, ohne sich auch nur einmal umzusehen.

61

Kerstin

Es war anstrengend. Ihre Beine und Arme waren jetzt schon zerkratzt und mit Schlammspritzern bedeckt. Sie hatte ihre Jeans hochgekrempelt, weil es unwahrscheinlich schwül war. Die ersten Treppen liefen noch mit einer relativ gemäßigten Steigung in die Höhe, aber sie wusste von ihren Recherchen im Internet, dass es noch viel steiler werden würde. Hinter ihr schnaufte Mel wie eine Dampflok. Sarah dagegen, die an der Spitze lief, zog das Tempo ganz schön an. Was war nur mit der untrainierten Frau passiert, die noch vor ein paar Wochen in den Matsch gefallen war?

Die Stufen waren glitschig. Das Metallgeländer vermittelte ihr zwar etwas Sicherheit, aber trotzdem musste man sich bei jedem Schritt konzentrieren. Der Weg, so hatte sie gelesen, war während des Zweiten Weltkriegs gebaut worden und führte zu einer Transformatorenstation hoch über Oahu. Damals hatte man einfach metallene Treppen auf die Felsen montiert. Allerdings waren diese Treppen nie gepflegt worden und man spürte mittlerweile deutlich, wie alt die ganze Konstruktion war. Ein unheimliches Gefühl. Es knarrte und klapperte, teilweise griff sie ins Nichts, weil das Geländer durchgerostet war.

»Ist das anstrengend«, murmelte Mel hinter ihr.

Kerstin konnte ein Grinsen nicht unterdrücken. Mel war mindestens so untrainiert wie sie selbst. Immer wieder ging ihr die Frage durch den Kopf, warum Izzy unbedingt gewollt hatte, dass sie die Haiku Stairs, wie dieser Weg auch genannt wurde, hochstiegen. Der Umschlag war nicht besonders groß. Na, sie würde ihre Neugier wohl noch eine Weile zügeln müssen.

Die Lichter einer Stadt in der Ferne leuchteten wie ein Haufen verrückter Glühwürmchen.

»Sarah«, rief Mel. »Kannst du bitte einen Gang runterschalten?«

Kerstin nickte im Stillen. Ihr kam das Tempo auch zu hoch vor.

Sarah blieb stehen und blickte auf sie herunter. »Sorry, ich bin gerade … ach, ich weiß auch nicht.« Sie setzte sich auf die Stufe, auf der sie stand. »Schaut mal, langsam geht die Sonne auf.«

Tatsächlich schimmerte etwas Licht hinter den Bergen hervor, und der Himmel nahm langsam Farbe an. Man konnte das Meer erahnen.

»Ich vermisse Izzy.« Kerstin fühlte plötzlich ein Loch in sich. Warum konnten sie dieses Abenteuer nicht gemeinsam erleben? Sie zog sich das Sweatshirt aus und stopfte es in den Rucksack. Was hatte sie nur geritten, sich so warm anzuziehen?

»Lasst uns weitergehen«, sagte Mel. »Ich habe zwar irgendwann aufgehört, die Stufen zu zählen, aber ich denke, wir sind noch sehr weit vom Gipfel entfernt.«

Kerstin blieb noch einen Moment sitzen und sah sich

um. Die stählernen Stufen waren mit fremdartigen Pflanzen überwachsen und rechts und links davon blühten Blumen, die sie nicht kannte. Beeindruckend, das alles.

Nach einer Weile wurde es steiler. Teilweise hatten sie statt Treppenstufen nun kleine Leitern vor sich, die wieder auf neue Podeste führten. Der Blick wurde immer großartiger, aber auch beängstigender. Am Anfang waren sie auf breiten Hängen mit Baumbewuchs gewandert, doch je höher sie kamen, desto schmaler wurde der Weg. Rechts und links ging es nun fast senkrecht bergab. Als Kerstin einen Blick nach unten wagte, wurde ihr mit einem Mal ganz schlecht. Direkt unter ihnen befand sich eine Autobahn, in der Ferne erwachten langsam die Dörfer und Städte, die man aus dieser Höhe sehen konnte.

Spektakulär war der Blick zu der Bergkette gegenüber. Die schroffen Felsen, die wie Zähne in den Himmel ragten, waren beeindruckend. Sie wusste, dass sie die ganze Zeit am Rand eines erloschenen Vulkans entlangliefen. Im Internet hatte es so einfach geklungen, die Treppen zu erklimmen, hier, im wahren Leben, bereitete es ihr schlotternde Knie.

Eine steile Leiter führte auf eine weitere Plattform.

»Ich bin für eine Pause«, rief Mel von hinten.

Sarah nickte und streifte sich den Rucksack von den Schultern. »Zweites Frühstück?«

Kerstin ließ sich einfach auf den roten Boden plumpsen. Scheiße, war sie fertig. Sie wischte sich den Schweiß von der Stirn. Immer noch grummelte ihr Magen von dem verstörenden Blick in die Tiefe und dem Wissen, was sie hier gerade taten.

»Sandwiches?«, erkundigte sich Sarah und kramte in ihrem Rucksack.

Überrascht nahm Kerstin ein Brot entgegen. Mel hatte anscheinend heute Morgen auch noch Reiseproviant vorbereitet. Wie verrückt war das denn?

»Geht es nur mir so, oder habt ihr auch so viel Angst?«, fragte Mel in die Stille hinein.

»Mir ist gerade total übel geworden, als ich nach unten geschaut habe.« Kerstin wickelte das Sandwich aus und biss hinein. Köstlich, Thunfischsalat. »Müssen wir wirklich bis ganz nach oben?«, nuschelte sie mit vollem Mund.

»Izzy hat es uns ja freigestellt, aber ich finde, wir sollten die Herausforderung annehmen und es auf jeden Fall versuchen«, sagte Sarah und trank aus ihrer Wasserflasche. »Hey, das haben schon unzählige Menschen vor uns geschafft.«

»Trotzdem habe ich Angst«, beharrte Mel.

Plötzlich zogen Wolken über die kleine Plattform und tauchten alles in einen undurchsichtigen, wabernden Nebel. Gleichzeitig wurde es kühl und feucht. Kerstin spürte, wie ihr ein Schauer über den Rücken lief. Es war unheimlich, gleichzeitig aber auch atemberaubend schön.

Vor ein paar Monaten noch hätte sie es nicht für möglich gehalten, dass sie jemals mit ihren Freundinnen auf einem verbotenen Trail mitten auf der Insel Oahu klettern würde. Sie sah zu Mel und Sarah hinüber. Ihre Freundinnen. Nur Izzy fehlte. Das würde sie wohl immer tun, aber Kerstin hatte inzwischen versucht zu begreifen, dass die Freundin nicht mehr bei ihnen war. Zumindest in ihren Gedanken war sie ja immer mit dabei.

»Wollen wir weiter?« Sarahs Augen blitzten abenteuerlustig.

»Was ist bloß mit dir passiert?«, fragte Kerstin, als sie aufstand.

»Was meinst du?«

»Du bist so fit und energiegeladen – gar nicht mehr die Sarah, die vor ein paar Wochen hier aufgetaucht ist.«

»Ich glaube, das Surfen hat mir geholfen. Seit ich das mache, bin ich viel mehr bei mir selbst und hab mehr Power.«

Mel stand auf. »Ich gebe es zu, ich bin absolut neidisch. Ich fühle mich wie eine alte Oma neben dir.« Sie stöhnte auf und rieb sich den Rücken.

»Geht mir genauso. Wenn wir hier heil wieder runterkommen, sollten wir auch mit Surfen anfangen. Was meinst du, Mel?« Kerstin grinste.

Mel stieß ein Kichern aus und schnallte sich ihren Rucksack wieder auf den Rücken.

Langsam stieg die Sonne höher und die Umgebung wurde in das sanfte Licht des frühen Morgens getaucht. Die immer dünner werdenden Wolken, die um sie herumzogen, gaben dem Ganzen etwas Surreales. Alles fing an zu glänzen.

Kerstin war in Gedanken immer noch beim Surfen. Wenn es Sarah so guttat, würde es bei ihr selbst sicher auch eine positive Wirkung haben. Und Tom wäre bestimmt glücklich über weitere Schülerinnen. Sie musste darüber unbedingt mit Sarah reden. Später. Wenn sie wieder sicheren Boden unter den Füßen hatten.

Die nächsten Treppen wurden schwieriger. Schmale Stufen, der Abgrund gleich daneben. Kerstin versuchte ruhig zu atmen, aber die Angst nahm sie gefangen. Jedes Mal, wenn der Handlauf unterbrochen war, hatte sie einen Schreckmoment. Der Weg vor ihnen ließ eher an ein Gehangel am Abgrund als an Stufen zum Himmel denken. Wackelnde und in sich nicht gefestigte Treppen ragten vor ihnen auf.

»Ist das euer Ernst?«, fragte sie entsetzt.

»Wir schaffen das«, sagte Mel, aber es hörte sich wenig überzeugt an.

Je weiter sie die Stufen hinaufkletterten, desto schwieriger wurde es. Eine Plattform später fragte Kerstin noch einmal: »Ich bin mir nicht sicher, ob wir das schaffen. Wollen wir wirklich weiter hoch?«

Sarah, die an der Spitze stand, reckte sich. »Ja, für Izzy«, rief sie und kletterte weiter.

Okay. Kerstin wischte ihre nassen Hände an der Hose ab. Da mussten sie durch. Sie konzentrierte sich nur auf die Schritte, die direkt vor ihr lagen. Einfach immer weiter aufsteigen. Kein Blick zurück und vor allem nicht in die Tiefe.

62

Sarah

Das Surfen hatte ungeahnte Kräfte in ihr freigesetzt. London und das trostlose Leben dort waren in den letzten Wochen immer weiter weggerückt. Mittlerweile konnte sich Sarah ein Leben in England gar nicht mehr vorstellen. So viel verschwendete Zeit. Kein Spaß, keine Freunde und eine eintönige Arbeit, die sie hasste. Hier waren ihre Freundinnen, hier konnte sie über alles reden, hier fühlte sie sich lebendig – und dann war da auch noch Mike. Plötzlich meldete sich ihr Telefon. Erstaunt, dass sie hier oben überhaupt Empfang hatte, nahm sie das Gespräch an.

»Ja?«

»Hallo, hier ist Ben, dein Nachbar.«

Ben, der Mann aus der anderen Welt.

Überrumpelt wusste Sarah nicht, was sie sagen sollte.

»Hallo, bist du noch da?«

Kerstin und Mel sahen sie neugierig an. Wahrscheinlich waren ihre Freundinnen froh über eine Pause.

»Ja. Es ist gerade etwas ungünstig.« Sarah biss sich auf die Lippen, was für eine bescheuerte Antwort.

»Wann kommst du zurück?«

»Das weiß ich noch nicht, ich melde mich in den nächsten Tagen noch mal.«

Er war süß, aber Sarah spürte, dass ihr Herz gerade nicht frei war. Wie seltsam, dass er sie angerufen hatte.

»Sorry, ich bin gerade auf Hawaii, von daher …«

»Okay, wie cool. Dann wünsche ich dir noch schöne Urlaubstage. Sorry, dass ich dich gestört habe.«

»Nein, nein. Kein Problem.«

Einen Augenblick hielt Sarah noch das Telefon umklammert, dann stieg sie einfach weiter die Stufen empor. Die Stiche in den Waden wurden stärker, sie spürte, wie sich die Muskeln immer mehr verkrampften. Aber es war für Izzy.

Einen Fuß nach dem anderen. Was hatte Mel vorhin gesagt? Die Anzahl der Stufen war ihr so absurd erschienen, aber anscheinend hatte ihre Freundin recht gehabt. Ob sie wohl mitgezählt hatte? Nein, sie hatte doch vorhin gesagt, dass sie es aufgegeben hatte. Schade eigentlich. Der Weg war rutschig, über allem lag noch die Feuchtigkeit des Morgens. Sie spürte, wie heftig ihr Herz schlug. Die Griffe, an denen sie sich festhielt, waren rostig und teilweise sehr scharfkantig. Handschuhe wären gut gewesen. Sarah blickte kurz in den Abgrund und sah dann schnell wieder den Berg hinauf. Durchatmen. Es war wie mit den Wellen. Die kamen auch in dieser unfassbaren Größe, aber man konnte sie bezwingen, auf ihnen surfen, sich von ihnen tragen lassen. Es war hoch, gefährlich, aber sie würden es schaffen.

Ihr stockte der Atem, als sie wieder einen Blick in den Abgrund wagte. Es ging tatsächlich sehr steil nach unten.

Ein falscher Tritt und sie würde Hunderte von Metern in den Abgrund stürzen.

»Ich habe eine Scheißangst«, sagte Mel hinter ihr.

»Und ich kann bald wirklich nicht mehr«, stöhnte Kerstin.

Auf einer weiteren Plattform ließen sie sich alle erleichtert auf den Boden fallen.

»Scheiße, ich bin zu alt und zu untrainiert für so was.« Kerstin wischte sich den Schweiß von der Stirn.

Mel holte Wasser aus ihrem Rucksack. »Habt ihr auch so viel Schiss wie ich?« Sie trank und schüttelte den Kopf. »Ich hätte nie gedacht, dass ich so was mal machen würde. Ich fühle mich gerade wie in einem komplett anderen Leben.«

Sarah lächelte. Genauso ging es ihr auch. Sie blickte zu Kerstin. Die Freundin hatte, genau wie Mel, einen hochroten Kopf, aber sie wirkte völlig lebendig, obwohl sie gerade das Gegenteil behauptet hatte.

Mel zog sich am Geländer hoch und schirmte ihre Augen mit der Hand ab. »Ich glaube, ich kann schon den Gipfel sehen.«

Auch Sarah erhob sich. Mit offenem Mund sah sie sich um. »Es ist unfassbar schön hier oben.«

Die Sonne stand inzwischen ein ganzes Stück über dem Horizont und die Wolken hatten sich verzogen. Jetzt war auch der Vulkanrand zu erkennen, auf dessen schmalem Grat sie nach oben stiegen. Weiter unten sah man die unzähligen Stufen, die sie schon bezwungen hatten, vor ihnen ragte eine steile Treppe auf, die direkt in den Himmel zu führen schien.

»Kommt, wir haben es bald geschafft.« Sarah versuchte zwar, überzeugend zu klingen, aber so ganz gelang es ihr nicht.

Sie drehte sich zur Leiter, die zu den nächsten Stufen führte. Ein Blick über die Schulter sagte ihr, dass die Freundinnen ihr folgten. Was hatte Ben eben gefragt …? Sie verlor sich in Gedanken an ihr Leben in London und wie leicht sie es durch ein einfaches Ja würde hinter sich lassen können. Es hatte ihr geschmeichelt, dass ihr neuer Nachbar an ihr interessiert war, aber wirklich berührt hatte es sie nicht. Was hatte Izzy gesagt? Ihr müsst euch einig sein. Sie war sich ziemlich sicher, dass Mel nicht für immer hierbleiben wollte. Aber es musste ja auch nur eine von ihnen hier wohnen. Und Kerstin schien auch ernsthaft darüber nachzudenken.

Gedankenverloren trat sie auf die nächste Stufe, die plötzlich unter ihr nachgab. Halt suchend griff sie nach dem Geländer, aber es war nicht da. Dann ging alles ganz schnell. Mit ungeheurer Geschwindigkeit rutschte sie zwischen den noch vorhandenen Eisenstangen des Geländers hindurch. Sie stieß einen Schrei aus. Verzweifelt griff sie nach allem, was sie zu fassen bekam, aber es waren nur Gras und Erde, nichts, was ihren Fall hätte aufhalten können. Immer schneller rutschte sie über den steinigen Abhang. Tränen liefen ihr über die Wangen und die überwältigende Angst, dass sie gleich sterben würde, raubte ihr die Luft zum Atmen. Just in dem Moment, als sie damit rechnete, ins Bodenlose zu stürzen, wurde ihr Fall abrupt gestoppt und sie landete mit einem dumpfen Schlag auf einem Felsvorsprung. Kleine Steine und Erde prasselten auf sie herab. Waren das ihre Schreie? Panisch sah sie nach oben. Kerstin und Mel standen etliche Meter über ihr und blickten mit entsetzten Mienen zu ihr herunter.

»Alles okay?«, rief Mel mit schriller Stimme.

Sarah versuchte, sich zu orientieren, ohne sich zu bewegen. Eine winzige Ausbuchtung im Fels hatte ihr das Leben gerettet. Gleich daneben ging es fast senkrecht in die Tiefe. »Ich habe Angst«, wisperte sie.

»Bleib ganz ruhig, wir helfen dir.« Kerstin machte beruhigende Gesten und verschwand dann aus ihrem Blickfeld.

Ihr Herz pochte bis zum Hals. Wie um alles in der Welt wollten Kerstin und Mel ihr helfen? Hier war weit und breit keine Menschenseele, die das nötige Equipment dafür dabeihatte. O Gott, wieso hatte sie nicht besser aufgepasst? Wenn es nach den anderen gegangen wäre, wären sie schon längst wieder umgekehrt, warum hatte sie nicht auf sie gehört? Sie gestattete sich nicht, in den Abgrund zu schauen.

Wenn ihre Freundinnen die Polizei rufen würden, dann konnten sie sich auf eine sehr saftige Rechnung gefasst machen. Aber eine andere Lösung sah sie nicht. Was für ein absurder Gedanke! Es ging um ihr Leben. Neben ihren Füßen bröckelte das Gestein. Ein Blick in die Tiefe schickte ihr einen Schauer über den Rücken. Ihr Magen grummelte wie wild, fast hätte sie sich übergeben. Es war einfach zu steil, um aus eigener Kraft wieder nach oben zu kommen.

Sie spürte, dass sich ihre Muskeln immer mehr verkrampften und zu zittern anfingen. Wie lange konnte sie sich hier halten, ohne weiter abzurutschen?

»Bist du okay?«, fragte Mel. »Sag was, bitte.«

»Ich …«, fing sie an, wusste dann aber nicht weiter. »Habt ihr die Polizei gerufen?«, fragte sie nach einer Weile.

»Wir arbeiten an einer Lösung«, rief Kerstin ihr zu. »Schau jetzt nicht nach oben. Wir lassen ein Seil herunter, aber der Hang hat viele lockere Steine. Ich melde mich, wenn es bei dir ist.«

Ein Seil? Woher hatten die beiden so schnell ein Seil organisiert? War ihnen vielleicht doch ein anderer, besser ausgerüsteter Wanderer über den Weg gelaufen? Ein Gefühl der Hoffnung durchflutete sie. Alles würde gut werden. Ihre Freundinnen würden eine Lösung finden, sie würden sie retten. Oder nicht? Sarah wischte sich die Tränen aus dem Gesicht. Sie wollte nicht abstürzen. Sie wollte nicht sterben. Ein Steinregen kündigte an, dass das Seil auf dem Weg zu ihr war.

»Jetzt kannst du die Augen wieder aufmachen.« Mels Stimme klang immer noch recht schrill, aber Sarah öffnete wie befohlen die Augen.

Am liebsten hätte sie auf der Stelle hysterisch aufgeschrien. Vor ihren Augen hing das Bein einer Jeans. Entsetzt blickte sie an der Jeans entlang. An die Hose war ein Sweatshirt geknotet, danach konnte sie noch die Riemen eines Rucksacks entdecken.

Sie atmete aus. Das war kein Scheiß-Gefängnisausbruch in einem dummen Film. Sie sollte ihr Leben an die Klamotten ihrer Freundinnen hängen?

»Ich kann das nicht. Das klappt nie.«

»Das klappt! Vertrau uns.« Kerstin beugte sich vor und warf ihr ein beruhigendes Lächeln zu. »Wickel das Hosenbein um dein Handgelenk. Es muss richtig fest sitzen.«

Sie meinten das wirklich ernst. Fassungslos tat Sarah, wie ihr geheißen. Was blieb ihr anderes übrig.

»Gleich kommt noch ein zweites Seil, das knotest du dir um deinen Gürtel.«

Sarah sah ein schmales Band. Anscheinend hatten Kerstin und Mel alle Gurte aus ihren Rucksäcken gelöst und aneinandergebunden. Sie zog es zu sich und verknotete es mit ihrem Gürtel. Das Ganze war so verrückt, es konnte nicht klappen.

63

Kerstin

Sie war sich ganz und gar nicht sicher, ob es klappen würde, aber es war das Einzige, was ihr eingefallen war.

Mel beugte sich über das klapprige Geländer. »Sie hat alles so gemacht, wie du gesagt hast.«

»Gut, bist du bereit?« Kerstin schaute zu Mel hinüber. Wenn sie jemals ihr Leben in andere Hände legen müsste, dann in das von Mel und Sarah. »Wir schaffen das.« Sie blickte nach unten. »Sarah, du musst versuchen, dich langsam nach oben zu uns zu ziehen. Wir helfen dir, so gut wir können«, rief sie.

Mel stellte sich in die Ecke der Treppe, klinkte ihren Fuß in das gegenüberliegende Geländer ein und nickte ihr zu. Kerstin tat dasselbe. Sie spürte, wie plötzlich ein Zug auf das improvisierte Seil ausgeübt wurde.

»Sehr gut, Sarah. Du schaffst das«, schrie sie. »Weiter so«, feuerte sie ihre Freundin an und nickte Mel zu, es ihr gleichzutun.

Mel stimmte ein. »Ja, Sarah, gut, es ist nicht mehr weit. Halt durch. Los, wir haben noch etwas für Izzy zu erledigen.«

Mit zitternden Armen versuchten sie, ihre Freundin

am Seil hinaufzuziehen und den Zug nicht zu verringern.

»Sag was, Sarah«, rief Kerstin nach einer Weile.

»Es funktioniert«, kam es kreischend aus dem Abgrund. »Aber ich habe solche Angst.«

»Können wir dir helfen?« Mel hatte rote Flecken im Gesicht und atmete hektisch ein und aus.

»Ich kann bald nicht mehr. O Gott, es geht hier so tief runter«, rief Sarah mit panischer Stimme.

»Doch. Du kannst.« Kerstin war wütend. Sie konnte jetzt nicht aufgeben.

Neben ihr schnaufte Mel. »Wir schaffen das.«

Von Sarah kamen nur noch leise Laute.

Zitternd umfasste Kerstin das improvisierte Seil noch fester. Nein, sie konnte jetzt nicht loslassen. Wenn Sarah abstürzte, wäre das ihr sicherer Tod. Sie zog noch stärker, insgeheim betend, dass das Seil auch hielt. Ihre Hände schmerzten und sie zuckte am ganzen Körper, aber sie würde ihre Freundin nicht fallen lassen. Um nichts in der Welt.

Auch Mel neben ihr gab alles. Keuchend zog sie mit aller Kraft, Tränen liefen ihr über die Wangen, nur noch verschwommen nahm sie ihre Umgebung wahr.

Endlich waren Sarahs Hände zu sehen, wie sie an den Stufen Halt suchten. Schnell ergriffen Mel und Kerstin jeweils eine Hand und zogen ihre Freundin mit letzter Kraft nach oben. Dann brachen sie alle drei in Tränen aus.

Lange Zeit lagen sie nur erschöpft auf dem Boden und keuchten vor sich hin. Irgendwann richtete Kerstin sich auf, wischte sich über das Gesicht und fing an zu lachen.

»Ich glaube es nicht. Es hat funktioniert. Ihr könnt mich ab heute Kerstin MacGyver nennen.« Sie sah sich um. »Wo ist unser Seil?«

Sarah deutete in den Abgrund. »Ich habe es losgelassen, als ihr mir eure Hände gereicht habt.«

Kerstin sah an sich herunter. Nun musste sie in Unterhose und T-Shirt zum Gipfel. Aber Mel ging es auch nicht besser. Sie trug ebenfalls nur noch ihre Unterhose und ihr T-Shirt. Hysterisch lachten sie, bis Sarah langsam aufstand. »Ihr habt mir gerade das Leben gerettet. Das werde ich euch nie vergessen.«

Ja, und ich würde es jederzeit wieder tun, dachte Kerstin. Sie war so froh, dass es gut ausgegangen war. Nicht vorzustellen, was passiert wäre, wenn ihre Idee nicht geklappt hätte.

»Wollen wir wirklich noch zum Gipfel?«, fragte Mel.

»Natürlich«, antworteten Kerstin und Sarah wie aus einem Mund.

»Fein«, Sarahs Stimme klang noch etwas unsicher, aber Kerstin war überzeugt, dass sie den Schrecken bald überwunden haben würde.

Es war tatsächlich nicht mehr weit. Diesmal gingen sie sehr vorsichtig und langsam. Der sogenannte Gipfel war etwas ernüchternd. Ein altes Haus aus dem Zweiten Weltkrieg stand dort und nahm dem Ganzen seinen Reiz. Es war mit unendlich vielen Sachen besprüht und störte inmitten der Natur.

»Lasst uns dort hinten hingehen«, schlug Kerstin vor und deutete auf eine kleine grüne Fläche mit einem einzelnen Baum, etwas abseits des Gebäudes.

Sie setzten sich und Kerstin holte aus ihrem Rucksack den Umschlag, den Izzy ihnen hinterlassen hatte. »Wer will?« Sie hielt ihn hoch.

»Immer der, der fragt«, antwortete Sarah, die inzwischen wieder etwas mehr Farbe im Gesicht hatte. Und auch ihre Augen glänzten wieder neugierig.

Mel nickte erschöpft und lehnte sich zurück.

In dem Umschlag befanden sich zwei Ringe und ein Brief.

»Meine Freundinnen«, las Kerstin. »Ihr seid also tatsächlich in den Himmel aufgestiegen. Ich danke euch. Die Ringe sind die Eheringe von Logan und mir. Ich fand die Vorstellung sehr schön, dass sie beide zusammen in den Himmel getragen werden. Von euch. So kann ich euch jetzt noch mal sehr nah sein. Hallo, ich bin bei euch.« Kerstin schluchzte auf und wischte sich über ihre Nase. Kurz darauf las sie weiter. »Bitte vergrabt unsere Ringe dort oben. Wenn wir schon nicht zusammen dort sein konnten, dann ist doch zumindest ein Teil von uns dort oben angekommen.« Kerstin atmete aus. »Ihr wart ja inzwischen bei meinem Anwalt. Ich bitte euch inständig, mein Geschenk anzunehmen. Ich weiß, was ihr sagen wollt: Wir können das nicht tun, es ist zu verrückt, aber ich bin mir sicher: Ihr gehört hierher. Vertraut mir. Ich kenne euch. Und die Villa und Hawaii sind das Beste, was euch passieren kann. Ich weiß, wovon ich spreche. Nehmt dieses Geschenk an. Ich liebe euch, tausend Küsse, eure Freundin Izzy.« Kerstin ließ den Brief sinken. Tränen strömten ihr über das Gesicht. Auch Mel und Sarah weinten.

»Und jetzt?«, fragte Mel nach einer gefühlten Ewigkeit.

»Wir müssen den ganzen Weg wieder hinunter«, sagte Sarah lakonisch.

Kerstin schluckte. Den Abstieg hatte sie völlig verdrängt. Sie sah sich um. Überrascht bemerkte sie, dass inzwischen auch andere Wanderer auf den Gipfel aufgestiegen waren. Junge Paare, die stolz ein Selfie hier oben machten und sogleich wieder verschwanden. »Wollen wir auch ein Foto machen?«

Sowohl Sarah als auch Mel schüttelten den Kopf. Kerstin lächelte insgeheim. Wahrscheinlich ging es ihren Freundinnen wie ihr. Sie wollte diesen Moment in ihrem Herzen bewahren, nicht in ihrem Telefon.

Es wurde ein langer und beschwerlicher Abstieg. Sie versuchten vorsichtig zu sein, Sarahs Absturz hing allen noch stark nach. Außerdem hätte sich Kerstin nie vorstellen können, dass es viel schwieriger und anstrengender war, einen Berg hinunterzusteigen, als ihn zu erklimmen.

Kurz bevor sie es endlich geschafft hatten, hielt Mel plötzlich inne. »Seht ihr das, was ich sehe?«

Kerstin lenkte ihren Blick in die Richtung, in die Mel sah. Scheiße, jetzt stand dort ein Wachposten. Direkt vor dem Zaun, wo sie heute Morgen das Loch gefunden hatten. Was sollten sie tun?

»Wartet hier, ich mach das«, sagte Mel.

Ergeben setzten sich Sarah und Kerstin auf einen Stein und beobachteten ihre Freundin. Mel nun wieder.

Sie ging einfach auf den Wachmann zu und verwickelte ihn in ein Gespräch. Kurze Zeit später winkte sie ihnen zu.

»Das ist Karl«, stellte sie den Mann vor, nachdem sie durch den Zaun geklettert waren. »Meine Freundinnen Kerstin und Sarah.«

»Hallo«, begrüßte er sie. »Bitte geht jetzt ganz schnell. Wenn andere Leute sehen, dass ich euch hier durchwinke, dann habe ich ein Problem.«

»Vielen Dank, Karl«, sagte Mel und hakte sich bei Sarah und Kerstin unter.

»Wie hast du das nur hingekriegt?«, flüsterte Sarah.

Kerstin fragte sich die ganze Zeit, ob sie nicht etwas merkwürdig aussah, nur in Unterhose und T-Shirt. Aber auf Hawaii liefen die Menschen oft in seltsamer Kleidung herum.

Den ganzen Weg zurück kicherten sie im Auto über den armen Karl, dabei war er so nett und freundlich zu ihnen gewesen.

64

Mel

In stillem Einverständnis schoben sie die Sessel in Richtung Sonnenuntergang. Sarah bereitete in der Küche einen Cocktail vor.

»Es gibt schon wieder Mango-Bellinis, aber nur mit einem Spritzer Champagner. Ich hoffe, das ist okay, oder?«, fragte sie, ohne auf eine Antwort zu warten. Sie stellte die Gläser auf die Balustrade vor die Stühle und setzte sich. »Mir zittern immer noch die Knie, wenn ich daran denke, dass ich fast abgestürzt wäre. Unglaublich. Ohne euch wäre ich jetzt vermutlich tot.« Sie hob ihr Glas. »Danke. Ich wüsste nicht, was ich ohne euch machen würde, was ich ohne euch wäre. Auf die besten Freundinnen der Welt und auf Izzy.«

Mel hob ihr Glas. »Auf euch.«

»Nein«, sagte Kerstin. »Auf uns.«

Mel lehnte sich zurück und sah auf das Farbspektakel über dem Meer. Aber die Bilder von ihrem Trip auf den Stairways to Heaven schoben sich immer wieder in den Vordergrund. Der Fast-Absturz von Sarah war immer noch präsent. Beinahe hätten sie sie auch verloren.

Dann die Begegnung mit dem Wachmann.

Und Kerstin. Ihre unglaubliche Verwandlung war erstaunlich gewesen. Sie hatte plötzlich so klar und strukturiert reagiert. Während Mel hysterisch in den Abgrund geschaut hatte, war Kerstin aus ihren Klamotten gestiegen und hatte ein Seil geknotet.

Sarah atmete tief ein. »Wisst ihr was? Ich möchte hierbleiben. Die Tage mit euch hier haben mir gezeigt, dass ich mein Leben nicht wichtig genommen habe. Das will ich jetzt ändern. Ich hoffe, ihr entscheidet euch auch für Izzys Geschenk, ich zumindest möchte es versuchen. Vielleicht kann ich hier zu mir selbst finden. Ich will meine Zeit nicht mehr in London verschwenden.« Sie nippte an ihrem Cocktail und rieb sich danach die Augen.

»Ich bin dabei«, sagte Kerstin.

Mel rutschte unbehaglich auf ihrem Sessel herum. Natürlich war sie auch dabei. Aber wollte sie ihr Leben in Deutschland aufgeben? Sie trank einen Schluck ihres Drinks. »In den letzten Wochen hat sich für mich so viel geändert«, begann sie. »Sven hat mich betrogen, ich habe euch endlich wiedergefunden, Izzy ist gegangen …«

Schweigend sahen sie in den immer dunkler werdenden Himmel. Mels Blick streifte ihre Freundinnen, es ging ihnen genauso wie ihr. Immer noch war da dieses riesige Loch, das Izzy in ihr Herz gerissen hatte.

Sie räusperte sich. »Ich mache mit. Keine Ahnung, wie mein Leben in den nächsten Monaten weitergehen wird. Kim macht ihr Abitur. Vor ein paar Tagen hat sie zu mir gesagt, dass sie sich hier auf Oahu am Ozeanischen Institut für ein Praktikum beworben hat. Izzy hat ihr dabei geholfen. Arne fände es«, sie hob ihre Finger zu Anführungsstrichen, »cool, hier in Hawaii zu leben.« Sie wischte sich über die Augen und schniefte.

»Und was ist mit Sven?«, fragte Kerstin leise.

Mel schluckte. Dann klärte sich ihr Blick. »Ich glaube, auch in Bezug auf Männer wird es einen Neuanfang für mich geben.«

»Willkommen im Club«, sagte Kerstin lachend und hob ihre Hand.

Mel schlug ein und auch Sarah reckte ihre Hand empor. Sie klatschten sich lachend ab.

»Unser Leben ist nicht vorbei. Wir müssen endlich beginnen, es zu genießen. Heute habe ich zum ersten Mal seit Langem gespürt, wie sehr ich an meinem Leben hänge«, sagte Sarah.

Kerstin nickte. »Es war so gut, dass wir dir endlich mal helfen konnten.«

»Das habt ihr auch wirklich grandios gemacht.« Sarah hob ihr Glas. »Auf unseren persönlichen MacGyver.«

Auch Mel und Kerstin nahmen ihre Cocktails und stießen mit ihr an.

»Ich werde mit euch Izzys Vermächtnis annehmen. Es ist wie ein plötzliches Abenteuer, das das ganze Leben verändert.« Mel spürte die Aufregung, die sie überkam.

»Aber dazu sind wir doch eigentlich da«, sagte Kerstin und fing an zu lachen. »Leben ist doch Abenteuer, oder? Zumindest habt ihr mir das beigebracht.«

»Danke, Izzy, ohne dich wären wir jetzt nicht hier. Auf das Leben.« Mel strahlte ihre Freundinnen an.

»Auf das Leben, das wir endlich richtig leben werden«,

sagte Kerstin beschwörend, während Sarah bekräftigend nickte.

Und dann, einem spontanen Impuls folgend, sagten sie wie aus einem Mund: »Aloha!«